醍醐、故事与人生

新现实主义电影文学故事集

薛 亮———著

百花洲文艺出版社
BAIHUAZHOU LITERATURE AND ART PRESS

图书在版编目（CIP）数据

醍醐、故事与人生：新现实主义电影文学故事集 /
薛亮著 . -- 南昌：百花洲文艺出版社，2023.6
ISBN 978-7-5500-3610-9

Ⅰ . ①醍… Ⅱ . ①薛… Ⅲ . ①故事—作品集—中国—
当代 Ⅳ . ① I247.81

中国版本图书馆 CIP 数据核字 (2019) 第 286014 号

醍醐、故事与人生：新现实主义电影文学故事集　薛　亮　著

出 版 人	章华荣
责任编辑	杨　旭
装帧设计	文人雅士
出 版 者	百花洲文艺出版社
地　　址	南昌市红谷滩新区世贸路 898 号博能中心一期 A 座 20 楼
电　　话	0791-86895108（发行热线）0791-86894717（编辑热线）
邮　　编	330038
经　　销	全国新华书店
印　　刷	廊坊市海涛印刷有限公司
开　　本	710 毫米 ×1000 毫米　1/16
印　　张	22.25
版　　次	2020 年 6 月第 1 版　2023 年 6 月第 2 次印刷
字　　数	342 千字
书　　号	978-7-5500-3610-9
定　　价	78.00 元

赣版权登字　05-2019-435

网址：http://www.bhzwy.com
图书若有印装错误，影响阅读，可向承印厂联系调换

自 序

故事的力量，来自醍醐灌顶的灵韵时刻。

从故事开始很容易。历史、神话、传说……都是从故事开始的。故事作为一个封闭的统一体的概念，不管是在竹简、羊皮卷上记载的历史，还是通过超链接与读者交互的数字文本，长期以来一直在人类历史时空中循环。而当被嵌进电影这套视听系统中时，大众倾向于认为电影故事就是为了娱乐而消遣的东西。然而我们错了——故事围绕着我们，像流水般穿透我们的身体，偶尔停驻在我们的心里，偶尔又像一阵风似地吹走，什么都不留。故事的本质是我们与这个世界里的我们自己谈判、交战乃至最终和解的载体。

二十世纪后期以来文学研究的焦点从故事转移到了其他方面，故事的力量被其他学科渗透、探索。在各种理论浪潮的起起沉沉中，人们的注意力从故事转移到阶级、性别、历史、社会、种族、语言等许多其他问题上，特别是社会科学中叙事方法的研究。每一种理论实际上最终都成了一个"故事"：一个不断拓展故事本质边界限制的故事。

我在这本书里给大家摆出了五个故事。我想回顾的其实是这些故事背后的人生观是如何穿越时空驻足在我们当下现实中的。罗兰·巴特有句名言：故事就像生活本身一样简单。故事无处不在，但它们不是自发发生的。它们来自我们的经历和他人经历的逐渐积累，它们是理解世界的一种方式。

所以，故事任何时候都是现实主义的。如今我们被太多的信息包围着，呈现出混沌的状态。而通过选择和安排事件，讲故事的过程使意义从混沌中浮现。这就是讲故事的基本力量：故事的意义会随着故事讲述的方式而改变，讲故事作为一个过程是与正在进行的社会形成过程交织在一起的。包括观众或读者在内，我们在故事中不再是被动地生活，而是主动地重构，讲述自己的故事，讲述自己的生活，而关于自己在世界中的地位可以帮助个人在更广阔的社会和文化世界中获得一席之地。更重要的是，我们应坚定地认为：一个人的话语很重要，一个人的想象可以改变世界，一个人应该发出属于自己的声音——这便是现实主义。

虽然故事可能是由经验决定的，但它们并不一定代表经验。故事创造了不同的意义。事实上，事实和虚构的边界模糊时，故事的前景便明朗了。正如上面所提到的，我们讲故事（叙事）是为了从混乱中找出意义。几十年来，"叙事方法"在文学以外的学科中一直占据优势地位。甚至在诸如经济学、法学、历史学或新闻学等科学或准科学的讨论中找到他们的方法。叙事方法提供的不同类型的知识为这些学科的探索提供了富有成效的途径。当然它也受到了批判，这种批判完善了我们对故事力量的理解。故事进入更广泛的知识生产领域已经对故事本身产生了影响，例如从宏大的历史背景中提炼故事，让历史变得更像故事，而且历史建构中的意识形态作用也紧紧拥抱故事的诸多形式，以最大化地扩展历史的意识形态影响力。因此，现实主义不排斥讲述历史题材。因为现实主义叙事的要领是用现实主义的态度开启"坦白"模式，使人们能够重新讲述故事，特别是与人生有关的故事，而历史就是人生。用现实主义的方法讲述历史，是"改变世界"的力量。现实主义不仅仅聚焦于"现实"的事实，更重要的是解释的方式，即使围绕在历史事件周围，也能用现实的解释方式，通过故事重新书写合法的历史。

问题不是历史或未来距离我们当下的现实有多远，问题是它们用何种方式进入大众的意识。这种方式决定了是不是现实主义。一种陈腐的或虚无的伦理或政治立场也可以参与构建我们的现实故事，这时我们考察的是创作行为的动机和目的。尽管包括这种故事在内的所有故事都是虚构的，尽管或许阅读或观影过程很抓人眼球，但我们不能忽视创作者的真实主张与受众赋予故事的真实价值之间存在严重的脱节问题。这类故事脱离了现实主义的"轨道"，牺牲了珍贵的历史真相和敏感的时代精神。然而，现实主义不会牺牲历史，而是通过创造一个不为人知的故事空间来丰富历史。因为通过故事的叙述实现象征性的返回，旨在增进受众对历史的理解。我的两部"往事"电影故事通过围绕着近代历史"小时空"和现实观念的结合来面对历史叙事这个"大时空"，正是这种结合，可以实现现实主义与历史题材的紧密结合。让历史人物——尽管可能是小人物——所扮演的令人惊叹的角色，去追溯同一个历史时期的、不同地点的、独特而有趣的中国故事。

　　我对这几个主题的关注是沉重的——因为用了故事的力量来蕴藏不成比例的真理价值——我仍坚持认为更奢侈的写作自由是"现实主义"所提供给电影文学以流动的故事。故事是源源不断的，千万股相互交织得令人窒息的"故事流"就像一条锦缎，每一股都有不同的颜色，每一种颜色都代表着电影的一种底色，随着光影变幻，随着时间流淌，最终凝固在闪动的银幕之上。流动提供视角，为叙事提供了无尽的潜力。每一个单独的故事都是在任何一个地点和时间的潜力的具体表达。在任何一个时刻，都可以看到清晰的故事线索。

　　我们这个时代的文本阅读是充满了挑战的，尤其是电影文学剧本的阅读，更显得"小众"甚至"另类"。但电影文学剧本提供的是微妙的语境转换，本质上仍是读者在阅读中回顾自己可能经历过的意义，通过对话交流建立起来的关系，也是读者与电影角色之间建构的身份认同，这是读者层面的"现实主义"，读到的也就是现实的，任何故事都能达到这个效果，尤其是电影文学。

　　我认为自己是"学术型编剧"，我自觉不自觉地会把故事性和批判性融于创造性中。研究者的批评和批判总是在讲故事之后，但作为研究者的我，却把批评和批判放在讲故事之前和过程中。我不认为严谨的学术思维与闪亮的创作思维会相互排斥，如果无法统合二者，只能说明我们训练不够。文学研究可以是创造性的，而讲故事则可以注入批判的能量。将批判性和故事性融合是"故事流"的一种效果。如果说"故事流"意味着故事可以在人们中间流动、流传，跨越了时间，跨过了空间，那么"故事"便不是某个或某些特定的人所发明的，它就在"那儿"生生不息地流淌，而我们每个创作者只是不断重写它们，并参与其传播。

所以问题来了，如何确保我们在莎士比亚之后还依然能讲故事？我们应秉承什么样的创作观念来叙述爱情、描绘亲情、揭示善恶乃至刻画人性？如何才能确保我们在讲述关乎人性故事的时候，能让那个醍醐灌顶的灵韵时刻充满了救赎的力量？

答案只有一个——现实主义。

目 录
CONTENTS

内容提要 ▪

　　这是一部秉承现实主义而创作的电影文学剧本集，由五个虚构的故事组成，它们既各自独立，又相互关联，它们就像极富营养的精华——醍醐。每个故事的主题，展示了我们人生的一个侧面，分别是：兄弟、苟活、善恶、嫉妒和纯爱。《翡翠城往事》获得中宣部国家电影局夏衍杯剧本奖；《无人生还》获得文联影协杯剧本奖；《次元迷阵》得到圣丹斯国际电影节最具创意外语电影剧本的提名；《魔都风云》成功进入美国BlackList剧本公司的年度推荐剧本名单，大有机会进入好莱坞；《久久不见》是唯一一部踏上海南国际电影节红毯的海南本土电影。五个故事均瞄准人心中不同的共鸣点，让人在不同的情景和情节中，体会人性和人生。这些故事既有现实主义的文学性，也兼具了娱乐性和厚重感。

兄弟——《翡翠城往事》

　　《翡翠城往事》是围绕"兄弟情"的故事。20世纪三四十年代，中缅边境的翡翠城（腾冲）。翡翠城青年登依参加了中缅赌石大会，赢得了赌石奇才的盛名。令众人不解的是，本可富甲一方的他竟然舍命挑战缅甸黑社会大佬哥赛温，要与之面对面赌石。当他被带去见哥赛温时，遭受了严刑拷问和赌石技术的重重考验，在众人的质疑下，登依说出了他之所以成赌石奇才的真相——他确实能"看到"石皮下面翡翠的成色和品质，但他却经历了常人难以想象的苦痛……出身马帮家庭的登依年幼就生活艰苦，他与中缅混血的哥哥图门、少女米初蝶三人一起经历了十几年"翡翠人生"的变迁。关于赌石和解石技术的每一次质疑和考验，都好像是登依的记忆碎片，牵动他关于亲情、爱情与人生的回忆。尽管最终顺利通过哥赛温的严刑拷问和重重考验，当他切开自己带的石头时，却发现里面根本没有翡翠，恼羞成怒的哥赛温要杀掉登依。难道赌石奇才最关键的时候真的看走眼了吗？登依如何保命呢？然而最重要的——他直面哥赛温的真正目的，却是为了拯救与米初蝶的爱。在生命、兄弟情面前，登依能够沉着冷静，赌出一个价值连城的翡翠吗？

苟活——《无人生还》

如草芥的人命，只有自己把自己看得最重。然而即使大权在握的君王，抑或富可敌国的巨贾，这些大贵大富的人又何尝不也是"草芥"一枝？在天地大道下，在世事大潮前，所有人也只能随风随波，何尝不是苟活？甚至在极端情形下，"苟活"摇身一变，成为至高目标。《无人生还》讲述了关于"苟活"的故事，用巨大的悬念和推理引导故事进程，用出乎意料的反转结局让观众感叹回味。主人公羿平身陷于一个极端的环境里——格局一模一样的封闭密室中。眼前出现的每一个人，既是帮手，又是对手，人与人的微妙关系在封闭空间里快速发酵、激化，战斗一触即发！羿平要与十二个被困的人周旋，有狂暴的杀人狂，也有温情脉脉的蛇蝎女。如何第一时间识破这些人的阴谋，让自己成功活下来，成功逃出去……然而外面的世界，确如众人想象的那样和平宁静吗？

善恶——《魔都风云》

性本善？性本恶？一个纯善的人或纯恶的人来到这个变化无常的时代中还能保持自己的性本善（恶）吗？正义感、责任感、道德感这些人类历史上不断被探讨、反复建设的精神良药，不就是为了平衡人性中兼而有之的善恶两股力量么？我们自己都知道面对一个具体情境的时候，什么是善什么是恶，但只不过我们不那么谨慎、理性地做出了选择而已，选择之后，也许有更好的名头，也许生命就此沉沦。《魔都风云》讲述了一个善恶交织、亦正亦邪的杀手，在面对更大的善恶时，做出的正确抉择。上世纪的魔都上海滩，一个来自社会底层的王亚樵，快意恩仇，用速杀、暗杀、刺杀的方式，与洪耀斗的福青帮对抗，与李世群为恶的警长为敌，与吴鹏举这样的汉奸买办为仇，但最终，最大、最棘手的敌人却是长期以来打入上海滩政商界高层、化名为金蛟龙的日本间谍中尾一德。故事塑造了王亚樵正气凛然的豪侠本性，他起初是亦正亦邪的人物，在历史动荡中，逐渐看清了局势，选择了与道义和民族气节，与广大码头工人一道对抗日本人的阴谋。随着情节的推进，扑朔迷离的好坏人真相慢慢揭示，环环相扣又严丝合缝。最终，我们被王亚樵的武力所折服，被夏文镜的正义所感动；对金蛟龙的凶残诡厄我们咬牙切齿；我们唾弃执迷不悟的李世群和暴躁无脑的洪耀斗；我们扼腕善良却幼稚的姜之义；我们也为美丽的林丽姣被辣手摧残而落泪惆怅……最后留在我们心中的，却是一团热火，为命运、为生活抗争的无穷热情。

嫉妒——《次元迷阵》

嫉妒生恨是人之常情，是不完美的人类性格中极容易引起冲突的原因。我们都曾对眼前的种种所谓的美好觊觎万分，穷尽一生渴求而不可得的时候，往往因嫉生恨，人与人的冲突往往源于此。《次元迷阵》的故事，就是围绕因嫉生恨的主题展开。就像电影《职业玩家》里展示的，当游戏世界和现实世界难以分辨的时候，人们希望永远寄身于无忧无虑、予取予求的虚拟世界中。游戏设计师石顿和技术官邱世泽的游戏体验产品满足了人们的这种欲望，顿时使二人成为了名噪一时的风云人物。石顿本就是成名的游戏设计师，他设计的作品让玩家的体验如魔术般华丽丰富；而邱世泽是科学院的研究员，专攻虚拟现实技术，争强好胜的性格和充满创造力的技术，也让他渐渐有了名气。一个负责游戏产品设计，一个负责技术研发，二人原本是世人眼里的绝佳拍档。然而随着他们在游戏界各领风骚，攻城略地，并且都有野心成为世界顶级的游戏大师，一番明争暗斗如箭在弦上。邱世泽掌握了精彩的"隐眼"，让玩家能进入各自幻境中展开游戏体验，叫座又叫好。而石顿见情势不妙，找到神秘的科学家欧阳铭泽助阵——他发明的"实梦屋"则有无穷魔力，能回溯时间，让玩家虚实难分，流连忘返。二人出招接招，你来我往，明争暗斗剧烈升级，友谊和道德都被抛诸脑后，一场血案也在悄悄酝酿。

纯爱——《久久不见》

如果说充满瑕疵的生命能够一直延续的原因，爱情一定是我们在最艰难、最绝望甚至想放弃生命时候，唯一能够让人类有一点舍不得，甚至让局面逆转的东西。可惜，爱情这个东西，说不清又道不明的。爱情来的时候，我们的心像被猛烈而持续地撞击着，而爱情走的时候，又像是从一场梦里醒来，一种难以置信的恍然大悟，直到再一次"醒来"，才发觉自己之前根本就没有醒悟。想看穿爱情，我们其实无能为力，只因在爱情面前，人类有的只是一双永远擦不亮的眼睛。讲述纯爱的故事《久久不见》脱胎于一首海南民歌《久久不见久久见》，习近平总书记在主持海南博鳌亚洲论坛开幕式上推荐的这首歌，唱进每一个与会者的心里。故事聚焦于海外归侨少女艾华与海南本土黎族歌手阿宁之间最美好、纯洁的爱情。这是一部中国风格的音乐歌舞电影故事，将黎族民俗、万宁风情、华侨精神以及年轻人再次踏上归国热土、奋斗不息的精气神贯穿其中，描绘了新一代年轻人的跨洋恋情、纯洁爱情。在这个故事里，我们看到的是对隽永的爱情传统的回归，是心与心的相依相偎；唤醒的是我们每个人曾经都尝过的爱情滋味。

第 一 章

兄弟——《翡翠城往事》

1.外　中缅边境密林　夜

20世纪40年代。中缅边境。

月亮挂在树梢以外很远的地方，像一个静谧的银盘，照得森林斑驳，森林深处似乎连风都透不进来，安静得让人窒息，雾露河畔茂密的密林木屋里，灯光摇曳。突然，静谧被打破，随着树枝断裂的声音，一个别着缅刀的士兵从旁边草丛里跳了出来，牵着一根绳子，随后又牵出一个被绑着双手的年轻人，他名叫登依（23岁），跌跌撞撞地奔向前面亮着灯的木屋。森林的黑色掩去了登依的面目，但看得出他头发蓬乱、上身赤裸，光着脚，略显慌乱的眼睛在黑夜里扫视四周。

士　兵：阿绵里！阿绵里！（快点！快点！）

短促的缅语像从士兵鼻子里面发出来的，听起来如同耳边飞过一只缅甸蚊子。他使劲拉了一下绳子，登依踉跄几步，腰间挂着西瓜大小的布口袋，左右晃荡，显得很沉。士兵踢开木屋的门，推搡着登依进入。

2.内　木屋审讯室　夜

不大的木屋内灯光昏黄，登依被重重地摔在地上，士兵嘴里嘟囔着听不懂的缅语，粗暴地把登依腰间的布口袋卸下，咕咚一声甩在地板上，滚了一尺远，里面像装了石头，登依目不转睛地盯着布口袋，死死咬紧嘴里的布条，发出呜呜的声音。登依手和脚像捆螃蟹一样被绑了起来，动弹不得；捆扎妥当，士兵又把布口袋捡起来，摆到墙角的木桌上后，走了出去。

登依使劲挣扎，丝毫挣不脱，又用力挪动身体，四下查看这间屋子。与门相对的墙上开着一扇窗户，但上面钉满了铁条，小缝隙只能透气。墙角的木桌上除了自己的布口袋，还摆着一盏煤油灯，昏黄的光线便来自它。四周异常安静，只有几声鸟鸣和蟋蟀声传来。满脸污泥的登依，盯着煤油灯的眼睛，逐渐恍惚起来。

（切）

3.内　赌石大会后台　日

这里是"赌石大会"现场，距离登依被抓到木屋的数天前。屋里依稀能听到屋外会场里的吵嚷声。登依很拘谨地坐在桌旁，对面端坐一个微胖的人（王掌柜）把茶盏轻轻放下。

王掌柜：赌石大会马上开始了……你准备好了没？

登依没说话，似乎没听到。王掌柜起身，轻轻拍了拍登依的肩膀，是安抚又是提醒。

王掌柜：小伙子，准备好了没？

4.内　木屋审讯室　夜

门被推开，一个穿着"布梭"（纱笼筒裙——缅甸克钦服饰）的缅甸人走了进来，后面还跟着一个身材高大、穿着黑衣的人（26岁的图门），图门站在登依身后的远处默默看着登依，而登依却看不到图门。布梭男把登依从地上提了起来，半跪在地上的登依神情萎靡不堪。

王掌柜：（画外音）各位老板，各路好手，翡翠城赌石大会开幕了！

布梭男拍打登依的脸，试图叫醒他。

5.内　赌石大会　日

（打脸声慢慢变成了鼓掌声）

——赌石大会现场，看台下坐满了看客买家，大家纷纷鼓掌叫好。观众和看台之间，堆满了圆滚滚的翡翠原石，有的白如蜡，有的黄如沙，有的黑如炭，大大小小，足足有上百个。会场布置在一所豪宅大院里，长五米深三米的看台背靠大院西墙，像戏台一样，用红绸、黄条装扮。台中央摆着一个敦实的石桌，台两侧摆放着好几架不同用途的解石工具。看台上的王掌柜走到石桌前。

王掌柜：欢迎各位来到翡翠城赌石大会！还是老规矩——既赢翡翠又赢钱，只要你能赌赢！怎么样都行！（引来更多掌声、叫好声）想必各位早有耳闻，近来有一位赌石奇才，年纪轻轻，逢赌必胜，鲜有败绩。就让他来第一轮赌！有请——

王掌柜往侧台快步走去，手一伸，拉着登依上台，看到登依不知是因为严肃还是紧张，脸上面无表情，王掌柜皱了皱眉。登依走上台，努力挤出一点尴尬的笑容，很局促地站着。王掌柜凑近登依。

王掌柜：（耳语）小马！放轻松！

王掌柜用手轻轻拍几下登依的脸。

（切）

6.内　木屋审讯室　夜

——登依嘴角流出了一股血，被布梭男掌掴的。

布梭男：叫什么名！

登　依：登依。

布梭男：同伙在哪？

图门盯着登依，无动于衷。

登　依：没有同伙。

布梭男：为什么闯城寨？

登　依：我要见你们老大哥赛温！

盯着登依的图门，仍旧无动于衷。

7.内　赌石大会　日

赌石大会的擂台上，王掌柜早已坐在石桌一侧的椅子上，登依坐在另一侧，身体僵直，显得很拘谨。

王掌柜：登依兄弟，你近来在赌石界声名远播，可是大家都还不了解你。来，介绍一下自己。

镜头推向登依的脸，特写。突然——登依的头被推向水里。

（叠）

8.内　木水桶　夜

从水桶底部拍摄登依的脸——他被用刑。布梭男摁着登依，登依无法呼吸，呛了几口水，挣扎。布梭男拉起登依。登依喘着大气，镜头推向他的眼睛。

登　依：（画外音）我在翡翠城里做工。

9.内　赌石大会　日

王掌柜：哦，是哪个走运的翡翠商能雇到你这样的奇才？

登　依：我在当铺里做工。

王掌柜：（轻蔑讽刺）当铺？原来你晓得怎么给好翡翠压低价格嘛！

台下一阵笑声。

登　依：其实我不懂定价，我还只是个小工。

王掌柜：小工？

台下变得静悄悄，众人凝声屏气。

王掌柜：哈哈，那就是说老板娘还没给你马甲缝小口袋啊！哈哈！

台下一阵哄笑。王掌柜站起身。

王掌柜：各位！各位！翡翠城来的小工登依。我们看看他的本事怎么样？！来有请赌石泰斗寸老先生上台，小兄弟，你可要打起精神啊！

登依看起来依旧发怯。

10.内　木屋审讯室　夜

登依的双手反绑，直挺挺跪在地上，头无力地深埋在胸前。身后的图门只是双眉紧皱，不说一句话。对面站着的布梭男查看布口袋里的东西——一块椭圆形黑乎乎的石头，表面像是裹了一层厚厚的蜡壳——他撇嘴一笑，露出满口黑黄的牙齿。

布梭男：你说给老大带了上好的翡翠？

登依吃力地点点头。布梭男随手把石头用布口袋包住，往旁边一扔，两手拍拍灰土，冲着图门摇头。图门吐一口气，打算离开。

登　依：上等的原石。我要跟你们老大赌！

走到门口的图门停步。布梭男则跨步上前，叉开腿，用力照着登依的脸就是一拳。登依鼻子顿时血流如注，瘫倒在地。

布梭男：你胆子真够大的！

话音刚落，布梭男又噌一下拔出缅刀，一手抓起登依头发，一手则把刀横在登依的脖子上。

登　依：（声音发抖）让我见哥赛温，我保证石头里有绝世翡翠！

图门听到登依如此说话，眉头一皱，走到登依面前。

图　门：（压低声音）你是来找死的……快滚吧！

登依眼睛睁得老大，他发现面前的人是图门！布梭男把登依提起来，放到旁边的一个木凳旁，割断登依的捆绳，把他的双手摊在木凳上，似要动刑。登依两眼惊恐地看着，情绪激动起来。

登　依：图门哥，你来了……

图门眼神暗示登依别作声。

图　门：……谁是你哥，少跟我套近乎！

图门斜眼看了看布梭男，看他没起疑心，继续审问。

登　依：赌石大会里我可一次都没走眼！哥！让我见你们老大！

图门冷笑一声，起身又退到黑暗处。

图　门：赌石大会让你变得路人皆知。可每个缅甸人都知道，雾露河里的石头，连上帝也看不透。你们中国有句老话，叫"神仙难断寸玉"（顿了一下）你年纪轻轻会相石？鬼才信！你骗得了赌石大会那帮傻子，骗不了我，对你这种造假的雕虫小技，老实吃点教训，赶快滚回家去！

登　依：我从不骗人，不信你让我跟哥赛温赌一把。

布梭男：这么爱赌，要不赌一下我要砸你的哪根手指？

布梭男操起一把锤子，对准登依的手指，在空中上上下下挥舞，威胁登依。登依不住地摇头，愤怒地看着其实看不清楚表情的图门。布梭男对着登依左手的小指，用力地砸下，登依疼地大叫，满头大汗如雨下。图门也皱了皱眉，就像砸在自己手上，布梭男看了图门一眼，图门收起怜悯的表情，恢复冷漠。

布梭男：他肯定只是个台前的小弟……（转向登依）说！谁指使你的？那些开出满绿的翡翠石头怎么造的假？

说完，布梭男紧紧盯着登依的脸。登依沉默不语。图门走上前，要过来拿锤子，布梭男见状退到一边。

图　门：见我们老大，肯定没可能。我看你就跟街头那疯子一样，赌石把脑子赌坏了，你听仔细了，现在让你吃点教训，赶紧滚。

话音刚落，图门一锤砸下，登依小指被砸得稀烂，疼得昏了过去。

图　门：（对布梭男）行了，让他吃点教训，拖出去扔街上这事就结了，在他身上浪费时间干嘛，咱哥几个喝酒去。

布梭男：（耳语）图门哥，不行啊，哥赛温说了，让我一定要查清楚。

图　门：大哥说也让你查？

布梭男：（压低声音）就说嘛，你一个人查完不就行了？

图门疑窦丛生，显得有点紧张，布梭男没注意太多，他只顾着对登依泼一盆凉水，被激醒的登依浑身发抖。

布梭男：打我们老大的主意？谁派你来的？

登　依：没人派我……我也没造假，我就是能看到石头里的翡翠……赌石大会能证明一切！

布梭男蹲了下来，盯着登侬那双清澈而坚定的眼睛……镜头定格在登侬脸部特写上——嘈杂的人声入。

寸　老：（画外音）年轻人，相石的本事可不是毛头小伙儿能具备的……

11.内　赌石大会　日

台下人声鼎沸，王掌柜站在擂台边，一个年纪稍长的老者（寸老先生）在考核登侬，花白的头发盖着一个像瓶底般厚实的眼镜，这是个相石专家。

寸　老：……给来赌石大会的各路好手亮亮绝招！

老者拿出两块石头，都是黄沙皮毛石，比西红柿大一点，一手一个。

寸　老：（继续）先赌赌这两块石头……哪个有翡翠？

登　侬：（扫了一眼脱口而出）都有。

寸　老：你选一块，如果开出来的翡翠比另一块好就算过了这关。

说完寸老先生露出奸诈的笑。登侬紧盯着两块石头的眼睛，甚是清澈。

12.外　翡翠城街道　日（1925年）

（镜头用各种景别和角度展现）

1925年。翡翠城。八岁的小登侬像风一样在街上穿梭。跑得太急，他差点撞倒了拐弯处摆着的茶摊，但是老板并没有责骂他。

茶摊主：小登侬，听，马铃声！看看你爸从缅甸带啥好东西回来了！

登侬笑逐颜开，继续往前跑，寻找叮叮当当的铜铃声。

13.外　翡翠城城门　日

马帮一行正穿过一个石头闸门，门头牌匾上书"文治光昌"——

童　谣：（画外音）哐哐哐，骑马下永昌，永昌有我大堆栈。锵锵锵，骑马下古永，古永有我小姑娘。

——威武的头马走在队伍最前面，深褐色的皮座垫被磨得明晃晃，马镫两侧塞满了麻布包裹着的货物，马背上搭着一条黑色棉麻混纺的大长布，边缘处磨损的毛边迎风舞动；马颈处树立着一面令旗，红布上书黑色大字"令"，牵着头马的，是人称"马锅头"的大哥、登侬的父亲——登耀春。

14.外　双虹桥　日

登侬立在桥头，直直地盯着自己父亲率领众人踏上进村的双虹石桥。他身旁挤过来一个稍矮一点的小女孩（7岁的米初蝶），笑意盈盈地肩并肩挨着登依，一起翘首期盼。很快，周围涌上来的村民把石桥边上的歇马坪围了个水泄不通，女人抱着孩子，花白头发的老人们吵嚷着，急急地等马帮进来。

村　民：可算回来了，这次走了八个月，太久了！

登依听了，扭头和米初蝶聊。

登　依：蝶子妹，你猜我爹有没有给我带回来？

米初蝶：大伯神通广大，肯定带回来了！

米初蝶硕大的杏眼眨巴眨巴。登依耸肩，挤了一下米初蝶，俩孩子开怀大笑。父亲带领的马帮依次从石桥走下，便立即被迎接的村民围上，登耀春拆下几个包袱给村民后，被拨开人群跑上来的儿子紧紧抱住，后面跟着米初蝶，登耀春伸开长臂，把两个孩子紧紧搂住。

登　依：爹，给我带了缅甸黑石头嘛？

登耀春：（皱眉摇头）爹跟你说了多少遍了，你现在应该好好读书，别老想着石头。你看看爹给你带了什么？

登耀春掏出了一支钢笔，递给了登依。

登　依：爹，这是什么？

登耀春：这个叫钢笔，跟西洋人换来的。一次可以写很多字。

登依拿在手里，看不出高兴还是失望。登耀春给了米初蝶一串手链，看到儿子反复端详钢笔，嘟个嘴。

登耀春：小子，还不高兴了！爹早跟你说过，别想着石头啊翡翠啊什么的，咱家从你爷爷那代开始就发誓不弄那些。

登　依：为什么啊！翡翠城里人人都……

话没说完，登耀春便打断了登依。

登耀春：好了，打住，你看看爹还给你带回来一个——

登耀春说着，扭头挥手、又伸手拉过来——一个缅甸男孩（11岁的图门）。

登耀春：——小哥哥图门，长你三岁，以后你们就是兄弟了。

登依满脸惊讶、透着失望，站在一旁的米初蝶张大嘴巴，对面的图门头略低，黑黑的脸蛋始终没什么表情，他看了看前面比他矮半头的登依，不发一言，一手扯着自己的衣角，一手搓着大腿裤缝；一只脚土布鞋，一只脚草鞋，脏兮兮又很破旧。

登　依：爹……

登耀春：依儿，你带图门先回家歇歇，蝶子晚上和你爹也过来，一起吃晚饭。我卸完货就回去。

米初蝶应了一声，和登依、图门离开。

登耀春：图门头一次来咱家，你们带他直接回去，千万别跑丢！

说完，登耀春忙着招呼众人卸下琳琅满目的货物，他身后的马帮驮队早已被村民围住，大伙儿纷纷挑选各自心仪的新鲜物件儿。此时已近黄昏，夕阳下卸了货的马匹轻摇马尾，甚是惬意，马帮队员们在桥边、石墩上坐着歇脚，与跑进跑出的村妇、孩童们说笑着。

15.外　登依家院子　夜

手里提着一个木盒子的登耀春大步流星走进院门，绕开照壁进入院子却被眼前的情景惊了一下。登依和图门面对面杵在院子里，相隔十几步，像两头正在蓄力的小公牛。登依气得浑身发抖，捏着拳头，右手握着笔尖已经严重损坏的钢笔，狠狠地瞪着图门。图门却面无表情，一言不发，看到刚进来的登耀春，摇摇头又继续把头低下。登依看到自己父亲回家，就像看到了救世主，指着图门。

登　依：爹，他把我的钢笔弄坏了！

登耀春看了看横竖就是不开口的图门。面色苍白、身形消瘦的妻子顺祺急匆匆地走了出来，她摸了摸登依的头，又拍了拍图门的肩膀。

顺　祺：没什么，图门，是叫图门吧，（对丈夫说）他可能是想教登依怎么用，争来抢去就弄坏了，这事赖我，赖我……

登耀春：登依，不管遇到什么事，要心平气和地解决，钢笔坏了咱们可以修，不能一味地发脾气。

登　依：反正他不能抢我的东西！

登依气鼓鼓地说，用坏了的钢笔指着图门。图门显得有点惊慌，往后退了几步。妻子赶忙上前扶住了图门，安慰。

登耀春：登依，不能这样，图门毕竟刚刚来咱家，登家待客之道可不是你这样的。

登依气得扭头进了屋。登耀春领着图门，一同进了客厅。

16.内　登依家主厅　夜

顺祺帮登耀春脱下了大长外套，挂在乌黑色的檀木衣架上，衣架下面连着洗脸盆架，清冽的泉水盛在里面。

顺　祺：来，洗把脸。

顺祺安排沉默不言的图门坐好，咳嗽了几声。

登耀春：孩他娘，身子不舒服？

顺　祺：已经抓药吃了，不碍事！

这时，米初蝶跑了进来。

米初蝶：耀春伯伯好，顺祺伯母好。

后面跟着进来米初蝶的父亲——老米。两个老伙计见面，分外高兴，拥抱后坐下聊天。

老　米：老登，这趟怎么这么久？

登耀春：本来一路很顺，眼看着要过雾露河了，发现有缅兵拦截，我们绕路走，兜了一大圈。

老　米：（压低声音）听说这些缅兵专挑马帮下手！

尽管声音不大，但还是被顺祺听到了，正在从水缸里舀水的她，愣了一下。登耀春示意老米别再继续这个话题。

老　米：（知趣地）耀春，你带回来一个老缅男娃？

登耀春：喏，在那儿坐着呢，刚来就和登依闹矛盾了。哈哈！

米初蝶靠在自己父亲一旁，却斜眼盯着坐在屋角不动的图门，她很好奇。母亲顺祺从柜子里拿出一双新布鞋，鞋帮雪白，她给图门换上。

老　米：这个娃儿没爹妈？

登耀春：他爹刚死不久。

老　米：热病？

登耀春：（摇摇头，压低声音）他爹是缅甸人，在会卡挖矿，被倒灌的雨水淹死了。他娘祖上是咱腾冲人，生了他没几年死了。（喝两口水）娃儿偷偷跑到马队里藏了一宿，我们发现他的时候，已经出了缅甸会卡。

老米吸两口水烟，浓烟缭绕，点点头。

老　米：你打算收养这娃娃？

屋里一角坐着的图门默默地坐着，低头观察自己的新鞋，开心地扭着脚。

图　门：（喃喃自语）帕拿……帕拿……（新鞋子）。

登耀春：登依！来！（登依跑了进来）你带图门和蝶子出去玩。

登依尽管极不情愿，但也拗不过父亲，领着图门出去。登依妈妈走过来给老米端了茶，坐在一旁。看孩子们都出去了，登耀春才说。

登耀春：独柴难烧，独子难教。和登依凑一对兄弟不挺好的嘛。

老　米：你看弟妹这段时间身体不太好，咳起来没完。你带马帮一走就是几个月。（压低声音）要是再把这个娃留下，弟妹哪能吃得消，唉……

顺　祺：不怕，吃两副草药就没事了。

登耀春饱含歉意地看着妻子，紧紧地握着妻子的手。

登耀春：明天我带你到药王宫瞧瞧郎中去。

老米突然笑眯眯地，喷两口烟。

老　米：哎，弟妹，有个事我想很久了，趁着耀春也在，商量下……呵呵，我看你家登依和我家蝶子挺合得来，要不先定个娃娃亲吧？再过两年把喜事一办，两家合一家，如何？

顺　祺：蝶子这娃好！俗话说亲上加亲，镰刀挖心！就这么定了！

登耀春不住点头，眼睛都笑弯了。

17.外　戏台下　夜

登依拉着米初蝶，后面跟着图门，三人一前一后走进了戏场，远远听得唱戏声——正演三国戏。

刘　备：文聘，你乃荆州刘表之臣，卖国求荣，甘心降曹，来踏自己军民，你不如禽兽！

登依看到影幕上刘备和文聘打斗，兴致起来，主动拉着图门的手，往前排挤。

18.内　登依家主厅　夜

老米眯眼喷了一口烟。

老　米：老话说得好，老缅是闷炮，比响炮还炸手。你瞅瞅缅娃那个闷样儿。

登耀春：总不能看着这娃儿在石头洞子里自生自灭吧。等来年再长大点就放在马帮里当个小锅头。

19.外　戏台前　夜

图门听不懂戏文，但也知道大概是什么意思，眼睛盯着眼花缭乱的皮影戏，早已被吸引。

登　依：好看吧！你以前没看过吧！（小骄傲）

图门摇摇头。目不转睛盯着影幕。手持丈八蛇矛枪的张飞，三声断喝，引来观众阵阵叫好声和掌声。图门看观众们热情地叫好，又看影窗上惟妙惟肖的表演，渐渐露出一点笑容。

20.内　戏台后台　夜

图门眼睛盯着影幕里上下翻腾的"张飞"，缓缓绕到了后台，好奇心驱使他看操纵竹签的老艺人。图门出神地盯着后台的一切，身旁不时传来即将上场人物"清嗓子"的声音，图门看到一个枣红色的木箱子开着盖儿，里面躺着一名武将（张飞），他模仿老艺人，轻轻举起了竹签，张飞慢慢起身，和图门对视着。台上正在打斗的张飞龇牙咧嘴，发出"哇呀呀呀"的声音。

老艺人：豹子眼，性情暴……

原来是皮影戏老班长，指了指张飞的眼睛，又指了指图门的眼睛。图门学张飞把眼睛瞪老大，露出"愠怒"的表情。登依远远地看着，扭头跑开。

21.内　登依家主厅　夜

顺　祺：你们刚才说的缅兵的事我都听到了，孩他爹，情况严重不？

登耀春：咱们这支马帮百年来走的都是出会卡、经密支那、过雾露河、进腾冲。现在缅兵泛滥，拦腰截断了出缅甸的路，心狠手辣还神出鬼没。

顺　祺：那以后这条路不能走了。

登耀春：倒也不打紧，只是要更加小心了。

老　米：可不能大意，好多做买卖的有去无回，听说都是被这帮野兵害了。

顺祺别过头，叹了一口气，咳了几声。登耀春握着妻子的手，安慰道。

登耀春：行船走马三分命，干咱这个的，几十年了不是脑袋别在裤腰带上？就算不挨枪子儿，一路的毒蛇大虫，哪个不要命？这么多年都过去了，闭着眼都能走的路，放心吧。

老　米：话是这么说，可生处怕水，熟处怕鬼。以前沿路的人一听马帮铃声都伸手帮，现在的那些兵蛋子，听到铃声就想抢！老弟，咱可要小心。

听到这里，顺祺连咳几声，登耀春赶忙给拍了拍背。这时孩子们回来了——但只有登依和米初蝶，唯独不见图门。

登耀春：准备吃饭吧！图门呢？

登依刚抓起一块糯米糕塞嘴里。

登　依：他没回来吗？

顺　祺：傻孩子，他刚来咱家，哪识路啊。你们干嘛去了？

米初蝶：我们去看皮影戏，图门可喜欢了，都看傻了，还没演完就跑后台看皮雕子去了，我们就先回来了。

登耀春：登依，去，找图门回来再吃。

登依不情愿地出门。

22.外　戏台　夜

戏台的观众人群早已散去，戏班子也只剩下几个小伙计收拾箱子，不见图门。登依四下转了几圈，仍找不到图门。登依紧张起来了，急匆匆地回家。

23.内　登依家主厅　夜

登依满头大汗，用紧张的眼神看着自己的父亲。

登耀春：登依，你和蝶子看家，哪都别去。

父亲、老米和母亲三人立即起身，匆匆出门。

24.外　翡翠城街道　夜

夜晚的翡翠城，尽管商铺林立、灯光明亮，但街上人已经少了很多。三人分头寻找。老米走过石匠街，一家铺子挨着一家铺子找，每家铺子大厅里都摆放着解石架，乍一看，像给人用刑的刑具。登妻子沿着食品街寻找，挂着饵丝的铺子、迎风扬起的"广子""三滴水"招幡，一家挨一家。登耀春转了几条巷子，进到了一个露天的玉石交易市场里。

25.外　露天市场　夜

摆摊的渐渐散去，里面还剩正在收拾的几个来自缅甸的石头商人，登耀春抓住其中一个问。

登耀春：卡拉义？卡拉义？（小孩？小孩？）

缅甸人摇头，摊手。登耀春旋即离开，走出市场北门，是一片光秃秃的山坡。

26.外　废石场　夜

山坡堆满了解石的废料，有的是直接不要的废石头。山坡外是乱坟岗。刚要离开的登耀春，突然发现石头堆里的图门——白鞋边在暗色的石头堆里，显得特别扎眼。登耀春赶忙跑过去，抱起昏过去的图门。

27.内　登依家卧室　夜

图门仍然昏睡，登依和米初蝶远远地看着大夫给图门号脉。登耀春、妻子和老米围在床边。

大　夫：可能是受了惊吓，看两天再说。

登耀春点点头，大夫离开，临出门，又招招手，叫登耀春过来说话。

大　夫：缅娃倒是看不出啥大毛病，可能受惊了。可是（压低声音）你家顺祺的身体可不敢大意，赶明儿我给抓几副药，让登依来取。

登耀春点点头，送走了大夫。

28.外　翡翠城街道　日

登依拎着五大包草药，往家跑。

29.内　登依家客厅　日

家里没人，登依把草药放在桌上，绕进卧室，查看图门。

30.内　登依家卧室　日

登依走进，发现床空着。他愣住了。腾地，登依像弹簧一样，往外跑，边跑边喊。

登　依：爹！娘！

登依跑出门，碰到街坊。

31.外　登依家门口　日

街　坊：到乱坟岗找你娘！

登依一阵风似的跑走。

32.外　废石场　日

登依跑到了找到图门的那个废石场。父亲也在一旁站着。

登　依：娘！

登耀春：嘘！

登耀春一把搂过登依，登依睁大眼睛看着眼前的一切。顺祺席地而坐，面朝乱坟岗的方向。在她身边地上摆着一张白布，布的四个边分别扎着"神马"——纸扎成的马，马背上插有扇子，背对乱坟岗。白布中央躺着图门，图门胸口倒扣着家里舀水用的葫芦瓢。顺祺一旁的婆子，嘴里念念有词，做着仪式。配合着婆子念叨，顺祺拿起葫芦瓢朝着乱坟岗方向一遍一遍地舀着，像是要把魂儿给图门舀回来。顺祺身体渐渐弯曲，身子还时不时因咳嗽而剧烈颤抖。

婆　子：……神打百解……娃儿回魂……

站在十几米外的登依，呆呆地看着一切，他从没见过。

老　米：都快一个时辰了，这招对老缅娃管用不？

登耀春若有所思地盯着眼前的景象，摇摇头，或许是不知道，或许是不管用，或许是别的。登依眨巴着大眼睛，满脸焦虑。突然，婆子大喝一声！众人为之一振。白布上躺着的图门慢慢地睁开了眼，看到身旁满脸疲惫的顺祺，图门皱干的嘴唇弱弱地动了一下。

图　门：妈妈？（发音）

婆　子：醒了，醒了。

众人围了上来，顺祺虚弱地对登依说。

顺　祺：以后他就是你亲哥哥了，兄弟之间要相互照顾……

这时图门缓缓睁开眼睛。

（切）

33.外　翡翠城街道　日

街道一角是一处正在拆的房子，工人们已经把木板、大梁等木料运走，工人们准备推倒院墙。登依、米初蝶坐在拆房现场的街对面，俩人煞有介事地盯着工人们推墙，突然，图门从二人身后跑过，加入到对面工人的行列里推墙。

登　依：（大喊）图门，快回来，太危险！

米初蝶着急地跳，跟着登依喊。图门抹了一把黝黑的脸蛋，跟工人们一起把墙推倒了。图门从灰土中跑了出来，坐到登依旁边。

登　依：等工人们走了我们再去找。

米初蝶掩嘴而笑，图门丈二和尚摸不着头脑。

图　门：找什么？！（有点拗口的发音）

登　依：小点声！都听到了！（登依一把捂住图门的嘴）

工人们离开。登依三个小孩跑进倒塌的院墙地儿。

登　依：我来挑，你俩捡……（四下翻翻）这块好，接着！

登依捡起一块方形不太厚的石板废料，给图门扔了过去。图门把布包打开，扔到里面。

34.内　玉石店　夜

登依、图门和米初蝶三人站在柜台前，桌上摊放着布包，口敞开着，里面零七八碎的石头石片溢了出来。

登　依：都是翡翠老料！种好、有水头，你看这个，豆，豆青绿……老板，你买下吧！

老　板：哈哈，这些词你都是从哪里听来的。（看了看其中的几片石料）老倒是够老的，但都是边角废料，小子，哪家老宅子又拆了？！（笑着嗔怒）

米初蝶：（插嘴）老黄家……

登　依：别说！

登依赶忙捂住米初蝶的嘴。

老　板：价呢肯定是卖不上去，不过可以给你换点别的东西。

登依扭头看看米初蝶，看看图门，这两个人都默不作声。米初蝶只盯着柜台里的一支玉簪出神。

登　依：我要顶针、铜铃铛、张飞皮雕子，还有，呃，这个。（指了指发簪）

老　板：鬼小子，早就想好了是吧！拿这些个烂石头换我这么多？

登依像小大人一样，胳膊叉在胸前。

登　依：你看都是好牌子料，可卖不少钱呢！你看看，换不换吧！

说完，登依哼一声，扭头。老板笑笑，转身离开。图门看老板离开，气得撸起袖子。

米初蝶：哥，是不是要太多了？

登依像泄了气的皮球。图门痴痴地看着登依砍价，眼睛转来转去。

登　依：真的要太多了吗？

这时老板走了出来，登依马上又把胳膊叉起来，但显然没刚刚那么神气了。老板哗啦一下，把登依要的东西堆在桌面上。

老　板：（笑着）人见心烦狗见吐！臭小子，拿走吧！

登依使个眼色，图门刷一下把东西搂到怀里，三人憋着笑，跑了出去。

35.外　玉石店外街道　夜

三人一阵小跑，生怕老板反悔。跑开一段后，三人面对面围一圈，看换来的东西。登依拿起发簪递给米初蝶，拿起张飞皮雕（皮影戏用）送给图门。

米初蝶：登依哥，你怎么知道我想要发簪呢？

登　依：我看你打进去就盯着它看！

米初蝶：嘻嘻！

图　门：（对登依）你自己没有嘛？

登依装着大人样，摆手、迈着四方步、向前走。图门和米初蝶跟在后面。

登　依：你们高兴了我就开心！下次找更多的翡翠我再换东西给你们！

米初蝶：（蹦蹦跳跳地）登依哥哥，你教教我，怎么从石头堆里找翡翠！

登　依：我一眼就看到了！你们看不到吗？

米初蝶：胡说八道！

图　门：你能看到？看哪儿啊？

三人走在翡翠城里潮湿的石头路上，脚步轻快，这是他们最快乐的时光。

36.内　登依家卧室　夜

登依轻轻把顶针戒放到了母亲的针线盘里，古银色的顶针戒在一堆红色的线团里显得异常醒目。

37.外　登依家后院马厩　夜

登依冲着马儿嘘了两声，轻轻抚摸了几下，从口袋里掏出铜铃铛，系在了马脖子上，完事用手轻轻拨一下，叮叮响起。登依笑了。登依看到远处图门的小屋里灯光明亮，图门模仿皮影戏匠人，在窗户上摆弄张飞皮雕子。这时的登依，满足极了。（注：翡翠城的许多老房子，用翡翠的边角废料作石材打地基，墙一推倒，被埋了几十年的翡翠便露了出来，当年的废料，现在也值点钱了。）

38.内　赌石大会　日

登依盯着石头的眼神逐渐平静下来，指着其中一块。早已候在一旁的解石匠拿起石头，绷起钢丝锯，三下五除二便把石头一分为二，寸老先生全程紧盯，看到里面露出糯底飘绿的翡翠，会心一笑。

寸　老：仅仅是个糯底，年轻人，还是眼力不到啊。

登　依：另一块更差。

王掌柜示意，工匠麻利地开了另一块石头，赌石大会观众们眼睛一眨不眨地盯着工匠解石。登依倒是很平静地坐在那里。只见寸老先生扶了扶眼镜，摘了又戴上，戴上又摘下。

登　依：也是糯底，但没水头。

王掌柜：精彩！第一轮登依兄弟顺利通过，这块翡翠归你了！

王掌柜把另一块石头啪嗒一扔。寸老先生微微一笑，从口袋里掏出一个棕色小瓶子，指甲抠出一点膏状物，抹到小烟枪里，点燃吸食。

寸　老：二选一，很好猜。不算本事。

登　依：我可不是猜的。老话说了：黄皮翻黄沙，遇到不匀别犯傻。

王掌柜听了微微点头，会场看客发出啧啧声，有人起哄。

起哄者：小子！谁教你这些的？还有什么口诀，说来听听……

登　依：口诀……没，没人教我，其实，我，我知道的也不多。

寸　老：石头的外表极其复杂，就像人脸，很难找到两块完全一模一样的玉石。所谓千人千脸，千石千面。刚才只是小试牛刀，来人——上两块赌性大的石头！

两人应声而入，各挎一个大竹兜，里面盛满了大大小小的原石。登依定了定神，盯着他们一个一个摆放在地上的石头。

寸　老：——毕竟是一年一度的赌石大会嘛！来看看这些石头……

寸老先生腰弯不下来，手里拿着一根竹竿，指指点点。

寸　老：……瞧瞧，这才是真正有本事的人才感兴趣的石头。年轻人，你想在赌石界立足，这才算是开了个头。

登依站了起来，佝偻着身体，走到一排石头面前。石头有的是椭圆形，有的带棱角，形状不一，外表的颜色也都不一样。登依挨个查看石头，每看一个石头，嘴里便低声地念叨着"口诀"。

登　依：老帕敢黑乌沙……会卡……马勐湾的水锈……大谷地黄梨……大马坎半山半水……黄巴石灰衣……莫六的不碰……后江田鸡翻砂的不要……雷打的不看……新场……

只看了一遍，登依直起身，眼神坚定，若有所思。

（切）

39.外　翡翠城街道　日

登依（13岁）、图门（16岁）和米初蝶（12岁）三人在街上闲逛，图门掏出一颗绿色的硬糖塞到米初蝶嘴里，米初蝶回以甜甜一笑。

米初蝶：苹果味！

图　门：不许嚼碎，吃一半的时候给我。

少年图门说话口气已然和那些跑来做生意的老缅有几分相似。

米初蝶：干嘛？你自己吃一颗嘛。

图　门：管那么多，一会儿给我。

米初蝶把糖拿到手里看了看，又放回嘴巴里。登依不解地看着二人。

登　依：你……你要糖干嘛用啊？

图　门：这你别管，你上课时间到了，赶紧去学堂！

登　依：肯定不是什么好事，要是被爹知道了，打不死你！

图　门：爹从不打我！

图门边说边问米初蝶要了嘴里的半颗糖，放在手里，绿色的糖果在阳光下闪闪发亮，像一颗翡翠。

图　门：哥晚上带你们买好吃的去。

图门嘿嘿一笑，一溜烟跑走了。

40.外　露天的珠宝市场　傍晚

在一处墙角，图门神神秘秘地捧着一块旧布，一层层打开给另一个留着小胡子的年轻人看，图门不时地四处张望。一枚泛着绿光的戒指露了出来，指甲盖大小的翡翠镶在上面。小胡子凑过去仔细盯着看戒指。

图　门：老佛爷用过的！你可算是遇着了……哎哎，只能看，不能摸！

小胡子：我怎么看着不太对呢……

登　依：哎你识不识货啊！

小胡子：（嗅了嗅鼻子）怎么一股香味？好像是……苹果味。

图门神色慌张地赶忙收起戒指，可小胡子手疾眼快，已经把戒指抓在了手里，使劲在翡翠戒面上搓了几下。

图　门：你别……

小胡子：这么黏？（舌头舔了一下）你妈的！是糖！

小胡子把戒指砸向早已跑远的图门。

小胡子：小兔崽子，骗到老子头上来了！

登侬在不远处看到了这一切。

41.外　百宝街赌石市场　日

弟兄二人来到了一个叫喊声特别大的赌石摊位里。他们看到地上摆了一排原石（摆法就类似于赌石大会里的那种）。登侬全神贯注地看。一个看起来阔气的商人在石头前走来走去，嘴里念念有词。登侬特别仔细地记住每个词，聚精会神地学。

商　人：口诀口诀，嗯，好像是——后江田鸡翻砂的不要……雷打场细绺多如发不要……就它了！我要这个！老板来！

商人走上前把手伸进老板宽大的袖筒里，二人用手语出价。商人简直就是一个戏精，全在脸上，而摊主老板，镇定自若，两眼放光。图门像猴子一样跑来跑去，想窥探买卖双方出的价，始终未能如愿。最终，二人成交，进了里间，不一会儿，商人兴冲冲地出来，抱起石头就走。登侬和图门立马跟上。商人抱着石头拐了几个弯，到了市场一角的老解石匠院子里。登侬和图门跟着进去，一探究竟。

42.外　老石匠小院　日

坐在解石工具架一旁的老石匠，慢条斯理地说着规则。登侬、图门二人倚在院门旁。

老石匠：要发财赌石头，要垮台赌石头。你可懂得？

商　人：懂！

老石匠：一刀穷一刀富一刀披麻布。你可懂得？

商　人：懂懂！

老石匠：多看少买，见好就收。你可懂得？

商　人：懂懂懂，我都懂！

老石匠拿起石头，反复看了几下，又盯着商人看了看。

商　人：我等不及要看里面的帝王绿了！哈哈哈！

老石匠看了商人一眼。

老石匠：你要擦还是要解？

商　人：哪种快？

老石匠：解。

商　人：那就解！

老石匠：确定？

商　人：赶快给我解！

老石匠摇摇头，开始解石。登依留心老石匠的每一个动作。老石匠麻利地把石头放到解石机上，用金刚丝圈好，一手拉、一脚踩，只见金刚丝像刀一样，飞快地来回切割石料，老石匠另一只手则不断用滴水壶给切割处滴水，只见钢丝越嵌越深，不一会儿，咔一声，石头被解开了。

商　人：怎么样，涨了吗？涨了吗？

老石匠：（平静而缓慢地）你自己看。

商人半蹲着跑了过来，像是给祖宗磕头般咕咚跪在石头前，两手发抖地拿起石头，待转到切割面时，商人瘫倒在地，两瓣石头滚了出来，在阳光的照射下，那被剖开的一面泛着惨白，只有石心里有一点点玉，但质地很差——彻底赌垮了。登依和图门都看傻了，俩人一左一右扶着院门两侧，登依使劲抠着木门枢。半晌，商人颤巍巍地站了起来，双眼失神。

商　人：（喃喃自语）完了，彻底完了。是不是口诀记错了？老师傅，工钱多少？

老石匠：算了，钱你留着做盘缠，回家好好做个买卖，别再碰赌石了。走吧走吧。

商人嘴里道谢，拖着无比沉重的脚步出门。

老石匠：哎，你的石头！

商　人：赌垮了，不要了……怎么会垮呢？口诀明明……

登依和图门盯着商人离开。登依走进院子里，老石匠捡起半个石头。

登　依：石爷爷，你是不是早知道要垮？

老石匠看着眼前这个少年。

登　侬：您怎么看出来的？

老石匠：（笑笑）十赌九输。

老石匠把半个石头放在一个砧子上，操起一把铁锤，咔嚓一声，厚实的石皮被砸开，中间质地比较粗糙的翡翠差不多拇指大小。

登　侬：那为什么那么多人还要赌石？

老石匠：都觉得自己是那一个赢家。（顿了一下）你问问跟你一起来的那个小伙子。问问他，为什么想赌。

图门惊呆了，老石匠看穿了自己。登侬扭头看着图门。

图　门：对！我觉得我一定能赌赢。

老石匠：（对图门）你眼睛里充满了欲念，将来难免走上绝路。

图　门：为什么？

老石匠：（悠然地）欲望难遂意，你必定铤而走险；欲望遂了意，你反而堕落其间。总之没有好下场。

图门愤然离去，头也不回地。登侬愣在原地，深受触动。

老石匠：年轻人，你能听我这个糟老头唠叨这么久，也算是有缘分，这块石心送你，虽然不值大钱，留着也算是个意思。

登　侬：石爷爷，要是他赌之前就知道里面只是一块小翡翠石心就好了。

老石匠：哈哈哈，除非有火眼金睛。

登　侬：真的是神仙难断寸玉嘛？

老石匠：若不解开石头，饶你用尽办法，最多能看到石皮下一寸。一寸之下到底是什么，只能赌！赌石、赌石，赌的就是这一寸之下。

登　侬：石爷爷，我想跟您学赌石！

老石匠：（喝口茶）我自认为解石头还是有点本事的，至于赌石嘛，呵呵……（摇摇头）教不得，教不得，你要实在想学，我可以教教你解石。

登侬笑得开了花。

老石匠：去回家吧，三日后来取石心。

43.外　翡翠城街道　日

登侬一路小跑绕过街角，看到一群人围着一个蓬头垢面的人（疯子），传来一阵阵哄笑。

围观人：来，砸开看看里面的翡翠！快点啊，哈哈哈哈！

疯　子：不可能，你倒是快出价啊！不出价我就不砸！

围观人：你砸开我就出价！哈哈哈！

疯　子：你看这个皮壳，黄皮翻黄沙，遇到不匀别犯傻！你看！

围观人：你这赌石口诀背错了吧，这明明是绿皮嘛！

众人又是一阵哄笑。登依钻进人群看——原来，众人在逗一个抱着西瓜当赌石的疯子。

围观人：这人早年尝过赌石的甜头，后来押了自家房契赌石，最后赔得底儿掉。老母气死，婆娘跑了。唉。

围观人：解石刀一刀下去，我看是砍掉了这家伙的脑瓜子，天天在街上找翡翠。

疯　子：我要开了啊，要开了，看好了！

疯子一拳抡下来，西瓜被砸开，瓜瓤四溅，瓜汁四溢，疯子高兴得手舞足蹈，众人纷纷"喝彩"。

围观人：涨了涨了，看这水头！哈哈哈！

疯　子：涨了涨了，看这水头！哈哈哈！涨了涨了，去接媳妇回家咯！

说着，疯子用手抔起瓜汁喝了一口，举着半个瓜，喊着"涨了涨了"跑去找媳妇了。众人很快散去，登依也乐不可支地回家。

44.内　登依家主厅　夜

登依刚迈进家门，就看到父亲母亲坐在厅中，图门跪在前面。看到登依进门，父亲声色俱厉。

登耀春：你还知道回来？跪下！

登依默默地跪在图门旁边。登依与图门对视一眼，图门显得非常平静。

登耀春：去哪里了？

登　依：集市。

登耀春：哪个集市？

母亲给登依使眼色，意思是别撞父亲的火。兄弟二人没吱声。

登　依：百宝街集市。

登耀春：百宝街集市，去了赌石场。对不对！

不容二人回应，登耀春操起桌上的马鞭，对准登依，使劲便抽。母亲大惊，赶紧阻拦登耀春，图门眼疾手快扑到登依身前，挡住了几鞭子。

图　门：爹，你打我，不关登依的事，是我拉他去看赌石的……

登耀春：嘴是别人的，腿是自己的，还是他自己想去！登家祖训忘得一干二净了！图门你起开！

说着，登耀春踹开图门，抢起鞭子打登依。登依身上受了几鞭，仍岿然不动，用态度反抗父亲。

登耀春：不知悔改的东西！看我不打死你！

登耀春胳膊一挥，把妻子生生推开，照着登依的背就是一顿抽打。突然——

图　门：娘！娘！

大家才发现原来顺祺被登耀春推开后，撞到了墙上，昏厥在地。

45.内　登依家卧室　夜

月光清冷，打在屋里灰色的火山石地面上，坑坑洼洼的砖面就像人忐忑的心。登依母亲睡得很沉，额头上缠着纱布，脸色苍白。双眉紧皱的图门坐在旁边的椅子上，守着母亲，就像当年母亲为自己舀魂儿一样。

登耀春：（画外音）翡翠城里有句古话，传了上千年——穷走夷方急走场。

46.外　登依家院子　夜

登耀春和登依促膝而谈。

登耀春：什么意思呢？翡翠城先民生活穷困的时候，就远走缅甸，来回做点买卖，所以叫穷走夷方。走的人多了，结伴而行，就是现在的马帮。着急用钱的人呢，就去玉石场里，去干吗？赌石。

登　依：穷走夷方急走场……

登耀春：爹不让你们兄弟俩碰赌石，正因为赌石毁了太多人家了。

赌石有一种说不清的邪劲儿，尝过甜头的人就再也没法做其他生意了。就像什么，就像喝惯了烈酒，再去喝白开水。那些卖布卖盐的，谈半天也只是几分几厘之争，赌石的人一举刀就是十万百万。大风大浪里游惯了的人，哪能看得上洗澡池。

登　依：爹，为什么，为什么会有赌石？

登耀春呵呵一笑，摇摇头。

登耀春：你小子老去玉石场，就没看过好翡翠吗？

登依点点头，随即又摇摇头。

登耀春：说来道去，没有哪个人能抵挡住美玉的诱惑。翡翠的温润是仁慈，翡翠的坚硬是智慧，翡翠发出清脆的声音那就是美德。就不说这些被读书人盛赞的品质，好翡翠那可是价值连城啊……可是美玉却藏在顽石中。

登耀春望着远方，沉默一阵。

登耀春：（继续）我就像你这么大的时候，有一天，你爷爷把我叫进屋里，把门反锁，桌上放着一个红缎子包，你爷爷一打开，顿时一片绿光闪了起来，红透了的荔枝皮包裹着硕大的翠绿色露珠，金黄色的阳光打在上面，就像洒进一片绿色的湖水中。我一下子就愣住了。这时候，你爷爷哗啦把窗帘拉上，屋里顿时一片漆黑……

登耀春回忆得激动，站了起来，模拟当时的动作。

登耀春：黑暗中，那翡翠依然一汪碧绿，光芒四射，像一个神奇的生灵，浑身晶莹剔透，我走近细看，不敢触碰，生怕凡人的手会让它抖落散开，我在那块翡翠的倒映中，第一次看到了你爷爷饱经沧桑的脸，竟然笑得像个孩子！

登依听着，微笑着，似乎也陷进了父亲的回忆中。登耀春手舞足蹈。图门也沉醉在想象中。

登耀春：这样的翡翠看不够啊！

登　依：爷爷是赌石赌出来的吗？

听到这个问题，登耀春沉静了，点点头，坐到登依一旁。

登耀春：你爷爷曾是玉石大王，逢赌必胜，还独创了赌石口诀……可死的时候却衣不蔽体。

登　依：（惊讶得瞪大眼睛）为什么？！

图门听到这里，也站起身，走到窗户边仔细听。

登耀春：每一次赌石可以不在乎钱，可面对输赢能无动于衷吗？所以啊，就会绞尽心机，要再次赌赢，要让千人传颂，万人膜拜……是一种荣耀，可这种荣耀其实不是什么好东西。一夜之间身份转变，结交达官贵人，看起来和贵族一样，可那里的杀机往往比明火执仗的强盗更凶险毒辣，为了破你爷爷的口诀，串通起来造假……

登　依：所以，爷爷有没有……

登耀春：（摆摆手打断）我知道你想问啥，口诀是吧，你爷爷带到地下去了。他死的时候，屋里只有一床破棉线毯子，搞赌石的和那些权贵们没有一个人过问，倒是马帮的老爷子们凑了份子，置了寿衣，买了棺木，请和尚念经，把我收进了马帮……人们都说，老头子地下有知，当该瞑目了。

登耀春说到这里不再言语，仰天凝视夜空，登依和图门看着父亲，驼着背，像一面红土山坡，突显苍老。

47.内　登依图门卧室　夜

登依和图门俩兄弟躺在床上，却睁着眼睡不着。登依表情凝重，图门略带笑意。

登　依：哥，我们以后别去赌石场了。

图　门：翡翠城的人怎么可能不赌石呢？至少爷爷气派过。

一阵沉默，登依扭头看到图门手里捏着一个小翡翠，左看右看。

登　依：哎，我的石心子怎么在你那？

图　门：有绿，不错啊！！

登　依：一般吧，白沙地飘绿。

图　门：白沙地飘绿？谁给你的？

登　依：老石匠爷爷。

图　门：哦，那个老头子……

登　依：爹明天就走了，得小半年才能回来。

图　门：（搓那块玉石，心不在焉地）嗯。

登　依：娘身体本来就不好，还磕了一下……

图　门：让娘安心养病！我去做工赚钱！（继续搓玉石）

登　依：我也去！

图　门：你还是好好地在文昌宫上课吧！明天中午叫上蝶子到和顺小吃店，哥打发你们吃好吃的。

登　依：（笑着）好！哎，哪来的钱？！

图　门：（坏笑）瞎操心！

48.外　翡翠城街道　日

登依和米初蝶边说边笑，一路小跑，转过街角，远远看到和顺小吃店招牌，二人跑去。

49.外　和顺小吃店门口　日

图门穿着一身崭新的衣服，像大佬一样，叉腿端坐，桌上摆了好几样小吃。登依和米初蝶竟没有发现图门，图门看到了愣愣的登依和米初蝶。

图　门：二位请坐！

登依和米初蝶回头一看，头发抿得油亮的图门端坐着，大褂连一个褶都没有。

图　门：来来，登依、蝶子，这是你俩的！

图门拎上来一个布包，打开给二人展示：登依的新鞋、米初蝶的新裙子。米初蝶还没搞清楚发生什么事，登依一点都不兴奋，一屁股坐下来。

登　依：哪来的钱？

图门只顾吃，不回答。登依腾地站起来，一把揪住图门的衣服领子，嘴里塞满了食物的图门差点喷出来。

登　依：那是我的翡翠石心！！老石匠爷爷给我的！

图　门：（边吃边笑）我给你卖了个高价……你可以再问老头要一个嘛。

登　依：（哭腔）我要换了钱给多买铜茶壶的！

米初蝶：图门哥，你怎么能这样！

图　门：咱以前不一直都这样吗……

登依慢慢松开衣领，沮丧地跑开。米初蝶也没吃，也没拿裙子，追着登依离开。图门尴尬地笑了笑，对着二人背影嘟囔几句，继续吃。

50.内　登依家主厅　夜

登耀春已经把马皮包整理好，顺祺在擦马灯罩，为第二天出行做最后的准备。

登耀春：登依咋了，一晚上都在屋里闷着。

顺　祺：这还用问，你要走呗。（喊）登依，出来跟你多说会儿话。登依——

登依走了出来，坐到父亲对面，操起地上的米口袋，压紧实，扎好口，再塞到马皮包里。这时图门进屋，胳肢窝夹着布包。登依看到布包，气不打一处来，瞪了图门一眼。

图　门：爹！我学了几句山歌，唱给你听。

顺　祺：没听说过你会唱山歌啊！

图门站定，看了看弟弟，像模像样地开始唱。

图　门：赶马小哥真辛苦，走了半天无晌午。哪个小妹心肠好，送碗白米帮哥煮。

大家被图门唱的情歌逗得大乐。

登耀春：哈哈哈，你娘年轻时候唱过！

顺　祺：谁说的，我可没唱过！

说完，母亲低头可劲儿擦灯罩。

登　依：蝶子教你的吧！

图门抠脑袋，点点头，看气氛变好，便把布包拿到桌上打开，拿着里面的东西走到登依和父亲中间。

图　门：爹，这是登依给你买的。

图门双手托着一个古铜茶壶，茶壶外围套着防烫筐。茶壶盖子上面倒扣着四个铜茶杯。

图　门：登依很早就跟我念叨过，说爹你的茶壶一来太小，二来没法保温，一路上很难喝口热水……

登耀春：又去赌石了！

图　门：爹，没去赌石，这是登依做工攒钱买的……

登　依：（截话）呃……图门和我一起……

登耀春：儿子们大了……

登耀春呵呵笑个不停。母亲在一旁也跟着感动了。这时登依细看才发现，图门穿着之前的旧衣服。

登耀春：爹这次去瓦城，那边新奇玩意儿多，说吧，你们想要什么，爹给你们带回来！

登依和图门都摇摇头。

登　依：爹你早点回来就好。

登耀春答应，登依提着茶壶烧水去。

顺　祺：孩他爹，这次为什么走这么急？

登耀春：瓦城的商会有一块翡翠原石要运回来，本来已经讲好的那支马帮队在密支那被大雨截了，这不临时赶过去救个急。

顺　祺：不就是个石头么，这么着急？

登耀春：你不知道，（压低声音）这块石头，据说是百年不遇的赌石，石头上像缠着一条大蟒蛇，这种石头啊，里面必定有好翡翠。

顺　祺：我管它石头好不好啊。这趟路线安全吗？你可是不怎么走瓦城？

登耀春：老米他们常去瓦城，这次他跟我一起走，不碍事。

图　门：爹，我想和你一起走。

登耀春：这次太急，头一回走夷方可不能去瓦城。等下次爹带你去密支那。

图　门：（点点头）那再给爹唱一段……

登依母亲笑了笑，收起表情，挺直腰板，清了清嗓子，张口就来。

顺　祺：古言道，分离事，万般凄愁……

图　门：父母心，好一似，打破孤舟……

（叠）

51.外　双虹桥　日（凌晨）

红日刚刚露了头，城外浓雾弥漫，登耀春一行人一头扎进浓雾中，渐行渐远。

登　依：（画外音）过夷山，要留心，凶兵野兽……

52.内　赌石大会　日

登依蹲在三块石头前，用手抚摸。第一块石头发白，表面比另两块细腻些，中间一块石头表皮上像缠绕着蛇，很明显的带状斑纹，最后一块发黑，皮壳上有大小不等、形状各异的灰色、淡灰色印记。

登　依：我选好了！

王掌柜：这么快就选好了，看来登依兄弟果真有口诀，刚刚我偷听到了（众人哄笑）你确定选哪个吗？

登　依：我不需要口诀！我就从这三个里选一个。

寸老先生站到登依一旁，眯着眼一起观察他选出来的三块石头。

寸　老：有点意思，年轻人，三选一，挑一块吧。

登　依：这块——

边说，登依拿起了第一块发白的石头，寸老先生见状，微微奸笑。

登　依：——不要！

往前一推，这块石头咕噜滚到了石头堆里。登依拍拍手上的灰。

寸　老：理由！

登　依：很明显，绺裂密布，肯定渗进去了，这样的翡翠既不能打镯子，又无法雕牌子，您要吗？

寸老先生捻着胡须点头，整个会场鸦雀无声，大家屏息凝神。登依举起淡灰色印记的那块石头。

寸　老：这块看起来不错，石癣很明显，里面的玉种差不了。

老头边说边斜眼观察登依反应。

登　依：（摇摇头）这块石头，极迷惑人。

寸　老：何以见得？

登　依：有石癣的石头，当然能让里面的玉带上绿色，但是，癣又极容易吃掉里面的色。哼哼，危险得很。老师傅，你要赌这块吗？

寸　老：当然可以赌，如果是睡癣，哈哈，那就意味着里面包着一块上乘翡翠了。

登依翻来覆去瞧了瞧石头，站起身，举在空中。

登　依：老人家，看清楚了。可惜啊这不是睡癣。

石癣在阳光的照射下，像一颗颗钉子钉在了石头里。

登　依：钉子癣，破坏性太大了，尽管翻绿花，但切不可赌！

登依话音刚落，就把石头扔到了石堆里，指着地上最后一块石头。

登　依：（大声）就它了！

众人看着登依把石头举在胸前，对着光线观察。

王掌柜：年轻人，赌石大会的规矩你也懂，刚刚你赢了，除了可以带走你赌出来的翡翠外，还有一笔可观的奖金，但是后面你每做一个决定，都会影响前面你已经获得了的奖励。我说直接点，如果这次你赌输了，前面的奖金和翡翠可就都没了，所以你确定选这块石头吗？要想好，你到底要什么！

登侬对着王掌柜点点头，然后继续查看石壳。

登　侬：看这条纹路，缠绕大半个石头，你看，像不像被什么东西烫出来的？

王掌柜凑过头来看，不明就里。寸老先生不动声色，捻着胡须。

登　侬：如果我没猜错，这是蟒带。

登侬把石头翻转，那条蟒带呈现出片状，像在石头上贴了一小片膏药。灰白色的"膏药"上，呈现出一片黑红色的松花。

寸　老：哼哼，年轻人，可要看清楚了，也许是暴松花啊。常言道，暴松花，赔全家。你要不要再仔细看看？

登侬转头看了看老者，又盯着看那片黑红色的松花，突然，那片像膏药的松花开始流动，极像喷溅上的血液，细看有点瘆人，登侬双眼发晕，深吸一口气。

53.内　登侬家主厅　日

登侬、米初蝶和母亲围桌吃饭，图门急匆匆地冲了进来。

图　门：出事了！

登侬腾地站起，和米初蝶一起跟图门跑了出去。登侬母亲呆若木鸡。

54.外　双虹桥头　日

登侬、米初蝶、图门脚步飞快赶到歇马石。远远看见一群人围着，七嘴八舌。两匹头马拉着的大轮车一个轮子已经损坏，马车外侧的门只剩下了一半，马车车顶被蛮力掀开，车厢上布满枪眼儿。登耀春的尸体平放在车旁，蒙着白布。重伤的老米也是奄奄一息。

幸存人：马帮临近翡翠城，被老缅野兵拦截，登锅头和老米叔拼死保护货物，就……

围观人：咱的登锅头是马帮的老手了，最后也马革裹尸……唉，他们到底运了什么东西回来，这么凶险？

登耀春拼死保护的货物，是一块巨大的石头，椭圆形，横放在大轮车厢里，占了两座。登侬、图门、米初蝶跪地不起，母亲顺祺赶来，刚掀开白布看了一眼便昏过去。老米把米初蝶和登侬两只手紧紧攥一起。

老米叔：登侬，现在叔把蝶子交给你了……你……

登　依：米叔，我一定照顾好蝶子……

听完这句，老米松了一口气，死了。米初蝶俯尸痛哭。再一次经历亲人的生离死别，坐站不宁的图门不住地搓裤子。

55.内　马车车厢　日

四周死静死静的，仿佛世界只剩下登依和这块要了爹老命的石头。登依没有流泪，他绝望地站在石头前面，他伸手触摸石头，发黑的石皮壳，上面有灰白色的蟒带，自上而下缠绕着，尤其在石皮壳的蟒带上，黏着喷溅开的血液，尽管已经干涸，但仍清晰可见。

（推镜"血斑蟒带"至特写，叠——）

56.内　赌石大会　日

（——特写：血红色松花——镜头拉）

登依出神地瞪着选出来的这块石头，蟒带、松花"膏药"。

王掌柜：你还要看多久？

登　依：就它了！开吧！

登依长舒一口气，食指顺着蟒带划过，停在大膏药上，又画了个圈。

登　依：先开一条缝！

说完，登依松了下来，坐到一旁。王掌柜与寸老对视一眼。寸老眼睛眯得一条缝。众人喧哗。

王掌柜：好！开一条缝。

解石工抱起石头，放到解石架上，套上一根粗金刚线开解。刺啦几声，石头皮壳被划开，里面呈现一片灰白。王掌柜哈哈大笑，寸老面无表情，台下人群一片哗然。

寸　老：垮了！

登依从容地起身，缓步走到解石机旁，拍拍解石匠的肩膀，解石匠知趣地让座，登依把石头旋转一个角度，让蟒带完全露了出来，再把金刚线套在蟒带上，勒紧，脚用力一蹬踏板，金刚线像刀子一样，嵌到石皮壳的蟒带里，如此反复几次，皮壳被掀掉，登依舀起一瓢水，照着解开的地方泼下去——汪碧绿出现。寸老连连摇头，王掌柜不敢相信自己眼睛看到的一切。

登　依：不要觉得一刀下去两边白就一定赌垮了。龙到之处必有水！明明有蟒带，不照着切，非要乱开，是石头垮，还是你们的刀垮？

台下众人一片叫好声响起，登依仍旧表情冷峻，显得心事重重。

王掌柜：诸位！现在，登依兄弟手里已经有两块赌涨的石头，一笔丰厚的奖金，恭喜你，以后可以衣食无忧了。登依兄弟不仅相石本领高强，还会解石！难得的旷世奇才！

王掌柜又招呼一个中年人（段老板）上台，手里捧着一块石头，半大不小的。

王掌柜：诸位！大名鼎鼎的段老板，翡翠城的玉石大王，今天带来一块从……

段老板：（打断王掌柜）我来说！（指着手里的石头）这块石头是从大马坎精挑细选来的，听好了，大马坎，出帝王绿的石场！现在为了打消大家的疑虑，我们费了牛劲先擦开这个小窗子，看到没，满绿，跟过了水似的。既然登依兄弟，既能相石，又会解石，来，给咱们看看，这块石头到底怎！么！样！（后三个字一字一顿）

王掌柜赶忙凑到登依耳边。

王掌柜：登依兄弟，玉石行的行规你清楚，"讲了真话遭雷打"，不管他石头到底怎么样，你给夸一夸，买不买让别人自己定……今天你是一匹大黑马……这样，你过去装个样子，看看他那块石头，说几句好听的，过了这一关，你就算正式入咱赌石行了！

登依抹了一把脸，极拘谨地走到段老板前面，双手捧起石头仔细查看已经被擦开的部分。登依突然抬起头盯着中年人，眼神充满了疑惑，他又在石头开了窗的位置淋了点水，用自己衣角使劲蹭了几下，又对着光歪着头瞅，寸老眯着眼，眉毛挑得老高，王掌柜直起了身子，满眼期待地。不一会儿，登依点点头。

登　依：（喃喃自语）对喽，对喽……

王掌柜：诸位，赌石天才都点头了，哪位愿意出价？咱们现场成交！

台下人：登依兄弟先给估个价呗！

登　依：段老板，您花多少钱买的？

段老板：二十万大洋，一次结清（台下发出啧啧声）你给估个价，大胆估！不要怕估太高！

登　依：（异常认真地）一文不值，扔了吧。

现场炸了，有人爆笑，有人起哄，有人指责登依。王掌柜尴尬地圆场。

王掌柜：登依兄弟，看仔细了，段家玉不会轻易看走眼！说话要谨慎。

段老板：不仅高绿，仔细看里面还有"草"！太稀有了，登依兄弟，以你这么小的年纪，恐怕是听都没听过吧。（众人纷纷附和）

登　依：这里面的根本就不是翡翠。

段老板：（气急败坏）放你娘的狗屁！

在台下的段家人坐立不安。

段家人：小王八蛋！敢诋毁段家玉！

段老板：有点意思了啊！好，老子今天跟你赌一把！要是我段家玉赢了，我要亲手撕烂你的嘴！

王掌柜：段爷，何必呢，跟这么个小娃较真，我下去好好教训他，咱就别赌了，您说呢？

登　依：（插嘴）那要是你输了呢？

王掌柜：（耳语登依）你有病啊，我在帮你！

段老板：（音量加大）要是我赌垮了，从今天起段家玉退出翡翠界！

台下一阵唏嘘。登依示意会场安静下来，拿起工具盒里的锤子，瞄准石头上擦出来的绿翡翠窗子，但并未砸下。

王掌柜：（急促）你要干嘛？砸翡翠吗！哎！哎！你别……

登　依：不砸，也许能保住段家玉的神话，要是砸出来的不是翡翠，那毁的可是你段家玉的招牌……

台下有人喊砸，有人喊算了，这时，听到有人大吼一声——

段老板：砸！给我砸开！我就不信了，明明开窗满绿，还能给我砸没了？！

登依盯着段老板的眼睛，对视了几秒。然后吸一口气，抢起锤子，瞄准着开窗的满绿处，狠狠砸了下去，只听清脆一声，一个半透明的石皮壳碎成几瓣，应声落地，石壳下面流出了粘稠的绿色汁液。台下变得异常安静，似乎所有人都停止了呼吸。

登　依：段老板，这根本不是大马坎的石头，你上当了！您这般老江湖，却被这滞而不鲜的绿蒙蔽了双眼，以至于砸了百年老店的招牌，实在是太可惜了。

段老板双腿一软，咕咚跌坐在椅子上。突然间，台下众人像疯了一样，高呼登依的名字。一直在旁观瞻的寸老先生没有说话，眯着的眼睛似乎在思考对面这个年轻而又极不容易对付的人。

王掌柜：登依兄弟，也只有你敢这么做了。（摇头笑笑）这种造假手法我闻所未闻，你是怎么看出来的？！

登依苦笑，头低了下来。

57.内　石头作坊　日

石头作坊里，光线昏暗，屋里摆放了四口大缸，每个大缸都可容纳大汉，里面却泡满了石头块。屋里的桌上也是瓶瓶罐罐，红红绿绿的。图门在一个大缸面前，兴致勃勃地用力搅动大缸里粘稠的流体，一边搅一边摇头晃脑地念叨（皮影戏制作口诀）。

图　门：先刻头来后刻脸，再刻眉眼鼻子尖，刻完以后再上色……满满一缸都是钱！嘿！

念到此处，图门像小时候那样，学张飞瞪圆眼睛，用棒子挑起一股绿浆，凑近看了看，鼻子凑过去闻了闻，刺鼻的气味让他直皱眉，图门赶紧扔掉棒子，在裤子上搓搓手，满意地看着一缸绿浆。

58.外　老石匠院子　日

登依坐在木凳上，一手摁着石头，一手举起水磨石，刚要下手。

老石匠：须先选好最有把握的地方再擦，擦石头最讲究的就是这个。

老石匠用烟杆点了点石头一角，示意从这里开始。登依摆好架势，一顿猛擦。

老石匠：不能太用力！

登依胳膊卸了点力，老石匠在一旁给了点水。

老石匠：注意要手腕用力，小臂要稳！

灰白的石头皮壳上被登依的水磨石擦开了一个拇指大小的缺口。

老石匠：停！看到白了吗？（登依点头）现在开始，轻轻擦！

登依擦了一下，老石匠赶忙摁住登依的手。

老石匠：这么猴！用力太躁！再轻点！

登依不解的表情，轻轻地擦，之间那层乳白色的石层好像都化成泥水溜走了，下面透出来紫色的光泽。

登　依：石爷爷！紫翡！紫罗兰！太好看了……可是，擦这么小一点也太费劲了。

老石匠：挑石头凭眼力，擦石头靠手力。可不是每个人都有灵性和耐心干这个。

登　依：石爷爷，原来你在教我怎么相石？！

老石匠：傻小子！

登依拿起翡翠石，对着阳光，仔细端详。

59.内　石头作坊　日

图门亦步亦趋地模仿另一个工人甲，往石头缺口处的凹槽里，一点一点灌绿色粘稠液体，然后小心翼翼地把一块薄薄的石皮放上面，等对好位置后，在边缘处仔细打磨。工人甲看了看图门手里的活儿，赞许地点点头。图门嘿嘿一笑。工人甲敲了敲涂黑了的玻璃，不一会儿进来工人乙，工人甲连同图门伪造的翡翠原石一起，交给了工人乙，工人乙左右端详一阵，放下一沓钱，拿走了石头。

图　门：一个疯子卖，一个呆子买，还有一群傻子在等待……

二人数着钱，哈哈大笑。

60.外　翡翠城石桥　夜

登依、图门和米初蝶三人围坐，登依掏出一些钱，拿出一部分，塞给米初蝶。

登　依：哥今天给人擦石头涨了，人家给了点小费，你拿着零花！

米初蝶：（拒收）登依哥，上次给我的还没花完。

登　依：哥，这是给你的！

图门接过来，拿在手里，笑着看登依，随后从怀里掏出一个布兜子，往开一摊，哗啦一沓钱抖了出来，比登依赚的多很多。

图　门：以后使劲花，哥养你俩！

刚说完，远处迅速跑来三个人，手里拎着砍刀，看到图门，冲了过来。

莽　汉：图门，你躲在这儿！

图门把钱往怀里一拢。

图　门：你是谁？找我干吗！

莽　汉：不找你找谁？卖给我们假翡翠！

图　门：我可没卖给你们什么假翡翠，你们问谁买的就找谁去！

莽　汉：谁不知道那些假翡翠都是你做的？

图门显得非常尴尬，看三人围了上来，趁对方不注意，推开一个人，慌不择路地逃跑。登依眼疾手快，拉着米初蝶就跑。

61. 外　死胡同　夜

三人分成了两头，图门被一个莽汉追击。登依拉着米初蝶，却在一条死胡同里陷入囹圄。登依挡在米初蝶身前，面对两个凶神恶煞的莽汉。

登　依：我，我可以替图门还你们的钱，你们别，别太过分！

莽　汉：哈哈哈哈，小书呆子，我们怎么做算过分？

一个莽汉挥舞着砍刀，气势汹汹地步步逼近，一把推开登依，又搂住米初蝶。

莽　汉：这样算是过分吗？哈哈哈，拿这个妹妹抵债好了！

莽汉拨拉几下米初蝶的头发，米初蝶瑟瑟发抖。登依想要阻拦，却被另一个莽汉一脚踹倒。米初蝶吓得眼泪直流。一个莽汉撕开了米初蝶的上衣，本来吓得缩在地上的登依，突然大喊一声——

登　依：你不能碰她！

发了疯的登依像狼一样把那个对米初蝶动手动脚的莽汉扑倒在地，疯狂地捶打那人的脑袋，直到自己也筋疲力尽。莽汉丢下刀，慌忙逃跑。

莽　汉：杀人了！杀人了！

而这时，图门才赶来，愣在一旁，也浑身是血。

62. 外　文昌宫外　夜

三人匆匆跑过石桥，神色慌张。进文昌宫间门的时候，登依突然停了下来，仰着头，盯着门楼上的"文澜壮阔"四个大字一动不动。图门、米初蝶又折了回来，俩人也仰头看登依看得出神的东西。

图　门：登依，上面写了什么？

登　依：文澜壮阔。

图　门：文澜壮阔……什么意思？

米初蝶：哎呀，别管什么意思了！先找个地方躲要紧！

米初蝶拉着两个人，赶快跑进文昌宫。

63.内　文昌宫学堂　夜

三人缩在一个教室的墙角，不敢点灯，外面漆黑如墨，还没有人找到这里来。登依双手仍旧瑟瑟发抖，米初蝶抱住了登依。

米初蝶：（哭腔）图门哥，你为什么要招惹那些人啊。

图　门：他，他们从我这买了一块原石……又反悔想退……拉出屎来坐回去……

米初蝶：……你到底卖了什么给人家，你心里有数！

图　门：不就是想退钱嘛，动什么刀子啊……

登　依：钱钱钱，你怎么那么爱钱！

图　门：因为总有一天我要回缅甸，没钱怎么回？

米初蝶：我们的家在翡翠城，为什么要去缅甸？

图　门：我是缅甸人。

登　依：你姓登，你早就不是缅甸人了。

图　门：（顿了一下，平静地）缅甸人没有姓。

三人一阵沉默。

图　门：登依，你刚才盯着门楼在看什么？

登　依：文澜壮阔……

图　门：蝶子，文澜壮阔什么意思？

米初蝶：先生讲过，好文章像大风大雨那样壮阔。

图　门：（苦笑）就是大风把我们家的房子吹没了的，我多为了赚钱盖房，没日没夜在洞子里挖石头，一场大雨又把他淹死了……你爹娘对我就像亲爹娘，我们像亲兄弟，可我还是大家嘴里的老缅，半搭子……这里不是家，我的家不在翡翠城。

登　依：（怒）你攒回去的钱了吗？

图　门：早攒够了。一起走吧？

登　依：我要回家。

64.外　登依家院子　日（凌晨）

图门、登依、米初蝶小心翼翼地回家。刚进院门就被眼前的情景吓到了。院子里一片狼藉，像被洗劫了一样。

65.内　登依家主厅　日

家里也被糟蹋得不成样子。登依把父母的牌位重新放好。蝶子呜呜哭了起来。

登　依：……蝶子，米叔的临终嘱托我没有忘记，哥不会让你受委屈的。

图　门：还有我呢，（两个拳头伸出来）怎么都不能让你受委屈！

登依死死地盯着父亲生前画的马帮路线图。硕大的路线图上被寻仇的莽汉们涂写了"杀""死"之类的血字。

登　依：咱们去缅甸，至少没人寻仇！

图　门：太好了！一起去缅甸！太好了！

米初蝶：可是我们去缅甸能做点什么呢？

登　依：你呀……

图　门：（抢话）你啥都不用做，哥攒了好多钱，这下派上用场啦，你等着！

登依、米初蝶满脸疑惑，看图门跑进后屋。登依指着马帮路线图。

登　依：这条路线马帮走了几十年，多每次都跟我聊很多路上的故事，我们就沿着路线走，不会有问题。

米初蝶点点头，似乎有点信心了。突然后屋传来一声大喊，紧接着噼里啪啦罐子被打碎的声音，二人赶忙跑进后屋，看到图门极愤怒地站在一片碎瓦罐中间，脸都气得扭曲了。

图　门：妈的！钱全被他们抢了。

登　依：（苦笑）真的是……穷走夷方……

66.外　密林　日

三人走在密林里，米初蝶紧紧跟着登依，图门手里挥舞着开路刀在前面找路。

（镜头一转）

图门明显动作缓慢了很多，体力不足，登依和米初蝶脚步也越来越沉重。

图　门：登依，这路是不是走得不对？！

登　依：嘘！听！

三人立足细听，远处依稀传来流水声，拔腿向声音处跑去。

67.外　密林河畔　日

三人高兴地找到一条河，潺潺河水看起来清爽无比。三人纷纷扑到水里洗漱。米初蝶的身体被水花打湿，更散发着少女初长成的气息。图门和登依都看傻了。

68.外　密林河畔　日

米初蝶梳理头发，图门从河水里灌了一壶水，给米初蝶拿了过去喝。这时登依急匆匆地跑回来，看到二人喝水，急得把采摘回来的果子往地上一扔。

登　依：这水不能喝！刚刚我才看到，石碑上写"哑泉"，喝了就变哑巴！

图　门：（故意）呃呃，我，我说，说不出话了……

米初蝶一愣，随即和图门哈哈大笑。

米初蝶：哪有什么哑泉？你是不是喝傻泉了！哈哈哈……

登依似乎也意识到自己的傻劲儿。

69.外　密林一处矮坡　夜

三人围坐火堆吃东西。四周黑麻麻的，时不时有野狼豺狗嚎一声，米初蝶靠在登依身旁，沉沉睡去。在火光映衬下，米初蝶红扑扑的脸蛋异常美丽。登依晕晕乎乎地睡着。火堆噼里啪啦响几声，守夜的图门蹲在米初蝶前面，轻轻摸了两下米的脸蛋。

70.外　密林路　日

三人蹒跚前行，米初蝶大声咳嗽，皲干的嘴唇张着，呼吸急促，登依摸了摸米初蝶的额头。

登　依：蝶子发烧了！咱们歇一下！

图　门：这荒郊野岭的，不能停，我背她走！

米初蝶伏在图门背上，发烧导致呼吸急促又沉重，三人行走缓慢。登依也是脸色发白。

登　依：是不是中了毒瘴？

图　门：别瞎想，赶紧走。

登依挂着一根木棍，跟着图门。天空阴了下来，越来越暗。滂沱大雨来袭。三人选了一处大叶棕榈树下避雨，图门和登依分别砍倒了周围的小树，用树枝和芭蕉叶，临时搭起了一间简陋的小"帐篷"——三人挤在里面，冷得瑟瑟发抖。

大风过后，大雨渐止。密林又恢复了它的静寂。米初蝶醒了过来，登依搀扶着，三人又上了路。尽管不再下雨，但树木上的雨水仍旧滴滴答答的，雨水流过登依后背，脚步越来越沉重。有户民屋突然出现在眼前，屋里冒着烟，三人像逃命似地冲向屋子。

71.内　密林小屋　日

三人推开屋子，图门像野兽见到了寻觅已久的猎物一样，眼里放出锐利的光。登依一个劲地舔着嘴唇，喉咙发出咕咕的叫声，米初蝶仍旧发烧，半昏半醒。屋里空无一人，但土灶上的锅冒着热气。图门登依顾不得想太多，直奔土灶，揭开锅，稗子饭热气腾腾。三人无所顾忌地抓起热乎乎的饭塞进嘴里，却没有发觉身后站着一个人。那人手提长枪，用枪托对着图门的头部，狠狠击打，图门应声倒下。登依只看了那人一眼——男人、缅甸土著打扮——就被击晕了。

72.外　密林马车　日

一阵叮叮当当的声音传来，恍惚间像是马帮铃声，登依渐渐醒来，听得异常清晰，可他却无法听出这个声音来自何方，这个声音让他很惬意、舒服。他努力扭动自己的脑袋，他把全身仅有的力量集中到颈部，他只能努力睁大眼睛看。

这时，父亲登耀春向自己走来，登依惊喜异常。待走近，却突然变了一副面孔，是一个黝黑面孔、扎着头巾的老缅。登依挣扎，老缅把登依提了起来，往嘴里倒了几口水，随即又把他扔到一边，继续给图门和米初蝶灌水。仰天躺在马车里的登依，在颠簸的路面上，迷迷糊糊地看着天空和缓缓而过的树叶。

73.内　赌石大会　日

会场下鸦雀无声。登依轻啜一口茶。

王掌柜：登依兄弟，年纪轻轻，经历不少。王某佩服。那么，登依兄弟，咱赌石大会里的石头看来是难不倒你了。敢问一句，（王掌柜凑向前）登依兄弟，你这么厉害，岂不是缅甸石洞子的老板们都抢着要你吗？

登　依：抢着要我？

登依难为情地低头，表情逐渐凝重起来。

74.外　缅甸矿井　日

图门从矿井口推着一辆独轮车出来，里面装满了石头，推着车顺着泥泞的小路走了几十米，朝着一个露天大坑，把整车石头倾倒。瞬间，不知从哪里冒出来的人，扑向刚刚倒出来的石头，走在最后的一个是衣着破烂、脏兮兮的登依。众人左挑右看，最后扫兴地纷纷离去。登依选中其中一块石头，捧在手里，吐了一口口水，又拿袖子使劲蹭蹭，对图门点点头，抱着离开。

75.内　矿场办公室　日

图门和登依站在木桌前，他们等待桌后一个中年油腻矿主（吴威）发话。吴威秃顶，塌陷的鼻梁就像是刚刚被人打了。（以下对话都是缅甸语）

吴　威：有把握嘛？

图　门：有！

吴威龇牙咧嘴，把石头往桌上一放，看着登依。登依却偷偷看进屋来倒茶的米初蝶。

吴　威：上次你说有把握，可最后开出来个屁！害得老板们再也不来我的矿。

登　依：上次你要听我的一定能卖个好价。

吴　威：听你什么？我听你的还少吗？真是见鬼了！这矿我费了多大劲买下，花这么多钱雇工人来，你两个月只给我挑了一块石头出来，我还能听你个屁！

登　依：你这个矿在雷打场，本来就不是好矿位，能挖出几块就不错了！

吴　威：放屁，狂得你！从现在开始，你跟图门一起下矿去，挖不出好石头你俩就别出来。

衣着朴素但干净的米初蝶听了微微一怔。

登　依：这不已经挖出好石头了。这块没问题。

吴　威：（看了一眼）最多卖个八千。登依，你给我切开，说不定就涨。

反正垮了去个蛋。

图　门：不要切，我有办法能让你卖八万。

吴威抿了一口茶，登依盯着图门使眼色，意思是根本不行。

图　门：让我兄弟给你石头擦个水绿窗出来，卖个八万很轻松。

吴　威：卖不到八万你俩真给我下矿去。

76.内　矿场竹屋　夜

图门一边忙着做假石头，他在搅拌绿色粘稠液体，一边劝登依。

登　依：你别忘了我们三年前是为什么离开翡翠城的。

图　门：这不没办法嘛。我们攒点钱就走，不在这呆着了。

登　依：去哪?

图　门：有个工友告诉我，就去曼德勒，那里钱好赚。

登　依：带上蝶子。

图　门：当然!

登　依：那个矿主看蝶子时候的眼神都不对!

图　门：他敢! 他娘的!

77.外　矿场　傍晚

兄弟二人拿着造假的石头要去找吴威。二人惊异地发现矿场张灯结彩，进出矿口的木架子上都缠满了红布，架子正中间还扎了一朵硕大的红丝绸花。

78.内　矿场办公室　傍晚

吴威看也不看，用手指了指旁边。

吴　威：你俩来干嘛?

图　门：石头开好了，您看看?

吴　威：好，先放那桌上。

图　门：老板，你不看一眼吗?

图门没动，他捧起石头，吴威扫了一眼，非常潦草。

吴　威：明天再看。先把今晚的事情办了再说。去吧去吧。

吴威把二人赶了出去。

79.外　矿场　傍晚

登依拉住一个工友问。

登　依：这张灯结彩的是要干嘛？

工　友：你不知道？

图　门：快说，别废话！

工友把二人拉到僻静处。

工　友：这洞子开张有半年，你俩来掏石头也快三个月了吧，有挖出过一个好石头吗？（兄弟二人对视一眼）老板他娘都赔没了。据说是因为洞主人得罪了翡翠精，就再也掏不出好玉了。

登　依：那怎么办？

工　友：你猜？哄哄翡翠精啊，别的洞主教的，选一个明月当空的晚上，在洞口设香案、摆牛肉，最玄的是啊，找一个美女，一边进洞子一边跳舞。据说翡翠精好色，受不了诱惑，就被勾引来了，只要美女在，翡翠精就不走，以后洞子就不愁没有好翡翠了！

图　门：你信吗？（问登依，登依摇头）

工　友：管他呢，就当看戏了呗。看看美女跳舞也不亏。

登　依：哪来的美女啊？

工　友：哈哈哈，小呆瓜不懂了吧，帕敢山下、雾露河滩可是男人的世界啊……我跟你讲……说是给翡翠精找美女，那最后还不是便宜了洞子老大……

说着，工友斜着眼看了看远处吴威办公室，突然吴威的声音传来。

吴　威：（画外音）登依！登依！给我找登依过来！

工友拍拍登依肩膀，淫笑了几声。

登　依：来了！

登依有点慌张。

登　依：石头是不是出问题了？

图　门：不会吧！要不我跟你一起去！

登　依：你在门口等我！

80.内　矿主办公室　傍晚

登　依：吴威，你找我？

吴　威：登依，给你安排一件重要的事。

登依放松了下来，造假的石头似乎没被发现。

登　依：什……什么事？

吴威搂着登依，压低声音。

吴　威：你代我找个小姑娘回来。

登依满脸疑惑。

吴　威：你办事最认真。听我说，你出了洞子直奔左走，那边姑娘多，仔细挑一个好看的，身段好的，会跳舞的，带回来！这月工钱给你翻倍。

说完，吴威坏笑，塞给登依一些钱。

登　依：哦，那，那我现在就去。

登依难为情地低着头离开，临出门。

吴　威：对了，你去的时候把图门也叫上……嘿嘿。

登　依：哦……为什么？

吴　威：让你叫上你就叫上，快去！

81.外　矿主办公室外　傍晚

登依出门，图门随即跟了过来，二人边走边说。

登　依：听到了？

图　门：听到了。

82.外　雾露河滩　夜

兄弟二人走在河滩红灯区，临时搭建的草棚外挂着艳红色灯笼，门口的妓女不住地卖弄，看到年轻的哥俩，更是极尽风骚之能事。登依一路低着头，连脖子都羞得通红，幸亏夜色掩盖。图门不一样，他进了一个新奇又刺激的世界里，无限魅惑。二人不知道怎么开口，正踌躇间，不知从哪上来一个老鸨，一手一个拉着二人就走。

登和图：哎，你干嘛！

老　鸨：一看就知道俩雏儿！（登、图面面相觑）刚来挖石头的吧？憋坏了吧？跟我来！

83.内　胭巷木屋　夜

登依、图门二人傻傻地站在三个姑娘前。三个姑娘比他俩大不了多少，头插小野花，涂抹得山精水怪般艳丽。老鸨使了个眼色，三个姑娘涌到登依、图门身上。登依拒绝、推辞，满脸害羞的样子。图门却露出从未见过的笑，亦步亦趋地被一个女孩拽到了旁边的屋子里。

登　依：哥，你去干嘛！哎！

登依上前拉住图门。

登　依：吴威交待的事，咱……

老鸨上前拉开登依。

老　鸨：哎，小主！各玩各的，别打扰他。告诉妈妈想要什么样的。

登　依：不是我，是我的洞主……

老　鸨：妈妈明白着呢，你们洞主要你带回去是不是？

登　依：嗯。（登依头埋得很深）

老鸨拉过来一个女孩，塞给登依。

老　鸨：来来来，先给钱，带人走！

登依掏钱，攥在手里。

登　依：会跳舞嘛？

老　鸨：跳舞？

登　依：嗯，洞主说要会跳舞的。

老　鸨：哼哼，小伙子，你们洞主是不是要女孩回去祭翡翠精啊？

登依一惊，瞪着老鸨。

老　鸨：瞪我干嘛，这谁不知道。

老鸨对着镜子，擦脸，眼睛瞥登依。

老　鸨：小伙子，不是我说你，傻呆一个，祭翡翠精那可是要处女的！你来胭巷这种地儿找处女？！（看登依不明就里）你知道什么是处女吗？

登依摇头。

老　鸨：就是，没跟人上过床的！

登依没反应。

老　鸨：哎呀，怎么跟你还说不清楚了，就是，见了男人都会脸红的！别人碰一下都像是要她命的……那就是处女！

登依思考，突然想到什么了，撒腿就跑。

老　鸨：哎，怎么跑了！小呆瓜！

这时图门出来了，一边系裤腰带，一边低着头。

老　鸨：哟，这么快，真是雏儿啊！

图　门：我弟呢？

老　鸨：跑了！

84.外　雾露河滩　夜

登侬飞快地往回跑。

85.内　矿主办公室　夜

登侬用力推开门，屋里没人，他听到洞子坑口那边人声嘈杂。

86.外　洞子口　夜

祭拜翡翠精的门楼子下，站着一个女孩，一袭长裙，清纯美丽，她是米初蝶。吴威在一旁烧香磕头，嘴里念念有词。四周围着的矿工们都痴痴地盯着眼前这个美丽的女孩。登侬看到楚楚可怜的米初蝶，先是一愣，后拨开人群，不顾一切地冲进去，抓起米初蝶的手就跑，吴威的手下把二人拦了下来。

　　登　侬：老板，你，你要干吗？

　　吴　威：登侬，你放开她，我的洞子可全靠她了……

　　登　侬：不行，你重找一个，我，我打听到了，河滩那边有！

　　吴　威：你妹妹不会有事的，以后该是什么样还是什么样。

　　登　侬：绝对不行，谁都不能碰蝶子！

　　吴　威：（面露凶相）好说不行，挡我财路，你找死。

吴威发飙，喊着手下要抓登侬。突然，洞子口的门楼子开始倒塌（图门干的），齐齐砸向众人，吴威赶忙躲避离开，图门冲了进来，拉起登侬和蝶子，趁乱往外跑。

　　图　门：快跑！

登侬和米初蝶一看到图门，倍感欣慰，三人趁乱逃出了石矿。

87.内　赌石大会　日

登侬似乎惊魂未定的样子，慢慢凝重起来。

　　王掌柜：登侬兄弟，您给个痛快话，您来赌石大会，到底为了啥，肯定不是为了那些不足挂齿的奖金，这里还有什么能给你的？

登侬略显紧张。

　　登　侬：曼德勒的赌石大会，世界闻名，我来这里就是想出名。

　　王掌柜：哈哈，登侬兄弟，干咱们这行的树大招风，财不外露，历来都是能隐则隐，你却想出名？

登　依：我要和曼德勒的一个人赌石。赌一块绝世翡翠原石。

登依把一个布兜子罩着的石头放到了石桌上，拉开口袋松紧口，一块黝黑的蜡壳石头露了出来。众人视线汇聚。

王掌柜：和谁赌？！

登　依：哥赛温！

王掌柜：登依兄弟，你说的是，曼德勒的克钦人哥赛温？

登　依：对，是他。

王掌柜在一片哗然声中跌坐在椅子里。

王掌柜：登依兄弟，哥赛温可不是一般人，心狠手辣，手里人命无数，颇有些手段，如今自己修建了城寨，深居简出，连政府也拿他没办法……为什么非要和他赌！小兄弟，赌不得，赌不得啊！

登依双眼放光。

（切）

88.外　曼德勒城　日

图门，抹着油头，穿着考究，走在仰光街头。他在步行街里转悠，走进一家名为"留芳照相馆"的店铺里。

89.内　留芳照相馆内　日

图门刚进去，老板便迎了上来，九十度鞠躬，活像把折尺，递给图门一沓钱。

老　板：图门哥，替我问候哥赛温！

图门吐口水，点了点，然后拍拍老板肩，离开，临出门，看到隔间里正在给一个漂亮的女孩子拍照，闪光灯咔嚓声，女孩笑得灿烂。图门若有所思地出门离开。

90.外　珠宝店铺后院　日

登依，坐在解石器前，专心操作。旁边石头成堆。他干起了老本行。咔嚓，石头一分为二，登依麻利地抓起两半石头，在大水池里漂了几下，奔向店里。

91.内　珠宝店铺内　日

这是前店后厂的珠宝铺子。登依举着石头穿过店铺，看见路过漂亮的米初蝶——耳朵带着翡翠耳钉、脖子里挂着翡翠项链、手腕带着翡翠手镯——正在给客人介绍首饰。米初蝶做了翡翠销售，兼模特儿。她看到登依，回以灿烂一笑。图门大踏步走进来，看到漂亮的米初蝶和正要给老板送石头的登依，拦了下来。

图　门：蝶子、登依，来，跟我走！

米初蝶：图门哥，上哪儿去啊？

登　依：我忙着呢！（端起手里的石头）

图　门：早跟你们掌柜的说好了！

登依看到掌柜的毕恭毕敬站在一旁，捣蒜般点头。图门把登依石头往地上一扔，拉起二人，急匆匆地出门。

92.内　留芳照相馆内　日

图门推着登依、米初蝶二人到拍照间的镜头前，安排位置、指导拍摄……

图　门：这是城里最新鲜的玩意儿！……蝶子，你那么漂亮，拍几张贴到你们店里！

米初蝶：我听人说，那小盒子会把人的魂儿抓进去，不死也要生病！

图　门：瞎说！

摄影师被米初蝶逗乐了。图门安排傻傻的登依站在米初蝶另外一侧，自己整理好衣服，示意可以拍了。

摄影师：哎，你们靠拢点儿！再近点！

三人挨得紧紧的，图门看起来很兴奋，张开手臂搂住米初蝶，登依看了看图门，觉得非常不自然。米初蝶则摆出标准的拍照姿势，做出了惬意的表情。

图　门：多闪几下！！

咔嚓，摄影师按下了快门。

93.外　城街角　日

在街头，图门、米初蝶和登依挤在一起看三人的合照。

米初蝶：我听说啊，照相时候身体挨着的地方，照完就分不开了！

登依傻傻地盯着米初蝶，他信了。

图　门：哈哈，你看你俩靠得那么紧！离我那么远！（假装生气）登依你什么意思！

登依脸红，低着头自顾自向前走。

图　门：哈哈哈，登依信了！

94.内　登依住处　夜

陈设简陋的屋里，登依和米初蝶面对面坐着，吃着简单的晚饭。米初蝶刚刚卸了妆，洗完澡还湿漉漉的头发，一半扎着，一半垂在胸口。这时，半醉的图门推开门回来。

米初蝶：图门哥，来一起吃！

图　门：我吃过了，给！你俩尝尝！别整天吃这些汤汤水水的。

图门往桌上放打包回来的饭菜。

图　门：看！拿塔米（掸式鱼饭）、腩怡红（肉干面）哥赛温赏的菜。嗯，好吃！

登依一听说到哥赛温，脸沉了下来。图门没理睬，只顾着往外掏饭菜。

登　依：我们已经吃饱了。你自己留着吃吧。

图　门：什，什么意思？不吃？

登　依：嗯，不稀罕吃。

图门透过酒后的眼睛才发现米初蝶原来这么美丽，白色的薄衫被湿头发染湿，贴在身上，里面的胸脯半透不透的。

图　门：你……爱吃不吃，来，蝶子吃！哥给你！

登　依：你又跟哪个老大混了？

趁酒劲，图门耀武扬威起来，他在米初蝶面前逞强。

图　门：我跟你们说。哥哥我在曼德勒克钦人里也能算上号儿了（大拇指一竖）。你瞧（图门站起来，后退一步，摆了个造型）这衣服，这料子，哥赛温的裁缝给哥亲手做的！哎，那裁缝还是咱腾冲人，嘿，瞧瞧。这么棒的洋服得配皮鞋吧，（脚抬起来）哥赛温跟我比了比脚，哈哈，一般大，直接把鞋脱下来送给哥了。怎么样，精神不？！

登　依：（对米初蝶低声）别人的鞋，倒也不嫌臭……（米咯咯笑）

图　门：你说我什么？！

登依没吱声，米初蝶大笑起来。图门恼羞成怒，红着眼一把抓住登依领口。

图　门：你再说一遍，让我也笑笑！

登　依：说就说，我可不是你那些小弟，我不怕你！

登依挣脱图门，指着图门鞋。

登　依：你听好——别人的鞋，你穿着倒也不嫌臭啊？！

图门冲上前一拳打在了登依脸上，登依也不示弱，和图门翻滚在地。米初蝶急得上去拉架。一会儿图门骑在登依身上，一会儿登依骑在图门身上……这时，吭当一声，门突然被踹开！进来三个人，为首的正是洞主吴威，他气势汹汹地冲进来，让两个扭打在一起的兄弟顿时僵在原地。

吴　威：好啊，狗咬狗！

登依、图门站起身，登依显得有点胆怯。

图　门：你，怎么找到我们的。

吴　威：满大街小妮子的照片，以为我认不出来了？……哎哟，不打扮也这么漂亮？看来翡翠还真养人啊，来，别躲着，让我看看……

米初蝶吓得往后缩。图门却跨前一步，挡着二人。

图　门：别动，你知道这是谁的地盘吗？

吴　威：哟哟，图老大，我好怕你啊！去你妈的！真以为克钦人会罩着你个半搭子货？

图门喘着粗气，气不可遏。

吴　威：（继续激怒）再怎么着也是我们缅甸人的地盘，你个半搭子货（用力地拍打图门的脸）搅黄了我的矿，还没跟你俩算账！（指着米初蝶，手指勾了勾）让她跟我走……

登　依：不行！

吴威回身啪一个耳光，登依眼冒金星。图门突然拔出一把枪，指着吴威，跟着的两个小弟也不敢造次。图门用枪还是显得有点紧张。

图　门：登依、蝶子快走。

吴　威：我看谁能出得了这个门！

图　门：（枪口指着吴威）跪下！

吴　威：妈的！他不敢开枪！（告诉手下）你俩给我上！

图　门：别逼我！

图门发抖的枪口在吴威和手下之间游移，满头大汗，这是他第一次用枪。登依和米初蝶早已吓得面如死灰。

吴　威：（突然大笑）哈哈！第一次握枪吧？会用吗？

说着，吴威往前慢慢迈出一步。图门往后退了一步，但，用手掰开了撞针，吴威只是愣了一下，仍旧不停。图门眼睛一闭，开了枪，吴威倒在一滩血泊里。图门登依和米初蝶三人慌慌张张逃离。

95.外　古城巷子　夜

三人进入到一个巷子中，越跑越窄。图门带着二人，穿过一个个不起眼的小门，转到了一处更加隐蔽的小巷子口，他很熟悉这里。

图　门：快点，快点！

登依拉起摔倒的米初蝶，她把脚扭伤了。图门在不远处的一个铁门前停下。

图　门：我带你们见我们老大哥赛温，你们别说话，听我说就好。

米初蝶早已吓破胆，不住点头。登依却拉住米初蝶，停步不走。

登　依：我不去找哥赛温，蝶子也不去。

图　门：你傻了？登依！现在只有哥赛温能保护咱们！

96.内　哥赛温房间　夜

烟雾缭绕、极其昏暗的房间里，只摆着一张巨大的木桌，上面放满了乱七八糟的东西，煤油打火机、水烟袋、座钟、涂着金粉的金字塔泥塑；还有一些奇离古怪的西洋玩意。头顶上的水晶灯，造型夸张。若非雪茄烟头冒出火星子，谁也看不到桌后皮椅里窝着的哥赛温。火星子向上移动，哥赛温站起身了，他走了出来。我们这才看到这个奇瘦无比的黑社会老大。哥赛温走到图门和挤在一起的登依、米初蝶面前。图门右手放到胸口前，毕恭毕敬地九十度鞠躬。

图　门：哥赛温……

哥赛温挥挥雪茄。

图　门：请哥赛温收留我的弟弟和妹妹。

哥赛温没有说话，鹰一样的眼睛扫了一眼低着头的登依，转到了米初蝶脸上。登依不敢乱动，斜着眼看到哥赛温使劲盯着米初蝶的脸蛋，朝着她低垂的头喷了一口烟。

哥赛温：叫什么名？

米初蝶：（怯懦地）米，米初蝶。

哥赛温用被自己嘬得湿乎乎的雪茄烟嘴顶住米初蝶的下巴，把她的头推高。米初蝶胆怯地看着哥赛温。图门僵直地站着，一手使劲摁住登依，看到哥赛温如此猥琐，登依眼看马上要爆发了。

哥赛温：多大了？

米初蝶：（越发怯懦地）十五。

说完，米初蝶泪珠滚落，哥赛温用雪茄烟嘴沿着泪痕收集起米初蝶的泪水，塞进自己嘴巴里，吧嗒吧嗒嘬了两口，满足地起身，走回座位，隐没在黑暗中。兄弟二人放松了许多。

哥赛温：（缓慢地）我这里可不养闲人。

图　门：他俩啥都能做，大哥尽管安排……

哥赛温：（缓慢地）我在说你。

图　门：（怔了一下，平静地）我的命是大哥的了。

哥赛温发出一阵怪笑，让人毛骨悚然。突然，大木桌上滑过来一个茶绿色的小玻璃罐，哥赛温的意图非常明显。图门缓缓拿起玻璃罐，打开盖子，里面深褐色的膏状物散发出一股强烈的异味，果不其然——鸦片。

97.外　哥赛温的大院　日

登依做起了园艺工，为草坪修剪浇水，疾驰而过的小轿车碾过水面，溅了自己一身，在大宅门口停下，车门打开，他看到米初蝶被哥赛温搂着下了车。

98.外　哥赛温的后院　日

登依万般郁闷地擦车，米初蝶偷偷地跑来，四下查看没问题后，从后面拍了登依肩膀一下，声音压得很低。

米初蝶：哎！给你个东西！

登　依：我不要。

米初蝶：（微笑着）你猜猜是啥嘛。

登　依：啥我都不要。

看登依只顾着使劲搓车盖，情绪明显不对，米初蝶绕到登依前面。

米初蝶：登依哥，你怎么了。

登　依：我没怎么，我正常的很，我一直就这样，从没有变过，你不知道吗？

米初蝶：嘘，你小声点，被大哥听到就不好了。

登　依：你也跟着图门叫大哥了啊！你什么时候多了一个大哥？

米初蝶：寄人篱下，你要我怎么做？（顿一下）刚取回来的照片，给你一张。

登依没说话，他停下了手里的活儿。米初蝶把自己的一张照片放在车盖上，转身离开，登依追上，扶住米初蝶的肩膀，他很愤怒，但压低声音说。

登　依：有些你不想做的事可以不做的！

米初蝶：我，我不敢……

登　依：为什么！

米初蝶：你不知道他有多凶……

登　依：他怎么你了！

米初蝶啜泣起来。

登　依：我们离开这里吧！

米初蝶：他不会放我走的……

登　依：（压低声音）我都打听好了，明天一早马帮就启程，我们今晚溜进去，藏在队伍里就能回翡翠城了。

米初蝶两眼顿时充满了希望，重重地点头。

米初蝶：真的能离开这里？

登　依：你要装什么事都没发生，该做什么做什么，等哥赛温睡着后，你再走，咱们直接驿站后门见！

米初蝶：那图门哥呢？

登　依：我去找他！记住，别被哥赛温发现。

说完，米初蝶难掩激动地离开，登依捏着米初蝶的照片，表情坚定。

99.内　鸦片房　下午

登依穿过烟气缭绕的大堂、污秽不堪的过道，找到了一个隔间，他掀开帘子，看到图门背对着自己，手里鼓捣什么东西。

登　依：图门！

图门一回头，略显慌张，但马上转为平静。

登　依：你说你戒掉了！

图　门：最后一次，肯定是最后一次！

登　依：不行，你出来，我跟你说件事。

登依上前拉图门，图门用力甩开登依的手。

图　门：有事儿明天再说！

登　依：你还是我图门哥吗！要是的话就听我的，跟我走！

这时，图门毒瘾犯了，说话明显有点不利索，眼神也游移不定。登依眼疾手快抢下烟枪。

图　门：我哪都不……不去……先等我抽完，快把枪给……我……

登　依：我让你抽！

登依"咔嚓"把烟枪给撅成了两段，怒目圆睁盯着图门。失去理智的图门上前打了登依一个耳光。

图　门：因为你和蝶子，我必须吸，懂……懂吗，吸完有劲儿了能多收点账，多收账哥赛温才能高兴，嘿嘿，他高兴了，你俩才有好……好日子过，懂吗……懂吗你！

登　依：我和蝶子今晚要离开这里，马帮驿站，来不来随你！

图　门：（声音含糊地）走走走，越远越好！（对外面大喊）小鬼，给我拿杆枪过来，快点！

图门毒瘾发作，完全变了个人，登依失望到了极点，扭头离开。

100.外　驿站后巷　夜

驿站后门所在的巷子极为窄小，只能容一二人出入并行，车马无法进入。登依藏在守门狮子一旁，静候米初蝶和图门。在巷子口联通着另一条宽大的马路，石头路面高低不平，在夜晚小摊贩的火堆光线照射下，一块亮一块暗，亮的像镜面，暗的如黑洞。登依显得有点着急，不住地跺脚。

听得脚步声由远及近，登依看到有两条人影子，一前一后移动到了巷子口，前面的影子脚步放慢，是米初蝶。米初蝶站在巷子口并未往里拐进，也丝毫没往登依所在的位置扭头，而是杵在原地，目视远方，一动不动，双臂紧贴身体，像一只瑟瑟发抖的小兔子。

还没来得及喊米初蝶的名字，刚迈出一步的登依突然看到后面跟上来一个缅甸打手！迈着八字步走到了米初蝶身后，他扭头往登依所在的巷子里看，鹰一样的眼睛扫来扫去，打手推了米初蝶一把，米初蝶继续向前走，二人离开了巷子口。登依轻手轻脚地走到巷子口，趴在墙边看。他不敢去救米初蝶。

101.外　古茶道　日

（音乐起）

登依行走在泥泞的路上，跟着马帮。登依用力托举着马架，放到马背上，非常吃力，但他坚持。

102.外　曼德勒古城市场　日

俨然一副黑社会打扮的图门，腰间别着枪，带着两个小弟，"巡逻"市场。他们走到路边的广告牌，看到很久以前米初蝶的招贴画，风吹日晒，早已残破不堪，图门仔细端详一阵才离开。

103.外　破旧的驿站小院　夜

马帮休息，登依在驿站小院院门口守夜，旁边一盏昏黄的马灯，登依出神地望着星空，沉浸在过往的种种美好中，微微笑地看着米初蝶的照片。

104.内　曼德勒妓院房间　夜

酒足饭饱的图门，打着哈欠，走进曼德勒妓院的房间里，早已有一名身姿曼妙的妓女在床榻上等着他，不过，图门躺到了妓女的对面，拿起一杆鸦片烟枪……

105.外　翡翠城双虹桥　日

马帮队伍回到了翡翠城。很多人蜂拥过来。马帮锅头塞给登依一些钱，登依独自走开。

106.外　祖宅　黄昏

早已变成残垣断壁的祖宅，院子里荒草丛生，大堂里那幅马帮路线图只剩下残破的一半，登依坐在砖石中间痛哭流涕。

107.外　老石匠院子　日

登依走进院子里，那台熟悉的解石器仍旧巍峨地立在一边，但座上的一层泥土说明老石匠久已不用。登依看到房门半开，他推门进入。

108.内　老石匠家　日

老石匠半躺半坐在藤椅中，胡发皆白。他看到登依，挥挥手招呼坐下。登依坐在老石匠旁边，给倒了一杯茶。

老石匠：登依？（登依点头）

老石匠：还走吗？（登依摇头）

老石匠：在缅甸不顺利？（登依点头）

老石匠：去，把院子里的解石机擦干净。

登依满眼感动。

109.外　戏台　夜

皮影戏舞台上正在演出热闹的打斗戏，登依远远地、木木地欣赏。

110.内　哥赛温卧室　夜

戴着翡翠首饰、珠光宝气但脸上带伤的米初蝶坐在床边，哥赛温醉醺醺地凑了过来，俯在米初蝶身上不住地嗅。米初蝶非常厌恶，但又不敢过多表现出来。

111.内　哥赛温宅子厨房　日

眼睛红肿的米初蝶在厨房里切水果，她拿起刀悬在自己手腕上，两眼满是绝望。这时图门进来，赶紧把米初蝶的刀夺下。米初蝶哭了起来。图门查看了下哥赛温不在，压低声音劝说。

图　门：（压低声音）蝶子，这玩笑可开不得！

米初蝶：我不想活了，可我连自杀的勇气都没有。

图　门：你现在吃喝不愁，什么都不用干，干嘛要自杀，再说了，你以为自杀很容易吗？

米初蝶：（沉默一阵）伺候哥赛温，要低眉顺眼，轻声走路，随叫随到，他不在的时候也不能有任何牢骚，只能等着，可到底在等什么我也不知道。可能就是等死吧，我有时在想，早点死了好，还能省去等死的痛苦。我现在很痛苦。只是图门你不懂。

图　门：纺线织布照镜子，生个娃娃过日子，你娘，我和登依的娘，不都是这么过来的吗？这难道不是翡翠城女人的命吗？

米初蝶：她们在家等自己的丈夫，我在这里……等的是一个暴徒……

这时，院子里停车声传来，哥赛温回来了，米初蝶擦了眼泪，抹了头发，去迎接哥赛温。图门拉住米初蝶。

图　门：不管怎么样，活着最重要！

这时我们才看到她脸上还未消去的淤青。

112.外　老石匠小院　日

登依坐在解石机旁，低头看照片。看到老石匠走来，登依把照片收起。老石匠坐到登依对面，微笑着盯着他。

登　依：石爷爷，怎么了？

老石匠：应该我问你怎么了，苦眉簌簌的。

登　依：没事。

老石匠：我从你的眼睛里，看得出来，你有心结。是不是老缅那边还有什么事没了结？（登依点头）那你回缅甸去把事办妥，内心平静了才能继续生活。

登　依：（摇头）当时我不行，我现在还是不行。

老石匠：懂拳术的，把对方引上擂台；懂文法的，用笔打败敌人。你想想，你有什么绝活？

登　依：我天天就是跟石头打交道。

老石匠笑眯眯地看着登依。

登　依：您的意思是……我跟他赌石？

老石匠：不失为一种办法。（顿了一下）古人云：以巨利诱其交易，可你必先视钱财如粪土。这是一种极难的选择，你确定值得这么做吗？

登　依：（重重点头）……可是，我哪有好赌石？

老石匠指着解石机木架子脚，上面有一块用来压份量的石头，脏兮兮的，生满了青苔。登依疑惑不解。

老石匠：愣着干嘛，搬起来。

登依用力搬起石头，用袖子擦拭两把，西瓜大小的石头表面露出了黑沙蜡壳。

登　依：莫湾基的黑蜡壳！

老石匠：传说中，赌性最大的一种，打眼看，里面必定包裹上等玉，细看外壳、质地、色泽，更加确信无比，但是，要记住，能擦就不解，若非得解，记住四个字——剑走偏锋。

登　依：记住了！石爷爷，为什么，您把它扔在院子里？

老石匠：对我来说，它就是一块石头而已。

登　依：为什么不赌它？……毕竟您过得这么清贫……

老石匠：清贫？这是我最舒服的日子，简简单单。我像你这么大的时候，什么事都提不起兴趣，唯有赌石，连续十年，一直赌涨，涨惯了，想尝尝垮的滋味，比赌涨更深刻，那个时候就是要青云直上，就是要起起伏伏，大悲大喜。人的一生是要在高高低低中度过的。不过老来能有这样平淡的日子，是种福气。可不是每个赌石的人都有这样的福分。

老石匠眼睛里闪着光。登依朦朦胧胧有点开窍，他听得入神。

老石匠：这些石头就算卖个天价又如何？还不如给我当垫脚石来得直接。

登　依：（笑）也只有您把翡翠当垫脚石！您难道不想知道它里面到底包了块什么样的翡翠吗？

老石匠：（摇头）说破天，翡不翡翠的也就是块石头而已。记住，要"冷眼看翡翠"。

登依重重地点头，突然又变得沮丧起来。

老石匠：又怎么了，年轻人！

登　依：我还是害怕。

老石匠起身，拍了拍登依的头。

老石匠：（意味深长地）孩子，世上没有什么该怕的事，只有该懂的事。

登依抱紧了石头。

113.内　赌石大会　日

王掌柜、寸老先生等人围观这块蜡壳石头，一旁的登依非常平静，他整了整衣服，站起身来，指着石桌上的石头，对着来参加赌石大会的所有在场人大声说。

王掌柜：登依兄弟，你可能还年轻，咱赌石行里，讲究输赢都不得罪人，尤其在曼德勒，哥赛温实在招惹不得啊！

登　依：多谢王掌柜好意，我不是个搬弄是非的人，我找哥赛温，也确实是没办法，必须找他。

王掌柜：到底什么事？

登　依：（停顿）现在不能说，我就是要和他面对面赌石！

登　依：拜托在场的各位前辈到江湖上传话给哥赛温，就说我登依和哥赛温赌这块石头。什么时间赌他定、在哪里赌他定、怎么个赌法他定、总之，我要和他赌，看他有没有这个胆！

登依看着桌上的石头。在赌石大会大厅一角，一个中年缅甸人，听了登依的话，喊过来一个卖烟的少年，耳语几句，少年迅速出门。

114.外　曼德勒街道　日

（音乐起）

那个卖烟的缅甸少年快速在街道人群中穿梭。我们跟着他的脚步穿过了脏乱的小街道。少年进入一个外观看起来极普通的饭店。

115.内　曼德勒饭店/后厨　日（接上）

少年很熟悉这里，三步两步便进入后厨，直截了当地找到一个年纪稍长的小伙子，他附在小伙子耳边说话，他们在传递消息。小伙子看起来很严肃，给少年口袋里塞了一些钱，打发离开后，他脱掉自己白色的厨师服擦擦手，打开"餐柜门"，钻了进去，原来这是一个秘密通道。

116.外　后院　日（接上）

小伙子从门里出来，进入院子，流水声哗哗响，我们跟着小伙子飞快的脚步。他往一座二层小楼走去，路旁一个少妇洗衣服，抬头看了眼小伙子，脸上涂着防晒粉；几个小孩子在院子草坪上奔跑玩耍，小伙子快步穿过，家奴修剪草坪，打扫院子。小伙子快步上了台阶，进到房内。

117.内　哥赛温豪宅　日（接上）

小伙子毕恭毕敬地走到房间，打手、保镖凶神恶煞般在一旁站着，图门坐在哥赛温对面，陪他玩牌。哥赛温招来小伙子，耳语几句。哥赛温甩出牌的手停在半空中，大翡翠戒指十分耀眼，他缓缓放下手臂，眼神疑惑。

哥赛温：你们谁听过一个叫登依的人。

图门听到登依名字，突然收起笑容，木头一样。

布梭男：什么名字？

哥赛温：（大声）登依！登依！你聋了吗！要我说几遍？

在茶几上切水果的米初蝶，也怔住了。

布梭男：他找你干什么？

哥赛温：找我干什么？你们猜？哈哈，你们这帮屎脑子肯定猜不到。

布梭男：猜不到，猜不到。

哥赛温：赌石！哈哈哈，有意思吧！

众人纷纷大笑，哥赛温把手里最后几张牌扔到布梭男身上。

哥赛温：你去查一下他为什么要找我赌石？

布梭男：行，我这就去。

哥赛温：等等，不对，登依，登依，登依，这个名字我好像听过，让我想想。

哥赛温站起身，慢慢地走到茶几前，盯着米初蝶，拿起一块水果使劲嚼了几口，吐在桌上，回身盯着图门。

哥赛温：图门，去查一下这个叫登依的人，为什么要和我赌石。

图门应声离开，临走，拽过报消息的小伙子，递给几张钞票，一同出门。哥赛温把众人赶走，坐到米初蝶身旁，吃了几口水果，拿起水果刀，在手里转来转去。

哥赛温：我记得图门有个弟弟，就叫登依！

哥赛温故意把后面四个字加重语气，说完，死死地盯着米初蝶。

米初蝶：哥赛温，你又不是不知道图门在外面认的弟弟妹妹数都数不过来，光带到您这里的少说也有十几个了，您说的是哪个？

哥赛温沿着米初蝶的胳膊往上划，直到脖子动脉处，停了下来。米初蝶一动不动。

哥赛温：少糊弄我，图门是不是有一个亲弟弟？

米初蝶：有！（哥赛温眼睛一眯）不过早就死了。

哥赛温把刀尖立起来，对准米初蝶的脖子，轻轻地扎进去一点。米初蝶仍旧一动不动。

哥赛温：死了？

米初蝶：刚来缅甸就得了场热病，死了。你应该见过他每年都要烧纸。

哥赛温：唔，这样啊。

哥赛温把刀撤走，米初蝶脖子被扎出一个血点，哥赛温凑过去，伸出舌头，像蛇信子一样，把那滴血舔舐干净。米初蝶还是一动不动，表情冰冷。

118.外　赌石大会大院　夜

图门只身来到赌石大会的院子找登依，白天人声鼎沸的擂台现在早已空空如也，只留着白天用于赌石的机器。图门站在下面，原本是戏台的擂台区突然出现了皮影戏场面，还是那出经典的张飞喝断当阳桥，造型狂野的张飞，动作夸张，在老戏人的唱腔烘托下，即使是剪影，也透出浓浓的霸气。这其实都是图门的幻觉。突然一团黑影袭来，一记重拳砸在图门脸上，图门从皮影戏中被打回现实，原来是登依又扑了上来，骑在图门身上一顿打，图门并没有还手，几拳过后，登依也倒在一旁，二人静默无声，仰天躺着。

登　依：刚才怎么愣在那儿？

图　门：看到戏台，想起了咱翡翠城的皮影戏。

登　依：想看皮影戏？

图　门：想，缅甸这边啥都没有。

登　依：有钱。

图门苦笑，摇头。二人起身坐到戏台台沿上。

图　门：（笑着）来，给哥唱一段山歌。

登　依：瞎嚼，唱不成。

图　门：这么大了还打不出个粮食，快，唱几句，哥多少年没听了。

登　依：你起头。

登依难为情地笑，低头。图门清了清嗓子。

图　门：手中锤子响叮当，为淘生活走夷方。

登　依：攒得两文血汗钱，一举烟枪便花光。

登依盯着图门。

图　门：（笑）记得当年我求人，如今人人来求我。

登　依：茅草戮脚莫当刺，旁人夸赞莫当真。

图　门：我一龙挡住千江水，我一手遮住太阳星，若不能披金又带银，到死我也不甘心。

二人沉默。

图　门：现在你为什么又回来了？

登　依：那晚你为什么出卖我俩？

图　门：我出卖你们？是我救了你们。

登　依：什么意思？

图　门：哥赛温生性多疑，你以为把一切都写在脸上的蝶子能骗得过哥赛温吗？他连睡觉时候都安排人紧盯着蝶子的一举一动。那晚要不是我提前告诉她怎么做，把哥赛温从驿站引走，连你都被抓回去了。

登　依：蝶子她还好吗？

图　门：比以前坚强多了。

登　依：我想带蝶子走。

图　门：你惹不起哥赛温的。回去吧。

登　依：你打算就这么过下去？当哥赛温的……

图　门：……一条狗，是吗？

登　依：是！就是这个意思！

图　门：狗不狗的无所谓了，吃吃喝喝，玩玩乐乐，算求。我这辈子也没啥大志向，那个词叫什么来着，翡翠城学堂的那个词……

登　依：……文澜壮阔。

图　门：对，大风大雨般波澜壮阔是吧，说的也是人生。我向往那样的人生，可是有多少人能拥有呢？我肯定不能。

登　依：至少你可以做一些对的选择！

登依眼神坚定，二人又一阵沉默。

图　门：你好好的又回来干吗？

登　依：我要跟哥赛温赌石，赢回蝶子！

图　门：别犯傻了，你只会人财两空。

登　依：你带我去见他，其他你别管。

图　门：我不带，你这是找死。

登　依：你不带我有人带！

图门感觉自己是对牛弹琴，登依是头倔强的小牛。

图　门：你怎么可能赢过哥赛温？为什么非要赌？

登　依：这世上谁不赌？你不在赌吗？你混黑帮，你是在拿自己的命赌，你觉得你能有个好下场吗？

图　门：能一样吗？你把小命寄托在一个烂石头上！赌垮了你没命，赌涨了你更保不住命！哥赛温不会跟任何人做交易的。

图门急了，跳下戏台，抓着登依肩膀，晃了几下。

登　依：如果赌垮了，哥赛温要怎么样就怎么样吧，反正我一条微不足道的贱命……如果我赌赢了，我会倾尽一切把蝶子带走，我要履行为爹妈、老米叔照顾蝶子的承诺。

图　门：爹妈、老米叔都已经去世了，你要为那些过了期的承诺让自己陷入绝境吗？

登　依：置之不理才是绝境啊！在这个世界里，我已经没有家人了（顿了一下，死盯着图门）只有履行对家人的承诺，我才能找回一些家的感觉，这是我和爹妈唯一的一点联系了。何况，承诺怎么会过期。

登依说这话的时候，死死盯着图门，图门似乎回忆起了童年时候的家。

图　门：这里的人阴暗自私，充满了猜忌、陷害。重信义、能杀身成仁的人已经不多了，更何况他是哥赛温，你赢了他也不会放你走……

登　依：不试怎么知道？（淡定而平静地）我相信我能赢。

图　门：你真是不见棺材不掉泪！

图门无奈地离开。

119.内　木屋解石室　夜

我们回到登依以一敌三的木屋里。这时，门被推开，进来一个个头不高、奇瘦无比的人（哥赛温），他脸腔黝黑，双眼深陷，一边鼓掌，一边微笑，像一只老雕。

哥赛温：后生可畏啊。

众人都纷纷鞠躬，图门也起身走上前迎接。哥赛温身后还跟了一个人进来，登依见了，浑身僵硬——高挑曼妙的身材、华丽别致的缅裙、千柔百媚的乌云发髻、亭亭玉立如罂粟花的——米初蝶。登依直直地盯着米初蝶，米初蝶目露关切，却又无动于衷，像小妾一样，站在哥赛温身后，离得不近不远。哥赛温鹰一样的眼睛扫描了登依几遍。

哥赛温：我来了……

哥赛温双手一摊，示意登依说出找自己的理由。登依还是盯着米初蝶没说话。老大动动手指，图门把登依带来的那块石头拿了过来，哥赛温瞥了一眼，仰头说话，鼻孔对着登依。

哥赛温：我有钱，但我做生意，通常不掏钱。我不懂翡翠，但有世界上最好的翡翠。我不杀人，但惹恼我的人没一个活着的。（整理下衣服）说吧，为什么一定要跟我赌石？

登　依：我自信我拿来的是绝代翡翠，你多一块好翡翠不会嫌多吧。况且不用你掏钱。白得一块好翡翠，我想不会惹恼你吧？

登依回答得口气柔和，但字字珠玑，咄咄逼人。哥赛温坐直身体。

哥赛温：原来这世上还有白得的好东西？

登　依：要是我赌赢了，换你一样东西。

哥赛温身体前倾，露出常人所不见的笑，令人毛骨悚然；一排焦黄的牙齿里挤出嚼烂了的槟榔，一口吐到登依身上。

哥赛温：说说看……

登　依：她。

登依视线移到哥赛温身后的米初蝶身上，又伸手指着她。

哥赛温：你拿你的烂石头赌她？

哥赛温伸出大拇指，指着身后的米初蝶，满脸不屑。米初蝶吓得捂起嘴巴。图门眉头紧皱，不住地摸着自己下巴。布梭男先是一愣，然后和哥赛温一起爆发出一阵尖锐刺耳的嘲笑声。

登　依：要是我赌赢了，你拿翡翠，我带走米初蝶。

哥赛温：你赌输了怎么办？

登　依：任你处置。反正你没有损失。

哥赛温收起笑容。

哥赛温：（身体前倾）为什么是她？

登依没回答。哥赛温起身，一把扯过米初蝶，拽着头发，摁倒在前面。登依顿时变得紧张。

登　依：你放开她！

哥赛温：你俩什么时候认识的？

登　依：从小就认识。

哥赛温拍打着米初蝶的脸蛋。

哥赛温：没听你说起过他。

米初蝶：我俩，我俩从小定的娃娃亲。

哥赛温：唔，娃娃亲……

哥赛温甩开米初蝶。

哥赛温：（对登依）你有胆，不知道你有没有眼光。来，看看你的石头。

布梭男把蜡壳黑石头递了过来。

布梭男：老大，看过的人都说赌性极大。

哥赛温：有没有绿？

布梭男：（有点慌）不好说，一般说，应该是，有绿，只是……

哥赛温：（打断）滚！

哥赛温伸出两根手指。

哥赛温：一，赌出帝王绿才能算赢。二，出不来帝王绿的话……

图　门：（打断）哥赛温，直接把他扔到帕敢山里，自生自灭算了！不值得跟他费劲！

哥赛温眯起眼睛，死死盯着图门，继续支着两根手指，继续没说完的话。

哥赛温：……二，出不来帝王绿的话，你扔他去喂鱼！

图门满脸失望，尽量掩饰着。

登　依：（嘴角颤抖，咬着牙）行！

哥赛温：切开！

布梭男拿起石头，"噌"走到解石机旁，让工人切。登依急了。

登　依：不能切！

哥赛温：（阴阳怪气地）哟，露怯了，为什么不能切啊？

登　依：你不懂！直接切会伤着翡翠！

哥赛温：屁话，给我一切两半！我倒要看看，你拿了块什么烂石头糊弄我！

解石工小心翼翼地把石头卡在解石机中间，快速踩踏板，解石机上的金刚砂线发出滋滋的声音，在原石上擦出一片火花。一屋子人紧张地盯着那簇跳动的火花，空气像凝固了般，解石工一边踩，一边用毛巾在石头上淋水，只见混着白石粉的泥浆沿着越来越深的沟槽流了下去，就像登依满头的汗。突然，解石工松开了踏板，金刚砂线停止了来回搓动，他慢慢拿起已经切开一半的石头，舀起一瓢水，泼在断面处——两瓣灰白石块——登依两腿发软。哥赛温往椅子后一靠。图门背过身，捂着脸。米初蝶早已泣不成声。

哥赛温：浪费我时间，扔去喂鱼。

哥赛温朝着布梭男挥挥手，示意处理掉登依。登依抱着石头，翻来覆去仔细看，他不相信老石匠给的石头有问题。哥赛温带着痛哭流涕的米初蝶离开。

布梭男轻蔑、冷漠地哼笑几声，拿着绳子过来，要捆登依。登依用力打了布梭男一拳，布梭男恼羞成怒，掏出缅刀举刀便砍——图门架住了布梭男的胳膊。

图　门：用不着见血，我来。

图门不容布梭男反应，冲到登依面前，一拳便将其打倒。布梭男冲上去就把登依捆绑妥当。

登　依：肯定是切错了，一定有翡翠！

图　门：死到临头还惦记着烂石头！一会儿你就抱着石头沉水里！

图门赶忙把两个半块石头塞到布口袋，然后又把口袋捆到登依身上，打结的时候，图门的手停顿了一下。

登　依：让我再和蝶子见一面！

布梭男擦嘴角渗出的血，嘴里骂骂咧咧。

布梭男：原来是想跟老大抢女人，胆子真够大！

图　门：按哥赛温说的，沉河。

图门拎起登依，拖着就要往外走。

布梭男：我来扔，妈的！

图　门：我来吧，你去擦擦血。

布梭男：（用手摸下嘴）不行，我要看着他呛死！

图门皱眉，放开登依，尽管使劲挣扎，瘦小的登依还是被布梭男拖着走了。图门看着二人离开，也疾步匆匆离开。

120.外　雾露河边　夜

布梭男拖着登依，穿过树林，登依不住挣扎，布梭男半路上踹了登依小腹几脚。登依动弹不得。布梭男走到河边一处高堤，二话不说，把登依甩到了河里，他立在岸边，仔细盯着河里的登依快速沉下去，嘿嘿笑了几声，随即离开。

（镜头向水中推，穿过水面，跟随着下沉的登依。）

121.水下镜头　夜

登依手被反绑着，腰间挂着沉甸甸的装了石头的布兜子，拽着他迅速下沉。登依呛了几口水，便放弃了挣扎，在漆黑的水中，他孤立、无助。

恍惚间，耳边响起了山歌。母亲来了，苍白而虚弱的脸庞，好似刚刚给图门舀完魂儿；父亲也来了，父亲的大手很有力，托举着自己，登依有种放心、踏实的感觉。他微笑着，知道要和家人团聚了。突然，所有亲人都湮灭而散，就像被大水冲走。他又听到了米初蝶在喊他，米初蝶还是那么笑意盈盈，在他面前旋转、跳舞。

登依意识到自己在水下，挣扎了两下。登依不甘心就此死去，他的手不住地搓动，想挣脱绳索，但是绳子捆得很紧。登依手指到处乱摸，突然，摸到了一截绳头，他下意识地搜动，一点一点，绳子头好似扯不完，越搜越长，直到——解开了捆绑。

122.外　雾露河边　夜

登依游了上来，他仰天躺在浅水滩使劲呼吸。突然有人扑了过来——米初蝶。

米初蝶：登依哥，我以为再也见不到你了。呜呜……

登依一个激灵，翻起身四处看，只有米初蝶一人。

登　依：蝶子，你怎么来了。别被哥赛温发现！

米初蝶：图门告诉我你在这儿……

登　依：（看着绳子）图门给我打了活结。

米初蝶转而抽泣。

登　依：没事，你看，哥没事。蝶子，我们逃吧。

米初蝶：逃不走的……

登　依：不行，我答应过老米叔，要好好照顾你。

米初蝶想到自己爹，更是痛哭不止。

登　依：咱们现在就走，回翡翠城……

米初蝶：我们连他的城寨都出不去就会被抓回来了。登依哥，你想办法回吧，我永远是个拖油瓶……

登依陷入了绝望，双手抱头，坐在水滩里。

登　依：我好蠢！

登依把已经剖开的两块石头掏出来，捡起鹅卵石，发疯砸。

登　依：带一块烂石头来赌！

米初蝶看着登依发怒，她按着登依的手。

米初蝶：登依哥，你不要自责了，你能来冒险找我，我就很开心了……

登　依：还自认为有相石的本事……

米初蝶搂着登依。

米初蝶：记得我们小时候，你告诉我和图门，哪里哪里有翡翠，每次都说得很准！

登　依：（苦笑）现在看那都是碰的。

米初蝶：这块石头，你从哪里找来的？

登　依：石爷爷给的。

米初蝶：石爷爷不会害人的。除非……

登　依：（盯着米初蝶）除非他也看走眼？

米初蝶撇嘴点点头，拉着登依起身。这时依稀听到有人走过，二人赶忙躲在岸边树丛中躲了起来。登依还在纳闷。

登　依：怪不得他把石头扔在院子里。他懂那么多，但也从来不赌石。

米初蝶：登依哥，别多想了，就这样吧，你趁晚上逃走吧。

登依盯着不远处还泡在水滩里的黑蜡壳石头，没有回话。

米初蝶：登依哥，我得回去了，出来太久被发现就麻烦了。

登依没有回应，还在盯着石头。突然，登依弹了出去，冲向水边。登依跪在水中，抱起其中一块石头，他清晰地看到在月光和水反射的月光下，被他刚刚砸开的黑蜡壳处，竟然隐隐约约泛出淡绿色的微光。登依赶忙用袖口使劲擦了几下，被他无意中砸开的几处，均透出淡绿色，他慌忙捡来石头，淡绿色的地方，继续轻轻擦，绿越来越明显。

（闪回）

123.外　老石匠院子　日

登依抱着西瓜大小的黑沙蜡壳石头。

老石匠：传说中赌性最大的一种……能擦就不解……若非得解，记住四个字——剑走偏锋。

（闪回结束）

124.外　雾露河边　夜

登　依：（喃喃自语）果真是"荒石藏宝光"（激动地对米初蝶喊）蝶子，我有办法了！

（镜头推向登依头部特写）

125.内　哥赛温客厅　日

登　依：哥赛温！我继续赌！不仅是帝王绿，而且是你绝没见过的种水。

（镜头从登依头部特写拉开）

登依浑身干泥巴，脸上污秽不堪，手里捧着半块石头，上面零星散布着几处绿色，那是他无意中砸开的石窗。哥赛温、图门、布梭男等一帮人显得不可思议。

哥赛温：妈的，怎么回事？！

布梭男：（对登依）你怎么不死？

哥赛温：（笑了）有意思，太有意思了！水淹不死你？给我砍死他！

布梭男抽刀，登依赶忙把石头举起。

登　依：你说的，赌出帝王绿我赢，现在赌出来了！你看！

哥赛温制止了布梭男，晃悠悠走上前，一手拿着雪茄，一手在嘴里搓，然后又在石头上显绿的地方，抠了两下。

哥赛温：嗯，有点意思。

众人围了上来，试图看绝世翡翠，但登依后退几步。

登　依：让我来操刀解石，我可以帮你赚至少一百万银，我分文不取，但你要放米初蝶走。

图门瞪大眼睛，盯着翡翠，盯着登依。

哥赛温：跟我谈条件？你现在还能站着就是我给你开出的条件。至于米初蝶嘛，看来你对她是真感情，嗯，让我想想……

登　依：哥赛温，我求你了！你看，我再给你开一点……

登依显然着急了，他就地盘腿而坐，又从布兜子里掏出一块粗砂石头，对着开了窗的石皮，继续擦，让窗口开得更大，还轻轻磨掉一点淡白色的石雾。不一会儿，手掌大小的满绿窗透着莹光的翡翠，摆在了哥赛温面前，大部分翡翠还嵌在石头里。登依扔掉工具，拿起布兜子，在空中抖两下，叠成长条巾，然后把石头夹在两腿间，双手绷起长条巾，左右快速地摩擦翡翠，他这是在用土办法抛光。

图门看登依越做越好，却显得有点慌，他不住地偷眼观察哥赛温。哥赛温却紧盯着登依的动作，吧嗒吧嗒抽雪茄。登依啪一声甩动长条巾，扔到一边，之间他拿起刚刚抛过光的翡翠，尽管边缘粗糙，但难掩绿色之美。众人显然没见过这么漂亮的翡翠，每个人都像是被翡翠的美吸了魂魄。

登　依：青翠浓绿，匀而不花，毫无绺裂……像不像早晨的露水……嗯？

说着，登依又把翡翠举到窗口处，阳光直射，翡翠瞬间通透无比，像极了一汪碧水。布梭男当真开了眼界，嘴巴都合不拢。哥赛温眯眼笑，嘴里叼着雪茄，鼓掌。

哥赛温：不错，不错！哈哈，差点错失宝贝！

登依略显疲惫，他热切地盯着哥赛温，希望对方能答应自己。图门站在众人后面，非常紧张，心神不宁的样子。

哥赛温：不得不说，你挺厉害。怪不得在赌石大会上放话要和我赌，看来你是有备而来……

哥赛温起身，站到窗户边，把雪茄在窗棂上拧灭，喷出最后一口烟。

哥赛温：（大声）翡翠，归我！米初蝶，也不能走！

图　门：（对登依）听到了没，把翡翠放下，留你一条小命，快滚！

图门暗示登依识相点快走，但登依仍旧不动弹。满脸凶狠的哥赛温，和布梭男对视一眼，布梭男把原本垂着的缅刀提了起来，一手握拳。哥赛温又把视线移到图门身上，眼神做出了暗示。图门移动脚步，站在布梭男斜后方，面对登依。米初蝶面对哥赛温，噗通跪倒。

米初蝶：求哥赛温，你放他走吧，翡翠你留着，我哪也不去，你放登依走吧，他什么都不懂，说了很多得罪你的话，但我求你了……

登　依：（对哥赛温）你明明答应了的，放我们一起走！

登依的话里也是充满了愤怒。图门听到这里，眼睛一闭，心知完了。

登　依：你不放她走，我就摔烂翡翠，你一分也别想得！

登依后退一步，把翡翠那面朝下，双手不住发抖！哥赛温腾地站直身子，满脸肃杀之气，图门看到哥赛温一只眼角不住抽动，图门轻轻打开了枪套。

哥赛温：你敢！给我抢回来！

登依舍不得摔烂翡翠，他只能往后退，直到被墙抵住。布梭男腾地冲向登依，举刀便砍。只听呼—声枪响，布梭男的缅刀僵在了半空中，然后噗通摔倒在地——图门开枪打死了布梭男。随即，图门将枪口对准了哥赛温。

图　门：蝶子、登依，你俩走！快走！

登依一手抱着石头，一手拉过米初蝶，站在门口，看着图门。

登　依：图门哥，这次一起走！

哥赛温：图门？你疯了？！

图　门：（对登依）登依，拿着石头回去和蝶子好好过日子。

哥赛温：谁都别想离开这儿！

图　门：回翡翠城！永远别再回来！

哥赛温趁图门说话之际，扑到茶几上，拿枪，瞄准了图门。而图门与哥赛温几乎同时开枪，二人倒在血泊中。哥赛温死了。图门喷溅出的血，糊满了脸，他直直地盯着登依和米初蝶。

登　依：（哭）哥！哥！

图　门：登依带上石头快走……

登　依：哥，我们一起回……

图　门：哥不能再错了（仰天躺下）……

说完，图门重重地推开了登依，用尽了最后的力气……

（山歌起）

图　门：（画外音）这个世上的人本就阴暗、自私，总是你害我我害你。重信义，能杀身成仁的已经不多了……

图门瞳孔渐渐放大，他直直地盯着上方。

126.外　哥赛温城寨　日

登依和米初蝶慌张地快跑离开城寨。

图　门：（画外音唱）我一龙挡住千江水……我一手遮住太阳星……

127.内　哥赛温客厅　日

一群手下冲进哥赛温客厅，查看他们的老大和图门。

128.外　曼德勒马帮驿站　日

驿站锅头们牵着马，即将上路。二人冲进马帮驿站。

129.外　密林　日

登依仰面躺在马车里，米初蝶斜倚在一旁。

米初蝶：我以为再也回不去了。

登依没有说话，静如止水，看着天空和嗖嗖划过的树叶，一只手和米初蝶十指紧扣，另一只手紧紧拽着布兜。

往事一幕幕划过，全是关于兄弟二人：

——孩童时候捡翡翠；

——二人路过文澜壮阔的闸门；

——三人躲在文昌宫里；

——三人挤在一起拍照；

——临死前，图门仍旧用力地挥挥手。

——全片完——

第 二 章

苟活——《无人生还》

1.黑屏

静音

片名：无人生还

淡出—淡入

2.黑底白字

欢迎参加生还者邀请赛，开始竞赛前，请阁下知晓本次密室生还指南：

· 密室出口只有一个，当密室内生还者只剩一人时，出口会自动开启。

· 参加者可使用房间内任何物品；谋杀、教唆杀人、诱导自杀均被许可。

· 如24小时内仍没人死亡，则全部参加者取消资格，出口将被永久密封。

祝阁下成功完成任务

淡出—黑场—切

3.内　房间　日

我们其实看不到房间布局，镜头里是羿平的眼部极特，他在仔细盯着眼前的什么东西看，呼吸浓重。

4.内　房间一角　日

羿平坐在房间一角，睁大眼睛盯着手中的信。一脸狐疑地抬头看看周围环境，心里盘算着什么，满脸："究竟发生了什么事！？"羿平是个瘦弱的大学生，个子不高，看上去也没什么运动细胞。留着超短卡尺头，加上一副长方型的金丝眼镜，总给人一种文弱书生的感觉。

5.定帧

主角名：羿平

6.内　厨房　日

羿平显然已经不记得为什么会在这个奇怪的房间了，他在厨房里慢慢走动，仔细观察每个细节。这其实是一间很大的厨房，看起来像某餐厅或者酒店的厨房操作间。百十多平的屋子中央是一张很大的工作台，羿平绕着工作台走了一圈，用手抚摸用来准备食材和上菜的工作台台面；角落有两座大号的煤气炉，比普通家庭用的大上一个码；洗碗盘、工具台就在旁边。羿平抬头看看四周，整个房间都没有窗，却有两道门。他走到其中一扇通往冷库房的不锈钢门前。羿平又走到位于房间另一边墙壁中间的大门前，使劲推了推金属门，丝毫不动，显然是被外面反锁着。

突然，房间另一边墙壁的柜子门打开，跌跌撞撞地出来一个小青年。穿一条露半个屁股的牛仔裤，配衬着很多骷髅骨头的黑色外套，还有那个像杜拉格斯的中间分界（前面两条特别长，而且染了粉红色），令这个青年加倍讨人厌。如果正在参与一场杀戮游戏，绝没有人想和这个不良青年共处一室。他手里捏着一封信，惊慌地抬头看着羿平。

7.定帧

打出人名：阿豪

阿　豪：喂！这是什么鬼地方？

羿　平：唔，我也不太清楚。我一有知觉便发觉已经在这里了。我们是不是被绑架了？这儿的场景让我觉得很有"心慌方"的感觉啊，By the way，叫我羿平。

阿豪靠着墙边站了起来。羿平后退了两步，发觉这人比他高出大半个头。

阿　豪：我叫阿豪。你说什么心慌方？那不是恐怖片吗？

羿　平：也不尽是恐怖片，只是有点血腥。不过我想我们是卷入了另一种生死游戏里面。

羿平一边回答，一边左右踱步，尽量远离阿豪。阿豪显得很烦躁。

阿　豪：闹哪样啊？为什么抓我玩这变态游戏！

说完，阿豪一脚蹬向大门，大门纹风不动，自己却失去重心跌了个狗吃屎。

羿　平：我想我们可以先看看这儿有什么东西可以用。就算真的有什么变态狂抓了我们两个互相厮杀，都总得给我们武器吧？难不成想让我们两个赤手空拳肉搏吗？

镜头对准阿豪，比羿平高大的阿豪也同样孔武有力。

羿平说完，两人动作迅速地开始寻找，生怕对方先拿到武器。阿豪一打开厨柜，发现了一把很大的木槌和一支很粗的银色铁钉。羿平打开身后的厨柜，里面有一条有锁的锁链、一份报纸和一件XL码雨衣。

阿　豪：哈！这次天助我也！好在武器落在我手上，杀了你我不是就可以离开了么！

羿平故作镇静，试图转移对方注意力。

羿　平：别傻了！你那些东西怎么杀我？你看看这边和那儿角落，这个半圆形东西是个闭路电视，我们其实正被人监视中！

羿平指了指房顶角落，阿豪顺着羿平的手扭头看，垂下手中的木锤，但仍紧紧拿着武器不放。羿平慢慢挪到火炉旁，打着了火。

羿　平：看！这个炉真的有火，证明这里是一个真的厨房，而不是一个临时搭建的布景。

阿　豪：那又怎样？

羿　平：煤气管道是通的，说明这儿不是荒山野岭，不是郊区。这些可能只是用来禁锢人的布景。最有可能的，这是个出租房，我们是被什么真人秀拿来玩了。

阿　豪：屁，真人秀会叫我们杀死对方吗？

羿　平：我也不清楚，可能工作人员会在你出手杀我前出来制止你，也说不准呢？

羿平关掉炉火，低头再查看管道。

羿　平：你说我们会不会已经离开威多市？

阿　豪：我怎么知道？为什么这么问？

阿豪正在把玩手上的木锤，一边偷偷阅读那封信。

羿　平：因为我发现这里的煤气没有味儿，你知道吗，煤气公司提供的煤气都会加入一些难闻气味，让人知道漏气了。不过这里的煤气是没味的。

羿平检查了煤气炉一会儿，再慢慢走到大门口前。

羿　平：你看，这道大门口的门其实是向内开的。

阿　豪：那又怎样？

羿　平：这种门锁任你拿斧头也斩不破，但是只要破坏门铰，再笨重的门都可以打开！而向内开的门，表示门铰在厨房这边！

羿平一边说着，一边拿起报纸和雨衣。

阿　豪：那我们再凿烂门铰不就行了吗？！

羿　平：等等！出去前我想先检查这间冷库房。里面说不定还有其他工具，可能帮得上忙。

还没等阿豪回答，羿平自顾自地走到冷库房门前。不锈钢大门比普通的门矮一点点，门边有一排控制温度的显示板，标示着里面只有-35℃。站在门口，羿平顿了一下，回头笑着说。

羿　平：你有武器，要不你先进去？

阿　豪：你白痴吧！要进你自己进！

羿平看着阿豪的木锤和大钉子，半不情愿地走入冷库房。

8.内　冷库房　日

冷库房里面其实没什么东西，不足三十平米的地方，两边货架上摆的都是满满的三色豆。"嘭"！！冷库房门关上了，门外传来轮锁的绞动声。羿平冲过去，使劲拉冷库房的不锈钢大门。

羿　平：喂！放我出去！

9.内　厨房　日

阿　豪：哈哈……多谢你教我怎样开门！我先走了！

厚钢门也隔绝不了门外阿豪的喜悦之情。

羿　平（OS）：你不需要帮手了吗？一个人怎么能开的了门！！

阿　豪：你以为我傻吗？这儿不是什么真人秀，这儿是杀人比赛。我现在杀了你，就能离开这里！你乖乖在冷库房内等死吧，我现在就去凿开大门。这场杀戮比赛，我必须赢！

阿豪检查锁链已经牢牢锁住，然后慢条斯理地走到金属大门前，一副胜者的姿态。

阿　豪：其实我不想杀你，真的，你看你在里面多好啊，你想，如果我凿门不成功，我再进去杀你，你也算是多赚了几分钟活头；我要是凿门成功，发现一切是个闹剧，那你就赚大发了，保了命，还坐享其成。怎么算你都不亏！

说完，阿豪将大铁钉对准门铰，再用木锤往下敲，叮！叮！叮！阿豪凿了几下，门铰依然完好无缺。他使出所有力气，大铁钉在他的力道击打下，与金属铰链碰擦出了一簇火星。

嘭……

厨房发生了大爆炸，整个房间一片火海，连冷库房的不锈钢大门都整个炸开了！红红的火光中，一个身影慢慢站起来。

10.内　冷库房　日

羿平跨过一包包三色豆堆栈而成的土丘，他身上的加大码雨衣隆隆鼓起，里面的报纸球令他看上去像个身粗脚胖的怪物。他走过去煤气炉边，关掉刚才做了手脚——导致漏气的开关。他一步一步走向大门，跨过阿豪烧焦的尸体，脱下了雨衣，并拾起了大铁钉，插在后裤袋，慢慢由大门口离开。

11.内　饭厅　日

厨房外是饭厅。这间房间和第一间房差不多大小，大约100平米左右，正中央有张像名画《最后的晚餐》里一样的长台，四面同样没有窗，令这里的感觉好像吸血僵尸的古堡。厨房门口就在大厅的左手边，而右手边相同位置，也有另一道一模一样的金属大门。而在大厅正前方，有着另一道在外上了锁的双叶门，是出口所在。

羿　平：（羿平跌坐在地上）难道这又是另一个密室！又要我多杀一个人，才能离开。

羿平坐到大长台前，沉思，归纳仅有的信息。

羿　平（VO）：看来刚才只过了第一关，离真正的出口还有不知多远；而发生爆炸、有人死了都没有救援人员出动，难道幕后黑手真的想我们自相残杀？还有，最重要的，整间房就像一个镜像般对称。就是说，另一边那道金属门背后，很可能有另一个杀人凶手，随时出来杀我……

就在羿平还在想这种种时，对面的金属大门打开！一个约五十来岁的灰发男人走出来。他身材高大，左手拿着一条铁链，右手拳头仍带着血迹。

灰发男人：喂！年轻人！知道这里究竟发生了什么事吗？

羿平对这个人没什么好感，他呼呼喝喝的语气叫人不耐烦。

羿　平：我也不知道……我刚才差点被另一个人谋杀，他把我关在冷库房，不过不知怎么发生爆炸，我才逃了出来。

灰发男人：嘿嘿，真的假的！

那灰发男人干笑了一声，慢慢向着出口大门走过去，左手的铁链拖在地上，发出了令人毛骨悚然的噪音。

灰发男人：我退休前在警队刑事科混了四十年，人们都叫我刘警司。什么杀人犯、强奸犯都见过。（他抬起头，双眼瞪着羿平）什么人讲真话还是撒谎，我一眼便看穿了。不用装蒜了！

刘警司虽然年过半百，身型好像灰熊一样，却仍然很健壮。他右手拳头染了血迹，他将铁链用锁死锁在左手手腕，应该是防止别人抢走这件武器，是个很谨慎的对手。羿平吞了一口口水。

羿　平：我没有撒……

刘警司：姓名！籍贯！（语气就像审犯人）

羿　平：我叫羿平。后羿的羿，和平的平。

警司望着羿平，地上的锁链又咔啦咔啦地发出噪音。

羿　平：那你是不是杀了另一个人，厨房门才打开？

刘警司：是那个穿西装的攻击我在先，我只是自卫。（将头抬得老高）

羿　平：你没在答我问题。我在想，似乎真的有人需要我们杀掉另一个人，才让我们离开。

刘警司：对！是我杀了他！你何尝不是杀了人才出来！

刘警司向前跨了一步，吼道，强调别人也是杀人犯，会令自己理直气壮一点。二人就像武侠电影的高手对决一样，隔着长台各自逆时针方向走。羿平手无寸铁，固然怕有条锁链作武器的警司；警司同样非常小心，双眼一秒都不肯离开羿平。警司走到炸毁了的厨房前，看到烧焦了的不良青年尸体，眉头一皱，自顾自走了进火场调查羿平的杀人手法。

刘警司：失火？鬼才信。

想必是想了解一下羿平是怎样下手的。羿平见状，立刻跑到刘警司出来的房间。

12.内　厨房2　日

羿平愣住了，眼前的这间房跟他刚才身处的厨房完全一模一样。地上躺着一具男人尸体，身穿黑色西装，右脚西裤上五寸下五寸位置有一条深深的裂痕。

闪回

刘警司扬手一挥，铁链重重地打在西装男的腿上。铁链缠住男子腿，嘎啦一声，腿骨折了，男子应声倒地。刘警司操起旁边的木槌，照着脑袋一顿猛击。

闪回结束

羿平又看到大铁钉、报纸和雨衣都在，洗碗盘似乎未被用过。羿平突然扭头看向刘警司那边，神色慌张。

羿　平（VO）：糟了！他会不会重施故技，鞭死我！赶快想办法！

羿平迅速拿起木锤和铁钉，向着煤气喉管钉下去。他，也要重施故技！羿平预备了一下，收好那几件工具，还来不及返回大厅，刚转身，刘警司已经站在门口了。

刘警司：小子，够胆杀人放火，如果我现在不下手杀你，恐怕就轮到你暗算我！

羿平向侧边后退，一直计算着警司那条铁链的长度，他鼓起勇气，继续挑衅对手。

羿　平：想杀就杀！讲什么大道理！什么自卫，什么怕我暗算你！我呸！

羿平声色俱厉，不再往旁边退却，右脚踏前了一步，摆出了要跟刘警司干架的架势，刘警司双眼因盛怒而通红，太阳穴青筋暴现。他左手向后拉弓，那条铁链横空击中羿平右脚脚踝处，发出厚重的"噗"一声，顺势一拉，羿平整个人倒在地上，手脚并用地向后退，就像一头被野兽追捕的猎物。刘警司慢条斯理，一步步向前迫近。

刘警司：小子，你这么笨！知道我有锁链做武器，你都退到空旷的这边，是你自取灭亡！如果你留在另一边，有障碍物我就不能用铁链鞭你啦！

羿　平：老子故意引诱你用铁链！

羿平退到中央工作台旁边，不再往后退，双眼瞪着警司等候机会。

刘警司：你说什么？

机会来了！羿平好像放暗器似的，向刘警司撒出一些东西！警司下意识原地转身闪躲，只觉颈后似给几粒小冰碎击中，没什么其他危险。刘警司再转身，看见地上一地三色豆！而且见到羿平已爬到厨房中央的工作台底。很快羿平在台的另一边站起来，露出胸有成竹的笑容。

刘警司（大笑）：哈！你爬到另一边有什么用！？

羿平冷静地笑，慢慢举起右手，他抓住了铁链的末端，而且用大铁钉穿在孔眼中，就像一个把手，方便和警司斗对拉。警司想用蛮力将铁链揪回来，可惜台边卡住了铁链，令他不好发力。这时他才发现工作台镶死在地板上，刚才羿平爬过去的空隙，对好像一头灰熊的警司来说，实在太窄。而锁在自己左手的铁链锁头没有锁匙，现在聪明反被聪明误，警司拆不开这条大铁链。他和羿平二人被工作台隔开了。羿平忽然在地上拾起那把染血的木锤，将扣住锁链的铁钉牢牢钉进身旁的木造大砧板！警司在工作台的另一边用力挣扎，大半只左手都染上手腕流出来的鲜血，不过钉进砧板的铁钉分毫不动。

羿　平：你看你！就像条被缚在路边的狗！

羿平卷起右脚牛仔裤裤管，里面原来包裹了一层雨衣，雨衣内扎住了另一根大铁钉。这根铁钉已经救过羿平两次，这次保住了羿平的脚，否则给锁链鞭中，这条腿早就报废了。

羿　平（继续）：是我引你出手的，你是个左撇子，所以将锁链锁在左手，挥鞭的话，一定攻击别人右边。（望着死去的西装男）一击即中以图可以夺去对方移动能力，我赌你一定会先攻击右腿。

警司瞪大双眼，不过没说什么。

羿　平：算了，我想我不可能在你口中再找到什么有用的情报了。西装帅哥，我就让他陪你一起死罢。

刘警司：哈哈，虽然你捉住了我，但你近距离和我肉搏只有死路一条；又没有枪没有刀，看你怎样杀死我！（发疯咆哮）拿豆子来扔我吗笨蛋！

羿平懒得理睬歇斯底里的刘警司，自顾自收拾好几件道具，在地下门缝中铺好报纸，便牢牢关上这间厨房的金属门。

13.内　饭厅　日

隔着门还可以听到刘警司不断嘶声谩骂。羿平默默地点燃一张纸，引着门缝处的报纸，快步离开门边，没隔一会儿，整个饭厅随着刘警司所在的厨房爆炸而震荡着。羿平惊魂未定，找了张椅子坐下。从裤袋拿出那封信，在此双目无神地盯着三段文字看。

14.信纸特写

"……参加者可使用房间内任何道具；谋杀、教唆杀人、诱导自杀均被许可……"

15.内　饭厅　日

羿平盯着信纸，双手抱头。

羿　平（VO）：如果游戏只有胜方可以继续到下一间房，那每回对决只会出现一对一局面，没有第三者，那又怎可"教唆杀人"呢？也就是说往后的比赛，可能出现众数参加者同时对决的情况，就好像《大逃杀》，到时候想以一敌众，将会难上加难。

羿平站起来，用剩余的报纸包好铁钉，放到牛仔裤的后袋，把两件雨衣和木锤收好。

羿　平（VO）：或者还有另一种方法，是不是可以在不杀死对手情况下，继续前进？

羿平踱步走到饭厅中间双叶门前，轻轻一推，大门便开启了。

16.内　卧室　日

房间像是青年旅馆，有四张双格铁床，各自有一套白色的床铺枕头，羿平坐在床旁边，倦意渐浓，哈欠连天，刚半躺下，突然又看到另一边墙上有一扇双叶门，羿平起身过去查看了一番，紧锁着。旁边另一堵墙正中央，有另一道银色金属门，应该是出口。

羿　平（VO）：究竟是什么人可以这样无法无天，举行这种泯灭人性的屠杀游戏？

羿平躺在床上，试图睁着眼睛，但经历两次生死考验的他，由神色凝重、慢慢地放松下来，累到不知不觉合上眼。

17.内　卧室　日

少　女（OS）：早！

一个少女的声音响起。羿平被吓醒，睁眼一看，一个女孩半俯身盯着他看。羿平吓得浑身一抖，弹了起来，三魂掉了七魄，退到墙边，对面一个柔弱的女子，就坐在床的另一端。少女长发及肩，样子楚楚可怜，白皮肤，瘦高个子。

羿　平：早……你是下一个对手？

少　女：什么对手？

少女露出一副天真的神情，似乎真的不明白羿平的意思。

羿　平：你不是从那扇门过来的吗？（指着之前还未开的另一边门。）你不是杀了另外两个敌人，你怎么能走出来？

少　女：敌人？什么敌人？我跟我的家人被困在那边，妈妈和弟弟都还在……但是……婆婆已经不在了。

少女轻咬着嘴唇，双眼慢慢变得通红。

羿　平：你没有看见那封信吗？游戏规则指明参加者需要杀掉对手，才可以逃离每个房间。

羿平谨慎地提问，生怕遭这个女的暗算。女子更加楚楚可怜。

羿　平（VO）：看似最安全的敌人，往往最致命，更何况是红颜祸水！

少　女：你指这封信吗？我一起来便发现这个了。（说罢她在百褶裙袋拿出了一封一模一样的信。）我和婆婆被困在一间厨房很久，也找不到方法逃出去，一个小时后，婆婆为了让我出去，跑进冷库房自杀了。

羿　平（VO）：这是真的自杀？还是教唆自杀！？莫非这个女的真的跟家人一并被关起来？

羿　平：那你又怎样过来这儿？另外那间厨房的人呢……难道……就是你的弟弟和妈妈？

少　女：对呀，你不信大可跟我过去检查一下。

羿　平（VO）：鬼话连篇，一家人会同时被关起，再被指示去自相残杀吗？如果是真的，幕后主脑究竟是要什么结果？

他们走到一道紧闭的金属门前，这边房间的一事一物，跟羿平来的那边完全一模一样。要不是羿平那边两个厨房都给轰掉了，他说不定会给搞混。

少　女：妈妈！我找到一位帮手！

顿了一下，金属门内传出一位中年大婶的声音。少女和羿平二人趴在门前听。

大　婶（OS）：咦！女儿！你真的找到人了吗？太好了！太好了！阿哲，有人带我们走了！

少女也开心地笑了，看着羿平，羿平回以微笑，右手暗暗摸到身后的铁钉。

羿　平：请问一下，伯母，里面的情况怎么样？

大　婶（OS）：我们还可以，只是坐得太久，有点累。先生你是怎样进来的？

男　孩（OS）：很闷呀！放我出去呀！（语气似在撒娇）

羿　平：你们再稍微坚持一下，我这边想想办法。

羿平说完，示意少女，一起去少女出来的那间厨房。

18.内　厨房3　日

他走进了少女的厨房，房间没打斗痕迹，反而有一阵食物的香气。羿平暗暗在背后撕了少许报纸，搓成粒状，握在手心。

羿　平：我想入冷库房看一看。嗯……我自己进去就可以了，免得你见到婆婆伤心。

少　女：没关系，婆婆去得很安详，就像睡了一样。

羿平打开冷库房大门，趁少女不注意，将手心的报纸塞到门框上那个方型锁洞。

19.内　冷库房3　日

冷库房右边天花板同样有闭路电视，一包包三色豆堆成一张床，一位婆婆就睡在上面。她面容安详，泛红的面庞上薄薄的结霜，已经死亡好一阵子了。羿平那样做即使少女拉上大门，她都不能上锁。羿平向老婆婆鞠躬，但是他眼尾仍在留意在门外的少女。四处查看后，返回厨房。

羿　平：难道我错怪好人了？这个女的一家竟然同时是这个杀戮游戏的受害者。是谁捉住了这家人，要她们骨肉相残，互相厮杀呢？

20.内　厨房3　日

羿平若有所思地走进了厨房，少女微笑，女孩穿着围裙，俨然一副大厨模样，但明媚娇美的样子透着制服诱惑。

少　女：你很久没吃过东西了吧？要不要煮些东西给你？

羿　平：哦……谢谢啊。

少女拿起一个报纸折成的兜，倒了些三色豆和清水下去，在火炉上开始煮。

少　女：哈，不要笑我厨艺差，在这里只能吃这个了。

少女面带微笑，抓起了一把豆子，神态就像在煮早餐给孩子吃的年轻妈妈。

羿　平：谢谢你，已经很好了……我先出去一下。

21.内　卧室　日

羿平回到卧室，拿了两床棉被。

22.内　冷库房3　日

羿平用棉被盖住婆婆的尸体，抬头看到对着尸体的摄像头，然后把另外几袋豆子堆高，直到挡住闭路电视镜头，弄完后，羿平返回饭厅。

23.内　饭厅　日

羿平隔着金属门。

羿　平：伯母我想请问一下，你们记不记得在里面多久了？

大　妈：我猜已经超过二十四小时了，所以，我想这道大门，永远都不会打开了。先生，虽然机会很渺茫，但我真的希望可以一家人离开这个鬼地方。阿哲还小，只有八岁，我宁愿一起死在这间房，都不愿我俩母子相残。

羿　平：放心，伯母，我会尽力。如果有幸，有天我们安全离开这里，到时候伯母一定要请我吃餐大餐！我很怕吃这些像微波炉烤热的三色豆！

大　妈：不用怕，我家没有微波炉。到时候一定会煮些拿手小菜给你。

羿平跟大妈闲话家常了几句，仿佛他们就像在公园谈天一样。

少　女（OS）：煮好了，来这边吃吧！

24.内　厨房　日

羿平回到厨房，看到少女已经把煮好的豆子盛到盆子里，笑靥如花招呼羿平。

少　女：我招呼了你的胃，你怎么感谢我啊？

羿　平：在这个鬼地方，想送你一束花都不行。你说怎么感谢就怎么感谢。

少　女（笑）：那你给我讲讲你见到我之前都干了什么坏事？

羿平微笑着，点点头，一边吃着三色豆，一边向少女讲述他之前的经历。

蒙太奇段落

由一开始睡醒发现那封信，到之后怎样杀掉警司。还有他对这个游戏的看法，都一一巨细无遗地跟少女说了。

蒙太奇段落结束

少　女：你意思是说，如果我们在余下这十多小时内，不杀死其中一人的话，我们俩个便会被反锁在这儿，就像妈妈和弟弟一样？

羿　平：对。

羿平吃完，起身来回踱步。背对着少女的时候，他抬头看到房顶角落里的摄像头，红灯一闪一闪，表示监控进行中。他眼睛一瞪，立刻拿出背后的铁钉，指着少女！

少　女：怎么啦！

羿　平：我会杀掉你。你可以选择自己了断，或是来个轻松点的，让我炸掉这里，让你死得痛快点！

少　女：你怎么突然这么说我。

羿　平：因为你撒谎，这三个人都是给你害死的！

羿平说罢又一次将铁钉插进煤气喉内，双眼望着少女。少女立刻跑到一边，拿起木锤作势自卫。羿平不理会她，拿起报纸。

少　女：你不要含血喷人，证据呢？

羿　平：因为你根本不是大妈的女儿。她叫儿子时会叫出名字阿哲，不过她叫你时只会叫女儿。所以我起了疑心。我猜你在利用大妈，欺骗她说你可以找到救兵，要求大妈撒谎，让人觉得你还有家人在这里，引起敌人恻隐之心……你赌我不敢在你家人面前杀你，对不对？

少女仍然拿着木锤，双脚慢慢向后退，身后只有冷库房的金属门。

少　女：强词夺理！你根本就没有证据！

羿　平：那你怎么证明你们是一家人？不过我想你早已经背好了他们的家庭状况。你故意给他们两母子一个假希望，叫他们留在那边厨房24小时，所以你就不战而胜！

少　女（委屈）：那只是你片面猜测，你不要忘记我走出来时，你还在中间那间房呼呼大睡。我要杀死你的话，我早就可以下手了！

羿　平：对，但你怕杀死我之后，随时会被之后的敌人杀死，所以你留了我一条活命，你也发现了游戏规则第一条的漏洞，对不对？

羿平一边说，气得双手同时撕报纸。少女双眼瞪得老大，慢慢转变成赞佩的目光。

少　女：你也想到了吗？规则第一条指当密室内生还者只剩一人时，出口会自动开启。所以我在想，如果密室内超过一人，出口只是不会"自动开启"，并不代表你不可以破门再去下一间房。

羿　平：没错，所以第二条规则才会出现"教唆杀人"。如果这个游戏永远只是单对单的话，根本不会出现教唆杀人的机会。

羿平道，双眼仍不愿多看少女一眼，仍然撕着报纸屑丢进纸兜。

羿　平（继续）：所以你想利用我！想我帮你一同爆破下一间房的房门。我想你是听到先前两下爆炸声，猜我有什么方法可以炸开大门吧！不过，对不起，虽然你真的很聪明，但我不想跟你合作。（羿平抬起头）因为你诱导这个婆婆自杀，我可不想提心吊胆，担心怕随时被你暗算。

少　女：（双眼再次泛红）婆婆是自愿弃权，自己走进去的！

羿　平：（不为所动）那所以你接了煤气管到冷库房，让她一氧化碳中毒吗？不要跟我说这是为了她好，可以死得快一点！

少女默不作声，目光落在纸兜内的报纸屑。羿平已经准备好，再次在地上铺上报纸。临关门前，羿平指着房间角落的少女。

羿　平：我给你十分钟忏悔吧！你将会成为第三个死于煤气爆炸的人！你乖乖地留在冷库房内跟婆婆道歉。想用武力解决的话，我会让你死得再痛苦一点！

羿平说完，退出厨房。少女跑到门边，想打开门，但是被羿平在外面锁上，不一会儿门缝处开始窜进来火苗。

25.内　饭厅　日

羿平背靠着厨房门旁边的墙壁，开始计数，羿平手指敲击墙面，十秒后，嘭一声振动，羿平紧张地闭上眼，继续计数，再十秒后，迅速转身，开门，走进火场里面。

26.内　厨房3　日

羿平迅速关了煤气阀，转身再走到毁烂不堪的冷库房门口。冷库房门后传来了咳嗽声。

羿　平：怎么样，死而复生的感觉好玩吗？

少女就像一个用棉被包成的木乃伊，躲在金属门和墙壁的三角位内。

羿　平（继续）：别太大声，你要知道你已经死了，虽然监控拍不到，但是也要小心，外面可能有偷听器。

羿平小声道，一面帮少女解开身上的被单。少女望着羿平，一边取出充当耳塞的小片报纸，一脸疑惑。

少　女：你什么时候打算这样救我的？

羿　平：其实我从没打算杀你，因为你同样也没有打算杀我；而且，把你留下来，你至少可以煮三色豆给我吃。（笑）你是我的奇兵，没有人知道你还未死，不到最紧急时间，你都不可以再露面。我相信我俩合作，会更易离开这里。

少女拾起棉被，再次盖回烧焦了的婆婆尸体上。

少　女：不过，有样东西你猜错了。我没说谎，她真的是我婆婆。我引入煤气只是想她去得舒服一点。

少女双眼仍然盯着婆婆的尸体。

少　女（继续）：没想到就因为一氧化碳中毒导致的红润肤色，引起了你疑心。她临死前叫我无论怎样，也要活着离开。

羿　平：好吧。婆婆，我会尽量保住你孙女的命。（伸出手）合作愉快，我叫羿平。

少　女：合作愉快，我叫米雪儿。

厨房内的地板上散落了一地报纸灰烬，刚才盛载着三色豆汤的纸兜内，还有几张纸屑湿了水没烧毁。上面像绑架书信似的排成一句句子：

特写

"我们" "合作" "好" "吗" "信" "我"

淡出—淡入

羿　平：先谈最重要的事，你记得怎样被捉到这儿吗？

米雪儿：没有印象了……就好像...所有事过了太久而忘记了一样。你猜我们曾经被人洗脑吗？

米雪儿一边答，一边拾地上的碎片。羿平帮忙将白色的床铺放在中央的工作台上。

羿　平：我认为不是。抹去特定记忆，技术上仍然不可行。除了什么创伤后遗症呀、车祸导致脑震荡、还有韩剧会发生之外，基本上失忆的几率很低。再者，我们是集体失忆，那很不可思议。

米雪儿：但你不觉得这里本来就很不可思议吗？这道厨房的门爆炸后还是

完好无缺，而四边的墙壁连一丁点的裂痕都没有。

羿　平：（低头，来回踱步）而且，厨房的门一般来说是向外推的，而不会这样向内拉。因为一旦发生火警，厨房内的人可以立刻向外跑，而不怕堆死在门前。恰巧这扇门却刻意装反了。

米雪儿：难道说，这就是为了防止一旦发生气体爆炸，都不会波及建筑物内其他地方。可能他们就是怕你这类炸弹狂徒，毁了整栋建筑物，才刻意有这个设计。（笑）

羿　平：嗯……你先休息一下，我再去下一间房。

米雪儿：要小心!

米雪儿睡在工作台变成的床上，趴着身子笑。

米雪儿（继续）：嘻，你回来我再煮三色豆给你吃。

羿平离开厨房，回头多看米雪儿一眼。

27.内　手术室　日—错觉

这间手术室（其实就是刚刚的厨房），米雪儿在上面躺着，像极了手术台上的病人。

28.内　客房　日

羿平打开银色的金属门，第四间房是间客房，比睡房大不了多少，正中央放着四张双座位的浅灰色布艺沙发，对着中间的方型茶几。跟前三间房不同，这间房除了两道银色入口大门外，也有两个出口，共四道门。另一个男人在沙发里坐着，男人一头雪白的头发，但样子只是五十岁前后，穿着整齐的灰色麻质西装，银白色的头发全蜡梳向脑后，一丝不苟的整齐。他面带微笑，不过在眼里却没丁点的笑意。

白发男人：羿平先生，您好。我已经等了你很久了。

男人说话速道很慢、很细声，令人望而生畏。

羿　平：你怎么知道我的名字?

男人挥挥手，招呼羿平坐下。羿平故作镇定，慢慢坐到男人的对面，双眼不断打量这个对手。

羿　平：你认识我?

白发男人：嗯，你这阵子很出名。

男人嘴唇很薄，说话时嘴巴几近不动。

白发男人（继续）： 你先放松，我不会动武。顺便给你一个忠告，这个游戏规则下，使用武力是最差的策略。

羿　平： 这个我知道，除非实力悬殊，否则使用武力会或多或少留下皮外伤；这就提供诱因，吸引之后的每一位对手都使用武力。最后，只会死路一条。

白发男人： 啊（眉头扬起，给了一个赞许）果然闻名不如见面，你非常聪明。

羿平在他脸上看不出半点真心赞赏的表情。

白发男人（继续）： 所以你便接连使用爆破杀敌吗？

羿　平： （羿平眉头一皱）我有我的原因。

男人身后另一道银色大门一阵异动，整道大门给拆了下来。四个人从后走出来。他们几个就像集结而成的杂牌军：一个头带红色cap帽的猥琐男人、一个好像冲天救兵刘小飞的胖子、一个近五十岁深眼线的广场舞大妈、还有另一个很阳光的背心肌肉男。他们很好奇地走进这间房，胖子率先走过来坐下。Cap帽男人和深眼线大妈仍留在远处窃窃私语。

羿　平（VO）： 这四个人应该是发现了规则一的漏洞，而且找到方法拆掉金属门，所以四人都安然无恙地来到这里。如果只有四个人活下来，那他们当中至少两个人曾是杀人凶手，有另外四个人被杀死了。

胖子先望一望房内的四道门。

胖　子： 啊！你两个是从另外两道门出来的吗？看来这间房有点不同，是让三边房间的胜利者大乱斗的。不过可惜，我们人多势众，你两个都别以为可以一个对我们四个！

白发男人： 几位，麻烦你们可以稍等一下吗？我的时间很宝贵，我有个重要信息想跟这位羿平先生说。（说话连头也没回过去）我希望你不要再引发煤气爆炸，这很浪费我们仅有的燃料，也很易影响建筑物的结构，那对大家也没有好处。

胖　子： （兴奋地抢白）什么爆炸？之前的爆炸声原来是煤气爆炸吗？是你做的吗？

白发男人一声不响，在西装内袋拿出一把手枪，直接在胖子眉心轰下去！

呼！全部人都没来得及反应，胖子已经死不瞑目地倒下，后脑汩汩流出鲜血，染红了整张沙发。肌肉男吓呆了，半晌后执起木锤冲向前，呼！白发男人仍安坐在位，手枪干脆利落地射中肌肉男，同样命中眉心！他把手枪放到茶几上，身后Cap帽男人和深眼线大妈像定格了一样，不敢动弹。

羿　平：这算是用他们来警告我吗？

白发男人：不。我是在帮你。（仍然皮笑肉不笑）反正他们两个没可能胜出，早死迟死毫无分别。

白发男人站起来，接连向两边闭路电视再开两枪，同样命中红心。他慢慢地坐下来，上半身向前倾。

白发男人（继续）：（压低声线）我想跟你来一个交易，这个游戏的最后优胜者共有两位，我想你胜出后帮我将另一位杀了！

羿　平：为什么？

白发男人：这层你不需要了解。

白发男人收好手枪，身子向后坐好。

白发男人（继续）：你要知道，我随时可以杀你，就像杀掉这两位白痴一样容易。

羿平努力挤出一个胸有成竹的微笑。

羿　平：先生，你真的不会谈判。如果你要杀我，老早就把我的头轰掉了。如果你有求于我，至少给我看看你的诚意。

羿平手心不断冒汗，心脏狂跳，但他努力保持不冷不热的反应。他要跟这个人谈判，随时都会没命。

白发男人：很公平，你想要些什么？

羿　平：第一，我想知这里到底是什么地方；第二，我想你放走我身后房间内被反锁的两母子，我相信你可以做得到；第三，我想要一餐二十人份量的大餐，一天之后放在这里。

白发男人：哈哈，好家伙！我越来越欣赏你了！第一个问题，这里是威多市，我只回答你这么多；第二第三个条件很简单，我可以应承你。

这是第一次，羿平从这个男人眼神中看到真正的笑意。

羿　平：好吧，一言为定。

白发男人站起身，向着其中一个出口走去，轻轻一推便离开了。羿平如释重负，喘气得像刚做完剧烈运动。那两个红Cap帽男和深眼线大妈已经逃回门后离去，任由另外两个同伴的尸体留在厅内不顾。羿平起身检查白发大叔离开的那道门，大门已经重新上锁了；他转身打开最后一道门——不是另一群参加者的房间，而只是一间有六个厕格的洗手间。

羿　平（VO）：白发男人就是这个游戏的幕后主脑！

羿平坐在客厅的沙发，仍然未敢轻举妄动。

羿　平（VO）：明显地，他有权力枪杀任何一位参加者，那为什么要假手于人，要求羿平代为出手，杀掉其中一个优胜者呢？

现在我的首要任务，就是要除去所有闭路电视。

羿　平（VO）：白发男人将会刻意监视我的一举一动，那米雪儿被发现只是迟早的事了。我必须打破这二对一的局面，才有胜算。

羿平回到睡房，拿出两床被单，盖在胖子和肌肉男的尸体上。

羿　平（VO）：要怎样才能诱使这两个人互相对峙，而不是同时针对我呢？除非……除非我死了，他们两人便会死斗……

这时Cap帽男子鬼鬼祟祟地从门后偷看，却不敢走出来。

羿　平：过来吧，不要偷偷摸摸，我没武器，也不会使用武力。我要多个人帮手。

Cap帽男人蹑手蹑脚地走出来，一直只看着羿平的脚，不敢正眼望别人一眼。他身材瘦小、肤色带点蜡黄色，上衣和Cap帽都好像洗过太多次而走了样。他驼背得很严重，左手有明显使用针筒的针痕，还有两颗小小的毒疮，因为涂了蓝药水而分外显眼。Cap帽出来后并没有走近同伴尸体帮忙清理，反而自顾自检查起出口大门。

Cap帽：（自言自语）喔……死定了……这次死定了！

羿　平：怎么了？出口大门有什么问题吗？

羿平一个人在抹地上的血迹。

Cap帽：四眼哥，我们先前之所以可以打开大门过来，都因为这个胖子。（Cap帽点头望着胖子的尸体）他发现了规则一的漏洞，他就和大只佬一起用铁钉改造成一把螺丝起子，然后拆开每一道门锁的门铰。

羿　平：三道门都可以吗？

Cap帽趴在地上检查，点点头，不过眼尾仍在偷望羿平。

羿　平（VO）：在这个人身上套料很容易。刚才他揭露了的情报，表示胖子和肌肉男都没杀过人。他和大妈，则是一人杀了三人、一人杀了一人，又或者每人杀了两个对手。

Cap帽：可是你看，这道出口的门是没有门铰的。

羿平留意着出口大门，猜想门铰可能在门的另一边，又或是用门轴的一类。

羿　平：这有什么好奇怪的。规则一的漏洞是个假漏洞，你不是天真的以为可以一直靠破门就可以逃离这里吧？操纵者只要将最后一道门设计成不能内部破坏的，便能破解这个漏洞。任你已经过了一百关，有一百个队友，最后还是要来个大屠杀，找出唯一的胜利者。

Cap帽愣了一下，没听明白，挠了挠头，依旧努力地检查大门，期望有个门铰会忽然冒出来似的。

羿　平：先生，可以帮手搬走你两位同伴的尸体吗？

Cap帽：搬去我们那边吗？

羿　平：不。我怎么知道你那位女士同伴会不会埋伏暗算我。我得一个人，你过来这边也不用怕吧。

Cap帽支支吾吾不置可否。

羿　平：我知道你并非真心想处理他们的尸体，就当来我这边参观一下嘛，也不会损失什么。说不定，你还能得到什么重要信息呢。

Cap帽点点头，战战兢兢地听从羿平安排。

29.内　厨房1　日

羿平指示他将尸体一同搬到阿豪那间房。Cap帽看见焦尸，立刻松手丢下胖子的脚，呕了一地。待恢复过来，羿平坚持他们还要搬好肌肉男的尸首。

羿　平：（笑道）麻烦你，我们还有另一具焦尸。

Cap帽像吃了一坨大便，一直呕吐不停，他们两人还是将刘警司的焦尸都处理好了。

羿　平：喔，我忘了，还有两具女焦尸！

Cap帽：不了！我受够了，要搬自己去。你这个人是不是神经病！

Cap帽急步离去，想离羿平愈远愈好。羿平跟着Cap帽回去。

羿　平：那我需要帮你手吗？你那边还有四具尸体吧？

Cap帽：（边走边讲）不用了，都收好了。

羿　平（低语）：好了！没有其他人埋伏！

30.内　客厅　日

当他们前后脚回到客厅时，深眼线大妈正在检查出口。见到两人回来，左手便立刻拿起木锤。

深眼线大妈：小帅哥，想到方法怎样破坏这道门吗？

羿　平：（笑道）不知道，我之前都是靠炸死对手过关的。

Cap帽的反应忽然很矫健，一个箭步退到深眼线大妈身后。

羿　平：好了，你两个慢慢研究，我还有两具尸体想收好。

羿平从容地转身离开。

31.内　厨房3　日

羿平回到米雪儿房中，她似乎睡得很甜，被单退到脚上。羿平给她盖好被子，轻轻地叫醒她。

羿　平：早，你可以再休息一会儿，不过三十分钟后我有些东西要你帮忙。

羿平穿起两件雨衣，一边向米雪儿解释他的计划，一边将两根钉子敲进木锤的锤头上，加了铁钉的木锤威力大增，它现在看起来，像一把有两个钻头的电钻。他走出去饭厅，拉了张椅子爬高，用这把加了铁钉的木锤猛力敲向闭路电视！半圆型的保护胶壳很快便出现裂痕，不消五分钟便可以敲碎一组闭路电视。

噗！噗！嘭！

32.内　饭厅　日

羿平将饭厅的闭路电视全都破坏掉。

33.内　卧室　日

羿平睡房的闭路电视全都破坏掉。

34.内　厨房3　日

羿平走到大婶门前，轻敲大门。

羿　平：伯母，你睡着了吗？

大　婶：（顿了一下）不，我没睡。我先前听到爆炸声和枪声，发生什么事吗？

羿　平：没什么大碍，不用担心。（面露笑容）我有个好消息！待会儿有些人会放走你和阿哲，你两个要保重。

大　婶：真的吗！？（难以置信+感激）噢，谢谢你！真的很谢谢你！

羿　平：一切小心，我也会努力逃走的。伯母你别忘了欠我一顿大餐！

大　婶：没问题！嗯……不过……（吞吞吐吐）我想跟你说，其实我和那个女孩骗了你，不好意思，米雪儿不是我女儿。

羿　平：没关系，我早就知道了。

大　婶：啊，是吗？你不要怪罪于她，她只是保护自己。我知道米雪儿不是个坏孩子。

羿　平：都说没关系了。我要去办正事，记住，一切小心，保重！

羿平一边离开，一边听到阿哲的欢呼声，羿平眉头渐舒。他转身看着Cap帽和深眼线大妈那边。羿平小心翼翼地走进他们那边的睡房。

35.内　睡房4　日

他们的睡房房间大小和羿平出来那边一模一样，唯一分别就是这间房三道门中，有两道给拆了下来。羿平不一会便破坏了一组闭路电视。敲打声吸引了Cap帽和深眼线大妈，他们分别从两边门口过来看个究竟。

深眼线大妈：什么事？

羿　平：我想打破这里所有的闭路电视，你们不介意吧？（说罢，又敲碎了一个）你们刚才也见过那个白发大叔，就是他的组织二十四小时监视着我们一举一动，吃饭拉屎，都被他们日以继夜地望着。（羿平爬下床，压低声线继续）无论你杀人也好、诱导自杀也好，都被记录在案，有些把柄在别人手上总不太好吧？

二人若有所思，仍在迟疑，羿平独自走向Cap帽那边的饭厅。他眼角仍留意着四周，不敢掉以轻心。

36.内　饭厅4　日

他先拆掉饭厅两个闭路电视，便再走进其中一间厨房。

37.内　厨房4　日

有阵燃烧过东西的焦臭味，而且报纸、雨衣都乱放一边。炉头有几件衣物的烧坏残渣，细心一看是女装衣物。Cap帽手握木锤，摆出准备攻击的架势。

Cap帽：欢迎来到我的房间。进得来，就别想走！

深眼线大妈同样露出一副凶悍的样子，同样拿着木锤，等候机会。羿平冷漠地自顾自爬高，毁掉了一个闭路电视。

羿　平：谁先过来我便攻击谁，在后面那个麻烦帮我多补一锤。

二人面面相觑，各自后退一步，都怕先出手会遭同伴从后暗算，不敢第一个做出攻击。羿平转身再破坏掉另一个闭路电视，现在这间房只剩下冷库房入口那部。

他慢慢靠近冷库房门口，轻轻地、慢慢地伸手推。Cap帽和深眼线大妈死死地盯着羿平，冷库房门被羿平轻轻推开一点，羿平用木锤顶着门缝，再猛地推开大门。

38.内　冷库房4　日

房内的情景吓了羿平一跳，有一位赤裸着身子的少女，在房间正中央上吊自尽。她双眼突出，舌头伸长，头颅仍挂在锁链上，地上散落了几包三色豆，相信是用做踏脚的；她身后还有另外两具女尸，也都赤裸着身体，死状恐怖！当羿平仍在错愕之际，Cap帽冲过来，用胳膊肘猛撞，将他推进冷库房。Cap帽拿起顶住门缝的特制木锤，不等羿平起身，冷库房大门便被重重地关了起来。

39.内　厨房4　日

Cap帽还来不及反应，深眼线大妈差不多在同一时间偷袭过来，一锤攻向Cap帽的后脑。Cap帽的头部慢慢渗出鲜血，看来这一击来得不轻。羿平努力撞门，冷库房的金属门传来撞击声。Cap帽摸着后脑，手指上都染了血迹，他见血后狂性大发，拿起羿平的木锤向深眼线大妈还击。深眼线大妈下意识用左手挡格，手肘立刻被木锤打断！发出凄厉的惨叫声！不但不向后退，她咬紧牙关，反而突然冲向前抱住Cap帽，右手在裤袋拿出了铁钉，重重地插进了Cap帽的下体！

Cap帽：啊——

二人在地上扭作一团，不断互相用武器攻击对方。

啪！啪！

Cap帽的左膝被一条木棒击中，他抱着腿在地上翻滚；木棒再攻向大妈的右脚踭，深眼线大妈闪避不了，发出好像负伤小狗的哀鸣。米雪儿拿着木台拆下来的台脚，不断向二人的脚攻击。二人之前已经负伤太重，只有挨打的份儿。

羿　平：好了，够了！米雪儿，谢谢你帮我。

羿平打开冷库房门，慢慢走出来，二人的表情难看得无以复加。

米雪儿：哈，又是那招塞报纸吗？

羿　平：对，我不假扮被关起来，他们就会枪口对外，一致攻击我。

羿平边说边从方型锁洞取回报纸屑。

羿　平（继续）：但这两个人，反转猪肚便是粪，转眼便鬼打鬼。

羿平将重伤的二人拉进冷库房，关掉大门后再用铁链牢牢死锁。羿平一个人，继续破坏余下的监视装置，只留下一组冷库房内的闭路电视，拍着三具尸体和两个重伤者。

40.内　客房　日

羿平拆毁了其他房间的闭路电视，再三检查后返回客房，看见二十人份量的大餐已经准备好了。每样食物都用锡纸盘盛载着，羿平逐一检查，有肉酱意粉、白汁千层面、两只烤火鸡、几个三明治和很多甜品。

羿　平：白发大叔倒也细心，还准备了香槟。拿好吃的吓死米雪儿。

41.内　饭厅　日

他踏入饭厅，看见大婶母子所在的门开着，俩人不在，羿平满脸欣慰。

羿　平（压低声音）：米雪儿，你猜我送你什么礼物？米雪儿？

42.内　厨房　日

羿平踏进厨房，双手一松，任由食物跌在地上，一个大婶和小男孩的尸体就横躺在工作台，皮肤被烤烘得发红，头发掉光，体无完肤……米雪儿缩在墙角，抱头哭泣着。

羿平揾着意粉，食而无味，一边向米雪儿解释大妈两母子的事，一边深深自责。

羿　平：米雪儿，你说我是不是太鲁莽了，那个白发男人觉得我是在讨价还价，他针对的是我，可是却害了大婶母子俩。

米雪儿：如果这顿大餐是和婆婆以及大婶一家分享，会有多好。你不要再怪罪自己，是那个大叔丧心病狂！（泪珠滑过面颊）

羿　平：我想白发大叔是在表达些什么，他既然要收买我，不会无缘无故跟我作对的。（咬牙切齿）不放走大婶两母子，他们迟早也会饿死；现在刻意烧死二人，分明是对我施下马威，警告我不要有恃无恐！（放下铁叉）没胃口了，我想休息一下。（再倒出大半杯红酒，举杯一饮而尽。）待会儿可以帮我放风吗？

米雪儿：没问题！

羿平径自走进睡房，大被盖过头，躲在被窝之中。米雪儿收好其他食物，返回客厅。

43.内　客厅　日

米雪儿坐在沙发上，似乎在思考着什么，她盯着还未开启的那扇门，随时可能被推开。她扭头看看羿平所在房间那边，不敢大意。这时出口大门被轻轻拉开，一个男人探头偷看，他的表情跟米雪儿同样紧张。男人看见只有米雪儿一个弱质纤纤的女子，好像放下戒心，慢慢走出来，但他双手握着一柄手枪！

44.定帧

出人名：林福曼

45.内　客厅　日

这个男人四十来岁，身穿黑色直领线衫，梳着保守的二八分头，戴上溥仪式圆形眼镜，有种说不出的书卷气。他手上的左轮手枪抖个不停，虽然拿着武器，却一点不令人觉得他有威胁。

林福曼：你好，你是另一位生还者？

米雪儿：我像已经死了吗？

米雪儿笑得双眼弯成一条细线，刻意装成很镇定。

米雪儿（**继续**）：我叫米雪儿，你呢？

林福曼：我叫林福曼（一点地方口音）我是美籍新加坡人。

米雪儿：你是这里的人吗？

林福曼：我不明白你意思。

米雪儿：你是这场屠杀游戏的幕后主脑吗？（米雪儿指着林福曼的手枪）我见你有枪。

林福曼：Oh no，Sorry，（说罢林福曼收好手枪）我一醒来便发觉这个在我口袋了。

米雪儿：你也是被关到厨房内吗？那你杀了四个对手才来到这儿吧？

林福曼：嗯……是。（含糊地答，双眼不敢正眼看人）你呢？像你这样柔弱的女孩，怎么会杀人！？

米雪儿：我一开始跟我婆婆一个房间，她自杀了；接下来另一对母子弃权。来到这间房，忽然有个应该是幕后主脑的白发大叔在这里，枪杀了对面的对手。（米雪儿斜着眼看着这个男人）

林福曼：喔，是吗？（林福曼没什么反应）这个游戏里的都是疯子，我想我们不久之后便会死在这儿。

米雪儿：但我们都是两手空空的来。为什么你会有手枪？

林福曼：我一直以为每一个对手都有武器的。因为我太害怕，一直躲在厨房内，一有人进来便向他们开枪，由于等得太久，加上又渴又饿，才鼓起勇气跑出来。幸好你是个女的，如果我碰上个男的，我会不问因由就先开枪了。

米雪儿倒抽一口凉气，下意识地低头扭头看了看羿平所在的房间，林福曼没有发觉这些细节，米雪儿想到了什么，抬头问。

米雪儿：你还未回答我，为什么他们会给你手枪。（米雪儿露出一个淘气的笑容）你肚子很饿吗？如果我给你一餐佳肴美酒，你可以解释给我听吗？

切

46.内　厨房　日

林福曼不断狼吞虎咽，往口中灌下一大口红酒，慢慢放下戒心，松弛下来。

林福曼：好酒！想不到饿了这么久，第一餐竟然喝到Montrose！

米雪儿：什么Montrose？

林福曼：我在说这支红酒！米雪儿你平时很少喝酒不是？这支是09年的Chateau Montrose，是支一百分的酒皇！（自我陶醉中）En premier时好像二千多欧一箱……咦，奇怪！

米雪儿：有什么奇怪？

林福曼：这类波尔多顶级红酒，通常要陈年很久才够醇，零九年是非常完美的年份，需要二三十年才真正达至顶峰。奇怪的是，我觉得这支酒现在已经存放够久了！看，边沿和酒心颜色都很均匀，加上这种砖红色，这支酒最少放了三十年！

米雪儿：（反驳）不可能嘛，现在才2017年，会不会猜错？或者是冒牌货？

林福曼：不可能，（林福曼将余下的红酒喝光光）为什么你会有这些食物？

米雪儿：那你得先回答我，这儿是什么地方？你为什么会有手枪？

林福曼：哈哈，喝高兴了，其实也不是什么秘密。我是个建筑师。这里是我设计的。这儿是威多市三子星楼的地底，想不到吧！？（林福曼有丁点醉意）你知道吗，三子星楼，这个世界金融中心的地底，比起地面的街道更复杂。单是地下三四十米，已经有铁路、停车场、排水系统、电力煤气，还有各大银行的地下金库纵横交错。例如汇丰银行的冷却系统，便由大楼延伸到维港海岸。而这里，是我十数年前接的一项工程：这个地方原来是某银行的深层保险箱和金库，深度远远超过刚才我说的所有浅层地下建筑。就算是空袭、地震、甚至核爆，都不会影响这里。这个金库空置了很长一段时间，最后由政府买下，目的是建造一个高度隔离的传染病控制中心。

米雪儿一边消化林福曼的说话，一边分析这儿的种种，若有所思。

米雪儿：所以，这里的厨房门是向内开的，目的真是防止一旦发生气体爆炸，都不会波及整个地下建筑。所以控制室可以随时控制特定出口的开关。若真的爆发灾难性的疫情，也可以封死个别出口，阻止病毒蔓延！

林福曼：对呀，而且这里出口只有一个。封死出口，这里就与世隔绝。

米雪儿：但你意思是，我们都有某种传染病，所以便被关到这处吗？

林福曼：当然不是，我也不觉得自己生了病。隔离是双向的，我们出不去，也代表外面的人进不来。可能是外面的人生了病呢！反正这里建好后，听说辗转再移交到军方手中，那时很可能再改变用途。至于已再改建成什么，我便不得而知了。

米雪儿：如果军方接手了这个地下密室，那么白发男人应该就是高级的军官，负责维持这里。但是，无论室内还是室外的人，就算爆发了灾难性的传染病，都无法解释要互相杀戮这个奇怪的游戏规则！这里有多少间像这样的房间？"

林福曼：成千上万！

米雪儿：什么？原先以为我们已经离最后大门不远了，没想到这只不过是个开始……所以你认为，因为你负责建造这里，所以军方便给你点优惠，让你容易过关？

林福曼：应该是吧……（林福曼的回答好像不太肯定。）

米雪儿眼珠骨碌骨碌地转。

米雪儿：不……难道你没有怀疑过吗？（上半身前倾）如果他们要帮你一把，应该给你足够的弹药，而不是只得七发子弹的左轮，要离开这里，最少要杀十几个人吧？

林福曼低头不语，眼睛却睁得老大，似乎想到什么可怕的事。林福曼双唇发干、抖个不停。

林福曼：你觉得之后的对手是怎么样的人？

米雪儿：我只知你是个杀了四个人的杀人犯（斩钉截铁地说）当你子弹用尽，这里又是你设计的，应该会成为对手的拷问对象吧？（压低声音）军方应该也不想让你太大嘴巴，跟其他参加者说这是个疫症隔离中心的事。

林福曼：那为什么军方不直接杀死我？（说得很小声）

米雪儿：我也不知道，他们为什么也不干脆杀了我？或者他们在想：如果你可以不靠手枪，都能够杀敌过关，这把手枪就可以帮你一把。若你没枪就只有等死的话，那么最后一发子弹，就是留给您的了。

林福曼的样子，像是陷入深深的恐惧之中。他之前从没有想过，那把手枪，是军方给他自尽用的。

米雪儿（继续）：你不是只用了四发吗？你大可以杀了我，再多杀一两个人再自尽。

米雪儿慢慢地说，语气就像谈天气般轻松平常。

林福曼：我，只剩最后一发子弹了（气若游丝地说）之前太紧张，虚发了几枪。

林福曼拿起手枪，身子摇摇晃晃地站起来，向着客厅门口回去。

米雪儿：等等！你去哪里？

林福曼望着地下，一步步离开。

林福曼：我想一个人静静。

米雪儿：你不会是想自杀吧？你还有家人吧？

林福曼：不，我太太前年得癌症去世了，我们没儿没女（苦笑）谢谢你的酒，临死前可以饱餐一顿，算是赚了。我离开不了这里，只有在等死，或许早一点去见我太太，会是个解脱，我真的很想她。

林福曼举起抖个不停的手枪，对着自己的太阳穴。在扣机板前一刻，米雪儿按住他的手。

米雪儿：如果你真的想自杀，我有个更舒服的方法。我婆婆也是这样自杀的，不需挣扎、没有痛楚。不过要我教你，有一个条件。

林福曼：好吧（双眼通红）。

米雪儿盯着林福曼手里的枪。

【三小时后】

47.内　饭厅　日

羿平睡醒一觉。他吃掉之前吃剩一半的意粉，一边听米雪儿复述了林福曼的事。羿平一言不发，神色凝重。

羿　平：这栋建筑物的事，我大致清楚了。不过我想问你（羿平很认真地盯住米雪儿眼睛）你是在刻意诱导林福曼自杀吗？

米雪儿没有回应，羿平也没有穷追。

羿　平：其实你也是变相救了我，不致于被那个受惊的林福曼枪杀。

米雪儿：我想先去洗个澡，我很累。

说罢米雪儿离开房间，走向接连客厅的洗手间。

48.内　洗手间　日

米雪儿先打开热水，然后慢慢地脱下自己百褶裙，露出了缠在大腿上的左轮手枪。

49.内　饭厅　日

羿平一个人离开饭厅，向着新的房间进发。Cap帽、深眼线大妈和林福曼死后，已经接连开启了两道门。

50.内　大厨房　日

羿平发现新的房间竟然又是厨房。不过这跟第一间像餐厅的厨房相差甚远，这间像是外国人家里的厨房，不过规模大得惊人。这里楼底较高，灯火通明。四张可以各坐八人的木台在靠近入口的一边，纯白色台布上还摆放了装饰的丝花。另一边像是个开放式操作区，这里没有明火煮食炉，只有两部电磁炉；灶头下有一部大得可以炖肉排的烤箱，跟洗碗机并排靠在墙边，两间冷库房是四门、中间开启的最新款式。这里每样东西都很整洁。羿平站在屋子中间，思绪飞转。

羿　平（VO）：米雪儿从林福曼口中套出来的资料，印证了我的先前的疑惑：我们都被误导了，青豆、砧板都是晃子，雨衣、报纸等等都只是毫无意义的道具。第一间房间不是厨房，其实是手术室！有着长台的第二间房是会议室，而冷库房是停尸间！

51.特效画面—建筑平面图

现在所知的建筑布局渐渐明晰：一个共享的厨房，连接两个交流厅，再通往四间睡房。长台会议室被长期上锁，一旦爆发疫症，或任何一间房出现需要隔离的病例，便就地利用四个手术室抢救，甚至存放尸体。

52.内　大厨房　日

羿　平（VO）：那下一间房间会是什么？出口？

53.内　咖啡馆　日

羿平推门进入新一间房间。这里是一间饭堂般大的咖啡馆，格调有点像星巴克，有着很多很多的单座位沙发和小茶几。在正中央有数座自助的咖啡机，还有一排空空的盘子，自助餐似的整齐排列。而四边墙上均有着一部超过一百英寸的LED电视，足够叫每一个人看得清清楚楚。

女　声：喂！哥哥！

一阵清脆的女声传来。羿平向着声源望过去，在第二个入口处，一个少女站在门前。这个少女跟文静的米雪儿刚好相反，感觉像个好动的大孩子，穿着一件浅粉色连帽卫衣，下身是一条很短的热裤，露出整条大腿。她有着健康的浅古铜色肤色，波浪般的啡色头发扎起一个小小马尾。她挤出一个狡黠的微笑，露出一颗虎牙。

54.定帧

人名：麦琪

55.内　咖啡厅　日

麦　琪（继续）：你就是下一个对手？怎么越来越弱，你这个样子怎么杀得了我？

羿　平：好弱智的激将法，小姑娘！如果你想硬来的话，我随时奉陪。（羿平拿出改装了的木锤）我还未至于连一个女子都制服不了。

麦　琪（继续）：啊哈，好一个锤子啊，我好怕哦，哥哥。

羿　平：倒让我看看你有什么本事，你是一定不会动真格开打的，瞧瞧你，真漂亮，可爱，一点皮外伤都没有，说明你要么有帮手，要么是用心眼儿杀人。（小心地慢慢走过去）不过可以的话，我想和你谈判，出手对大家都没好处。（羿平留意到她将什么东西偷偷收在背后）

麦　琪：有什么好谈判的！难道你怕了我一个女流之辈不成！

羿　平：如果我可以不杀你，带你无风无浪地过关呢？（羿平一边说一边提防她偷袭）而且，还可以给你吃大餐吃个饱。

麦　琪：不需要了，我会一直杀敌直至胜出的。你想这样骗我，没那么容易。

羿　平：哇哦，你连想探听对手虚实的兴趣都没有，不是有必胜的把握，就是个只是对人言听计从、不会变通的小傻逼！

羿平不再向前行，反而在身边找了张沙发，小心地坐下。

麦　琪：什么，你看不起我吗？胆敢这样大咧咧地坐下！我好歹也杀了五个人，你不怕我也杀了你吗？

说罢少女从背后拿出一把弩，指着羿平！原来少女诱敌，就是要羿平走进射程范围。嗖一声，少女发出一箭，羿平坐在沙发上不易闪躲，幸好土制连弩准头不够，射偏了些许，只轻轻擦过羿平手臂，一支铁钉钉进了沙发。铁钉如果再靠近一寸，羿平已经成为死于这把连弩的第六个亡魂了。少女见连弩射失，拔足往后跑。羿平站起来，不理手臂上的擦伤，追着少女跑进她那边的厨房。

56.内　客厅　日

羿平麦琪二人先后穿过客厅，少女并不惊慌，继续跑向自己那边的睡房。

羿平追上前，即将推门进去睡房的时候，他忽然清醒过来，顿在原地。羿平随手拿起一个枕头作盾，放慢脚步走到门前。羿平忽地拉开房门，扔进去一个枕头！

嗖！

另一枝铁钉横空飞过来，射穿枕头。

57.内　睡房　日

少女原来就在不足三米处发射，她见事情败露，丢下连弩，头也不回向着手术室方向跑。

羿平拿起地上的弩，才发现这是由木锤、木台把手和煤气炉的零件组合而成的。

羿　平：能靠这几件废物造出杀人武器，你也算个天才！

羿平依然很谨慎，不急于追捕。他谨慎留意每一个转角处，打开每道门都格外小心。直到远远看见少女站在手术室最深处，手执一条木棍形状的台脚，一步步向后退。

麦　琪：别过来！你想谈判吗？好，我跟你谈！

少女似乎气焰没那么嚣张。羿平步入手术室。

58.内　手术室　日

冷库房门口打开，房间每个角落的地上，或多或少都有些血迹。死于少女手上的五个死者，尸体横陈在入口附近的地上，之前尸体流出的鲜血渗到地上，现在变成一种铁锈般的深啡色。羿平谨慎地与少女保持距离，快速扫了几眼地上的尸体。少女脸上露出诡异的笑。羿平站在原地，不再向前走。

闪回

59.少女杀人片断

连弩远距离攻击，射失逃跑，四周都有血迹，没伤痕的尸体……

闪回结束

60.内　手术室　日

羿平一步步退出房间。

羿　平：好，我跟你慢慢谈，你先等我拿些东西。

61.内　睡房　日

羿平迅速拿了四个枕头，把其中一个烧着了，然后快步进入少女所在的手术室。

62.内　手术室　日

少女仍然站在厨房出入口的对角，和羿平隔老远。

麦　琪：你要干嘛？

羿　平：你不介意我先烧尸吧？

羿平将着火的枕头丢到尸体当中，枕头的白色布套烧穿后，露出白花花的棉芯，火势立刻愈烧愈旺。

麦　琪：你想搞什么花招？（仍然躲在手术室对角）

羿　平：没什么（一边答一边脱下身上的两件雨衣）你不喜欢我烧尸，那么我现在救火。

说罢便将雨衣丢在枕头上，可是火势已太旺，雨衣不但没盖熄火种，反而卷成一球烧焦的塑料，冒出浓浓的黑烟！眼见火势渐渐不受控制，加上黑烟和焦臭味愈烧愈烈。少女拿着木棒，不知所措，也不敢轻举妄动。

羿　平：现在可以正式谈判了！（双手插袋，胸有成竹）你好，我叫羿平，我很需要你造的武器，我们合作吧。否则，你只会慢慢被熏死！（羿平望着少女）你叫什么名字？

麦　琪：我叫麦琪。

羿　平：我不是问你，我在问冷库房里的那位！

羿平看看旁边的火源，浓烟刺鼻，麦琪开始惊慌失措。

男　声：佩服！你怎么知道这里还有人？咳咳，先离开这间房再谈！

语音方尽，一个非常胖的男子从冷库房走出来，手里还握着另一把连弩。他短短的头发梳着中间分界，一脸胡渣，羿平猜他实际年纪不比自己大多少。身上的横纹湖水绿Polo衫，被大肚皮顶得鼓了起来，跟圆圆的双下巴形成两条很圆滑的曲线。胖子走出冷库房时，下意识地望了闭路电视一眼。

63.定帧

人名：海象

64.内　睡房　日

他们关上门，将火势隔在房内，三人在长台上坐了下来。

海　象：先声明，你想使诈攻击我们的话，你身处这个距离，我随时可以射杀你。

说罢胖子重重地将连弩拍在台上。

羿　平：你现在杀了我，也得杀了麦琪，才可以继续过关。（羿平翘起二郎腿，慢慢地说）你现在已经被闭路电视那边的人发现了，两位想要同时过关的话，得要听我的。

麦　琪：你怎么知道海象躲在冷库房？

羿　平：（笑说）我起先是猜他假扮尸体偷袭的。

麦　琪：不，我意思是，你怎么知道我不是一个人？

羿　平：你一开始便用激将法，明显是在诱敌；你不等到最有把握的距离便出手，我便起疑心了！其实你不介意有没有射中我，你只是在假扮败退，好让我去追赶你，这是第二次诱敌。在睡房射失后你刻意丢下连弩，是为了要我以为你再没有远攻武器，这是第三次。你就是让敌人心理上产生惯性，到了手术室继续追你。不过厨房内的尸体，露出了破绽！

羿平说罢，海象好像恍然大悟，嘴角喷了一声。

羿　平（继续）：五具尸体正面都没有中箭伤痕，那证明他们都不是死于麦琪你的回马箭。所以我便猜想，他们若伤口在背后，那即是死于暗箭！如果你们在找第五具尸体充数时，刻意找些有伤的，我反而不会发觉。还有地上的血迹，我猜你们是刻意多涂一些血在房间每个角落，好掩饰你们致命一击的地点——冷库房门口！麦琪你站在角落，拿着棍棒，就是要敌人的专注力集中在你身上。敌人万料不到还有伏兵，就被海象你从后射中脑袋，一击毙命！

羿平一边解释，一边留意着海象的反应。海象臭着脸，而且不时闪闪缩缩地偷看麦琪。

海　象：你刚才说，你猜我在假扮死尸，所以才放火烧尸吗？

羿　平（继续）：可以这样说，如果你不是混在尸体当中，而是躲在冷库房中，我便改用烟熏。你还不是要给我出来。

海象又轻轻地喷了一声，不想再听羿平怎样破了他的诡计，刻意改变话题。

海　象：好了，那么你现在有什么方法，可以同时带走我们两个过关？

羿　平：规则一：密室出口只得一个；当密室内生还者只剩一人时，出口会自动开启。

羿平从裤袋拿出游戏指引那封信读。

羿　平（继续）：换言之，生还者不止一人时，大门不会自动开启，但可以破门而出。这是我在客厅遇上的敌人使用的策略。他们那时的小队有四个人。

麦　琪：那最后那队人怎样？

羿　平：说来话长，简单来说他们发现再弄不开大门，所以决裂了，最后自相残杀，我坐享了渔人之利。他们的方法是拆门铰，而我觉得以海象你的创意，可以来点更劲爆的。

麦　琪：那是什么？

羿平和海象：攻城锤！

俩人对视，海象迟疑了片刻，一边把玩手上的连弩。

海　象：你让我想一想。

羿　平：你有大约二十小时。我们四个是生是死，便靠你了！（起身拍了海象肩膀一下）

麦　琪：四个？

羿　平：对，我还有一个队友，她叫米雪儿。（羿平将手上的连弩交回麦琪）我们回去打声招呼吧。

65.内　客厅　日

羿平三人回到客厅，米雪儿刚刚好从洗手间出来，她看见羿平带来了两位新朋友，却不怎么惊讶。

羿　平：这位是米雪儿，我的队友。我们合演了一场戏，大家以为她死了。而我打烂了大部分监控摄像头，所以应该还没有人发现她仍然活着。

羿平坐在沙发上，米雪儿坐到旁边，近到足够让羿平嗅到她的洗发精香味，羿平立即刻意望向别处。

羿　平（继续）：因为厨房的楼顶较高，我爬上台面也不够高去破坏它，所以米雪儿的活动范围只有这一间客厅，以及里面的房间。

海　象：笨蛋才会逐间房的破坏闭路电视，这是变相告诉别人，这里还有人未死，不想让人看到。

羿　平：（想了一下）有道理，米雪儿，这位是海象。他用了几件手术室内的废物造出两把连弩，我想他也能制造出一件武器，去打破下一道房门。那样大家就可以保留战力，不必自相残杀。

米雪儿：谢谢你，海象。那接下来大家要靠你了。（报以微笑）

海象飘飘然地干笑了两声，害羞得不敢正眼回望米雪儿。羿平盯着米雪儿看了几眼。【羿平认为米雪儿是在奉承海象，因为相识这两天，她都没有用这个语气跟自己说过一句话。】

羿　平：麦琪，你身型娇小，我想你帮我做一件事，不过有点危险，可以吗？

海　象：什么事！？

海象好像比麦琪还紧张，插嘴。

麦　琪：可以呀，做些什么？（爽快地）有危险的话我会九秒九逃跑的。我跑得真的很快！（露出她招牌犬齿）

羿　平：这次你跑得再快也没用，我想你尝试从冷气通风口爬出去！

切

羿平用铁钉和咖啡当作笔墨，在一张白床单上，给麦琪描绘密室的平面图和风槽走向。

米雪儿则和海象一组，讨论着怎样建造攻城锤。

海象抓耳挠腮，心不在焉。

米雪儿翻热些食物给两位新队友。

66.内　饭厅—风槽口　日

四人开心吃饭。海象接连吃了三人份量的三文治，打了一个饱嗝，昏昏地想睡觉，转身离开去休息。麦琪白了海象一眼。羿平卷起地图。

羿平和麦琪在咖啡厅的出口墙边，用茶几层层迭起一个高台。麦琪三两下子就已经爬到上面，相比之下，羿平显得笨手笨脚，需要麦琪出手相助，才勉强爬到上面。

麦　琪：还差一点点，扶我上到出风口。

羿平单膝跪下，麦琪跳上羿平肩膀，害得他失去平衡，差点失足从高台跌下去。羿平背着她慢慢站起。麦琪的手还是差一丁点才触到风槽，她按住羿平的头借力，好像马戏团的体操演员一样，双脚慢慢站到羿平肩上。羿平的脚在微微颤抖，抬起头向上望。

　　羿　平：姐姐，你有曾经想过去减肥吗？

　　麦琪一脚轻轻地踹在羿平鼻子上。

　　麦　琪：不要向上看！

　　羿　平：幸亏海象不在……

　　麦琪单手抓住了风槽支架，一个筋斗便坐在安全地方，很快爬进风槽之内，探头出来问羿平。

　　麦　琪：你要上来吗？

　　羿　平：你可真能爬，我看我还是不要了。先按计划一办。

　　麦　琪：遵命！

　　麦琪离开。羿平坐在原地休息，背靠墙面休息。

　　麦　琪：你不等我吗？！

　　麦琪的声音传来，探头探脑。

　　羿　平：你怎么又回来了？我就在这儿啊，等你。

　　麦琪飞快地从风槽消失。

67.内　咖啡厅　日

在咖啡厅出口的双页大门前，立着一部奇怪的装置。头尾两边分别是三道铁门组成的等边三角型，就像一道由铁门搭建成的露营帐篷一样。中间中空的地方，用铁链悬挂着另外三道厚重的大门，在中间左右摇晃，就像古时钟楼的木桩。米雪儿站在这个奇怪的攻城锤前惊呆了。

　　海　象：时间所限，这是我可以造出最好的东西了。这是模仿古时日式攻城锤，我差不多将可以拆下来的门都拿来了。如果他们刻意将大门设计成坚硬无比，那我现在就是以子之矛，攻子之盾。（自豪）跟你说没一点快感，麦琪懂得欣赏。

　　说着，海象不断在望头上的风槽出口，好像希望麦琪赶得及回来，欣赏他这个创举。

68.内 饭厅—风槽口 日

麦 琪：喂，羿平！（兴奋）探子麦琪回报：一个人、男人、30来岁、摔角手身型、将铁钉镶嵌到台脚造成狼牙棒作为武器。

羿平将先前预备的一扎工具用锁链缚好，再将锁链抛上去。羿平完成这些后爬下高台。

麦 琪：你不在这里等我吗？（目光有点失望）

羿 平：那么先进行计划二。一切依计行事！我现在得去建筑师林福曼的房间检查一下。

69.内 咖啡厅 日

羿 平：好吧，时间差不多了。

米雪儿回到里间，羿平和海象每人拿出两颗棉花，放入耳孔内。他们两个从攻城锤后方抽起悬挂着的那组大门，再使力推向前。攻城锤撞到咖啡厅出口上，发出震耳欲聋的碰撞声。双叶门的门锁已经撞到变形，再多一下便可以将大门撞破。海象正想发动最后一击。

羿 平：（喝止）等一下！

羿平盯着前面，变形了的双叶门，手指在攻城锤的把手上，轻轻地敲打计数，一二三四五！双叶门后传来了一声男人的惨叫声！

羿 平：（喊）现在！破门！

攻城锤再次撞击到大门上，立刻将门页分家！两扇门页变形地向外敞开，羿平绕过攻城锤，跑进去。海象身形太庞大，门边太窄过不来，只好绕路爬到攻城锤底下，慢慢伏地爬过去。

70.内 小型室内花园 日

门外不远处，一个健硕男人倒在血泊中，后脑插着一把铁钉。麦琪手上拿着一把连弩，身上系着一条长长的锁链，将她由天花板上另一个通风口倒吊下来。羿平上前帮忙解开麦琪锁链的绳结，一边称赞。

羿 平：计划成功！

麦琪的锁链方才解开，她便跳到羿平怀中，抱着他跳上跳下，开心得高声欢呼。海象仍然伏在地上，身躯卡在门板之间，抬头望着麦琪和羿平二人，双拳紧握得在发抖。

麦　琪：想不到你的声东击西真的成功了！（兴奋地）

羿　平：我也是由你们两个之前的方法得到灵感的。

羿平等麦琪放开自己，转身走去扶海象起身。

羿　平（继续）：多亏之前海象造的连弩，这个奇袭才会成功。不然对着这个健硕的男人，我们不知会不会有人死在他手下。（转向麦琪）沿着气槽走，有没有看见什么？

麦　琪：有一个好消息和一个坏消息，（也没看海象一眼）坏消息是，这里真是一个地下密室，没有出去的路。跟我们画地图时的假设一样，所有气槽都通去中央空气调节室，循环再用……

海　象：（插嘴）好消息呢？

麦　琪：好消息是，下一间房是最后一间房间！这个小型室内花园，下一间房是大堂。大堂没有出口，只有一部升降机。

羿　平：知道升降机通往哪里吗？

麦　琪：当然！我上上下下都走遍了！向下一层，那里像是放医疗设备的楼层，有个很大的礼堂，摆放着上千部像日照灯似的白色机器，大小刚好可以让人睡进去。后边有另一间房有几百副像是加大码潜水气缸的不锈钢气罐，上面写着-LIN-。

羿　平：什么是-LIN-？

麦　琪：我怎么知道，我又没爬下去看，向上爬也有一层，那是指挥室，还有另外几间房间，分别是补给品、日用品之类的仓库，我在这层总共看见五个军人。

海　象：只有五个？（麦琪没理他）

羿　平：有我说过的那个白发男军人吗？（羿平显得非常紧张。）

麦　琪：不知道你说的是哪个，他们五个都是白色头发的，有两个看上去很老了。

海　象：有人发现你了吗？

麦　琪：没有。很奇怪，通风口出奇地安全，连一部小小的闭路电视都没有。

海　象：幸好没事！羿平，你竟敢叫麦琪一个女子冒险走到敌阵深处！（发难咆哮）难道你不怕她有危险吗！？

麦　琪：你有资格这样说羿平吗？你也不只会躲在冷库房里偷袭，拿我去冒死作鱼饵的！你以为我不知道吗？还亏我这么信你！

羿平摇摇头，不理二人争吵，独个离开走回客厅。

71.内　客厅　日

羿平刚进来，米雪儿从沙发上站起来迎接，羿平径直走向米雪儿。

羿　平：我们还是队友吗？

米雪儿：当然啦！怎么这么说。

羿　平：我刚才去了林福曼的房间……

羿平和米雪儿剑拔弩张。海象气冲冲地跑进来走向羿平，麦琪跟着。

海　象：新的大门已经打开了！羿平，我命令你出去杀掉那个敌人！

羿平仍然面向着米雪儿，眼角瞄着海象。

羿　平：你凭什么命令我？

海　象：凭这个！（举起连弩，指向羿平）

麦琪见状，立刻将手上的另一把连弩指向海象。

麦　琪：你疯了吗？不要胡闹！你叫羿平一个去，要他送死啊！

米雪儿：海象没疯，我赞成。（冷漠的）

说罢她将右脚踏到茶几上，拉高灰色的百褶裙，雪白的大腿上用皮带绑着一柄手枪。米雪儿用枪指着羿平。海象和麦琪不知所措，正在惊讶原来米雪儿一直暗地拿着这件武器。

米雪儿：羿平，你想把我困在这个房间，是想把我留到最后才杀吧！（语气平静而阴郁，语速慢）你得到海象的连弩时，早就可以破坏其他房间的闭路电视，什么楼层高都不过是借口。你只不过是想将我困在这里！大家都知道这个游戏会有两个得胜者，而你应许了白发大叔你会将另一个都杀了。一旦最后给你赢了，你便会连我都一并杀死！

海象难得得到米雪儿站在同一边，立刻意气风发。

海　象：你不想现在就死在我们两个手下，就先要杀死房间那边的敌人。

麦琪双眼吓得通红，心急如焚。

麦　琪：羿平，你要去的话，我跟你一起去！

海　象：不可以！麦琪你出去只会成为炮灰。（将手上的连弩放下）顶多我把这连弩借给你用！你杀了敌人，对我们都有好处。

羿平接过海象的连弩，对麦琪说。

羿　平：麦琪你留在这里，躲在他们两个身后。（狠狠瞪了米雪儿一眼）我会回来的。

羿平掉头踏出房门，米雪儿收回手枪，不理海象色迷迷地在偷看，望着羿平的背影。

米雪儿：（轻轻的）保重，万事小心。

羿平停了半拍，头也不回地离开了。

72.内　中庭大堂　日

羿平穿过刚才的小型室内花园，踏入中庭大堂。这里很空旷，但除了中间有一部升降机，旁边有另一部投射电视外，便什么都没有。一个身穿着黑色皮裤的男人站在正中间，等候着羿平前来，跟他握手。

73.定帧

人名：何军。

74.内　中庭大堂　日

何　军：你好，我叫何军。（显得很开心）我刚才还在想，另一个优胜者会是个怎样的人。

羿　平：请问，你是军人吗？

何　军：不是。

羿　平：那想必是职业杀手了。

何　军：很厉害！竟然可以知道我的来历，看你的样子我想你是靠脑子一直杀敌至今的。你怎么知道的？

羿　平：猜呗，不过我一向猜得很准。你右手食指的茧的形状很特别，我想是长时间拿枪造成的。不是军人，便是杀手。

何　军：好厉害的推理能力，你有想过入行吗？（笑说）

何军不怒而威的压迫力，向前跨了一步。

羿　平：我想需要在这里多等一下，不久前这里的负责人用这投影电视，跟我传话。说这个游戏会有两位优胜者，可以离开。所以我想我和你都不用自相残杀了。

电视在这时候亮起，画面出现白发大叔的样子。羿平看见这个人，按住自己的怒火，紧握拳头。

75.内　监控器视频与中庭大堂　日

白发大叔：恭喜两位可以来到这里，我是联合国太平洋军区的上尉，我姓郭，是这里的负责人。

羿　平：到现在了，也请你坦诚点，联合国维和部队怎么会设立所谓的军区？！

白发大叔：我一直很坦诚，可惜你并不坦诚。请你和你对面的何军先生注意，最终可以生还的人只有两位，所以现在你们还须多淘汰另外两位。

杀手何军的表情盛怒，不过很快便恢复原状。

何　军：好小子，原来还留下两个帮手吗？

76.内　中庭大堂门外—客厅　日

麦琪蹑手蹑脚地伏在一旁，听中庭里面监控视频、何军和羿平的对话。

羿　平（OS）：（又惊又喜）他们真的没发现米雪儿还活着！

白发大叔：在你们还未剩下两位生还者之前，我们不会安排阁下离开的。

77.内　监控器视频与中庭大堂对切　日

羿　平：我有个问题！

白发大叔停了半晌，似乎影像延迟了，也似乎在考虑应不应该答羿平的问题。

白发大叔：可以。问吧。

羿　平：我想知道，胜出者是不是可以使用下层的冷冻装置，继续被冷藏？

何　军：喔！你到过别的楼层了？

羿　平：可以这么说，而且我发现了大量标示着–LIN–的气缸，我猜那是液化氮的化学简称。所以我在想这会不会是生物冷冻技术的工场。

白发大叔：对，羿平先生，以你被困在生还者楼层，可以知道这么多东西，实在令我觉得很惊讶。先答羿平先生你的问题，两位优胜者都可以使用下层的冷冻装置，直到地面重新适合人类居住。

何　军：我不明白你说什么？地面为什么不可以居住？这里是什么地方。

白发大叔：（看了看旁边）现在的地面核辐射指数9000mSv，足够杀死绝大部份生物。科学家错估了辐射消散的速度。起初预计只需二十五年时间，这错得很离谱。最新推算，至少要多十年时间，地面才重新适合人类居住。

羿　平：那究竟发生了什么事？

白发大叔：你们可能不记得，十年前，威多市发生了一起震惊世界的大事——基因编辑导致人类在睡梦中变成怪物，从威多市一直蔓延到全球，速度之快，前所未见。总之有大半个地球失去联络，联合国无奈开启了卫星核弹打击，威多市首当其冲。本来是精准的核爆却意外引爆了某些国家的核弹库，导致连环核爆，之后在很短时间地球核辐射指数飙升，最高达13000mSv。我们尽可能地救出生还者，利用生物冷冻技术，希望将人类的血脉留存下去。

羿　平：生物冷冻技术不是只可以保存干细胞一类简单的器官吗？

白发大叔：民用技术早已经可以将末期病患者整体冷藏。只不过技术不流通，只有前美国几个机构可以处理。老实说，我们可能会操作失败，不过反正是死路一条，军方最后决定放手一搏。

何　军：如果现在外面环境仍不可以出去，为什么不让我们全部人多睡十年？

白发大叔：不可以，液态氮存量不足。如果要多冷冻十年……就只够两个人的量……

羿　平：（打断）所以你们便利用这个杀人游戏，优胜劣汰，希望找出存活几率最高的二人，将希望押在他们身上！

白发大叔：两位，如果你们暂时没问题的话，那么游戏完结的时候再见。祝你们好运。

白发大叔没等二人来得及反应，便终止了对话。空旷的大堂只剩下羿平何军二人。羿平拿起连弩，以防职业杀手何军随时会偷袭。

何　军：你就是用那把连弩杀敌的吗？

羿　平：不，实不相瞒，我从没用过这东西。

羿平答得故作轻松。何军满脸疑惑地看着羿平。羿平一边望着何军，一边走到升降机前，铁栅栏就像旧式工厂大厦的闸门一样，要靠手动开关的。羿平单手打开铁栅栏，里面漆黑一片，只能隐约看见槽底。他在后裤袋拿出另一把铁钉，往电梯井抛进去——铛……

羿　平（VO）：铁钉很快便碰到地面，这里离升降机槽底最多一层楼高左右。

羿　平：我不想跟你对决。反正生还者空缺有两个，你也不必要和我硬碰硬。

何军背起双手，打量羿平。

何　军：你是想倒戈对付你的旧队友吗？我怎么肯定你不会暗算我？

羿　平：我只是不想和你互相攻击，无谓的消耗战力。我会去找刚才电视里面那位白发大叔，我们有点私人恩怨！

羿平一边说，一边离开大堂，走到杀手出来那边的小型花园。

羿　平（继续）：你有种的话可以跟我一起去，向那班军人找碴。如果你想进攻我的旧队友，也不关我的事，我们已经反目了。总之我的目标不是你。

78.内　客厅　日

麦　琪：刚才我讲的，就是我在小型花园偷听到的全部对话，电视机里面的大叔意思是，只有剩两个人时，他才会迎接得胜者接受冷冻处理。

海　象：你觉得，另外那位新对手好应付吗？

麦　琪：应该不是善类，羿平说他是职业杀手。

米雪儿（有点焦急）：这个对手如果用武力杀敌，但又没表面伤痕，那么他一路以来，都是大获全胜的。我们三人连手也可能全军覆没。不想死的话，首先要团结一致，先杀了这个杀手再说。首先，我想先和你们复述下我和羿平之前用过的杀人手法。如有需要，你们可以尝试引爆煤气，同归于尽；第二，麦琪你可以教我们怎样经通风槽去冷冻室吗？如果白发大叔要诈，至少我们可以避开闭路电视监察，杀军方一个措手不及。

麦琪点点头，众人开始行动起来。

79.内　室内小型花园　日

羿平一进入小型花园，便发觉杀手的上一位受害者。他像被钉十字架似的，手脚牢牢钉在一棵大树上，身上还插着几支铁钉，惨被虐杀致死。何军跟了上来，不过仍和羿平保持一段距离，显然是不想进入连弩的射程范围。他望一望树上的尸体，口吻好像向羿平介绍心爱的艺术品一样，双眼透出一点疯狂的微笑。

何　军：怎么样？这个兄弟很了不起，被钉了半天还没断气！

羿平不理会何军，走到睡房。

80.内　客厅　日

米雪儿模拟羿平扎穿煤气橡皮管道的手法，如何用雨衣包裹自己等，给大家讲解用过的策略。麦琪在之前绘画的地图的床单上，加点注解。

麦　琪：除了下面楼层的大量冷冻设施之外，上层其实也有一间房，有两部冷冻装置。我初时以为是专给军人用的，听过白发大叔解说后，才知道那里才是最后两部。如果要经通风槽去的话，应该要这样向上层走。

81.内　睡房　日

羿平单手拖着一张床褥，另一只手仍然举起连弩，好不狼狈。

何　军：好了好了，兄弟，我怕你迟早会走火射死我。你不用怕我偷袭，我们各忙各的。我去找你的旧队友好了，反正你急着去找死，也好省我一点功夫。

何军说罢丢下羿平，绕着双手，向着米雪儿那边离去。

羿　平（VO）：他只是想先去打探一下另外几位对手，舍难取易。如果他发现米雪儿有枪，随时回头攻击我。

羿平确定何军已经离去，专心工作，前前后后将四五张床褥扔下电梯井，然后鼓起勇气，向黑漆漆的井底跳下去。

82.内　客厅　日

就在三人还在准备时，何军拖着重重的脚步声，走了进来，三人立刻吓得站了起来。海象从身后抽出武器，却远远退到最后。

米雪儿：想必你是何军先生。

何　军：对，这位小姑娘应该已经向你们通风报信了吧。（望了一下麦琪）提醒你一声，下次偷听的时候可以放轻点脚步。另外，羿平倒没跟我说原来你们多了一人未死。可以瞒天过海，连军方都察觉不到，干得不错嘛。

何军步步逼近，散发着一种慑人的气势，吓得其他三人不自觉地向后退。

麦　琪：羿平他怎么了？

何　军：羿平这个人很有趣嘛，说什么要找那个白发上尉，由升降机槽跳下去，就不见咯。（耸耸肩）

麦琪听到这句，极为沮丧。

米雪儿：何军先生，（冷冰冰地说）你是过来谈判，还是过来杀人的。

何　军：（咧嘴笑）羿平那家伙，如果真的想找军人报复的话，应该小命难保了。所以呢，一来我是过来快点多杀两人，好早点回去冷冻室，睡个好觉。二来呢……（双眼来回扫视米雪儿和麦琪）哈！当然顺便看看有没有好的货色，值得我带她到十年后的世界，相宿相栖！

海象听到何军出言调戏，立刻鼓起仅有的勇气，站到麦琪身前。何军望着海象，嘻皮笑脸。

何　军：至于你呢，肥猪，你最多只配做食物。你快想你早点自杀，还是要我出手？

嗖！海象不等何军说完，扣动机板，一支铁钉疾射而出，何军侧身一闪，勉强避开了一箭！米雪儿见二人开打，转身往Cap帽原来的房间方向走。麦琪站在海象身后，不知所措。

83.内　电梯井　日

羿平站在底部，四周黑压压一片，只余头顶一层楼高的地方，尚有从刚才跳下来那扇栅栏门，传来微弱的灯光。眼睛慢慢适应了升降机槽内的环境，检查一下地板，才发现这是升降机的机顶，而且空间比升降机大很多，他要不是的幸运，可能跳下来时已经一个失足，继续掉到槽底。打开升降机顶部的通风口，倒头看看，确认没有人，羿平叠好机顶几张床褥，便从通风口爬下去。

84.内　客厅　日

何　军：（收起笑脸）你怎么连丁点幽默感都没有。

海象立即重新上膛，装上第二支铁钉，手紧张地发抖，抬头看看何军，掏出来仅有的六七枚铁钉，皱了皱眉，上膛，对准何军，但没有发射。何军见海象拿着武器，站了起来。

何　军：肥猪，你慢慢想好怎么逃走吧！我转头回来跟你慢慢玩。

说罢何军循着米雪儿的路线走进去Cap帽那一侧睡房。

85.内 睡房—冷库房 日

何军一直走到Cap帽的手术室，站在手术室大门，发现这间手术室比平常多了一张木椅，相信是由外面长台旁拿来的。米雪儿刚刚从冷库房走出来，手里拿着加工了的木锤。木锤上的血迹早已凝结，那之前应该是深眼线大妈手上的武器。

何 军（笑）：你不是想用这柄东西，攻击我吧？

米雪儿不敢乱动，何军一步一步慢慢迫进。这时海象刚刚走到手术室门前，举起连弩指着何军。米雪儿右脚踏在木椅上，拿出手枪，何军被前后包夹。

86.内 升降机 日

升降机只有四个楼层，由最高的G到下面的B1至B3。G按键左手边还有另一组数字键，相信是密码锁，防止人误闯地面。

羿 平（VO）：大婶和阿哲两母子，肯定就是被人押到这座升降机内，带上地面，就这样活活被烤焦！那我去B1！

羿平按着B1的按钮。升降机传来几声吵耳的机器发条声，升降机开始上升，停留在上层的大堂。

87.内 B1大堂 日

上层的装潢带点军用设施的味道，都是些深灰色的混凝土墙，头上顶着冷冰冰的光管。羿平凭直觉乱走。他先向最阔的通道走过去，灰色的地板上留着纵横交错的手推车车痕。他一直走到走廊尽头，推开没上锁的双页大门。

88.内 仓库 日

在羿平眼前的是一个庞大的仓库，摆放着真空包装食物和一些日用品，是像小型展览厅一样大的超级市场。左右两边排着长长的层架，一直伸延到望不到的尽头。但货架就像经洗劫过一样，每样东西都只剩下一两包存货。羿平一路行过去，发现除了还有很多白米存货之外，其他种类的食物都所余不多。就在他走到半路时，一个老人在房间尽头出现。他穿着一身军服，不过身子没白发大叔健壮，看起来像个蹒跚的老人。他看见羿平，表情带点惊讶，主动走向羿平。羿平打量了老兵一下，猜他至少六七十岁开外，虽然他穿着军服，但比较像守仓库的看更老伯。

老　兵：想你必定是羿平先生了。

羿　平：是。你也识得我？

老　兵：对，闲时我们也会看一下闭路电视，跟进一下战况。想不到你竟然来得到这里。怎么了，下面胜负已分了吗？

老兵说，他已经走到羿平面前。

羿　平：不，还没。我是偷偷上来找上尉的，你知道他在哪儿吗？

老　兵：不清楚，不在控制室的话，大概就在冷冻室。

羿　平：军伯。你不怕我是上来捣乱的吗？你怎么好像不介意我擅自走入你们这个军用仓库？

老　兵：难道你觉得这里还有很多东西，值得你去偷吗？除了余下那一两吨白米以外，差不多所有食物都缺货了。（摇头笑）你两天前要求的那餐圣诞大餐，将我们最后的存货都吃光了。

羿　平：那你们之后怎样？这里不够你们五个人吃多少日。

老　兵：对呀，你们分出胜负后，我们终于可以去自杀了。小兄弟你不用觉得可惜，如果你像我大半辈子被困在这个鬼地方，你也想早点自杀！我们一个小队本来有二十几人，这二十几年来，病的病、死的死、自杀的自杀，待到今时今日的，就只余下我们五人了。唉，可惜我们躲在这个不见天日的地方，只为有朝一日可以重新走出去，但似乎我们都没这个福气。再等十年？

羿　平：那为什么不让军人们都接受冷冻处理？

老　兵：不能，我们只可以参与救援平民的任务。（沉默半晌，继续说）除非生还者太少，还有剩余空位的话，才轮到我们军人去接受冷冻处理。若果我们滥杀平民，来抢他们应得的冷冻设施的话，回到地面我们还是会被上级处死。

羿　平：啊，还有更高层的人吗？

老　兵：当然有（咬牙切齿）那帮懦夫，不准我们使用冷冻装置，却老早就雪藏了自己！这样的地下密室，每个大城市会有好几个，也有一些专为军人、医生或是其他专家而设的，目的就是有朝一日，可以靠他们重建人类社会。

羿　平：老伯，我想多问一声，刚才你说，你们军人不可以占用我们平民的冷冻装置，否则之后会被其他军人处死。但若果得胜者只剩一位，其他人全都死了，那你们便有一位军人可以接受冷冻处理吗？

老　兵：是啊，我们会根据军阶决定使用权。

羿　平：那你们这里最高级是谁？

老　兵：不就是你找的那个上尉嘛。

羿平摇摇头，离开仓库，正想到其他地方继续寻找白发大叔，却发现白发大叔正踏出升降机。

羿　平：别动！（举起连弩对着白发大叔）

白发大叔：我还在想谁乘了升降机上来（举高双手）

羿　平：我只是想和你说一声，交易终止。血债血偿！

羿平狠狠地说，眼中充满怒火，而且一步一步走近白发大叔。连弩上的铁钉差点碰着大叔的鼻子，但他连眼皮都没眨一下。

羿　平（继续）：你就是将那两母子放在这部升降机，再送上地面吗？

白发大叔：是。别忘记是你叫我放走他们的。我只是照做罢了。况且，横竖都是死，有什么大分别？

羿　平：那请你多做一次！（手指扣住连弩机板）快点按下密码，那么你也上地面参观一下，你也体会一下被烤熟的滋味吧！

白发大叔一动不动，怒目瞪着羿平。羿平听到有人从仓库远处正在走过来！羿平速战速决，扣下机板！噔。连弩的机板已按下，但是没有射出铁钉！

白发大叔：连弩有问题吧，哈哈，被人摆了一道，你也有上当的时候。

羿平后退一步，白发大叔嘴角轻轻奸笑，拿出手枪，近距离轰了羿平右边大腿！子弹射穿大腿，鲜血染红了一地。

老　兵：什么事？

白发大叔举起手枪，朝老兵的眉心轰了一枪。

白发大叔：这里再没有你的事，去跟其他三位兄弟上路吧。

白发大叔转头过来，举枪指着羿平，羿平抱着不住流血的大腿，向后退到升降机内。

白发大叔（继续）：羿平先生，我想这次要上去地面参观一下的人，是你了。

说罢，白发大叔按了G层的按钮，再键入一串密码。他站在升降机外，双手摆身后，一面欣赏升降机内羿平瑟瑟发抖的身影。

89.内　手术室　日

何军看看二人，举高双手作投降状，脸上没有一丝惊讶，却像一副愿赌服输的样子。

何　军（笑）：哈哈，你竟然有枪，好家伙！

海　象：杀手大哥，你会想你早点自杀，还是要我帮手？（意气风发）麦琪，快点！

门外传来拉动家具的噪音。海象向煤气炉的胶喉射出一箭，铁钉正中喉管，吱吱声地漏出气体。海象这几天想必已经练习过无数次，才有这种准度。他不等何军做出反应，瞬间又将连弩上膛。海象望着米雪儿。

海　象：米雪儿，为了麦琪，对不住了！

海象重重关上了手术室大门，一手扳倒门外的长台，将何军米雪儿封死在房内。

海　象：（高声欢呼，几近疯狂）我赢了！！！麦琪，我们赢了！我和你是剩下的二人！我们不用死！

麦琪还未从惊愕中恢复过来，她望着海象。

麦　琪：不，我们要找羿平！我们要帮他！

海　象：不，羿平死定了！我在他的连弩上做了手脚，那东西不能发射的！他死定了！

啪！麦琪往海象面上，重重地捆了一巴掌。

海象按住脸颊，露出一个奸笑。

海　象：你以后要待我好一点，这世界只剩下我和你了。

麦琪瘫倒在地，眼泪不住地流。【她成为了胜利者，不用怕被人追杀；但救命恩人害死了羿平，自己又成了杀米雪儿的帮凶。最重要的是，他要和海象二人单独去到十年后一个未知的世界一直生活下去。】

海象却兴奋得不得了。他一边哼着走调的流行曲，一边用木椅加固顶住手术室大门的木长台。房内有人试过撞门几次，企图推开大门，但都徒劳无功。海象慢条斯理地预备引爆房间，将报纸塞进门缝，到对面第二个手术室，点燃起另一捆报纸，再将火苗引入房内……嘭！煤气爆炸的冲力将顶住手术室大门的长台整张弹开，海象看见里面火光熊熊，一时走不进去。海象一直等待至火势减弱，才盖上一张弄湿了的被单，冲进火场之中。

90.内　手术室　日

手术室中躺着两具尸体，头发已烧得精光，身上还冒着熊熊的火舌。其中一件女尸，还穿着烧毁大半的灰色百褶裙，右脚大腿上捆着一条男装皮带。海象从火场走出来，连连咳嗽了几声，已经汗流浃背，脸上全是豆大的汗珠。

91.内　饭厅　日

麦　琪：你那件湿被单，借我一下。（面无表情）我想进去。

海　象：什么？！

麦　琪：我说，被单借我一下。（目光出奇的凌厉）

海象心不甘情不愿地交出湿被单，麦琪本来就很娇小，被单将她压得像个小矮人。

92.内　手术室—冷库房　日

麦琪一个人走进火场。海象没打算跟随，坐在木椅上，不知从哪里找来一块手帕，粗鲁地抹着面上汗。麦琪看见两条仍在燃烧的尸体，胃部一阵急剧的反胃感，幸亏麦琪强忍得住，没吐出来。她继续往里面走，看见冷库房门都已炸毁，里面也零星的点着几处火苗。她小心翼翼地走进冷库房，地上倒着另外三具尸体，都是没穿衣服的少女。她们似乎没有受大火影响，只烧掉头发，皮肤却完好无缺。但她们的死状凄惨，双眼暴突、舌头伸出，在火光摇曳的小小冷库房内，更见恐怖！麦琪终于忍受不住，在冷库房内呕吐了一地。

93.内　饭厅　日

麦琪蹒跚地走出火场，虚弱地倒在一张木椅上。海象见状，急步过来扶她一把，却遭麦琪重重甩开。

麦　琪：不见了！（气若浮丝）

海　象：什么不见了？

麦　琪：米雪儿刚才说过，这间冷库房内应该有五具尸体，现在只有三具裸尸。Cap帽和深眼线大妈的尸体不见了！

海　象：（连连摇头）不可能，除非，手术室那两具尸体不是杀手和米雪儿！但他们二人怎样逃走的？不可能！

麦　琪：除了从通风槽逃走，里面根本没别的出路。但是，手术室的通风槽离地三四米有多，他们是怎样爬到这么高的？

海　象：（一拍大腿）我知道了！米雪儿带了一张高椅进去手术室，她将椅子放到中间那张工作台上，二人互相帮助下应该可以爬上去！（气得一脸通红）

她早就预谋和杀手合作，背叛我们！

麦　琪：那他们为什么要用尸体诈死?

海　象：（双眼骨碌转）因为她们要我们掉以轻心，伺机偷袭我们！

米雪儿（OS）：不错！

会议室外传来一阵冷冰冰的女声，米雪儿她举着手枪，指向海象。她现在身穿大妈的名牌套装衫，像极了年轻的办公室OL。

米雪儿（继续）：不过老实说，就算不偷袭，你们也没机会逃走。

麦　琪（OS）：唔！

海象背后传来麦琪的尖叫声！何军不知何时，从另一间手术室走出来。他赤着上身、穿着Cap帽先前的短裤，六七根铁钉放在腰间，用皮带绑好。他从后一手锁住麦琪的脖颈，另一只手拿着一根铁钉，横插进麦琪的大腿！

麦　琪：啊——

何军力度非同小可，将大半支铁钉插进麦琪右腿，疯狂地笑。

何　军：噢，好像插到大腿骨了！让我检查一下。

语音方落，他像握住波棍似的搅动铁钉，麦琪发出嘶吼的尖叫！海象不理米雪儿指向自己的枪，他举起连弩，指着何军。

何　军：开枪啊！（仍然单手紧紧锁住麦琪）有种就开枪吧！记住千万不要射歪！

他说罢慢慢向后退，将麦琪拖入背后的手术室。表情贪婪得就像豺狼捡着猎物，回窝慢慢享用一样！海象呆呆的无计可施，开始急得哭了出来，下巴的赘肉颤抖个不停。他面向米雪儿，放下连弩，跪在地上，一步一步向前爬，哭道。

海　象：我求你，米雪儿，求你救救麦琪吧！一切都是我做的，她太单纯，没想道我会连你也想杀了！

米雪儿不发一语，冷淡地望着海象。

海　象（继续）：你想杀我便杀我吧！你一定要救麦琪！求你！我下世做牛做马也可以，你要帮我！求求你。

海象连连磕头，力道之大，额上早已瘀红了一大片，血水混合汗水，染红了他整张脸。

米雪儿（呼了一口气）：我救不到她，我最多只可以帮你杀掉那个杀手。

海　象（继续）：好，好，什么都好！

海象拾起连弩，用手帕抹一下脸上的眼泪鼻涕和血水，像部坦克车一样冲向去手术室。

94.内　手术室　日

海象一冲进手术室，发觉麦琪坐在地上，按住自己大腿的伤口，瑟瑟发抖缩在冷库房门前。何军坐在工作台上，从容地等待海象进来。

何　军：哈哈，死肥猪，不用哭！

何军看见刚走进来的海象，也站了起来。

何　军（继续）：这个女孩还没死，不用呼天抢地，我不会让她这么快断气的。这种少女的尖叫声，我最喜欢！

海象举起连弩，指向何军。海象还未来得及扣动机板，何军抢前一个急步，一手托起枪头，害连弩射了个空，铁钉飞向天花板。何军从腰带上抽出另一把铁钉，狠狠地也插向海象大腿！

海　象：啊——

何　军：噢，不好意思，你太厚肉了，插得不够深！

何军按倒海象在地上，从腰间抽出另一把铁钉，双手拿着，高举过头，再向下插进海象另一条大腿上。海象感到一阵锥心的刺痛，差点昏死过去。麦琪躲在房间角落呜咽，泣不成声。海象望着麦琪，趴在地上，但双脚不听使唤，唯有用手臂爬近麦琪，地上留下两道血痕。

海　象：麦琪，快进冷库房，让他先杀我。

何　军：肥猪哥哥，想英雄救美吗？让我帮你一把！

说罢再插第三支铁钉到海象的手背上。何军刻意避开要害，只是先剥夺对手的行动和反抗能力，才一步步地虐杀目标。

海　象：米雪儿！救命！

米雪儿这时出现在房门外，望着依偎着一起的海象和麦琪二人。

米雪儿：对不起，我可以做的，最多只有这样了。

说罢她关上了大门，用断了的台脚卡住门外的把手，将大门反锁了起来。

何军跑到门前，已经来不及推开大门。

何　军：你这个阴险狡诈的婊子，想连我也杀了？！

米雪儿：我从来没打算过要救你！我只不过要你帮我走出刚才那间房。再者，别当自己帮了我什么。没有我，你老早就烧死了。

何　军：你利用我逃走。又刻意带我离开，顺便借我的手帮你报复，杀掉这两个出卖你的同伴！

门外再没有响应，只听到拖拉家具的声音，看来是米雪儿再搬来多些东西，堵住这个门口。何军回头，看见海象离开了冷库房门前的麦琪，扶着煤气炉站了起来，将袋里最后一发铁钉，插向煤气喉。

海　象：看你这次怎么再逃走！（虚弱地）我两个就是要死，也要你陪葬！

何军走近海象，露出一张疯狂的表情，鼻子几乎贴向海象脸上。

何　军：吃我这一行饭，怎么会怕死！（他望一望麦琪）不过我就是不服气，栽在一个女孩和你这肥猪手上。这个女孩你很喜欢吧！是你女神吗？那么，我就临死前，找她出一出气！

海象单靠双手，爬回麦琪身边。何军又从腰间，抽出一支铁钉，硬生生地刺进海象腰侧，痛得海象嘶哑怪叫。

何　军（继续）：放心你不会这么快死的，失血过多没这么易死！我在小花园杀的那个，捱了几个钟才断气！

何军舐着另一把铁钉，这次刺向海象右肩！海象一手执起已经没箭的连弩，另一只手轻轻摸着麦琪面颊，留下了一道血迹。

海　象：麦琪，我没事，不要哭，我说过我会保护你的。

海象嘴巴贴着麦琪脸颊，轻轻用气声。

海　象（耳语）：我一反身，你立即开门走进冷库房。还有……

麦　琪：（泣不成声）还有什么？

海　象（耳语）：还有……我爱你！

海象说罢，转身扑向何军。何军给这几百磅的大个子撞得向后退了几步。麦琪强忍脚伤，趁这空档冲入冷库房。海象举起连弩对着何军。

何　军：肥猪！你那柄连弩没子弹了，就算有都不会射得中我！

海象咬紧牙关，从腰侧抽出一根铁钉，利落地装到连弩上。在何军还未来得及制止前，海象向金属大门射出一箭，擦出了点点火星。

95.内　饭厅　日

米雪儿在远处听见爆炸声，站在原地屏气凝神听里面的动静。发觉没任何声音，扭头走到了咖啡厅。

96.内　咖啡厅　日

米雪儿搬来了三张木椅，好让她可以爬上通风槽。羿平和麦琪之前搭建的茶几小山帮了自己一个大忙，米雪儿只须多放两三张木椅，便可以触及通风口。

97.内　通风道　日

米雪儿寻找着麦琪先前教她的路线，转过几个弯后，最终也走到上层的冷冻室。

98.内　上层冷冻室　日

这是间七八百平米的房间，出口前摆放了两部白色的鹅蛋型巨大机器，是麦琪口中那两部人体冷冻装置，房间后面摆放着很多两三米高的液态氮钢瓶。一个满头白发的中年人在检查着那些仪器。现场不见羿平，也没有打斗痕迹。米雪儿双手抓着通风口边沿，鼓起勇气跳了下去，拿出手枪指向白发大叔。

米雪儿：别动！你一动，我就开枪。

米雪儿站了起来，白发大叔无视米雪儿的警告，仍然自顾自地检查那些仪器。

白发大叔：小姐，如果我是你，我不会随便开枪的。否则你就要自己慢慢看说明书，学会怎样操作这堆烦人的医学仪器。（白发大叔转过身，正面望着米雪儿）嗯，我没印象在闭路电视见过你。你想必是很早就躲起来了吧？

米雪儿：这点没关系吧。总之下层的人已经死光了，只剩我一个人。另外那个叫羿平的家伙，我想他已经上来找过你吧，我想只有我们二人生还。

白发大叔：他已经死了。他上过去地面，烤焦了。我没空去处理他的尸体，如果你想去看看他煮熟了的样子，你可以去升降机找他。

米雪儿：什么！

白发大叔：你可以先放下手上那把手枪吗？（似在命令）如果你杀掉我的

话，你自己也会被困在这里一辈子！（双眼流露着一丝杀意）我已经困在这鬼地方够久了。如果你也想感受一下在这儿孤独终老的滋味，就一枪干掉我。不然的话，你得听我的！

米雪儿：（米雪儿放下手枪）羿平他怎会上去地面的？他不是跟你串通好吗？

白发大叔：他是你同伴吗？

米雪儿：不算是。只是好奇。是我变相逼使他走上来的。

白发大叔：不是同伴，便不会知道我们谈过什么交易吧。（愈说愈慢，有着一种无形的压迫感）

白发大叔不再理会米雪儿，很快便完成了仪器的设定，两部太阳灯似的机器打开上盖，内里是一张塑料质地的床，还有根好像氧气面罩的组件。

白发大叔（继续）：我会以这个避难所驻军首长的身份，和你一同接受冷冻处理。（白发大叔坐进仪器内）你可以跟着来，也可以呆在这里慢慢等死，随你喜欢。那边仓库还有大量白米，够你吃一辈子，不过再没其他食物，你要在营养不良病死前走进来。你什么时候准备好，随时走进这部仪器内。关上大门，这东西便会自动操作。（顿了一下）如果你怀恨在心，认为我杀掉你同伴，想杀掉我去报仇的话，也随你的便。只是你休想再望见外边的世界！出口那部升降机需要密码，才能回到地面。现在全世界知道密码的人，就只有我一个！

大叔关上舱门，留下米雪儿一个人。米雪儿成了唯一的胜利者，若有所思地在里面徘徊。

闪回

99.内　卧室　日

米雪儿：早！

羿平惊醒，坐了起来。满脸惊讶。米雪儿笑靥如花。

"我们合作好吗相信我"

闪回结束

100.内　上层冷冻室　日

米雪儿突然站了起来，跑到升降机大堂，按下电梯按钮，打开电梯门，升降机机箱内，除了地板上残留着一滩血迹外，空空如也。

羿　平（OS）：你是在找我吗？

熟悉的声音从后向起，羿平一拐一拐地走过来。

米雪儿：羿平！！

米雪儿和羿平相拥而泣。

羿　平：只有你来这里吗？

米雪儿：只有我一个。

米雪儿看到羿平的腿伤，伤势不轻。

米雪儿（继续）：麦琪被何军挟持，海象重伤，我唯有将他们一并反锁在手术室里面。之后有人引爆煤气，同归于尽。（眼泛泪光）我们失败了。海象回来之前，我们说过要一起活下去，看来没希望了。

她向羿平走近一步，两行泪水沾湿了苍白的脸庞。

米雪儿（继续）：我没听你的话，用枪快手干掉何军，害得麦琪和海象被他杀死，对不起。

羿平听到麦琪的消息，双眼变得通红。他刻意望向别处，回避米雪儿的目光。

米雪儿：是谁弄伤你的？我看你行得很勉强，是不是伤到骨头？

羿　平：是那个白发大叔用枪射伤我的。我们见面以后，有些争吵，他射伤我之后想将升降机升至地面烤死我。幸好我之前松开了升降机机箱的通风盖，我好不容易才单脚爬上去机顶。

米雪儿：那不是一样会烧死？

羿　平：多亏了电梯平衡锤。当升降机升起时，那东西便下降，我是趁平衡锤下降到机顶的一瞬间，抱着那东西落回来这层的。然后便找个地方躲起来。

米雪儿：你说得轻松，带着腿伤，还能死里逃生，其实真的很危险。

羿　平：幸好白发大叔没发现我还活着。我知道了他的阴谋，他必须要最后两个得胜者自相残杀，死掉一个，他才能够将自己一同冷冻处理，十年后离开这个地方。

米雪儿：我刚才见过他，他以为你死了，所以已经冷冻自己了。

羿　平：这样说，只有一部冷冻装置剩下来吗？我们其中一个必须要死，对方才能活下去吗？

米雪儿：是……不过，我们能不能现在把他杀掉，你不就可以进去了吗？！

羿平听后，走到白发大叔所在的舱门边，查看。舱门里白发大叔已经熟睡。肩膀旁边，一个小红灯，一闪一闪。羿平叹了口气，摇摇头。

羿平：这白发大叔真是老谋深算，他有两重保险措施。你看那个红灯，是一颗炸弹。要是有人试图在他冷冻其间杀了他，占用他的冷冻装置，炸弹也会即刻爆炸，那杀他的凶手将会被暗算至死无全尸。而且，只有他知道电梯密码。

米雪儿：那也行，要死一起死。

羿平：算了，没有意义，他这么算计，不也是为了活命么。（顿了一下）生比死有意义。米雪儿，如果我死了，可以令你活着离开，我心甘抵命。你再三留下那把枪，就是等这一刻吧？

米雪儿：不是（米雪儿举起手枪，食指不听使唤、抖个不停）我就是怕有这样的一天，这里真的只剩下你和我，却要你为我而死！

米雪儿左手探进口袋，拿出几片碎报纸，上面印着"我们合作好吗信我"。

米雪儿（继续）：你知道吗？这几张废纸我偷偷捡起来，一直留在身上，不舍得丢了。你知道吗？我很喜欢煮东西给你吃，那是我这几天，唯一觉得我仍是一个普通女孩的时光。（泣不成声）你知道吗？我洗澡时想好了，你一回来时我便鼓起勇气和你说：我好喜欢你。你却带来了海象和另一个女孩子，还要编自己跟麦琪一组，你知道吗？如果我们不是在这里相遇，会有多好……再见了……

米雪儿将手枪举起，对准自已太阳穴……

羿平：不！！！！！！！

黑场

101.内　上层冷冻室　日（十年后）

房间内的时间像静止了，里面的每一寸地方，都铺上了薄薄的一层尘埃。突然，其中一部冷冻装置的盖自动升起，一阵阵的白烟就像舞台效果一样，源源不绝地涌到地面。十几秒钟后，第二部冷冻装置舱门打开。过了很久，还是没有任何动静，直至白烟在仓内消失。白发大叔从冷冻装置爬起身，伸了个懒腰。他一起身，二话不说揭开自己那部冷冻装置的控制板。里面是一个两尺见方的暗隔，内里藏着一组土制炸弹。白发大叔拔开了一条红色的导管，炸弹红灯立即熄灭。他离开房间，走到电梯大堂。这里的环境跟十年前没有丝毫分别，他看到在大堂躺着一副白骨。

白发大叔走过去查看，这副骸骨躺在大堂中央，骷髅的眉心，有一个圆形的弹孔；而死者生前遭人用枪击中过右边大腿，在封尘的牛仔裤上，仍清晰可见一个沾满陈年血迹的破洞。此时，白发大叔身后的房门再次开启，一个长发及肩，样貌楚楚可怜的少女走了出来。

米雪儿：你已经出来了吗（她凝望着那副白骨）你要多谢我，不然你这一觉不会睡得那么安宁。十年前忘了自我介绍，我叫米雪儿。

这十年时间，似乎没有在米雪儿脸上留下半点痕迹。

白发大叔：这是羿平吗？他总是这么大命，我还以为他被我杀死了。是你杀他的吗？

米雪儿没说什么，把头别过一边。白发大叔从大衣中拔出了一把手枪，指向米雪儿。

白发大叔：麻烦你要再帮我一个忙。请你做先头部队，给我先上去地面，看看是不是已经安全了。

102.内　升降机　日

米雪儿没有选择余地，只好被胁持走到升降机。白发大叔按好密码，任由米雪儿做白老鼠。升降机缓慢地爬升，米雪儿却紧张得手心冒汗。升降机戛然而止，她双手并用才够劲打开升降机闸门。

103.外　电梯大堂外—地面　日

顶层电梯大堂曾经是某座建筑物之内，现在整座大楼不见了，电梯大堂就像凹陷的盘地一样。米雪儿从一旁的楼梯爬上地面。这是个带点秋意的正午，天气好得无以复加，天空是鲜明的浅蓝色。地面上再没有半点人类的足迹，两边的山丘上下，也再看不到半栋建筑物的影子；曾经是闹市，现在清澈得像是东南亚的小岛海滩；四周连半棵树都没有，只有短小得像绒毛的小草，举目四野都变成清爽的绿色。米雪儿就像身处在计算机桌布的世界中，完美得近乎超现实。

十分钟后，白发大叔走出来。他望着这个新的世界，站着呆呆不动。米雪儿返回白发大叔面前。

米雪儿：虽然在冷冻装置睡了十年，但十年前接连几天的杀戮游戏，就像昨日发生一样。度过了这么久暗无天日的生活，竟然只是为了来到这个什么也没有的世界。这就是你日思夜想，不惜一切想回来的世界吗？

白发大叔：我在里面睡了十年我最宝贵的光阴，就是为了这一天！

男　声（OS）：对，我也花了十年等这一天！一阵磁性的男声在身后响起！

嘭！

一声枪声，响彻大地。白发大叔感觉到右大腿后面一阵锥心的灼痛。一个似曾相识的面孔，拿着一柄左轮手枪，从后射向白发大叔右腿。大叔倒在地上，米雪儿趁机上前拿走大叔掉落的手枪。他大腿流出的鲜血，在绿油油的小草上分外刺眼。白发大叔脸上挂着惊慌的表情，眼睛瞪得老大。

羿　平：我等了这么久，就是为了还这一枪给你！

满头花发的羿平斜睨地上的大叔，已经渐露皱纹的双眼，露出一丝微笑。

白发大叔：你怎么还未死！？（气若游丝）那下面那副骸骨是谁？

羿　平：你忘记了你自己枪杀的同伴吗？我们只是将他重新搬回去大堂，再交换了衣服罢了。

米雪儿站到羿平身旁，她的笑容在阳光下分外灿烂。

羿　平（继续）：你太阴险了，电梯密码和计时炸弹双重保险，我多么想杀你也不敢出手。

白发大叔正想站起身，米雪儿向他的左腿和腹部再开两枪。

米雪儿：你可以选择多看这梦寐以求的世界几分钟，然后慢慢失血而死。

羿　平：大婶阿哲母子那得而复失的心情，你现在体会到了吗？现在我替她们还给你。

羿平和米雪儿退到远远的小土丘，不再搭理白发大叔。

104.外　小土丘　日

羿平在小土丘坐下，望着这陌生的青葱世界，忽然开口。

羿　平：有没有人和你说，你这十年来都没怎么变过？

米雪儿：嘻，你却变了成个糟老头了！（米雪儿开怀地笑）

羿　平：我偷看了你这张脸十年，都不曾看见过这酒窝。

米雪儿：这些时间你是怎么熬过来的？

羿　平：睡醒就吃、吃饱就撒、撒完又睡咯。（笑）

米雪儿：咦，他们不是说只剩下白米吗？

羿　平：白米啦、每餐都是三色豆啦……嗯……其他的我有办法。（羿平望向升降机出口）你想我们以后该怎么办？

米雪儿：不知道，随你咯。

米雪儿将头靠在羿平的肩膀上，静静地享受这清新的微风。

米雪儿（继续）：我好想时间停在这一刻。

羿平忽地站起身，向米雪儿。

羿　平：噢！我们出来很久了，要回去报平安了。不然她一定会走出来。

米雪儿：谁会走出来？

羿　平：喔，我在说我女儿，她叫Eva。（兴奋，米雪儿一脸惊讶）说来话长。你走进冷冻装置之后，我回到麦琪那间手术室，救出了她。麦琪好聪明，懂得跟你一样在爆炸时，躲进冷库房门后那个安全位置。她活了下来，只是之后耳朵有点不灵光，要我很大声跟她交谈，才听得到。

米雪儿：那……所以说，你……你们一起生活了十年，还有了小，小孩？（吞吞吐吐）

羿平好像听不到米雪儿说的话，归心似箭，已经差不多走到升降机前。米雪儿僵在原地，迈不开步子。这个只得青草的世界，顿时变得太过空旷。羿平拉着呆呆的米雪儿返回升降机，远远已经看到一个穿着一件残旧的浅粉色卫衣，八九岁的小女孩待在那儿。

Eva：爸爸！（女孩挥手大叫，她一蹦一跳地走过来）爸爸这儿好美，为什么不早点带我和妈妈上来。

羿　平：你长大后我慢慢跟你解释，Eva，过来跟这位米雪儿姐姐打声招呼。

Eva：原来你就是米雪儿姨姨，妈妈经常提起你。

米雪儿：呃……你好……

米雪儿不知怎么响应，尤其是被一个小自己几岁的人称呼为姨姨。

羿　平：是米雪儿姐姐才对！

105.外　电梯大堂外　日

他们一行三人，按下升降机的按钮，等待回去那个阴暗的密室。时间一分一秒地过，可是升降机丝毫没有动静。

羿　平：怎么升降机不听使唤？这么久也不上来，是不是坏了？Eva，刚才你上来有什么奇怪吗？

Eva：没有，我扶妈妈上去控制室。她说她帮我控制升降机，想在闭路电视看着我安全上来。妈妈说，如果见不到爸爸或者爸爸只有一个人，五分钟之内就立刻回去；如果你和一个长发姐姐在一起，那就站在门外，慢慢等你们。我远远看见你们在土丘那边，我一个人站在这边干等很久了。

羿　平：糟糕！（羿平用力拍打升降机门）麦琪！麦琪！麦琪！

羿平跪在地上，在升降机门前嚎哭。Eva站在一旁，摸不着头脑发生了什么事，她走到米雪儿身旁，静悄悄地说

Eva：米雪儿姐姐，刚才妈妈有话要我跟你说。

米雪儿：她说了什么？

Eva：她刚才很奇怪，妈妈说她走不了多远，所以要米雪儿姐姐你，好好照顾爸爸。还有……

米雪儿：还有什么？

Eva：我觉得米雪儿姐姐你好漂亮。我之前还在想，姐姐你是不是跟我妈妈一样，只有一条腿的。

羿　平：麦琪！麦琪！麦琪！

米雪儿紧紧抱着Eva，眼泪落了下来……

—全片完—

第 三 章

善恶——《魔都风云》

1.上海滩，1927年。

租界林立，巨富云集的十里洋场华灯初上。

灯红酒绿的酒楼、舞厅栉比鳞次，妓院、烟馆遍布全城。但当时这首屈一指的繁华城市里，那些衣不蔽体，面呈茶色的无家可归者以及被生活压榨得干枯萎靡的贫民百姓更是多如蝼蚁。

水深火热的码头和纸醉金迷的百乐门，便是上海滩这两种极致的代表。

柏油路上车水马龙，行人熙熙攘攘，霓虹灯光怪陆离，不知哪里的高音喇叭播出靡靡之音与各种噪音交织，在混浊的空气中回荡。与尼古丁和乙醇异曲同工地刺激着疲劳的神经，使得进入不夜城的人们精神亢奋——纸醉金迷的魔都①生活由此开始。

2.外 弄巷 入夜

刚刚入夜的赫德路（今常德路）嘉禾里，破破烂烂的弄巷又旧又窄，两侧的屋檐隔一段就横着一截竹竿，上头挂了各式各样的东西。女人的内裤、婴儿的尿布、破洞的袜子，很多没拧干，湿漉漉地往下滴水。

弄巷一路走一路滴，一袭黑衣的王亚樵全然不顾头发全湿了。

而他紧跟的前面二人，却显然对乱七八糟的周围烦恼不已。二人在狭窄的走道里弄出不小的动静，其中一人踢倒了楼梯口的瓶瓶罐罐，乒铃乓啷一阵乱，显然不像应该低调行事应有的谨慎。

突然，原本一片黑的楼道，被二楼打开的电灯照得昏黄，一个老婆子凶狠的骂声传来，只闻其声，不见其人。

老婆子：哪家小赤佬，大半夜出来走动，侬要死啊，好的不学，学贼耗子！

前面二人停下脚步，一人拿起一个花盆，扔到了开灯的老婆子声音处。听得啊一声，灯熄掉了，也不再有任何声响。

扔花盆者：八嘎！

王亚樵听到这句日语，暗暗吃惊，但露出狡黠的笑。

另一个同行者拍拍他的肩膀，示意别声张，赶快走。

王保持跟踪距离。看着他们进入到石库门外，比较僻静的一所亭子间，王

---

① 将上海滩称为"魔都"，其实是始于20世纪20年代。

隐身躲在暗处。

3.内/外　亭子间/隐蔽处　夜

三个人围着一个火炉，蒸汽壶喷射的水汽挡住了其中一个身穿中国传统服饰的男人。

王亚樵在暗中观察，屋内三人。

后进来的人，身穿中国传统服饰，看起来比较兴奋，点头哈腰，摩拳擦掌。

王亚樵悄悄从背后抽出一柄短斧，接着又抽出一柄，像猎豹一样的眼神盯紧屋里三人，凝气屏声，脚步轻踩，慢慢摸到了屋窗前，隐身藏好，动作一气呵成。

三人仍在议事，日本人手里拿着折页纸帖，递给仍站在原地的中国人。

王亚樵手捏斧柄，做好随时抛射的准备。

热水壶喷射得更高了，显然水已经烧开，突然砰一声响，滚烫的热水壶被王抛射的银斧撞开，就像炸弹一样爆炸，三人捂着脸，两个日本人倒在地上，紧接着，王动如脱兔，冲进屋里，手起斧落，两个日本人命丧黄泉。远处一点的中国人慌乱地从另一个门逃走了。

王亚樵撇撇嘴，没有追赶，却倒提短斧，潇洒地走进屋里。踱步，四下查看。

尽管还冒着热气，但开水已经冷却了不少。只有两具日本人的尸体，似乎连屋里的空气都死透了。

王亚樵拿起刚刚那人手里的折页纸帖，上面写着"会誓"，下面列了几十条誓词，落款为唐延庆。王摇摇头顺手把折页藏好。突然——里屋传出一阵声响。

4.内　亭子间里屋　夜

王亚樵紧握短斧，进入里屋。

发出声响的其实是一个大木箱，深红色的箱子被铜锁紧锁，里面似乎装了一个人，发出呜呜的声音，箱子摇晃不已。

王亚樵慢慢靠近，拿斧敲了敲木箱，里面顿时安静下来。

王亚樵侧身对准铜锁用力砸，打开了锁，一片寂静，之后王亚樵轻轻掀开箱盖一条缝。

哗啦一声，盖子从里面被顶开……

一个披着乱发、衣衫凌乱的女人，站在王亚樵面前，五花大绑、嘴里塞着布团说不出话，但浓重的喘气，一起一伏的胸脯，硕大的眼睛里充满了委屈和惊恐，让举着枪的王亚樵呆在原地，动弹不得——

——直到一串泪珠从女子的眼睛里滑落，王才收起枪，拔出刀，利落地除掉绑绳，女子浑身颤抖不已。

女子：求求你……

王摁住女子柔软细腻的嘴唇，轻轻地。然后将自己的外套披在女子身上后，轻轻拍了拍女子肩膀，微微一笑，独自离开。

音乐起

王亚樵疾步走着，他穿街过巷，走过肮脏潮湿的贫民区，摘下短斧，顺着插进路边乞丐的床铺下面，正好把快要塌掉的床板支撑起来。

他转过街角走进后巷，一头扎入拥塞货物的码头里，迅速消失在上海滩芸芸众生之中。

上海滩的东门码头，一个鸽笼似的木板阁楼——这是他的栖身之地。

片名出/字幕出

5.内　百乐门大厅　夜

百乐门是个好地方。音乐、灯光、香色恰如其分地融为一体。男男女女随着音乐的旋律摇摆着，旋转着。置身其间，纵有再大的烦恼、忧愁都会烟消云散。

王亚樵轻快地滑进百乐门，他西服皮鞋衣着整齐，头发抿得发亮，脸上浮现着猎艳者的笑容，但他清澈而警惕的眼睛让他整个人充满了神秘的诱惑力。

美女如云的百乐门歌舞升平，热闹非凡，王穿梭其中，像王子一样，引来众多女人的目光，有的充满欲望，有的充满羡慕，总之，王是女人心里的焦点。

但王亚樵却没有被这乱花渐欲迷人眼的场面分散注意力，他不时瞅瞅二楼东侧的一个包间——现在里面空无一人，他在舞池外的一个角落里站定，等待包间里的人出现。

而这时，侍者走了过来。

侍　者：老板第一次来？在找舞伴是勿啦？

王亚樵：（笑着）不需要。

侍　者：（低声埋怨）侬真勿像是来玩的，这是哪里啊！百乐门好勿啦！推荐个姑娘陪你跳舞好勿啦？

说完，侍者和女孩转身离开。

王亚樵眼睛一转——在百乐门，身边不带个女伴，总会让人起疑。于是快步上前，叫来刚刚那个侍者，把小费插到他胸口袋里。

王亚樵：（笑着）百乐门，连玩三天才刚入门。

侍　者：（满脸堆笑，喊着）欢迎你来到大上海。

侍者响指打得响，瞬间拥过来几个美女，都堆到了王亚樵面前。

王亚樵一一扫过，眼睛停在了一个青涩的、低着头的女孩身上。王亚樵轻轻托起女孩的头，一张恬静、清秀的脸，眉宇间带一丝淡淡的忧伤，一副害羞的表情显得更加楚楚动人——这不是一张舞女应有的脸，王亚樵看得入迷。当她也看到王的时候，两眼突然放光。

舞　女：咦，是你！

王亚樵：（笑）怎么？别说你也认识我。

舞　女：（结巴）那晚……是你救了我……

6.内　百乐门二楼走道　夜（接上）

二楼突然响起一阵嘈杂声，三个男的在舞女的簇拥下，闹哄哄地走进了包间，恨不得让全世界领略他们的排场。其中一个男的长相恐怖，半张脸好似被开水烫坏了。

7.内　百乐门舞池　夜

当王亚樵也看到那张可怖的脸时，眼神中透出了一丝杀气。

侍　者：（油滑地）让老板继续救你！就这么定了……（对其他舞女）走走，赶紧上二楼去！

侍者将舞女一把推到王亚樵怀里，带着其他舞女赶往二楼那间屋子，还不忘鬼笑着对王亚樵挤挤眼。

王亚樵则优雅地牵着女孩进了舞池，王亚樵舞步不甚娴熟，但派头尚可。

不像别的舞女那样搔首弄姿、进退自如，她身体还微微发抖，不知是害羞还是激动；她如此近距离地看着王亚樵，尽管王亚樵不时观察二楼房间，但在王亚樵英气勃发的气势下，舞女还是显得意乱神迷，差点踩到王亚樵的脚。

王亚樵：（笑着）怎么？难不成要我教一个舞女怎么跳舞嘛？

舞　女：（嗔怒）要你教我！你也没好到哪里去嘛……手都放错位置了。

舞女温润的手将王的手轻轻往下压，直到从背部扶到了腰部。舞女很是大方，她看着王王亚樵的眼睛，充满了柔情蜜意。

王亚樵笑着，手从女孩腰间滑过，接着手臂一张，将女孩旋转抛开，待女孩转回来时，却发现王亚樵早已消失不见。

8.内　百乐门二楼走道　夜（接上）

快如迅雷的王亚樵，已来到包间门口，他也发现楼下匆匆寻找自己的舞女，对视两秒后，他掀开包间门外的暗红绒布，推开房门，一头扎了进去。

9.内　二楼包间　夜

包间里三男三女。环形沙发里正中间坐着唐延庆，就是那个半张脸被烫坏的人，看气势像大哥；不到40岁，肤白身高，脸偏圆多肉，脖子上挂着大小不一的佛珠；小眼睛眯眯笑成一条缝，另一只眼，被烫得不笑也是缝。

沙发两端，正是前日码头灭门案的两个杀手江元虎和陈翼龙，阴森森地盯着刚进来的王亚樵。

以一敌三，局面很不乐观。王亚樵挥挥手，陪酒女匆忙离开，他轻轻把门反锁上。王亚樵缓步走到三人近前，看看左面的江元虎，他手中哗啦哗啦转动着蝴蝶刀，嘴里叼着的牙签在嘴里一颤一颤。再看看自己右边的陈翼龙，一道深深的疤痕像是刚画在脸上，嘴角不住地抽动。

10.闪回1——深夜码头

就是江元虎的这把蝴蝶刀，在葛三壮的脸上划来划去，把不远处跪在地上的葛三壮儿子吓得浑身发抖，不止这些，地上一滩还有余温的血迹来自于刚刚被陈翼龙捅死的葛妻子。

11.闪回1结束——百乐门包间

唐延庆似乎感觉到了这位不速之客满脸的杀气，放下了酒杯。王亚樵对着三人轻声缓慢地吐出一句话。

王亚樵：有句话——我印象深刻：最后看一眼你爹，我要下刀了。

唐延庆、陈翼龙和江元虎听得字字珠玑，脸色大变。

12.闪回2——深夜码头

江元虎把蝴蝶刀立了起来，刀尖对着葛三壮的太阳穴，嘴里发出变态的声音，吐出一句话。

江元虎：小子！最后看一眼你爹，我要下刀了。

葛的儿子吓得浑身抖动，腿一软，摔倒在地。紧接着，葛三壮发出一声凄厉的惨叫，噗通一声，一具尸体倒在葛儿子面前。

13.闪回2结束——百乐门包间

王亚樵：你们拿了不该拿的东西，干了不该干的事，新账老账一起算。

唐延庆：（抽动着烂脸）放屁，你说的什么我不知道！

王亚樵：杀害码头兄弟先不说，还和日本人鬼混。（指了指唐被烫伤的脸）

唐延庆：去死吧你！

唐腾地站起身，江元虎和陈翼龙骂骂咧咧地扑了上来。王亚樵极神速的身手，飞速扔出一把斧头，直接扎进唐延庆的肩膀；紧接着王亚樵一抓一拧，反手把江元虎的蝴蝶刀插进了他自己的身体里。

这时，陈翼龙的刺刀劈头盖脸削来，王亚樵左右躲闪避开，顺手操起洋酒瓶，闷到了陈头上，酒瓶登时破碎，王亚樵动作不停，锋利如刀的酒瓶直直地扎进陈的脖子。

倒在地上的唐延庆不忘垂死挣扎，从桌下摸出一把手枪，冲着背对自己的王亚樵猛烈开枪。咔咔声从王亚樵的背后传来，显然是手枪撞针被频繁扣动发出的声音。王亚樵慢慢转身，惊慌失措的唐延庆看着手中打不出子弹的枪，恼怒异常。

王亚樵从口袋里掏出弹匣。

王亚樵：看来唐老大平常不怎么用枪，竟然感觉不到少了弹匣的重量。

唐延庆蔫了，慌忙求饶。

唐延庆：混上海滩，谁也绕不开福青帮的。杀了我你绝对少一条路；放了我，我保证你在上海滩能混得更好！

不说还罢，听到这句，王亚樵把斧头从唐肩膀上硬生生地拔了出来，疼得唐撕心裂肺地叫。

王亚樵：（冷笑）我觉得——混上海滩这件事——嗯，一把斧头就足够了。

说完，钢斧重重砸下。

百乐门照旧歌舞喧天，包间里发生的一切，显得如此安静。

14.内　百乐门大厅　夜

王亚樵又出现在舞女身后，他靠近她的耳朵。

王亚樵：告诉我你的名字。

舞女一惊，急忙转身，看着眼前这个神秘莫测，但微笑着的男人。

舞　女：（痴痴地）林立姣。

王亚樵：谢谢林小姐教我跳舞，改天找你继续学。

林立姣：嗯，哪天你还来？

王亚樵塞给林立姣几张大钞，转身离开。

王亚樵：（坏笑）等你开始想我的时候……

林立姣脸腾地红了。而这时，百乐门里开始乱成一团。

15.内　好婆家　日

王亚樵走了进来，把手里的玩具木手枪递给葛家儿子。

葛家儿子高兴地扔掉筷子，一把抓起木手枪，四处开火。

张家好婆：王师傅啊，侬吃过了没？坐下喝完粥吧！

张家好婆是一个五十多岁的老太太，热心的——话痨——兼顾着照看葛家自闭症的儿子了。

王亚樵：早上不吃碗好婆的鱼粥，浑身不自在！

王亚樵打趣着坐下和葛家儿子一起吃早米粥。

张家好婆：你脸色可不太好哇。昨晚又没睡好？

王亚樵：（笑笑）唔，好婆你眼神太差了！我吃得好，睡得好！

张家好婆：侬操心太多，这码头工友谁家有个事事情情的你都义不容辞。可是侬晓得勿啦，光出力还是勿解决根本问题的啦，帮人勿是侬这种做法的。快把自己累死了。

王亚樵：好婆，如果是你，怎么帮才对啊？

张家好婆：收钞票哇！这上海滩没有钞票就活不了侬肯定晓得啦。虽说侬做好事帮大家是行善积德，侬也要吃饭穿衣的，这是客气不来的呀。以后太麻烦的事情去帮忙是要收钱的呀，就像给人看毛病收钱一样，侬晓得佾男人家勿大好讲，没有关系，以后佾来帮侬收钞票好了。

王亚樵：（笑笑）好婆，你真贪财。还是每月钞票不够花？

张家好婆：两码事好勿啦。侬迟早会晓得佾说的对！

这时，工友也是王亚樵的老大哥杨宝川急匆匆地跑来，显得万分着急。

杨宝川：王师傅，你快跟我来，有工友受重伤了！

张家好婆：一顿整饭都吃不完？

王亚樵：我去看看。

张家好婆：侬记住帮你治伤要收钞票！

16.内　麻将房　日

租界黄道会会长吴鹏举、华界福青帮老大洪耀斗、警察局长李世群、商会会长金蛟龙在打牌，大佬们说话充满了隐语和机锋。

洪耀斗：这两年上海滩越来越难混喽！

吴鹏举：听听，连上海滩最大的老大都说难混，我们怎么办？啊？金会长，你说说。

金蛟龙：洪老大何出此言？（洪不吱声。）

李世群：洪老大向来快人快语，今天怎么惺惺作态？

洪耀斗："条子"不好用啊！

说完，洪打出一张条子牌。金和吴相视一笑。

唯有李世群黑着脸，他把手里的牌一扣，盯着三人。

李世群：百乐门被杀的三人，是洪老大的小弟。

洪耀斗：没错，凶手在哪？

李世群：正在查。

洪耀斗：（拍桌子）是警长手下草包太多了还是这事根本不上心！

李世群：这次是高手所为，不留痕迹，我劝你洪老大先想想是不是得罪了谁。（顿了一下）你福青帮的事我上不上心你心里没点数吗？（说完，继续打麻将。）

吴鹏举：（打圆场）洪大哥，先消消气，越是这时候越不能自乱阵脚。

这么多年来李警长为我们可没少操心。谁敢在太岁头上动土，一定不能轻饶他……不过嘛，洪老大不要太冲动，大局为重，你我的"燕子窝"缺货缺得厉害，（把手里搓了半天的一饼打了出去）这月最大的一批"洋饼子"马上要靠岸了，这节骨眼可不能出岔子啊！①

金蛟龙：就是就是，有气没气别和钱置气嘛。（打出一个最大的万子）

洪耀斗：（气呼呼地）庄坐不稳，打万也没法吃，要不散局得了。我还有点事情去料理，先走一步。

李和吴：洪大别走啊！

洪耀斗一甩手离开，金蛟龙贼眉鼠眼地看着尴尬的局面。

金蛟龙：白相人臭脾气怎么也改不了，让他抽一泡解解闷去。咱说正事，"洋饼子"这次停靠东门码头，安全吗？

吴鹏举：要说租界我略知一二，码头那种地方，我一窍不通……

金蛟龙：码头上的事很复杂，这些粗人个个不要命，你们这些大亨已经坐享富贵，绝没有当年闯码头的亡命胆量了。要想拿下码头，明着、暗着都得来。决不是喊一声打就可以拿下的。

李世群：（反问）堂堂商会会长也懂码头？

金蛟龙：（搪塞过去）其实我也是一窍不通，只能走一步说一步。警长看该怎么办，我们跟着干就是了。

李世群：我已经给船员配了枪。

吴鹏举：哈哈，那还有什么问题！

金蛟龙：太好了，来来咱们换一样三个人玩的牌，来人，来人，换牌！

17.内　百乐门化妆间　夜

林立姣坐在梳妆镜前，明亮的镜灯照得她脸蛋微微绯红。看得出来，她在回忆那晚与王亚樵的邂逅，身后的来人打断了她的回忆。

夏文镜：林小姐，打扰了。

林立姣：（看到身着警服的夏）哦，警官？怎么了？

---

① 谈的是一笔鸦片烟买卖，通过外贸运鸦片烟到上海来供"燕子窝"出售。上海白相人"行话"称大烟馆为"燕子窝"，牌上将"一条"刻成小鸡也鸟状，所以也叫"么鸡"或"小鸟"，鸟即燕子，"小鸟"太多，即指大烟馆太多。未加工的鸦片烟者，捏成饼状外用马粪纸包裹，所以称其为"饼子"。

夏文镜：前晚的案子，需要林小姐配合回答几个问题。

林立姣：（略紧张）找到凶手了吗？

夏文镜：（笑笑）抱歉，案情无可奉告。那晚林小姐在做什么？

林立姣：一个舞女除了陪客人跳舞还能做什么。

夏文镜：冒昧问一下，林小姐对接过的客有没有特别的印象？

林立姣：没有。

夏文镜：不对吧，毕竟要亲密接触，怎么能没有印象呢，一点都没有吗？

林立姣：警官，舞女只是陪跳舞，我只知道客人们舞技参差不齐，其他的我一律不问，一概不知。

夏文镜：（顿了一下，微笑）林小姐刚做这行吧？

林立姣：（楞了一下）你怎么知道？

夏文镜：百乐门里的舞女，可不只跳跳舞啊，据我所知，在这里交际更重要的是和客人谈谈情，至少多赚点金。

林立姣：（一时语塞）我，我只跳舞。

夏文镜：（微笑）想必林小姐接客不多吧。

林立姣：一位。

夏文镜：那林小姐要加油了，接一位客人可赚不到多少钱。

林立姣：谁说的，客人大方，给了不少小费。

夏文镜：林小姐很幸运……（林有点脸红不好意思地低头）你应该是遇到了特别懂跳舞的客人吧。

说完，夏合上了本子，起身离开。

林立姣：其实也跳得不怎么好。

夏文镜：（礼貌性地）那林小姐多多练习，提高舞技，在下告辞。

林立姣：我是说那位客人其实可以跳得更好，但那晚看起来还有点心不在焉……

夏文镜：唔？林小姐能给我再说说那个客人吗？

走到门口的夏文镜突然停步不前，他嗅到了什么。

18.内 王亚樵家 日

留洋归来的姜之义来找王亚樵说事，杨宝川和张家好婆也在屋内。

姜之义：王兄，还记得我上次来说过的劳工会吗？

王亚樵：当然，印象很深，卖苦力的兄弟们算是有个能一起喝喝酒、听听曲的地方。

姜之义：哈哈，那是酒馆子、戏园子，劳工会可不是那样的。比方说湖南人组织的"黄包车劳工总"，上海华界、租界的黄包车夫都入会了，凡是会员，谁有个伤病又没钱治什么的，劳工会里群策群力都能想办法解决。我建议你照葫芦画瓢也组织个"码头劳工会"把码头劳工组织起来。

杨宝川：太好了！全上海码头工不下三万，他们都是些背井离乡，从淮泛区逃难到这里的穷苦农民。可那些官儿爷高高在上，欺压盘剥我们，不光他们，更气人的是外来的那些地痞流氓，组个黑帮就来欺负咱们，矮脚虎受的那种气，那可都是码头上天天发生的事，都没人管的！

王亚樵：（严肃地）上海滩的这些官老爷，过去是朝廷命官，如今还是作威作福的土皇上。混码头的都是穷苦出身，这个世道没人提供给我们飞黄腾达的机会，更没人肯在危难之际拉我们一把。

王亚樵边说，边指了指外面院子里呆呆的葛家儿子。

王亚樵："码头劳工会"这主意不赖，就这么干！

姜之义：而且，大伙儿只要交为数不多的一点会费就可以了！

王亚樵：你说什么？交会费？那不成黑帮的拜门费了吗！

姜之义：没看出来你骨子里还是旧江湖那套！你听我讲，这会费和那些黑帮会费完全不一样。西洋人把这叫做"insurance"，在国外，这是正儿八经有前途的行业，凡是交钱的人要是有个大病小灾的，可以得很大一笔钱，自己用也行，给家用也行。

张家好婆：王师傅，侬勿要憨了。阿拉老太婆都晓得啦。这勿就是"一人有难众人帮"嘛！

王亚樵：（笑着点点头）那咱们得奉行"得人钱财，给人治灾"的宗旨。会费交多交少不强制，目的只有一个——为码头弟兄撑腰！还有，防人之心不可无，宝川哥你挑选一些壮实的弟兄，给配点防身的家伙事。

杨宝川笑着抽出一把短斧。

杨宝川：这玩意儿就不赖！

王亚樵：哈哈，真有你的，行吧，钱从我这儿出。

姜之义等人激动地拍大腿，连连称好。

19.内　警长办公室　日

夏文镜给李世群做汇报，内容是调查进展。

夏文镜：长官，我调查百乐门的舞女林立姣时候，发现她十分可疑，很有可能与当时的杀手有过接触。我申请对她监控。

李世群：好，但不宜人多，你来监控，定期给我汇报。

待夏文镜走后，李世群办公室的另一间屋子里，走出来一个小弟。

李世群：你都听到了？转告你们洪老大，叫他想办法。

小弟：是！

20.内　码头屋子　日

杨宝川、姜之义找王亚樵密谈。

杨宝川：咱东门码头今晚要来一批洋烟土！

王亚樵：洋土……消息怎么来的？

杨宝川：我们工棚的一个兄弟，他跟这艘船快一年了，每两个月来一趟，都是半夜卸货，装卡车就走，特别神秘。上次他半夜被喊醒去卸货，亲耳听到水手们说木箱子里装了鸦片烟土，和租界"燕子窝"里卖的"饼子"一样！

姜之义：这事得赶紧报给警局啊！

杨宝川：报警局？报警要是能起作用，上海还能有成千上万的燕子窝吗？警察要是顶用，福青帮能在上海胡作非为吗？他李世群是警局老大，你去向他报告吗？（顿一下）我们只能靠自己！

姜之义：那你说怎么做？

杨宝川：亚樵！要不劫了它！就当是燕子窝的老板们给咱刚开张的劳工会包了大红包！

王亚樵笑而不语，看着两人。

杨宝川：我这就去挑几个身手好的去！

王亚樵：（摆摆手）这次不合适搞大动作。宝川哥和之义，今晚你们带人提前在码头附近埋伏，如何下手你们都别管，到时候把货装走就行。

姜之义：别嫌我啰嗦，大家一定要注意，劫烟土后果本身就很严重了，咱们的动作一定要干脆利落，不要伤人不要死人，不留下任何把柄，免得引火烧身。

王亚樵看着姜之义，露出意味深长的一笑。

21.内　百乐门舞池　夜

换了装的王亚樵只身前往百乐门，他去找林立姣。王并没有冒失地找上去，而是边喝酒边欣赏舞池里的林立姣。

一支新舞曲响起，王亚樵突然出现在林立姣身后，牵起她的手，林立姣瞬间像变了个人似的。

林立姣：你到底是谁，总是神出鬼没的。

王亚樵：九哥，叫我九哥就好了。

林立姣：（温柔）九哥，你上次救了我，衣服还没还你……

王亚樵：我送你回家吧，顺便取衣服。

林立姣：（害羞）嗯……

22.内　百乐门吧台　夜

险情发生，监视林立姣的夏文镜，看到林和一个男人跳舞，他预感就是那晚的杀手，于是夏悄悄走进舞池，实施对猎物的抓捕。

23.内　百乐门舞池　夜

王亚樵第一时间发现了夏，他不动声色地滑步离开舞池。

王亚樵：林小姐，我临时有事，改天再送你回家。

临走，王紧扣林的手，随后迅速离开舞池，空留满眼惆怅的林立姣。

24.内　盥洗室　夜

谨慎小心的王亚樵躲在盥洗室里，看准了跟着进来的夏文镜，将其击晕。夏甚至连王长什么样都没看到就一头栽倒地板上。

王亚樵赶忙离开百乐门。

然而百密一疏，洪耀斗派出的小弟应验了螳螂捕蝉黄雀在后的古谚，他们看到了王亚樵的真容，锁定了东门码头。

25.内　码头屋子　夜

行动前，杨、姜和王亚樵碰头。

杨宝川：亚樵，找你半天了！

王亚樵：怎么了？

杨宝川：刚刚得知，货轮上水手人不多，但都带着"家伙"（比手枪的手势）。

姜之义：啊！这要出人命的，亚樵，太危险了，要不算了？！

王亚樵：算了？开玩笑，哪能说算就算！按原计划行动。

26.外 码头岸边 夜

杨宝川、姜之义来到码头，分别躲在几只帆船上，却不见王亚樵。

江边漆黑。黄浦江中只有一些外国兵舰上的灯光，像天际的星斗般地在黑暗中闪烁着。顷刻，一艘木帆船划来，那椎桨摇动时发出的木质结构磨擦声和拨动的水声划破了寂静的夜空。

"埋伏"着的杨宝川、姜之义，从来没如此紧张过，紧张地浑身战栗，还是不见王亚樵。姜之义开始焦虑，杨宝川比较老练镇定。

船拢岸的同时，码头上开来一辆万国牌卡车，车停后一人从驾驶室用手电筒与船上的人打信号接头，双方谈妥，货轮上跳下几人，从船往车上抬木箱子。往返多次，完毕后，帆船旋即离去。

眼看卡车装完货也要离开，卡车司机和护送箱子的几个水手围在卡车前吸烟喘气似在做最后的交接，王亚樵还不出现，杨宝川着急万分，冲动行事，却被姜之义拦住，但这时——

——一个水手忽然发现了异样，喝问一声：谁？众人纷纷将手电筒照了过来。

手电筒光柱所照之人，却是如迅雷般来到这群人眼前的王亚樵。为首的水手还要咋唬，王亚樵的斧头已到，"劈劈啪啪"一阵横扫，只听几声闷哼，前后不到一分钟，一切归于寂静，手电筒也纷纷落入水中，光柱消失在水底。

杨宝川和姜之义还愣在原地，王亚樵说了声快去把车开走，姜之义才从恍惚中回过神来。

27.内 码头屋子 日

第二天，受了刺激的姜之义和王亚樵、杨宝川争执起来。

杨宝川：之义兄弟，这种事在码头上算不了什么。大鱼吃小鱼，小鱼吃虾米，司空见惯。

姜之义：抢了他们的货就够可以的了，还杀人，洋土背后的大佬是什么来头，肯定不能轻易罢休的！

王亚樵：（失声大笑）喂，兄弟，你留洋四海，理应见过不少世面。

姜之义：世面？樵兄，越货不杀人才叫道义啊，樵兄！！

杨宝川：可他们已经举枪，不杀他们，自己小命就不保了，还不是因为你暴露了我们，别忘了，枪指着的可是你。

姜之义：那他们也罪不至死吧！他们也只是些穷苦人。

王亚樵：作恶的人不分大佬还是小鬼。杀他几个不必大惊小怪。成大事不必拘小节，再说了，就算他们是枉死，上海滩哪天没几个枉死鬼？

姜之义：樵兄，你说的我都明白，可是我们得有底线，不是吗？如果我们动辄也是杀来杀去的，那和官府大佬、租界洋人、军阀寡头还有什么区别？这个世界已经够乱了，难道我们劳工会也要在乱世里随波逐流吗？

王亚樵：天下始终是乱的。（顿了一下）要想不乱，就必须以强力统治，国家如此，地方如此，上海滩的码头也如此！

姜之义：你这样迟早要酿成大祸！

王亚樵：（嘴角一扬，双手一摊）欢迎光临！

姜之义悻悻离开。

尽管把姜怼走，但姜说的话在王心里也引起不小震动，他凝眉沉思。

28.内　吴公馆　日

吴鹏举、洪耀斗、李世群和金蛟龙飚怒时间。

吴鹏举：（拍案）反了反了，真以为不在租界我管不了吗！

洪耀斗：（气得发抖）我现在就要血洗码头，要这帮码头工人人给我下跪。看不起福青帮了？敢抢老子的货！再不教训教训他们，难不成也要成立码头帮跟老子分天下？

金蛟龙：（则冷冷地冒了一句）我早听说，这"码头帮"已经成立了。

洪耀斗：放屁！哪个胆大包天的成立帮会不给我递帖子？

金蛟龙：人家可不叫码头帮。

吴鹏举：叫什么？

金蛟龙：泥腿子们都叫它——斧头帮。

李世群：什么狗屁玩意。

金蛟龙：就算新成立帮会，也算正常的吧。上海偌大地盘，谁能一手遮天？（看看洪耀斗）就拿租界来说，那一人说了算的时代也已经过去了（看看吴鹏举）。而且，洪老爷子你动什么气嘛，过去你不也曾容纳过四海帮，现在怎么连码头工人小小的帮会都容不下呢？

吴鹏举：（回敬）金老弟说话别阴阳怪气，杜金阳也算得上是一方枭雄了。就算码头工想起事，是不是也应该按规矩办。包括他什么码头劳工会，不给我们发拜帖，刚成立就做杀人越货的事，实在过份。

此时，洪耀斗的小弟走近，耳语几句。洪耀斗脸霎时间黑了下来。

洪耀斗：杀我弟兄的人找到了，就藏在码头。好极了，好极了，走一趟办两件事！——杀起！你们都跟我去码头看看到底是哪个吃了熊心豹子胆的，敢跟老子对着干。

李世群：你确定杀手也在码头？

洪耀斗：警长，你该谢谢我替你破了案。

洪耀斗拉着吴鹏举和金蛟龙来到了码头。

29.外　码头　日

一众工友被福青帮的人围了起来，可没有人出卖王亚樵。

洪耀斗：是谁杀了我福青帮的人，给我站出来。（没人站出来）谁知道杀手是谁，赏大洋500。（没人吱声）

洪耀斗：码头工人很讲义气嘛，好，混上海滩第一原则就是讲道义，你们做得很好。既然这样，我给你们讲个故事，真实的故事——你们中有一个码头工，你们都认识，我先不说名字，他吃喝嫖赌样样齐全，可快活的事情他做了，欠了一屁股债却不想还了，欠我赌资、欠我嫖资，白吃白喝，这就是你们码头工人葛三壮的道义？哼哼，自古以来这欠债还钱，父债子还，说得过去吧？

洪耀斗指头点点，手下把葛家儿子拎了出来，像小鸡一样。葛家儿子本就有病，这么一吓，顿时像发疯一样哭喊，显然葛家儿子被眼前相似的一幕重新刺激。

突然，一队明晃晃的短斧冲了进来，十几人横亘在洪面前，但仍未见王亚樵。

洪耀斗：嗬，有点意思了啊！哪个是你们老大，出来说话。

王亚樵从人群中走了出来，葛家儿子一看到王亚樵，像看到了救星。

葛儿子：（哭着大喊）樵叔，樵叔，给我爹报仇，报仇……

洪耀斗与王亚樵四目相对，仿佛百年世仇终于见了面。

福青帮门徒纷纷围了上来，而杨宝川等码头劳工会的壮士们也挺身而出，抄起明晃晃的短斧保卫码头，危机之下，王亚樵俨然成了众人的领袖。

人越聚越多，码头工和福青帮一时间对峙不分高下。

与洪耀斗同行而来的吴鹏举和金蛟龙都在打量王亚樵，觉得这个面貌普通，个子也不高大，皮肤粗糙暗沉，完全没有什么"忤逆"的怂包样子，居然敢站出来挑大梁，成立起帮会。二人见形势不妙。

吴鹏举：（耳语洪耀斗）强龙压不过地头蛇，今日不能冲动。

洪耀斗：（强压怒火）上海滩的规矩你懂不懂？

王亚樵：（不动声色）哎呀，三百年的福青帮嘛，膜拜膜拜……不过，这年老体衰的老帮会啊，当年的规矩，如今能保留几条？明有明的法，清有清的法，总之天下无定法。这上海滩帮派林立，福青帮有你福青帮的规矩，我码头有我码头的规矩。哦，不对，我们不是帮派，我们是码头劳工会。聚众搞帮派的事，我们瞧不起的。我这么回答不知洪老，您理解了吗？

金蛟龙：话不能这么说，上海滩虽是个大码头，帮会也多，但是有一条规矩百年来都没有变过。

王亚樵：（冷笑一声）胜者为王败为寇。

金蛟龙：没错！你觉得你能赢过福青帮，那就放马来战，三日后福青帮和你们正式决斗，谁赢码头归谁。输的一方再不涉足码头半步！

王亚樵：一言为定！

吴鹏举和洪耀斗想拦都拦不住，金蛟龙已经替双方把话说死。

30.内　轿车　日（接上）

目瞪口呆的吴鹏举、怒目圆睁的洪耀斗和眼睛眯起的金蛟龙，不知道各自脑子里在想什么。

金蛟龙：原谅小弟擅作主张，刚刚情势所迫，我们硬扛未必能全身而退，现在可从长计议。

吴鹏举：必须给小赤佬一点颜色看！

洪耀斗紧握双拳，一言不发。

车辆破尘而去。

31.内　福青帮大厅　夜

洪耀斗召集几个小弟。

洪耀斗：一个码头不能两人占！新仇旧恨一起算！吊眼阿定，你带几个弟兄，蹲点去，今晚要干死那个王八蛋。

吊眼阿定：洪老大放心，唐大哥、江老弟和陈老弟不能冤死，我们今天就弄死王亚樵，剐了他！

32.内　林立姣家　夜

王亚樵密会林立姣，似乎不知道危险潜伏，大大咧咧地敲林立姣的房门。还没开门，突然迎面扑来一阵白石灰，王亚樵眼睛被石灰灼伤，顿时手足无措。身后冒出几个彪形大汉，一拥而上，将王亚樵当场擒住，反手捆绑、头罩黑兜带走。众人动作神速，待林立姣开门，一切又似没有发生。

33.内　车里　夜

吊眼阿定一把摘掉王亚樵的头套，定睛一看——大家都傻了——一个小老头，这根本不是王亚樵。

34.外　夜宵摊　夜

而真的王亚樵却在另一个地方办事，带着几个弟兄吃夜宵，吃到尽兴时，他离席，到了隔壁大世界的隐秘包间里。

35.内　大世界包间　夜

烟具摆在床上，一只长方形的红木盘内，放着一盏有玻璃灯罩的小油灯、一支一尺来长的烟枪，小瓷罐里便是黑色鸦片烟膏，还有一支细细的铜纤和一小块光滑扁平的小石。三姨太横躺在床上烟具的一侧，拿起铜纤挑了一点烟膏，放在油灯上烤着，烟膏遇热发出"嘶嘶"之声，同时膨涨，一股鸦片烟的气味也散发开来，她拿起那块小石，将烧烤后的烟膏在小石上滚搓，经反复烧烤滚搓后，烟膏成塔，这就是所谓的"烟泡"了。她将烟枪的"枪眼"在油灯上烤热，将烟泡"栽"在"枪眼"上，便完成了一次烧烟过程。

洪耀斗躺在三姨太对面。三姨太将烟枪的一端递给对方，自己扶住枪头，烟泡对准灯火，开始熔化；那一边洪耀斗叼着烟枪使劲吸着，三姨太用铜纤将熔化的烟泡往枪跟里赶着，直至泡子全部吸入烟枪为止，洪耀斗一口气吸完一泡烟，屏住呼吸，微闭双眼，让烟毒在肺里充分刺激神经，以达到飘飘若仙之感，良久，他才呼出浓浓的烟雾来。

可是透过浓雾，他却看到了一张恐怖的脸——王亚樵，他以为是鸦片的致幻效果，没想到王微微一笑，银斧闪过，福青帮老大洪耀斗便失去右手。

王亚樵：洪老大，听我一句劝，多享受些你的烟膏，少操点上海滩的心（握起洪的左手）高抬贵手给我们这些小弟一条活路，怎么样？

洪耀斗恶狠狠地盯着王，满脸汗珠，浑身发抖。

王亚樵擦擦斧头的血迹，拍了拍洪的肩膀，遁去。

36.外　夜宵摊　夜

王亚樵办完事，又回到夜宵处，和弟兄大喝一顿，众人开心不已。

37.外　码头　日

第二天码头被福青帮徒子徒孙围得水泄不通。

吊眼阿定：交出王亚樵！杀我们老大，必须绑去报官！

杨宝川：开什么玩笑，有证据吗你，我告你诬蔑！

王亚樵慢悠悠地走了出来。

王亚樵：福青帮的弟兄你们听好，我王亚樵明人不做暗事，杀你们帮主的另有其人。你们别处去找吧。

吊眼阿定：放屁！

王亚樵：我也想知道到底是谁杀了洪耀斗。

吊眼阿定：还装！弟兄们，抓了他！

福青帮徒众一哄而上，持斧码头工们上前拦阻，双方一场火拼，王亚樵放倒两个，杨宝川打伤一个，码头工这边也有很多伤者。

看差不多两败俱伤了，警局的夏文镜朝天开了一枪，双方徒众顿时愣在原地。

夏文镜：王亚樵，警局接到报案，洪耀斗被杀，你有最大嫌疑，现带你配合我们去调查。

杨宝川：谁也别想带人走！

夏文镜：阻挠办案，罪加一等，你们想好了。

王亚樵：都惊动警官了？正好，警官，洪耀斗的死与我无关，想带我走，得问问弟兄们同不同意。（摊手）

夏文镜：看来传言不假，你还真有帮派作风。（低声）我劝你大局为重，你看看——

夏文镜手一挥，警察们摆开阵势。旁边的福青帮徒众帮腔。

夏文镜：——（继续低声）你觉得是你们的斧子快还是我们的子弹快？

王亚樵：（无奈一笑）大家冷静一下，我也好奇到底是谁杀了洪耀斗，（对码头兄弟）我们相信警局秉公断案，我现在配合夏警官去查案，各位弟兄，我很快会回来。

夏文镜眼睛中透露出些许赞赏。

临行前，王亚樵给杨宝川低声交代几句，转身离去。

38.外　警局门外隐蔽处　日

一个看起来年纪不小的老警察，走路颤巍巍地，走出警局门，绕到旁边巷口，这时杨宝川从里面走出来，神色神秘，塞给老警察一个巴掌大的纸包。

不远处警局门口一队人赶来，王亚樵双手被拷，与众多警察一同进入警局。

杨宝川看到此情此景，紧紧握着老警察的手，重重地拍了拍，老警察心领神会。

39.内　警局拘留室　日

王亚樵被关在铁栅栏后，等待审讯。

王亚樵：警官，我渴！

看押警：老刘，给他杯水。

老刘（老警察）从架子上取了一个铁杯子，倒了水，颤巍巍、慢吞吞地递给王亚樵，他瞪了王亚樵一眼。

王亚樵一饮而尽。而此时，押解警察开了牢门。

看押警：走，到审讯室。

王亚樵起身，跟在看押警后，不疾不徐地走。

40.内　警局走廊　日

王亚樵双手被拷，左右观察形势，见人不多，舌头一送，一把钥匙落到自己手里，解拷；一拐进入警局走廊，人不多，王亚樵迅猛一击，前面警察栽倒在地，王把他拖入旁边的房间里，掩好门，但他不慌逃走，很明显，他在寻找一个房间。

王亚樵看到拐角处走近了的夏文镜，他赶忙低头转身折入一扇门，穿过后，进入警局内务处，不远处有个招牌——停尸间。

41.内　停尸间　日

王亚樵一侧身进入停尸间，他找到洪耀斗的尸体，检查伤口，断手是自己所为，但致命的却是喉咙处的利刃伤，他仔细查看。

这处伤口，显然是被锋利的刀，以极快的速度划过。

42.闪回——大世界包间　夜

洪耀斗还在忍受断手的剧烈疼痛时，突然被出现在眼前的人震惊了（我们看不到这个人是谁），他抬手，刚要说什么，只见一道寒光闪过，洪耀斗一个音没发出，喉咙便被划开一道口子，死于非命。

43.闪回结束——停尸间　日

王亚樵叉开腿站定，双手"持刀""挥刀"——他在还原杀人动作现场——他又用手"抚摸"一下伤口，随即离开。

44.外　街道　日

大规模搜查王亚樵，满城尽贴逮捕令。

45.内　林立姣家　夜

王亚樵坐在暗处，林立姣刚洗完澡走进客厅。

林立姣：九哥，你吓死我了！风声这么紧，你还来找我，不要命啦！

王亚樵：九哥九条命，怕什么！九哥想见你，他们可拦不住。

林立姣：（感动）九哥，我也想见到你……可是我又怕像上次那样，中那些人的圈套。

王亚樵：你是说上次警察们在你家门口蹲点？

林立姣给王倒水，端水。

林立姣：是的……哦不，不是警察，一些乱七八糟的小混混，肯定是福青帮的。

王亚樵：福青帮？你确定是福青帮的？（林点头）福青帮的人怎么会知道

你我的关系？

林立姣：（害羞）我们什么关系？

王亚樵握起林立姣的手，一手搂住林的腰，动作娴熟而优雅，二人轻舞。

王亚樵：九哥不瞒你，福青帮的人跟九哥结了仇。

林立姣：外面都说他们老大死得不明不白，都说被斧头帮帮主杀的……

二人四目相对，王没有说话，林突然瞪大眼睛——

林立姣：九哥，难道你就是那个斧头帮……帮主？

王亚樵：你觉得那个叫什么斧头帮的帮主，会大半夜搂着一个美女……却只跳跳舞嘛？

林立姣：（锤一下）那你还想干嘛？

王亚樵一把搂过林立姣……

46.内　码头印刷工坊　日

为了引出钻在暗处的强大敌人，王亚樵决定引蛇出洞。他和姜之义、杨宝川等人讨论。

姜之义：我隐隐觉得有张巨大的阴谋网，套在了樵哥头上。

杨宝川：别说这么玄乎，谁要害咱们？！

王亚樵：宝川哥、阿义，咱们来演一出引蛇出洞的好戏！

杨宝川：（笑着）怎么个演法，亚樵你尽管安排好了。

王亚樵：你俩，分头给黑白两道传消息，就说咱们的《码头工报》明天刊登一则新闻，就说王亚樵截获了走私国外烟土，经过调查，发现上海滩政商界有重要人物知法犯法，里应外合出卖民族利益，用烟土来毒害大众。说得能多玄就多玄。

杨宝川：就说报纸已经排好版，等着印嘞！

姜之义：那我赶紧找海亭哥去，多印点！

王亚樵：（敲了姜脑袋一下）还真印啊！

杨宝川：傻！放风就好了。

王亚樵：完事来海亭的印报坊找我！

杨和姜：瞧好吧！

47.内　码头印刷工坊　夜

王亚樵加紧了盯梢，与姜和杨二人在印刷工坊守株待兔。

入夜时分，有两个人偷偷摸摸地钻进工坊印刷车间，王先让兄弟别声张。

这二人偷摸找到印刷机器，上面垛了几摞报纸，其中一人仔细查看，发现报纸头版头条写了《上海滩惊现走私毒品，背后黑手浮现》，二人对视一眼，点点头，从机器一旁拉出油桶来，开始倾倒。

这时，藏在暗处的王亚樵等三人早已行动起来，不等二人掏火石，三下五除二便把他们抓捕。

王亚樵：（抽掉一个口中堵着的破布，厉声问）谁让你们来的？（小贼直摇头）——不说是吧，不说我就挖出你的眼珠！

那人刚一摇头，王亚樵伸左手捏住他的下巴，右手食指和中指猛地向他双眼戳去，那人甚至没有来得及喊叫，两颗眼珠便被挖去，一声撕心裂肺的喊声后，只有一双坍陷的眼窝在往外流着鲜血。王亚樵拽掉另一个人口中的布条，一手托着两颗挖下的眼珠，伸到这人面前。

王亚樵：你看见了？对他，我问两遍；对你，我可只问一遍，说你们的老板是谁？

姜之义：你快说啊，真不要命了啊！

那人吓得浑身哆嗦，嘴唇不住颤抖，一字一字往外蹦。

小　　贼：租界的金……爷……（说完瘫软无力）

王亚樵：金蛟龙？

姜之义：上海商会会长！

48.外　金蛟龙家门口　夜

众人来到一幢小二层楼房。

王亚樵安排姜之义在门外守候，应急接应。带着小贼走到门前，见大门紧闭，也不多话，将小贼推到门前。

小贼先按了三下门铃，又按了两下、再按一下，显然是暗号。稍顷，门上的方孔开了，里面的人看见小贼。

门　　卫：哪能？

小　贼：顺风！

门栓一阵响，大门开，王亚樵抢步上前，一斧泰山压顶将开门人打得跌坐在地。

49.内　洋房二楼　夜

一进楼道，迎面遇见两人，似乎是听见门铃响出来迎接的，他们一见王亚樵进来，不由一愣，王亚樵以迅雷不及掩耳之势，窜上去左右开弓，将对方击倒，其中之一要挣扎爬起来，被他飞起一腿，踢在下巴上，躺倒再也不能动了；另一个也是在刚刚爬起，还没有站稳，他已窜到跟前，斧头一横，来了个"双凤贯耳"，斧柄几乎插进了这人耳朵里。

一切收拾妥当，王亚樵摸到了金蛟龙房间。

没想到金蛟龙早已恭候多时，他和王亚樵第一次面对面。

金蛟龙：恭迎斧头帮王帮主！来，上座！

王亚樵：（出乎意料）哟？你知道我要来？

金蛟龙：哪能拦得住你。

王亚樵：知道就好，不过更正一点：斧头帮——那是别人瞎喊的，我们不玩帮会那套。金会长还知道什么？来，说说。死也死个痛快。

金蛟龙：哈哈，你口气真大。还知道什么？哦，你根本就没有印什么揭秘报纸，目的不就是引蛇出洞嘛……不过，引蛇出洞的人，不是你，是我，你瞧，一个小毛贼，就把你带来我这里了。

王亚樵暗暗吃惊，稍稍错愕，全被金蛟龙看在眼里。

突然，冲进来一队士兵，荷枪实弹，枪口对准了王亚樵。

王亚樵：佩服，金会长果然名不虚传。

金蛟龙：哈哈，哪里哪里。不过，王帮主，我还是习惯叫你帮主，我钦佩你的为人，今天不打算把你怎么样。

王亚樵：（冷笑）但是？

金蛟龙：……但是先要回答我几个问题。我想知道你今后到底要怎么带你的斧头帮在上海滩混？

王亚樵：再次更正，劳工会，不是斧头帮。（金蛟龙听后挑眉撇嘴）很简单，肯定不会像福青帮那样固守一城一池，跟个挪不动的老鳖一样。劳工会不久的将来会在上海滩的金融界、工商界里掀起点风浪来。金会长，到那时我们才要正儿八经打打交道哩。

金蛟龙：王帮主深谋远虑，令人钦佩。但上海多半势力操在洋人手里，王帮主尚未立足便先得罪了洋人，恐怕不是什么明智之举。

王亚樵：得罪洋人？

金蛟龙：揣着明白装糊涂，你们劫走的烟土，你觉得不背靠洋人能搞这么大动作吗？

王亚樵：上海的工业一直是在英法倾轧下挣扎，近几年日本人又在争夺市场，可谓每况愈下，现在国民革命军打到了南京，军阀和洋人都在对抗，局势混乱到极点，鹿死谁手还未定，但我相信，劳工们选择谁，谁就有砝码。

金蛟龙：（眉头一皱）你的意思是，你们的工会能在上海滩各方的角力中，做压倒骆驼的最后一根稻草？会不会太自负？

王亚樵：租界势力掌握在吴鹏举、杜金阳、杨啸天、张啸风四个大脑袋手中，但我们码头劳工会拥有上海滩最多的人，和更重要的——道义。金会长，你想想，这四个大脑袋虽然在上海滩可谓一流大亨，但他们受制于外国势力，充其量也只是些地头蛇。

金蛟龙：看来你想成虎成龙啊。有胆有识，敢作敢为——斧头帮一成立，就敢虎口拔须，劫了洋人的大烟，干掉了上海滩最大帮会的老大，几乎摧毁福青帮……

王亚樵：……哎，等等，洪耀斗可不是我杀的，这屎盆子别扣我脑袋上。

金蛟龙：（阴险一笑）天下尽知的事，你又何必掩饰。其实，王帮主的斧头帮如能进入租界，协助我们商业发展，那是再好不过了。

王亚樵：（呵呵一笑）不感兴趣。

金蛟龙：帮主，在下尊你是个狠角色，以礼相待……

金蛟龙挥手，士兵退下；王亚樵依然嗤之以鼻。

金蛟龙：……鄙人给王先生一点时间好好考虑考虑，毕竟你们要在上海发展，总还是需要与政府有所来往的，否则……

王亚樵：（打断）我理解这是威胁，对吗？

金蛟龙笑着敲敲桌子，姜之义被押了进来，王亚樵腾地站起来。

金蛟龙：王帮主，现在算是威胁。听说这位姜先生，是你们劳工会的发起人，看来还是很重要的嘛，你好好考虑下，有了决定告诉我，他是死是活，全在你。

王亚樵：我们劳工会的未来不消你操心，如果你的商会能多支持码头工人的生计，我代表劳工会感谢金先生的古道热肠，但你现在拿我兄弟来要挟我，令在下不齿，传到江湖上金先生脸面也挂不住。我权当金先生要询问姜兄弟一些问题而将其暂留，这没问题——（对姜）兄弟，你对金先生要知无不言，言无不尽，（对金）我相信今晚金先生就把你送回家了！

金蛟龙明知王亚樵试图大事化小，他便不置可否，阴险地笑。

王亚樵：金先生，你我都是体面的人，上海滩的规矩，你比我更清楚。只有这样我们或许万事可商量，请金先生慎重，在下告辞。

王亚樵说完拍了拍姜之义的肩膀，二人对视一眼，王看着姜恐惧万分的双眼，他拍拍姜的肩膀，充满了坚定的鼓励，然而转身离开。

愠怒的金蛟龙，把手里的铅笔撅为两截。

50.外　码头　夜

安静的码头，只能听到扑上来又滑下去的海浪声，在靠近卸货台的地上，一具尸体横在台阶处，带着帽子低调行事的王亚樵悄悄出现，他不听众人的你言我语。看到尸体的脸时，王亚樵差点没晕过去，万万没想到竟是昨晚被绑票的姜之义。

像杀鸡一样，姜之义喉管被利刃切开，眉头紧皱的王亚樵试图上前仔细查看伤口，这时被人一把拉住。

杨宝川：（低声）亚樵，你先避祸要紧，姜兄弟的后事我们来操办，你放心。

王亚樵点点头，满脸愧疚地离开。

51.内　码头好婆家　夜

杨宝川拎着酒瓶，走到愣神儿的王亚樵身边，两人合饮。

杨宝川：金蛟龙干的？（王点头）毫不顾忌上海滩的规矩，撕票意味着开战，没有回头路了。

王亚樵：也许他的江湖不在上海滩……（痛饮一杯）之义的伤口我看了，跟洪耀斗的伤口一样……

杨宝川：你意思是，金蛟龙派人杀掉洪又栽赃给你？！我他娘的，事情搞大了，我去让兄弟们做好准备！豁出去拼了！

王亚樵：（一把拉住杨）不行，拉开战线火拼，我们肯定要完蛋，他手里有兵。

杨宝川：那怎么办？坐以待毙？！

王亚樵：我想他也未必想把事情搞大，上次还想拉拢咱们劳工会，是我的拒绝，让他恼羞成怒，杀了之义。（痛饮一杯）只有一个办法——我直接找警察厅长李世群，让他法办金蛟龙！

杨宝川：他们穿一条裤子！

王亚樵：我要当着李世群的面，把金蛟龙剥个精光，让他原形毕露，铁证面前，李世群不抓也不行！

杨宝川：你现在也是通缉犯，去警局不等于自投罗网吗？

王亚樵：（狡黠的笑）这位大名鼎鼎的警长，待时间最长的地方可不是警局。

52.内　大浴房　夜

只围着浴巾，光着膀子的王亚樵出现在了大浴房里，雾气蒸腾，能见度不足三米。王亚樵先四下检查浴室各个小隔间，没有李世群。突然看到前方站着两个彪形大汉，王意识到他们把守着一个房间。

王绕到另一个隔间里，连着翻过两道隔墙，轻轻进入保镖身后，放倒二人，进入浴室房间，正中央是一个硕大的浴池，不断升腾着水汽。顺着依稀可辨的声音，王蹑手蹑脚地走近。

突然，王看到一条黑色的龙在水中若隐若现，他定睛一看，原来，池中泡澡的一个人背上刺着一条黑龙纹身，一半在水中，一半在水上，张牙舞爪地好像马上要飞腾而起。

二人从水中站了起来，操着日语在交谈。王赶忙避在一旁，偷眼一看，倒吸一口冷气。二人竟然是金蛟龙和李世群！王亚樵脑子快速运转，在想李世群和金蛟龙的真实身份是什么。没注意把身后的竹皂盒打翻，清脆的啪嗒一声，香皂也滑到了外边。

金蛟龙和李世群二人极为警觉，已经发现有人在偷听，金快速披起浴袍遮挡背部的纹身。

李世群：（下意识说日语）达里达？！（是谁！）

金蛟龙：（赶忙用汉语重复）是谁！

李、金二人相视一眼，放慢脚步，金顺手操起立在一旁的武士刀，李则娴熟地指挥包抄，向王亚樵围了过去。

王亚樵其实早已躲在了旁边，借助水雾也不易发现。

但浓重的水雾、湿滑的地板也让王亚樵施展不开拳脚。在被金蛟龙发现的瞬间，王亚樵赶紧出招，而金蛟龙迅速格挡开，顺势劈刀削了过去，王亚樵勉强避开，脚下一滑，身子踉跄几步，迎面撞上李世群，李功夫不强，手里也没枪支，只好尽力挥拳击打，王亚樵中了几拳，倒也不碍事，金蛟龙这时又袭来，快如迅雷的砍削让王亚樵躲闪不及，身中几刀。

然而不愧是机警过人的杀手，王亚樵知难而退，早已撤离到门口保镖处，摸到支枪，不管瞄不瞄得准，只管放枪，整个浴室顿时安静许多。

受伤很重的王亚樵赶紧逃离。

53.外　大浴房后门巷子　夜

受伤的王亚樵摸黑跌跌撞撞到了街边，他伸手招来一辆黄包车。

王亚樵：林家路13号，给钱双倍，要快。

黄包车夫干劲十足，拉着受伤的王飞奔向目的地。

54.内　浴室　夜

另一边，金蛟龙和李世群商量。

金蛟龙：既然已经被他发现，莫不如将计就计，我组织浪人，把他们抢走的货找回来，否则夜长梦多，你派人搜查王亚樵，把码头的水倒干也得抓到他！

李世群：是！（敬礼）

55.外　林家路路口　夜

黄包车夫拉着王到了林家路路口，王亚樵让停车，之后又塞给车夫不少钱。

王亚樵：帮我敲门，就说九哥带着九爷来赶集。

车夫点点头，找到13号木门，敲开。

王亚樵则下了车，藏在隐蔽处，直到门里出来一个中年男子（阿福），才放心现身，但是失血过多的王亚樵，一头扎到阿福身上。

56.内　码头好婆家　夜

两个警察闯入码头好婆家里搜查王亚樵，夏文镜则随后跟着走进屋内。

警　察：奉命搜查王亚樵，你们都别乱动。

57.内　码头货仓　夜

一大帮黑道打扮的浪人由金蛟龙亲自带队冲进码头一处平房，二话不说，砍杀工人。

58.内　码头好婆家　夜

夏文镜正在好婆家观察葛家儿子以及王亚樵可能用过的东西，葛家儿子拿着木头枪对着夏一阵突突，喊都喊不住。

突然闯进来几个工人（杨宝川等）。

杨宝川：警官，你说你到底管不管！

夏文镜：什么事？

杨宝川：有帮会人冲我们工会的库房，抢东西，明抢，还打伤我们的工友！

夏文镜：（盯着杨宝川等人扫了几眼）大半夜的，明知道我们警察在这儿，还抢东西？

杨宝川：是啊！

夏文镜：小伎俩！你们就是想支开警察！

杨宝川等人被这句话搞得一头雾水，面面相觑。

杨宝川：（急得直跺脚）你来看看啊！

夏文镜：警告一次，别妨碍办案。快离开这儿。

59.内　码头货仓　夜

金蛟龙开箱一看（我们看不到什么东西），满意地和浪人开车扬长而去。

60.外　码头好婆家门口　夜

夏文镜听到了汽车轰鸣声。登高一看，看到一辆卡车轰鸣着离开码头。

杨宝川：（拍大腿）啊！完了完了！！

夏文镜：你们说被抢了的就是那辆车吗？

杨宝川：就是那辆车！

夏文镜盯着那辆卡车，若有所思。

61.内　大世界歌女房间　日

一阵阵莺歌声传来，王亚樵从噩梦中惊醒，发现周围软香绵绵，一看就是女子的胭脂房。

一个老者走了进来，防备心很重的王亚樵挣扎着要起来。

老　者：亚樵兄弟，你伤得很重，要好好修养。

王亚樵：我怎么在这里？这是什么地方？阿福呢？

老　者：阿福觉得林家巷不够隐蔽，连夜把你送到了我这里来——大世界。

王亚樵：大世界？

老　者：为了隐蔽，只能把你藏到歌女房间里，委屈了！

王亚樵：（环顾四周）顾爷？

老　者：（微微一笑）在下顾竹轩。在大世界，亚樵兄弟你尽可以放心养伤。老夫保证没人敢来这里捣乱。

王亚樵：（回以一笑）辛苦顾爷了！

顾竹轩：要辛苦的人可不是我啊，呵呵，进来吧，林小姐。

林立姣应声进来，她一看到重伤的王亚樵，急忙上前。

林立姣：九哥！

顾竹轩：不打扰二位，顾某去处理点事，待亚樵兄弟身体好转，顾某还有重要事情商量。

王亚樵感谢地点点头，与林立姣叙旧。

62.内　警局办公室　日

夏文镜找到上司李世群，汇报了码头卡车的事。

李世群：这件事到此为止，码头工人偷货太正常了，这些事交给新人去查办，你把王亚樵找到才是正经事，瞎操心。

夏文镜：那卡车货物就是王亚樵冒死抢劫的，他怎么可能不闻不问，我们要盯死卡车……

李世群：（打断夏）我跟你说了多少遍了，怎么主次不分，那个卡车就是拉了从武汉运来的一车棉花，知道吗，一点都不重要，你瞎操心，我问你，王亚樵找到没，现在人在哪里？

夏文镜：只能确定的是不在码头。

李世群：在哪里，在哪里！你只要把这件事办好就行了，其他事一概不要过问！去吧。

夏文镜一脸晦气地出了门。眼睛一转，想到了主意。

63.内　林立姣家门口　夜

林立姣回家进门前，藏在一处的夏文镜突然出现，一脚卡门，林立姣很是害怕。

夏文镜：林小姐，抱歉吓着你了，我们直说，你知不知道王亚樵躲在哪里？

林立姣：不知道。我怎么会知道。

夏文镜：他最近有没有联系你？

林立姣：看来你不跟踪我了？

夏文镜：（尴尬一笑）其实主要是福青帮的人跟踪你，最近他们老大死了，也顾不上你了。

林立姣：死得好。

夏文镜看林立姣精心打扮过，春风满面，美艳动人，一扫以往疲惫消沉的状态。夏文镜打定了主意。

夏文镜：林小姐，最近遇到什么高兴事了吗？

林立姣：啊？没，没有什么值得高兴的事。再，再说了，与你有什么相干！

夏文镜：那就不打扰林小姐了，如果有王亚樵的消息，一定要告诉我……

林立姣：（打断）好走不送。

夏文镜离开林家。

64.内　聚宝茶楼　日

吴鹏举、金蛟龙和李世群三人喝茶谈事。

吴鹏举：李警长，我听说被码头工抢走的货又被人抢了。

金蛟龙和李世群相视一眼，吴鹏举毒辣的眼睛都看在眼里。

李世群：最近江湖不太平——黑吃黑。

吴鹏举：（抿一口茶）三年前，外滩到南码头一带，江面货船相连，岸上码头、货栈林立，吃码头饭的十个有八个是混混，他们出没无常，悄悄爬上船，一手一个大货包扔进江里，后面跟着的驳船跟着就捞起来，直接运走倒卖。这些人经常殴斗，每天死几个很正常。而现在，这种情况早就不复存在，为什么？（大拇指指自己）我召集所有的码工头头，让他们按我说的做——每艘船收取千分之一的保护费，给手下分拆，保护了商家不说，码工们也不会天天的死于非命。

金蛟龙：这是吴会长当租界黄道会会长前的一大功绩。上海滩无人不知，吴会长现在讲这个什么意思？

吴鹏举：（大怒）什么意思？你们说的黑吃黑什么意思！这三年来，你什么时候听过码头上黑吃黑？！这回的货再次被抢，其中必有蹊跷！

金蛟龙：（抢话）会长多虑了，最近码头确实不太平，王亚樵带着一帮不要命的拼命三郎，横冲直撞……你看洪老大不就被他……

吴鹏举：王亚樵好勇斗狠，但据我所知，他在码头上的事可都摆在明面上的。

李世群：吴会长不必动怒，事情总会水落石出的。我相信在这么高压的打击下，王亚樵很快就落网了。

吴鹏举：（平静一点）李警长，王亚樵不是最大的问题，难道你不知道最近日本人动作频频，虎狼之心，昭然若揭啊。

这句话让李世群和金蛟龙大吃一惊，他们强作镇定。

金蛟龙：吴会长，有什么消息吗？

吴鹏举：虹口一区，很多小烟馆都不从我这里买货了。他们统一从一个叫盛幼庵的小瘪三那里买了，真的奇了怪了，盛瘪三的货又好又便宜。要不是被抢了这么多生意，干嘛费劲从西南上新货啊，麻烦事一堆……

金蛟龙：盛幼庵，盛宣怀的嫡孙。

李世群给金蛟龙使了眼色，示意闭嘴。

吴鹏举：（打着哈欠，烟瘾犯了）不管是谁又抢了货，我的李大警长，麻烦你赶紧找，三日内要是没结果，我接手……

金蛟龙：（打圆场）走走，吴会长，咱抽两泡消消气，这事李警长定能摆平。

金蛟龙连拖带扶，把吴鹏举拉走了。李世群满脸愠怒。

65.外/内 宏济善堂 日

楼下一排排乞丐在门口等着领粥吃，宏济善堂俨然一副慈善机构的派头。

紧闭窗帘的二楼密不透风，但里面堆着的一箱箱毒品却没人知道，金蛟龙和李世群进门，撬开一箱，拿出一块像肥皂一样的毒包，金蛟龙用小刀一划，白色粉末涌了出来。

李世群：你的这个办法绝了！楼下做慈善，楼上卖鸦片！嗯？不是鸦片？

金蛟龙：帝国最新研制的可卡因，劲头更猛，一次就上瘾，当然嘛利润更高。

李世群：怪不得你亲自出马抢回来。

金蛟龙：现在上海滩这可是独一份，价值上千万，怎么能便宜那帮码头工。

李世群：嗯，大日本可以不用再忧虑军费了。

金蛟龙：陛下最新指示——你我更要竭尽全力投入鸦片交易，以此为战争提供经费。

李世群：明白！（顿了一下）那个吴老头子是不是觉察到什么了？

金蛟龙：不用担心那个老东西，他已经没救了。要不是看他在法租界还有点能量，迟早做了他。

李世群：不管他，迟早的事。这个可卡因什么味道？我们先尝尝？

金蛟龙：李警长开枪的时候手抖不抖？

李世群：唔？开玩笑，当然不抖！问这个干吗？

金蛟龙：那就别碰这玩意。

李世群：（面有愧色）对了，跟你说说王亚樵，这是个亡命之徒，真敢拼命。我说啊，货我们已经抢回来了，王亚樵这类人能不动还是别动，省得麻烦，而且留着制衡下吴老头子这帮人，也是不错的棋子。

金蛟龙：我跟他有过一次交锋，他不是个简单的帮派人，他甚至叫自己的那帮人不是黑帮，就是为了破除别人对他搞帮会的印象，他进可狠，退可忍，面对洪耀斗，他还保留了一份慈悲心，要不是我一刀结果了洪，福青帮怎么可能跟他为敌呢。王亚樵这个人太复杂了，想把他玩成棋子，不是你我能搞定的。如果不能为我所用，那一定得除掉他，王亚樵必须死，但不能惊动码头工。

李世群：那就让他死，办法我来想。

66.外　街道　日

林立姣手里提着饭篓子走在街上，神色庄重，步履轻快。

林立姣走进大世界的大门，进门前左右查看是否有异样。

67.内　大世界房间　夜

林立姣推门进入，手不释卷的王亚樵已然恢复不少，但并未痊愈。

王亚樵：阿姣，来这么早。

林立姣：不敢过午后，大世界一热闹起来，人多眼杂，我怕暴露你。

王亚樵：难为你了。

一阵清脆的敲门声响起，林立姣应了一声，走过去开门。门一开，林立姣便声音颤抖、步步后退，站在门口的正是夏文镜。

林立姣：（对来者）你……你怎么……知道这里的……

王亚樵：阿姣，谁来了？

夏文镜：果然没猜错，即使被全城通缉，还有胆量敢藏在闹市里的也只有王亚樵了。

王亚樵看夏文镜突然出现在近前，快速掏枪对准了夏文镜，而夏文镜也在同一时间拿枪指着王亚樵。二人针尖对麦芒，妥协几无可能。

房间里安静到窒息。林立姣突然挡在二人中间。一把抓住夏文镜的枪对准自己。

林立姣：你肯定是跟踪我来的！你个小人！

夏文镜：还没到中午就拎着饭篓子，肯定是给病人送饭，不能不令人怀疑，何谈小人，反倒是你包庇罪犯，视同共犯，今天一道把你二人拿下！

夏文镜轻轻挪动脚步，好让林立姣完全挡在二人之间，他谨防王亚樵趁机开枪。王亚樵仍然举枪对着夏文镜。

林立姣紧张激动到身体发抖。

顾竹轩：不经我同意，谁你都带不走！

顾竹轩站在门口，义正言辞。

顾竹轩：夏警官，亚樵兄弟是顾某的贵客，从我这里带人走，没个过得去的理由，这事可过不去。

夏文镜：能让顾老板亲自出马，看来事情不简单。我也是有备而来。

夏文镜示意王亚樵往楼下看看。

王亚樵侧身轻轻撩开一点窗帘，看到楼下捕快和便衣早已蹲点。

顾竹轩一看对方来真的，换了微笑脸。

顾竹轩：夏警官和你手下的弟兄们保一方平安，着实辛苦，顾某准备了薄礼给夏警官和弟兄们，还请笑纳。

夏文镜：夏某不是贪财的人。顾爷不怕我按行贿处理你？

顾竹轩：（微微一笑）这上海滩，谁不知道巡捕才是肥差，黑白通吃，两头拿钱。多少人削尖脑袋想挤进巡捕房里，（反讽）难道夏警官是一股清流？

夏文镜：清流谈不上，胸中正义之气从未消失过。你说的那些事，夏某从未染指。夏某不贪污不索贿，不与披着警服的流氓为伍。

王亚樵：这么说，夏警官反倒成异类了？

顾竹轩：大上海自开埠以来，华界、法租界和公共租界把上海滩一分为三，租界内，烟、娼、赌横行，外国人只顾赚钱、享受，哪管国人死活。租界当局为了确保租界平安，放弃了司法公正这道最后堤防，心甘情愿地引入流氓势力来治理租界，在巡捕房里搞拜师收徒，可以说你们警界就是一个大帮会。

夏文镜：你说的这些我怎么能不知道？但顾爷，今天我来可不是和你讨论警局的，王亚樵今天我抓定你了。背着四条人命，你觉得你能躲过去吗？

王亚樵和顾竹轩相视一笑。

王亚樵：顾爷果然没看错人。他说整个警局都烂透了，只剩下夏警官一人可以信赖。跟你实话说，今天是我们诱你来见我的，阿姣的演技很好吧？

林立姣微笑着，把手里的饭盒晃了晃。

夏文镜后退一步，手放在腰间的枪上，他向窗户边挪过去，他要给外面的警察们发信号。

王亚樵：夏警官，你的弟兄们早把你忘了，呵呵。

夏文镜掀开窗帘一角，看到楼下的警察们早已和陪酒女聊得热火朝天。

夏文镜：这帮该死的蠢蛋。

顾竹轩：夏警官，请坐，你别误会，诓你来纯属无奈。

王亚樵：夏警官，你只盯着我不放，却看不到更大的敌人。真是捡了芝麻丢了西瓜啊。

夏文镜：是坏人我一个不放过，你逃不掉的。

王亚樵：大丈夫敢作敢当，是我杀的我认，但也别想污蔑我，洪耀斗的死跟我无关。而且我告诉你，我的兄弟也被人杀了，也是同一个人杀的洪耀斗，夏警官，我找你来是向你报案的，你必须秉公办案啊。

夏文镜：拿出证据来。

王亚樵：好！你睁大眼看清楚了！

说着，王亚樵撕开伤口包扎的纱布，林立姣扑上去阻止。

王亚樵：阿姣，不碍事。

王亚樵忍着剧烈的撕裂痛感，露出还未愈合的几道伤口——利刃造成的切割伤。顾竹轩和夏文镜都看傻了。

王亚樵：那人使用同一把刀杀我，算我命大，侥幸逃脱。此人用心险恶，杀洪耀斗又嫁祸于我。

夏文镜：他是谁？

王亚樵：金蛟龙。

夏文镜：那个文质彬彬的金老板？

王亚樵：顾爷作证，我这算是举报了。

顾竹轩：这个金蛟龙，顾某早就看他不爽了！

夏文镜：可是金老板人不错，他开办的宏济善堂有口皆碑。

顾竹轩：十足的伪君子，这种人顾某见多了。

夏文镜：他为什么既要嫁祸于你，又要杀你？

王亚樵：我不知道。夏警官，需要你找到答案。再给你一条线索。

夏文镜：什么？

王亚樵：金蛟龙的背上纹了一条黑龙……

说完，王亚樵给了夏文镜一张纸，上面是王凭印象手绘的黑龙图案。

夏文镜：我们一码归一码，即使查实，也不能抵你的罪，我还是要逮捕你。

王亚樵：如果你秉公办理，我会等你来抓我。

夏文镜离开。

顾竹轩：（待夏走后）为什么不告诉他你对李世群的怀疑？

王亚樵：我现在还不确定。

68.内　警局李世群办公室　日

李世群翻看夏文镜的案件汇报卷宗，皮筋都快绷不住塞满了各种剪纸的本子，他看到了林立姣的照片被贴在纸上，一条线连着王亚樵三个字。他合上了文件夹，点燃一支烟，脸上看不出任何情绪，吸了两口，拧灭。他透过窗子看夏文镜，在专心整理文件。

李世群：（大喊）夏文镜！娘的，抽大烟去了吗！来我办公室。

夏文镜：是！长官！

李世群：你这几天都在干什么！

夏文镜：调查王亚樵……

李世群：（打断）找到他人了吗？

夏文镜：（顿了一下）呃，还没有。

李世群：那你干坐那儿有什么用！

夏文镜：（压低声音）长官，我有了意外的发现，比王亚樵案子更重要——

李世群：说。

夏文镜：您先看这个——

夏文镜把一个笔记本递给了李世群。

李世群打开本子一看，惊出了一身汗——一张手绘的黑龙纹身图让他差点掉了笔记本，他重重地合上笔记本。

李世群：调查这个不是你现在要做的事情，怎么总是虎头蛇尾，王亚樵现在是全上海滩第一通缉犯，你给我好好查他的下落。至于这个黑龙会，你不要过问。

夏文镜：黑龙会？长官……

李世群：（内心略慌，卡了一下）去……去专心给我抓王亚樵，其他事别管。

夏文镜：是。

夏文镜若有所思地离开。

69.内　大世界房间　日

林立姣为王亚樵包扎。

林立姣：九哥，你再不要这样伤害自己的身体了。

王亚樵：有你心疼我，伤害再多也不疼。

林立姣娇羞地一笑，随即阴云浮面。

林立姣：九哥，等过了这阵我们离开上海吧。

王亚樵：咋了？

林立姣：我不想你总是这么刀口舔血地过活。我也不想在百乐门陪人跳舞了。

王亚樵深情地看着林立姣，这么贤淑聪慧的女人理应得到幸福的生活。王亚樵一把搂住林立姣。

王亚樵：九哥带你去我家乡，我出生的地方，那里没有上海滩的这些乱七八糟的事，用自己种的菜，换乡亲们酿的酒……但你还是要跳舞的哦。

林立姣：啊？怎么还要跳呀……

王亚樵：……跟我跳，天天跳，跳着跳着就儿孙满堂了。

林立姣重重地点头，双眼充满了向往，这时候的她幸福极了，突然，林立姣像是从梦里突然醒来。

林立姣：九哥，我得走了，百乐门黄老板今晚来，要是发现我不在，这个月可就白干啦。

王亚樵：白干就白干，九哥照顾你。

林立姣：（害羞地）不行啦，在我们离开上海滩前，我还是要攒点钱！

70.内　码头好婆家　夜

王亚樵陪着葛家儿子，坐在一旁静静地看他。好婆看到王亚樵，吓一跳。

杨宝川进来，见了王亚樵，倍感亲切。

杨宝川：亚樵，你不在的这段时间，码头上发生了很多事。

王亚樵：先说那批货怎么样了？

杨宝川：被宏济善堂的人抢了！还死了俩弟兄！

王亚樵：宏济善堂？！你没搞错？

杨宝川：绝对不会搞错，那天晚上，姓夏的警察带人搜你的同时，咱们藏货的仓库被抢了，我们报警，警察不信，我实在没办法，就暗地里跟着大货车，绕了一圈开进了宏济善堂！

王亚樵脑子里飞快转着。

王亚樵：咱们劳工会怎么样了？

杨宝川：还能维持，不过很多工人退会！

王亚樵：为什么？

杨宝川：前几日，码头又成立了一个工会，说来奇怪，给工人们工资更高，活儿还少，只搬运固定的水线。

王亚樵：活少钱多，一定有什么猫腻。

杨宝川：听说大老板是吴鹏举。

王亚樵：吴鹏举出了名的吝啬，怎么会活少钱多。

杨宝川：码头上存不住秘密，他们串通船上的水手，靠岸前改船的吃水线，吃的全是匀出来的货，哪靠搬运赚钱。

王亚樵：王八蛋，买家卖家两头通吃。

71.内　豪华烟馆　夜

李世群躺在床上吸食鸦片，一个美女端着果盘走了进来，长发飘飘，遮着半张脸。她把果盘放在床上的小桌上，然后退了出去。

李拿起一个水果，发现果盘里压着一张纸，他追出去发现只是个普通服务员，打开纸片，里面写了三个字：吃水线。李愤怒地把纸片扔到一边。

72.外　码头　日

一艘驳船靠岸，一个痞子模样的工头招呼工人们赶快搬运。这时两个警察出现。

警　察：停下来，检查完再搬。

工　头：大哥，我们是吴老板的码工会，前几天刚刚检查完。

警　察：前几天是前几天，今天是今天。把卸货登记表给我。

警察拿着工头给的登记表走进船，又拿过船只货物登记表。

水手长和工头二人面面相觑。

警　察：你们这两份都造假了，老实交代，谁的主意？

73.内　宏济善堂　日

王亚樵在后巷里藏着，看到宏济善堂后门一个杂工出门，他趁机闪身进入。

这是一个有天井的二层独栋洋房，王顺着环形走廊轻轻查看，一楼再正常不过，工作人员忙着派发福利餐给乞丐。

王上了二楼，第一间房间常规办公，第二间屋子是茶室，第三间屋门玻璃上遮挡了一块黑布，看不到里面的陈设。王掏出铁丝开了锁，轻轻进入。

74.内　二楼藏毒室　日

屋子里陈设异常简单，几大箱货物仍然堆在那里。王亚樵打开其中一个箱子，看到了像香皂大小的可卡因，无比震惊。

这时一阵上楼声传来。是两个巡逻兵，走到门口，停了一会。王赶忙藏起来。

巡逻兵甲：每半个时辰检查一次，屋子里到底放着什么？

巡逻兵乙：不该问的别问，咱做好咱的，其他轮不到咱操心。

他们没有发现王，很快离去。

王在屋里听得清楚，趁机赶快逃离。

75.内　吴公馆　日

佣人拿着一封白色的信交给吴鹏举。吴充满了怀疑，打开信封，没有信，却倒出些许白色粉末。他看到信封背面印了一行字：宏济善堂订制。吴愤怒了。

76.外　警局门口　日

一个卖报小孩在警局门口徘徊卖报，夏文镜走了出来，把报童招呼过来，买了一份报纸，在往报童口袋里扔铜板的同时，扔进去了一个纸团，转身又回了警局。

夏文镜展开折叠着的报纸，直到里层，露出来包裹着的一个白色信封，夏文镜打开看，里面没有信，倒出些许白色粉末。

夏文镜：什么意思呢？

当他再次翻看信封时候才发现，信封背面中间写了一个"焚"字，而信封下面印了一行小字：宏济善堂订制。夏文镜恍然大悟。

77.内　印刷工坊车间　日

王亚樵摸摸报童的头，手里搓开纸团，上面赫然写着五个字：日本黑龙会。

78.内　茶楼走道/包间　夜

金蛟龙疾步上楼，走到角落里比较隐蔽的包房门前，推门进入。

一个络腮胡、一个独眼龙，帮派打扮的几个人看到金蛟龙进门，赶紧起身立正、低头，一套严谨简单又铿锵有力的帮会致礼仪式。

金蛟龙挥挥手，示意坐下。

金蛟龙：王亚樵露面了。接黑龙令：速杀王亚樵。

独眼等：是！

络腮胡和独眼手腕处露出了黑龙的纹身。

79.内　大世界办公室　日

顾竹轩抽着雪茄，和王亚樵说话，杨宝川也在。

王亚樵：顾爷有没有听过黑龙会？

顾竹轩：黑龙会？略有耳闻。据说是来自东瀛日本，近年来在上海滩秘密发展了几年，入会后每人都要纹黑龙，低段位纹小的，段位越高，纹身越大。

王亚樵：嗯，那真有中国人加入吗？

顾竹轩：（摇摇头）日本人自有收买人心的办法，据我所知，黑龙会为了笼络人心，给入会人派送福利，坐火车不用买票、派发点米面油什么的，用这些小恩小惠来诱骗帮众；对重要的角色，心狠手辣的他们使用毒品来控制。还有，给入会人最高的承诺据说是日军打入上海后，不杀帮会成员的家人……

王亚樵：看来日本人对上海早有军事想法了，现在黑龙会已经深入到上海滩的各行各业，是给日军打前站！

顾竹轩：警局早给污染了，李世群这算是叛国！那夏文镜还可靠吗？

王亚樵：目前看应该问题不大，黑龙会这个秘密社团就是他告诉我的。不过还不能断定他完全没问题，我已经给他发了销烟的信号，他要是内奸，必定会泄密。他还不知道他的上司和黑龙会还有这么一层关系……这次要一举两得，咱们也带人去宏济善堂，跟夏文镜一起，万一他要是临阵变卦，咱逼他就范，必须销烟！

顾竹轩：好！

杨宝川：兄弟们都准备好了。

这时，阿福神色慌张地冲了进来。

阿　福：不好了，亚樵兄，阿姣、阿姣她被人绑架了……对方说要你去中央广场——人质交换。

王亚樵：日本人？

阿　福：不能确定，现在只有一个小贼在外面等。

顾竹轩：千万不能去，明摆着的鸿门宴。

王亚樵：他们这是要鱼死网破，我必须得去，跟他们死磕到底！顾爷拜托你统观全局。杨宝川你去宏济善堂要灵活行事。阿福你告诉信使，中央广场见。

顾竹轩和杨宝川点点头，看着王亚樵急匆匆地离开。

80.外　宏济善堂　夜

夏文镜带着警察，杨宝川带着几个兄弟，冲入宏济善堂，先驱散乞丐。

夏文镜：（对杨宝川）王亚樵呢？

杨宝川：阿姣被绑架，亚樵去救了。（夏文镜听了皱皱眉。）

夏文镜：各位，宏济善堂要暂时关闭几天，今天的善食派发，先到此为止。

乞　丐：连上海滩最后一个慈善机构也要关？给我们个理由！否则决不允许关闭！

夏文镜：各位别误会，宏济善堂因为涉毒，我们要先查封几日，等调查清楚再重新开张。

众人马上鸦雀无声，他们无比震惊。

夏文镜安排手下维持秩序，他和杨宝川上楼收缴毒品。当他们推开二楼那间房门时，却愣在原地，屋子里空空如也。

夏文镜二人急忙下楼，找到宏济善堂的一个员工，怒目相向。

夏文镜：二楼的货物去哪了？

员　工：运走了。

杨宝川：运往哪里？

员　工：哪会跟我说，不过听他们说了要赶着上船。

夏文镜： 糟了，要溜！

杨宝川： （却哈哈大笑）想溜？得先过我们的码头这一关！

81.外　中央广场　夜

王亚樵坐着黄包车独自来到广场十字路口，靠边停车，熄了车灯，推门下车，将车的风帘撩到上面别住，并开亮了车内顶灯，让对手们看清他并没有"夹带"。

这时，黑暗中窜出几个人，端着手枪吆喝。

喽　啰： 把手举起来！

王亚樵： （环抱双手，靠在车门上冷笑道）咋咋唬唬可不像江湖道上的朋友。你们已经看见我是只身一人，还这样咋咋呼呼的！

喽　啰： 得罪了！

为首者掏出眼罩给王亚樵戴上，然后拽着他上了另一旁的轿车。

王亚樵左右坐着两个人，枪口顶着他的腰，他则抄着胳膊，对去向不闻不问。

82.内　仓库　夜

轿车终于停了。王被拽下车，挟持着往前走，下了很深的台阶，停了下来后，眼罩被去掉。长时间被黑暗罩蒙，突然接触强烈的灯光，王亚樵感到双眼刺痛，头也有点晕眩。他闭着眼定了定神，然后缓缓睁开，眯着朝四周看了看。

只见四周有码放整齐的货物，高墙顶部有不大不小铁货架，判断这是一个半地下的仓库，再朝正面看，距离三四米以外，一张三屉桌后坐着三个人。

当中一个满头乱发，浓浓的络腮胡，一脸横肉，对他虎视眈眈；右边的一个人最显眼的是一只眼睛被黑色的单眼罩遮着，另一只眼睛显得特别突出，他左边是林立姣，被绑在椅子里，头低垂着。

王亚樵的左侧有一根洋灰柱子，他便去依靠在柱子上，掏出香烟来点燃二支，是一副"你有来言，我有去语"的态度。

络腮胡： 王亚樵，你知道今天为什么把你弄来？

王亚樵： 你们对她做了什么！

独眼伸手拍拍林立姣的头，林微微动了一下。

络腮胡：嘿嘿，她好像有点受惊。

王亚樵：先把林立姣放了，再谈事。

络腮胡：先解决问题，再放人。

独　眼：王亚樵，你的手伸得也太长了！心狠手辣，杀了我们洪老大，难道你想一人独吞上海滩吗？

王亚樵：搞半天你们是福青帮的？

独　眼：（和络腮胡相视一笑，顿了一下）对，福青帮的……今天事情必须有个了结。

王亚樵哭笑不得，销烟这个节骨眼，福青帮又出来捣乱。

王亚樵：仔细听我说的，我只说一遍，洪耀斗不是我杀的，是……

络腮胡：……死到临头了还狡辩，今天我们一命抵一命，祭奠下洪老大。

王亚樵：是金蛟龙杀的洪耀斗，警局已经着手调查了。

独　眼：（眨眨独眼）放屁，你说金老板是凶手？天天和洪老大打麻将的那个金老板？哈哈哈哈。还报警，知不知道警局老大和金蛟龙是铁哥们。骗人也不过脑子！

络腮胡：行了，当我们猴耍啊，我可以给你个全尸，但要多几个窟窿！

王亚樵：慢！既然你们帮主已经死了，又何必劳师动众报仇，报什么仇，你们接管了他的租界地盘不就行了，你俩一人一半，你，大胡子做东租界老大，你，一只眼，做西租界老大……对不对，这样就上位了！

络腮胡和独眼对视一眼，发出恶心怪异的笑声。

独　眼：谁给老大报了仇谁接管租界，就这么简单。

王亚樵：那意思是今天必须见血了？！

络腮胡：不是你死就是我活。

王亚樵：让我先跟阿姣说句话。

王亚樵走到林立姣身前，却发现林立姣两眼眼圈漆黑，嘴角还残留白沫，一副即将死去的样子——王亚樵大惊！

王亚樵：你们给她吃了生鸦片？！

独　眼：没错，印度进口高档货，你要不要也尝尝？嘿嘿，你的阿姣可是吞了不少。

王亚樵：（低头对林立姣说）阿姣，坚持一会，九哥带你去医院！一定坚持。

林立姣努力抬起眼皮，但满脸倦容，似乎想就此睡去，不再醒来。

王亚樵不忍心再看下去，他轻轻把林立姣的头放下，摸摸本应该红润、而现在苍白褪色的脸蛋，噌地站起来。

王亚樵：王八羔子，老子今天手撕了你俩。

王满脸杀气，步步逼近络腮胡，面对二人手中的枪仍面无惧色。

络腮胡：你敢吓唬老子。

枪突然响了，王亚樵鬼灵般一闪身，子弹打在洋灰柱上，反弹出去，将立在金蛟龙身后的一人击倒。王亚樵快步登前，袖子里滑出一柄银斧，寒光一闪，正中络腮胡的咽喉，他则如猿猴般蹦上了旁边的货包。

这里原来是纺织厂的仓库，纱包一行行码得有一人多高。

王亚樵登上后便扑倒在纱包上，像青蛙一样顺着纱包码的行列朝门口方向蹦去。下面的人虽看不见他，却还乒乒乓乓地朝纱包上面乱放枪，打得热闹极了。

独眼见无法捉拿王亚樵，马上带林立姣离开，直奔大门外的轿车。

王亚樵心中着急，但不能冒失，他绕到纱包堆的尽头，离门不过两三米远了，他起身蹦下纱包，迎面逆着独眼带着的人拦路，他一猫腰，"嗖嗖"子弹从他头顶上飞过，趁势趴在地上，那独眼的手下以为击中了，匆忙过来，尚未靠近，王亚樵猛一翻身，双腿一分，踢中那两人腹部，就势蹦起，拳头一挥，将二人击倒，纵身上了阶梯。看另一人要摆开阵势要开枪射击，他鹞子翻身，从梯子一跃腾空，拳头像炮弹一样，砸在对方头上，一命呜呼。

然而，独眼带着林立姣的轿车喷出一阵黑烟，离开了现场。

王亚樵眼看追不上，他检查了包括络腮胡在内的几具尸体，手腕处均纹有不大的黑龙纹身。

王亚樵：看来福青帮彻底被黑龙会污染了……

83.内　印刷工坊　日

机器飞速运转，王亚樵和印刷坊老板宋海亭站在一旁，宋抽出其中一份报纸。

宋海亭：九哥，这个新闻太震撼了，绝对能把整个上海滩都得震一震！

王亚樵：宋兄，明天凌晨务必开始派发，增派人手，让更多的人知道！

目光所及，我们看到了报纸头条《日本黑龙会攻陷上海滩政商两界》。

84.内　吴的货仓　日

金蛟龙带着几个兄弟（日本浪人）气势汹汹地闯进吴的货仓，他手里拿着一沓文件，在货仓办公室里的吴深知金来的目的，毫不理会他，仍旧吃着餐点。金蛟龙押进来几个灰头土脸的水手。

金蛟龙：吴会长，给小弟做主！

吴鹏举：（边嚼猪手边说）谁把金老板气成这样？

金蛟龙：最近江面不太平，手下说闹鬼，我就骂他们，说别胆小如鼠，怎么个闹鬼法？原来啊，驳船运鸦片箱的时候，总是翻船，鸦片一箱箱都沉黄浦江里去，就说河神要惩罚我们，要把我们也卷进水里，闹得人心惶惶，吴会长听说了吧。

吴鹏举：（微微点头）唔。

金蛟龙：不可能，黄浦江多少年了平静如镜，怎么最近开始起漩涡？还只卷沉我们的鸦片驳船？我当下起疑。（吴鹏举摸摸鼻子）就派人检查，吴会长，你猜怎么着——（手指着灰头土脸的水手）他们几个王八蛋，吃里扒外的水老鼠，潜在水里将船弄翻，等大船卸完货离开，再悄悄地将沉入水中的鸦片烟箱捞起运走。

吴鹏举：（佯怒）来人，把这几个叛徒按帮规处理，断手断脚——现在就给我处理！

金蛟龙：哎，吴会长，别激动，手下不懂事，再给一次机会，我最关心的还是背后受谁的指使，这个咱得查查，是不是？（斜眼盯着吴）

吴鹏举：（把碗一推）那你查出来是谁指使的了吗？

金蛟龙：会长，手下偷几箱烟土没什么，这么点小损失，咱能承受，可是……

金蛟龙使劲把几份文件扔到吴鹏举面前。

金蛟龙：这就是号称光明磊落的吴会长！（指着其中一份表格）贿赂水手，篡改吃水线，连我们自己的货你都不放过，中饱私囊啊你！

吴鹏举：（此时已经冒汗，吐出一块猪骨）金老板，你何必呢？当婊子还要立牌坊。

金蛟龙：什么意思！

吴鹏举：我说什么你心里有数！既然已经说到这个份上了，那就打开天窗说亮话，咱把事情摆摆——当初洪耀斗还活着的时候，我们立下的规矩，你从海外进货，我负责码头和货运，洪老大负责卖出去，李警长保证生意安全。可惜，洪前脚死，你后脚就玩花花肠……（金蛟龙有点尴尬）你说吧，那批被劫了的货到底是什么？

金蛟龙：既然吴会长这么问，想必你早知道是什么了。

吴鹏举：废话，277公斤可卡因！你是不是忘了我们凡是烟土的买卖，永远均分利润。

金蛟龙：（停顿一会）呵呵，吴会长，哪有什么永远。码头上那些对付外人的阴招，现在不也对我用了么。

吴鹏举：那是他们工头瞎搞，我根本不知情。好了，我们还是谈谈你那可卡因的买卖！

这时，吴手下闯了进来，手里拿来一份报纸，脸色异常紧张。吴鹏举拿在手里瞟了一眼，看到了头版头条——日本情报间谍——黑龙会的中尾一德，汉名金蛟龙……

吴强作镇定，他把报纸反扣在桌上。

气氛死一般寂静。

金蛟龙看到了吴鹏举脸色怪异。

金蛟龙：吴会长，鄙人等你提条件呢，那些可卡因买卖你想怎么做？

吴鹏举：嗯，这个嘛，我还没想好，容我多考虑考虑。

说罢，吴鹏举起身离开办公室。刚要出门，李世群突然出现，堵了吴的门。

吴鹏举恶狠狠地指着金蛟龙。

吴鹏举：（亢奋）李警长，还不赶紧拿下这个日本间谍，你我都被他骗了！

金蛟龙：（脸色大变）吴会长，你在说什么！

李点点头，还是横在门前，他示意金蛟龙看看桌上的报纸。

金拿起一看脸瞬间变白，他深知问题太严重了。

一切都已经摆到台面上，吴鹏举看自己和李世群2v1金蛟龙，胆子大了点。

吴鹏举：明人不做暗事，金老板你到底是不是黑龙会的人？

金蛟龙：（趾高气昂）本人中尾一德。黑龙德信促进会中华区长官，三阶排行。你那猪脑子是听不懂的，用福青帮的话来说，相当于通字辈。

吴鹏举：还德信？瞧你的德性！真他娘的能装！我们被你骗了这么久，李警长，快抓他！这个日本间谍，早就看他不对劲，还黑龙会，来，看看你的黑龙，纹在你哪个屁股……

李世群一声不吭，照着以为李世群警长能为其撑腰的吴鹏举脑后便是一锤，吴闷哼一声栽倒在地。

85.内　码头房间　夜

王亚樵、夏文镜、顾竹轩、杨宝川等一干兄弟聚在一起议事。

王亚樵：我们码头兄弟，自码头劳工会成立以来，数次奋战，深得众人称赞，这些都是弟兄们流血流汗得来的荣耀。我们的弟兄——我现在称你们为战士——原本都是混帮派的弟兄，都是流血流汗的穷苦出身，为父母、为妻儿打拼过活，不求富贵，但求安稳，但今晚这次行动，不比过去的对手，他们不是别的帮派徒众，甚至不是我们平日憎恶的地痞流氓，而是害我们兄妹同胞的日本间谍和吃里扒外的走狗毒瘤。过去在码头的那些利益争夺，就算你死我活，跟现在的敌人比起来，都不足挂齿。今晚一战，诸位兄弟都要有必死的决心，一鼓作气，勇往直前，杀敌立功，不仅如此，我们要在东门码头再现当年林公销烟一幕，我们要把那害人的毒物彻底焚烧——若能成功，我们这一战便可威震上海滩，为我们码头劳工会扬眉吐气。若能名垂史册，真就是大丈夫功业，真英雄作为，从此再无人低看我们码头工人一眼！

王亚樵一席话，鼓动得众人热血沸腾，呼声四起，带头鼓掌的，竟是警官夏文镜。众人散去，各自准备行动，夏文镜走到王亚樵近前。

王亚樵蹲着，一手抚摸葛家儿子的头，葛家儿子紧握木手枪，像战士一样。

葛家儿子：樵叔，我要跟你们去杀敌立功！

王亚樵：小子，你长大后要读书的！

王亚樵：（站起身对夏）顾爷和杨宝川带人拦截可卡因，我先救阿姣，她被那帮畜生喂了生鸦片，危在旦夕。

夏文镜：（点头）……不过，话要说在前面，这毕竟也是聚众闹事，况且你身上还挂有三条命案。等摆平那个日本间谍，我还是要依法捉你归案。

王亚樵：（微微一笑）所以我不能出事喽……

王亚樵看葛家儿子出神地听他们二人对话，目光跟平时不太一样。

王亚樵：（对葛家儿子）走，带你睡觉去。（临走拍拍夏的肩膀）上海滩有你——有真希望。

王亚樵带着葛家儿子转身离开，空留踌躇满志的夏文镜。

86.内　车内　夜

吴嘴里塞了破布，双手捆绑，尽管不断挣扎，但无济于事，被李世群推进车里。

吴鹏举：李世群，你这是干什么？！

金蛟龙：事到如今，也别瞒着什么了。李警长是我们黑龙会最忠诚、最值得信赖的中国人，而且身居要职。

吴鹏举：李世群，他说这话，什么意思！

李世群：（镇静地）愿为黑龙会肝脑涂地……黑龙会的入会誓词。

吴鹏举：你身为警长，还当走狗！戕害同胞！

李世群：话说得太难听过了，吴会长，残害同胞的事，你做的还少吗？

金蛟龙：废话别多说了，赶快行动，别夜长梦多，王亚樵那帮人实在太难缠。

吴鹏举：你们要去哪里……别碰我……要去哪里！

金蛟龙：有你护航，离开上海就方便多了，吴会长，我们保证你毫发无伤。

汽车扬长而去。

87.外　码头　夜

海上黑黝黝的，码头虽有灯光，但能见度极差，目力受到限制，而且，为了不惹人注意，货轮航行灯竟灯光全熄，只能凭耳朵捕捉停靠的货轮传来的声响定位。

当码头钟楼二十四点的钟声刚刚响过，这艘载重四百八十吨的轻型货轮，马达启动，试图离开上海滩。

王亚樵等人趁着夜色掩护，悄悄逼近货轮。

88.内　货轮房间　夜

这边，恼羞成怒的金和李把吴绑架到货轮上，试图充当人质，以顺利离开上海。

货轮上，金蛟龙布置了岗哨和守卫布防，他则和李世群押着吴鹏举在货轮房间里呆着。

一同作为人质的，还有独眼带回来的林立姣，二人在另一房间里。

听到钟声响起，伴随货轮马达轰鸣声，金蛟龙和李世群露出了笑容。

89.外　货轮甲板　夜

王亚樵等人已从船舷潜上来，几人藏在船尾厕所外。

王亚樵手势指挥，让夏文镜、杨宝川等人去搜寻可卡因货仓，而自己则去找林立姣等人质。

夏文镜和杨宝川包抄前方半层楼梯。

正当两名水兵东张西望之时，夏文镜从右边爬上，杨宝川则从左边摸过去，两条黑影迅速结果了两个水兵，悄无声息。却没发现，另一个水兵刚出门，撞见了这一幕，杨宝川迅速手一扬，一把银斧直接嵌入水兵面门。

90.外　货轮房间外窗户旁　夜

王亚樵透过窗户寻找林立姣。

91.内　货轮房间　夜

林立姣正被独眼喂食鸦片膏，黑乎乎的鸦片膏像龟苓膏一样被抹进林立姣的嘴里，尽管林立姣尽力反抗，但显然，软弱无力的她只能任人摆布。

独眼淫笑着，满意地看着自己的杰作，突然眼前挥来一拳，眼冒金星。

独　眼：王，王亚樵……

独眼话还没说完，又被王击中喉咙，独眼试图还击，王亚樵不等他反应，直接摘掉了他另一只眼睛。

独眼大声嚎，可是发不出一点声音。

王亚樵不管他，赶快给林立姣松绑，取过水来给她漱口，清洗，一面安慰。

独眼彻底变瞎子、哑巴，他像无头苍蝇般乱碰，最后跑出房间，一头扎到漆黑的海里……

王亚樵怀里的林立姣毒品起了效果，一边哭一边发抖。

林立姣：九哥……

王亚樵：阿姣，对不起，九哥让你受苦了。

林立姣：九哥，我是不是死了？

王亚樵：九哥在，你死不了！

王亚樵紧紧抱住林立姣。

林立姣：（抖得厉害，试图摸着王的脸）九哥，我害怕，我怕再也见不到你了，九哥，这几天我一直想着你……我感觉你就在我身边，像这样抱着我……可是我找你的时候，又找不到你，你无影无形，又无所不在……九哥……

王亚樵：（泪眼朦胧，铁汉柔情）九哥不会让你再受伤害了。

王亚樵紧紧地抱着林立姣，使劲地抱着。

这时，几声枪响传来，霎时间呼声顿起，看来是惊动了敌人。

王亚樵：阿姣，九哥去去就来，你藏好，别乱跑。

王亚樵点点头，把林立姣在房间里安顿好，去斩杀金蛟龙等人。

92.外　货轮甲板　夜

船上一片混乱，呼叫声、怒骂声、呻吟声、奔跑声，惊心动魄。夏文镜、杨宝川等人均在混战中。

王亚樵（第一人称视角）迅速杀入战局，迎面而来一个日本浪人，手里挥舞着日本刀，王亚樵轻轻侧身躲避，随后伸出长臂，掐住对方脖子，只听咔吧一声，浪人喉骨被掰折，手一松，浪人像烂泥一样倒在地上，两条腿还在猛蹬地面。

王亚樵继续向前，直奔向挥刀砍杀的金蛟龙。

金蛟龙也看到王亚樵，仇人见面分外眼红，金蛟龙像恶狼般地嗷嗷怪叫起来。

金蛟龙：王亚樵，上次没杀了你，是你福大命大。今天，让你好好尝尝斩腹的滋味！

王亚樵蹬腿猛踏矮桌，那矮桌撞在金蛟龙怀里，把金蛟龙撞出老远，仰面躺倒。两旁涌出的日本浪人，也朝王亚樵扑来。

王亚樵却就势躺着窜出两米多远，使拥上来的浪人扑空。他也不起身，就地打滚，那些浪人追着他，但只要靠近，就被他飞腿踹得纷纷跌倒。

浪人们拔出了腰刀，怪叫着朝王亚樵砍杀过去。

王亚樵并不闪躲回避，反倒迎上前去。一人举刀向他劈来，几乎是在刀擦着身体时他才略一闪身，那人用力过猛又砍空了，身子前倾，被他抓住探出下垂的握刀的手腕，抬腿猛硌肘部，发出清脆的骨折之声，他的另一只手臂又猛推这人头部，使这人后退撞进一个扑来的人怀里。就在这一混乱之时，他用脚一勾，掉在地上的斧便飞了起来，落入他手中。他挥舞起来，不仅"呼呼"有声，而且在灯光下只见一团白光在房里滚来滚去，所到之处鲜血四溅，惨叫连声。

杀红了眼的王亚樵看到金蛟龙遁进房间，他跟着冲了进去。

93.内　货轮房间　夜

死一般寂静的房间与外面的砍杀吵闹形成极鲜明的对比。

王亚樵手提银斧，小心翼翼地搜寻金蛟龙。

这是个套间，第一个房间连着走廊，走廊另一头连着另一个房间，王亚樵沿着走廊走，一阵阵阴风怪异的声音传来，像林立姣的惨叫声，又像金蛟龙的怪笑声。王亚樵步步为营，向前搜寻。突然——隐蔽处冒出来一个人，王瞬时举起银斧头，定睛一看，原来是葛家儿子！

王亚樵：（低声）葛小壮！你怎么跟着来了！

葛家儿子用手做出嘘的动作，指指前方走廊尽头的房间，意思是有坏人。

王亚樵：（低声）这儿太危险，你快下船去！

王手提斧头进入另一个房间。

94.内　货轮套间　夜

王亚樵刚一迈进房门，便看到被反绑在椅子上的吴鹏举，旁边同样被绑着的，竟然是林立姣。林瞪大眼睛，发出呜呜的声音，试图告诉王亚樵什么。

突然，冷不防一道寒光袭来，王来不及避让，只能手托银斧格挡，当啷一声，银斧落地。

金蛟龙卸掉了王亚樵的武器，嘿嘿一笑，步步紧逼，咄咄逼人。

王亚樵处于下风，只能空手夺白刃，但金蛟龙发疯般挥舞日本刀，王亚樵被金蛟龙连削几刀，腹部、手臂均已受伤，就在金蛟龙大力挥刀斩下的紧急关头，一个幼小的身影扑到了金蛟龙身上——葛小壮！

葛小壮用力挥舞手臂，捶打金蛟龙。

金蛟龙不屑地挤出一丝冷笑，试图抬腿踹开葛小壮，但没想到葛家儿子虽然人小胳膊细，但死死地抱住金的大腿，像粘的膏药片甩也甩不脱，整个人动作顿时迟滞下来。

王亚樵：小壮！

葛小壮：樵叔不能出事！樵叔不能出事……

王亚樵看到葛家儿子为了救自己，忍受着金蛟龙的无情击打，他咬牙站了起来。

金蛟龙一条腿拖着葛小壮，艰难地捡起旁边的武士刀，对着葛小壮的背重重地往下扎——而这一瞬间，林立姣扑了上去，一把抱住金蛟龙的手臂，嘴里大喊九哥……

王亚樵看到如此危机的一幕，他的双拳像灌了无尽的力量，奋力前扑，快拳如暴雨般落在金蛟龙身上，金顿时咯血不止。

而倒在一旁的林立姣，捂着肚子——武士刀穿透了林的小腹，血液汩汩流淌了一地。王亚樵扑到林身边，轻轻搂起来，用力摁着林的伤口。

林立姣：九哥，九哥……

王亚樵：（流泪）阿姣，九哥在，九哥在……

林立姣：九哥，我，我想，想和你，永远在一起……

林立姣说完，便不再呼吸。

王亚樵发出狮子般的吼声，他冲到倒在一旁的金蛟龙身旁，一记重拳，金蛟龙被打得钉在墙上，王如流星般的铁拳，打在金蛟龙的身体上，直到金死去，仍没有停手，直到——呼一声。

——冲进来的李世群突然打冷枪，王亚樵来不及避让中弹。

浑身染满血迹的王亚樵平躺在地板上，直直看着旁边死去的林立姣，以及不远处昏厥过去的葛小壮，看起来，王亚樵已经放弃了反抗，也许，他已心死。

李世群谨慎地走到王亚樵跟前，枪指着王的头，脚把王身边的刀踢开，他放下了枪，慢慢俯身，查看王迷离的眼神，突然——

——王手臂一挥，一把短斧砍进了李世群的肩膀，李踉跄着倒退到房间角落处。

这时，夏文镜赶到。

李世群：夏文镜！你来得正及时，快开枪，打死这个亡命之徒！

众人纷纷看向夏文镜做出怎么样的选择。

夏文镜举枪对准王亚樵……王亚樵瞪大了眼睛。

李世群：官升三级，快开枪！

然而，夏文镜的枪口慢慢从王亚樵身上移开，指向了李世群。

李世群：你疯了？违抗上级命令！

夏文镜：李警长，告诉下官，为什么要加入黑龙会。

李世群：什，什么黑龙会？！

夏文镜：长官，何必呢，记得上次你翻看我的文件，看到里面有一张亚樵绘制的黑龙图，你竟然脱口而出黑龙会，这时候我就开始怀疑你了。

李世群听到这句话，露出无奈的笑，他慢慢地脱掉外套，撕开衬衣，胸口露出了一片黑龙纹身。

王亚樵：你身为警察长，出卖灵魂，出卖国人，心甘情愿做敌人走狗……

李世群：闭嘴吧你！你慢慢就会懂，想在这片上海滩活下去，活得好一点，你必定要出卖点什么。你们不要以为就比我干净多少。他（指着吴鹏举）——不仅出卖自己灵魂，还出卖妻子儿女的，出卖兄弟的，一切都能用钱来计算；你（指着王亚樵）崇尚暴力，以为自己是什么绿林大侠吗？伸张正义？上海滩哪有什么正义可言，你用暗杀的手段看上去是惩奸除恶，难道不也是践踏法律吗？收起你那些假正经，你摸黑杀人的时候，有没有想过你做的事就是正义，就是正确的吗？

王亚樵：强词夺理！你身为警察长，不能以身作则，不能保一方平安，最多骂你一句该死昏官，但你现在助纣为虐，心甘情愿为敌人铺路，倒转枪口对付同胞，你罪不可恕……

李世群：（歇斯底里地）哈哈哈……自古有云——学成文武艺，售与帝王家。我自小立志为公为民，从一名小警探干起，当上了警察长，你可知道这一路我看到了什么，听到了什么，我经历了什么？

夏文镜：不管你经历了什么，是什么改变了你，但你难道不明白，这些我们不齿的东西，也正是我们身为警察与之为敌的东西，我们已经受够了这些龌龊，虽然我们此生注定无法摆脱，但我们身在其中的意义——不就是给了我们一个能彻底摧毁它们的机会吗？哪怕与之同灭同亡，我们也在所不辞啊！

听到这里，李世群冷冷一笑。

李世群：我的日本名字山田本一，我的使命就是让你们的魔都乱上加乱（指着王亚樵），让你们加速从内部腐烂（指着夏文镜）！（恶狠狠地、压低声音）上海滩这个大魔都，是个深不见底的黑窟窿，里面污浊遍地，你要么离开魔都，要么立地成魔，否则，哈哈哈，你再身居高位，也不过是个动辄就被人捏死的臭虫！

夏文镜：行了！这是什么魔鬼逻辑。大上海就是被你这套魔鬼理论玷污了，你的余生就在牢房里慢慢反思吧！

李世群看着金蛟龙的尸体，然后闭上眼睛，开始背入会誓词。

李世群：我，山田本一……今日加入黑龙会……第一信仰不可改变，第二……

突然，银光划过，一把短斧直直地插进李世群的胸口，他"二"还没说完，就被王亚樵杀死了。

王亚樵：屁话真多……

说完，王亚樵平躺在地板上，慢慢闭上了眼睛，重重地吐出一口气……

95.外 东门码头 凌晨

一箱箱毒品烟土堆在码头空地上，前几日，这里还是好兄弟姜之义离世的地方，而现在，在众人的见证下，顾竹轩、夏文镜、杨宝川、宋海亭等人，在上面浇满了汽油，点火烧燃了这百年来一直毒害国人的烟土。

张家好婆透过窗户看到阵阵浓烟升腾而起，再看着躺在病床上、手里仍紧握木手枪的葛小壮，抹了一把泪。

然而，见证东门销烟的众人中，唯独不见王亚樵。此时此刻，他正坐在大轮渡的软椅上，远眺码头的冲天烟火，远赴他乡。

字幕

日本人曾采取"以毒养战"的策略来侵略中国，而现在，距离虎门销烟近百年后的上海滩，又一场标志着反毒反侵略的战斗打响了。

被王亚樵称之为上海滩警界清流的夏文镜继任警察长，在"东门销烟"后，展开了一系列的禁毒行动，上海滩除法租界外，被取缔的"燕子窝"数量高达三万间，上海滩出现了短暂的晴朗明空。

吴鹏举在这一系列的变故中，有幸活了下来，受到惊吓的他，遁离上海滩。

尽管王亚樵离开了上海滩，但他创立的码头劳工会仍然活跃在上海滩的码头上，尽管不再使用银斧头做武器，但坊间仍传颂他们为——斧头帮。

—全片完—

第 四 章

嫉妒——《次元迷阵》

1.内　地下车库　夜

一排立在架子上的电吉他，整齐地摆放在地下车库里的一块小空地上，吉他共鸣箱上都铭刻着同样的一个纹饰。

显示片名时，一只三条腿的白猫从其中无声蹦跶着走过，片名显示结束。

邱世泽（OV）： 三脚猫！

又一只三条腿的猫闯入画面。它在嘶叫，留着口水，追赶着第一只白猫跑入吉他架子后面的暗门处。

2.内　　科学院VR实验室　　日

镜头沿着一方沙盘向前移，沙盘里摆放着3D打印出来的兵人，在一处街角里摆开阵型战斗。

张　　良（OS）： 真正的沉浸式游戏，一定要包含三种类型的体验，由浅入深……

镜头停在一排站立着的兵人前，一只手抓起其中一个。手与声音都来自一位三十岁左右的研究员——张良。

一个小男孩站在VR工作室中，看着张良。

张　　良（OS）： 第一种是"看起来真实"……像魔术般，让你信以为真，一切都显得那么真切……

张良走到中控台上，虚拟现实服务器前。

张　　良（OS）： 一条符合透视法的道路、一只飞来的鸟……

3.内　　科博会报告大厅　　夜

座无虚席，舞台后大屏幕显示新品VR发布会的字样，很多人举着手。

镜头移到一位墨镜男那里，他戴着手套的手止不住地搓着，看起来很激动。

张　　良（OS）： ……或邂逅一个许久不见的人……它带你走进另一种真实，尽管已经提前告诉了你，这是虚拟的真实……

一位充满魅力的女主管在过道向墨镜男旁边一个举手的人示意上台。

其他四个志愿者跟着女助手走上台，其中一个显得非常兴奋。

台上站着游戏体验师，手里拿着VR头盔，身着布满信息采集点的游戏服，微笑着。这就是石顿——一个30岁的北京人。

墨镜男也起身离开观众席……

张　良（OS）：……允许你仔细检查……小机身富含大能量……

墨镜男头也不回地向后台方向走去，而其他的志愿者们仔细检查石顿身着的这些设备。这时石顿动作夸张地向观众展示手里这个VR头盔的复杂结构。

女主持带领志愿者们下台，墨镜男趁这个机会已经闪身进去到后台里。

张　良（OS）：……很轻盈……

4.内　后台　接上

墨镜男环顾四周，顺着通道走，看到前方转角处墙上写明了中控室，配以右转箭头，一转身，撞到了高大魁梧的保安。

张　良（OS）：……却充满了刺激……

保　安：你来这干嘛?

张　良（OS）：……但这毕竟只是虚拟的真实……

墨镜男摘掉墨镜，露出邱世泽四十岁左右的脸。

邱世泽：看清楚了! 我是技术总监! 检查设备!

保安略显尴尬，让开路。邱世泽一晃人就不见了。张良这时走到保安旁边。

张　良：他谁啊?

5.内　科博会报告大厅舞台　接上

石顿戴上头盔，身后大屏幕开始实时直播，呈现出一片森林，石顿坐在一个游览车里的视角，远眺着四周围一切。舞台上，石顿一左一右地不住扭头，一只手架在半空，显然是"紧抓着"缆车的扶手。

6.内　中控室　夜

邱世泽快速走在通道里，通道墙壁上每隔十米挂一台大电视，直播着舞台上发生的事。

舞台背后大屏幕里游戏直播——突然，缆车发生了事故，急速坠落下去，石顿双手到处乱抓——观众一阵惊呼。

邱世泽加快脚步。

7.内　实验室　日

张良轻轻地把一个兵人摆在了另一个举枪的兵人前方。

张　良（OS）：第二种是"虚实交替"……

8.内　科博会报告大厅舞台　夜

游戏中，石顿摔在了一片林子里。

张　良（OS）：这个看似平凡的沙盘，却代表了VR游戏的精髓……

9.内　中控室　接上

邱世泽打开手电，他面前是一个电脑服务器，屏幕闪烁，邱世泽皱皱眉。

张　良（OS）：……让玩家玩到物我两忘，天人交战！

10.内　实验室　日

张良俯下身子，透过兵人举起的枪，像瞄准一样，顺着枪看对面的兵人，小男孩也凑过来，好奇地看着。

张　良（OS）：线上线下无缝关联起来。

11.内　科博会报告大厅舞台　夜

石顿带着头盔，大踏步，身后大屏幕里，显示他正在丛林中向前走着，脚下是大片大片的藤蔓植物，远方雷电交加。

张　良（OS）：你绝对找不到的乐趣……

石顿认真地演示游戏内容，真人试玩与VR完美结合，突然，舞台上的石顿，愣在了原地，身后大屏幕显示他走到了一处悬崖边。

张　良（OS）：如果你不能亲身体验的话……

屏幕提示——若要过关，须奋力一跳——舞台上的石顿轻轻助跑，然后向前一跃……

张　良（OS）：……其实，你并不是真的想知道游戏原理，只要体验游戏过程就行。

12.内　实验室　日

张良把一个简易的虚拟现实眼镜戴到小男孩头上，眼前沙盘里的兵人变活了，显然双方在交战。

张　良（OS）：……这是一种更高级的骗术，而你，就想要被骗。仅仅看别人玩显然不过瘾，你必须亲身参与进来。

小男孩盯着前面沙盘的方向，傻在原地，一下压低眼镜，一下又抬起眼镜，他在观察真实舞台和虚拟游戏里的差别。

13.内　科博会报告大厅舞台　接上

石顿在现场舞台上跳了一大步，落地后却突然倒在地上不起身，抽搐着。

屏幕显示石顿并没有跳到对面。

张　良（OS）：所以真正牛的VR游戏都会有第三种，也是最难的一种……

14.内　实验室　日

张良从工作台旁边拿起一副高科技手套，给小男孩戴了上去。

张　良（OS）：我们称之为……

15.内　中控室　夜

邱世泽眉头紧皱，俯身看着电脑监视器里的石顿。在视频中，石顿窒息了。

张　良（OS）：……以虚代实。

石顿圆睁眼睛盯着前方，头盔里的镜头把他绝望地扭头的一切都记录了下来。

邱世泽摘下墨镜——原来他一只眼睛瞎的，像黑洞般，而另一只黯淡无光的眼睛死死地盯着石顿绝望而惊惧的眼神，石顿张大嘴想呼吸，面目狰狞，扭曲的嘴中吐出白沫……

黑屏

警官弈平（OS）：以虚代实？

16.内　研究所会议室　日

警官弈平转身面向坐在一边的张良。

弈　平：你的同事石顿，那晚有完成汇报展示吗？

张　良：并没有，出了些状况。

弈　平：出了什么状况？

张　良：我看到有个人跑到后台，我跟着过去了，如果没看错，应该是邱世泽。

张良指向对面——邱世泽坐着的地方。狱警站在邱的两侧。

张　良：您应该问问他。

弈　平：张良先生，你日常工作具体做些什么？

张　良：八年来，我一直在做游戏交互设计师。我设计玩家体验的环节、关卡，包括怎么玩和玩什么。当然这段时间我也开始做统筹工作。

弈　平：也就是说，你为石顿统筹项目？

张　良：准确说，是我为邱世泽和石顿两人统筹项目。他们二人各有分工，我让他们两人的工作统合起来。

弈　平：所以，张良先生，"濒死体验"也是这个游戏的一个环节吗？

张　良：一方"致死"另一方，从而实现"濒死体验"，严格说，是这个游戏最重要的一环。当然，并不是真让人死亡。最多是给人体验，濒死的时间有着极为严格的限制，我们设计了干预机制，时间上限一到，濒死代码立即中断，体验者会恢复正常意识……然而，石顿没能醒过来……一定是邱世泽到中控室服务器里动了手脚。

张良看向邱世泽。而邱世泽却微微笑着，摇头——他把墨镜摘了下来，那只黑漆漆的眼洞像黑洞般。邱世泽的助手赵来西站起身来。

赵来西：张良老师，干预机制之前失效过吗？

张　良：目前这是第一例。

律　师：干预机制是写到硬件中的，仅仅在软件中调参数改变不了什么。就算邱世泽到了中控室，怎么可能破解硬件？

张　良：那你得问他，他不是号称游戏界的乔布斯么。

现场有人发出笑声。赵来西义愤填膺地转向弈平警官。

赵来西：警官，他这么说是什么意思？请他先公布游戏交互设计原则和技术指标。

张　良：（淡定）如果我公布我们实梦屋的技术参数和设计思路，我就成公司叛徒了，况且这么一来技术专利也毫无意义，最终将一文不值。真正的VR游戏，就像惊世骇俗的魔术，知道魔术的底细和真相，就等于废了这款魔术。

弈平警官听到这里，看着张良。

弈　平：张先生，我明白你的窘境，但是我们现在调查的是一桩命案……

张　良：涉及两条命，我知道……

说完，张良看看邱世泽。

邱世泽面无表情，也默不出声。

弈　平：这样，你不必向社会公开细节，只向警方透露即可，希望你能配合。

问询暂时告一段落。其他一些人先行离开。

邱世泽示意赵来西可以先离开。

17.外　研究所实验楼门口　日

文洛，40岁左右的律师，站在门口。一个打扮极为朴素的中年人（男保洁工）走出来和他打招呼。

中年人：邱世泽老师马上完事，还剩两只没喂……他并不是故意拖时间。这两天的事情太多——想必你也知道——他已经好几天没亲自喂猫了……

文洛无奈地挑挑眉，边笑着和中年人往里走。

18.内　研究所实验楼二楼楼道　日

两人上了二楼，猫屋就在二楼另一端尽头处。这时远远看见猫屋的一扇门打开了一条缝，邱世泽从中挤了出来。他怀里抱着一只猫，后面几只猫还想跟着出门。邱世泽侧身走出来后，迅速关门，生怕猫咪溜出来。

中年人：（笑着）猫要是溜到走廊里钻起来，那可就苦了我了……

邱世泽一只手关好门，一只手抱着猫，抬头看到了文洛律师，于是走了过来。

中年人对邱世泽微微一欠身。

中年人：（低声对文洛）记住，千万别摸他的猫。

说完，中年人离开，邱世泽走到跟前，看着文洛。

文　洛：我叫文洛，律师。我代表新视界公司，一家视觉科技公……

邱世泽：（打断）多少钱？

文　洛：许董事长有兴趣……

邱世泽：（冷漠地）她出多少钱买我的技术？

文　洛：五百万。

邱世泽：跟我助手赵来西说吧，走账细节他会告诉你。

文　洛：那么你是答应了？转让你所有的技术……包括"隐眼"？

邱世泽："隐眼"意味着什么你知道吗？我怎么可能转让。

邱世泽摸摸怀里的猫，猫咪懒洋洋地打着哈欠。

文　洛：你可以提条件，只要对等。

邱世泽摇了摇低着的头，文洛走近一点，侧目看了看周围。

文　洛：警方已经立案，据说上面相当重视……你还不能完全洗脱嫌疑……

邱世泽：这事跟我有什么关系？

文　洛：（愣一下）声誉、自由、成就，跟你有没有关系？除非石顿的死真的跟你一点关系没有。

邱世泽抚摸猫的手顿了一下。

文洛盯着邱世泽。

文　洛：监狱里可没办法养猫。

邱世泽看着文洛，死死地。

这时，中年人走了过来，接过了猫，交接的时候，文洛吓了一跳，原来这只猫只有三条腿。

文　洛：你要的不就是"隐眼"发扬光大吗？许董事长的运作能力，你又不是不知道，由她接管技术，很快就有更广泛的应用。即使你出事了，也算为你付出的心血留了条后路。（给他一张名片）好好考虑一下吧。

邱世泽心不在焉地接过卡片，漠然地看着，似乎在思考什么。

邱世泽：说的好像我就是凶手一样。

文　洛：理论上讲，任何人都有可能是凶手，你……就更不例外了。对了，这是许董给你的，以表诚意……石顿的视频日志，里面一定会有你感兴趣的东西。

邱世泽：这里面记了关键技术？他不可能体会到虚拟现实技术精髓的。

文　洛：是吗？他发布的"实梦屋"，媒体可是赞誉有加……（饶有兴趣地）说直接淘汰你的技术……

邱世泽：（淡淡地）他还是太嫩。你别忘了，猫永远是虎的老师，这个寓言告诉我们万事都要留一手。

文　洛：你要自由还是荣耀……好好想想！

邱世泽转身离开，身后跟着中年人。

19.内　研究所实验楼办公室　日

邱世泽坐在办公桌前，打开笔记本电脑查看石顿的视频日志……

石　顿（OV）：沉浸。如何在游戏里实现彻底的沉浸感……

切视频内容

视频里石顿自拍弹吉他，布鲁斯吉他的独奏段落，听起来悠长而忧伤。邱世泽看着这段特意自拍弹吉他的视频，皱着眉头，看起来不理解石顿到底要干什么。

20.内　吉他练习室　黄昏

石顿叹了口气，把吉他从吉他架子上拿起来，踩开声音效果器，把视频日志记录仪调整了下角度。

石　顿（OS）：最真实自然的沉浸体验，其实是简洁但不简单的技术，邱世泽的设计完全符合这个标准。现在需要的是耐心去了解他的想法。

石顿弹出几个和弦，宁静而悠扬，似乎不再忧伤。

21.外　研究院　夜

石顿一袭黑衣，疾步走着，不发出一点声响，他从研究院的行人入口处侧身进入，三拐两拐，抄小路穿过高架铁丝网的篮球场，在喷水池声响的掩护下，快跑几步，转身进入视觉大厦的旁门。

声　音（OS）：石头？这边！

22.内　视觉大厦一层旁门走廊　夜

石顿抬头，微笑示意。

在昏暗灯光下，一个个子不高的小伙子带领着石顿穿过走廊另一头的一个小防盗门，进入视觉大厦一层侧厅，对面即是两人的目的地——意识视觉实验室——外面看是一扇很不起眼的小门。

石　顿：（难以置信）华子！你说的就是这里？

这个被石顿称为华子的人点点头，掏出一把钥匙开了门。

23.外　路边—视觉大厦外　夜

路面上车流如梭，这座实验室坐落在视觉大厦的一层一个非常僻静的角落里，从外面看，视觉大厦的一层是被整租给一家银行的，与银行公用一个门脸的还有一间高科技实验室。

石顿和华子二人从视觉大厦的内部后门进入。

24.内 实验室 夜

石顿一进入室内，绕开玄关后，豁然开朗。

200平米的实验室保持了一个大开间的格局，只是内部做了功能区分，但也没有隔开，屋子正中间设计了一个圆形体验区，内部安放了三对豪华的皮质座椅，每对再搭配一个小圆桌，桌上放着一个硕大的VR眼罩——VIP式沉浸体验设备。

石顿走过去，坐进一个皮沙发里，顺手拿起旁边的VR眼罩；华子则走进体验区旁边的中控台，点开了服务器。

华　子：准备好了cue我。

石顿把眼罩戴上，调整了下位置，然后右手向华子比出了OK的手势。

切

石顿走进了九寸钉的演唱会现场，舞台上，大家大汗淋漓地表演着，石顿跟着众人一起摇头、磕头，一起喊着唱着，突然乐队灵魂人物雷兹诺伸手指着石顿自己，竟然邀请自己上台一起演出，石顿走上去，看到印有自己纹样的吉他早已立在一旁，于是提起吉他准备弹奏，突然……

切

一团漆黑，一片静谧，一切戛然而止。

石顿叉着腿站在圆形体验区的中间，突然，身体一抖，像过了电似的，他赶忙摘下眼罩，惊魂未定。

石　顿：我靠，华子，怎么回事？！

华子满脸惊吓，张着嘴，看着石顿身后的门口处。

华　子：贺，贺峰主管，你怎么来了……

贺　峰：（对华子）你白天测试的还不够多是吗？

石　顿：加加班嘛，让我们普通玩家测试测试。

贺峰走了过来，看着满脸尴尬的石顿。

贺峰认出了石顿，他也很震惊。

贺　峰：我知道你。你是巢锤游戏首席技术官——石顿。我收藏了很多你们开发的游戏。你的游戏曾经连霸排行榜八个月。

石顿把眼罩放到桌上，抹了抹额头沁出的汗。

石　顿：可我这还是第一次在游戏里遭受——电击——刚刚那是电击对吧？

贺　峰：刚刚很抱歉。由于涉密，我必须在大家下班后，把眼罩里的定时参数调整，让那些想窃取我们技术的人受到一点惩罚……没成想，冒犯了大名鼎鼎的石顿。

说完，贺峰扭头盯着华子。

石　顿：所以，你电击我。

贺　峰：不，严格说，并不是我们放的电——而是，你自己电到自己了……

石　顿：可是，怎么……

贺峰打断石顿，并示意让他坐下来。

贺　峰：请不要再问了，你懂的。

石　顿：这是我一直寻找的次世代沉浸感，我的游戏里正需要这样的技术……我可以高价买你们的技术……

贺　峰：……不好意思，石顿先生。我帮不了你。

贺峰起身走到中控台，瞅了华子一眼，然后关掉了服务器，意思是要石顿离开。

石　顿：我知道你们研究所另外一个部门也在寻求这样的沉浸技术，也许你会优先提供给他们，可是，如果那么做，你们又能得到什么好处？

贺峰并没有说什么，看着石顿出门，他抬手露出自己的手表，对着诧异的石顿，敲了敲手表。

石　顿：我明白了！

25.内　巢锤公司办公室　日

石顿坐着，他看着面前显示屏，他在费力地阅读邱世泽加密了的邮件文档，用手指划过第一行文字……

邱世泽（OS）：2012年7月3日……那是他们刚来实验室的第一周……那时尽管我们分属不同的体制、机制，但我们都是极富雄心壮志的游戏交互设计师……

26.内 程序开发汇报厅 夜

邱世泽站在舞台一旁的中控台后，更年轻些——尽管眼睛近视，但完好无损。

邱世泽（OS）：在我带领下，我们部门开创了基于VR技术的"视觉魔术"的游戏项目……我们无意中把VR技术推到了如此前沿，可我们谁也没意识到——技术会伤害到真实世界的情感……

石顿很随意地坐在靠后一点的观众席的桌子上，也很年轻。

台上摆着两台一模一样的陈旧的VR体验仪器，圆球形，体验者需要从入口处钻进去，带起插满电线的头盔，手持两个手柄。

球形仪器旁边站着一位美丽年轻的游戏测评员——林丽娇。

张　良：哪位来体验下我们的新设备？与这位美女对战几个回合！

张良伸手指向林丽娇——石顿模拟疯狂宅男玩家羞涩的激动——他举起手，叫嚷着，邱世泽微笑看着石顿。

林丽娇露出清朗的笑，"选出"石顿这位"资深的宅男玩家"。

石顿快速跑上舞台，站在林丽娇对面，与林丽娇握手致意，但很明显，石顿捏着林丽娇的手，抚摸了一下，林丽娇稍慌乱，抽回了手。

张良把眼镜递给了石顿。

邱世泽在舞台侧翼看着。

张　良：你是资深玩家吗？

石顿从仪器里探出半个身子，对着张良摇摇头，又赶忙点点头，林丽娇噗嗤笑出声，张良也笑着给石顿递过去手柄，又帮他梳理了一下线缆。

邱世泽帮着林丽娇在另一个球体里做着同样的事。

张　良：好的！我想你们之前都玩过环幕、球幕体验项目，呃，从此以后，那些就都是小儿科了……

石顿已经把头盔戴好，紧抓手柄，进入游戏场景中开始热身了。

林丽娇也跟着进入场景，简单测试下交互设备的各项功能。

两人背后的大屏幕上，实时地呈现出二人进入的虚拟世界。

邱世泽站在中控台后，把各项参数核查一遍，最后，他的手指摁在一个名叫"脑电刺激"区块推拉钮上，迅速地推到了MAX红色区间，邱世泽抬头看看舞台中间的张良，张良正好看了过来，邱世泽有点慌乱地赶忙把推拉钮拉回到"正常"蓝色区间。

张良注意到了邱世泽的慌乱和手里的小动作。

邱世泽对着张良点点头，示意可以正式开始游戏。

背后大屏幕开始5秒倒计时，之后一幅街头格斗场景映在画面上，中间是两位古装斗士对峙者，每人持有锋利的武器，显然是石顿和林丽娇在对决。

在VR球形仪器中，石顿每中一剑，都相应地抖一下。一番激烈的打斗、眼花缭乱的特效大招后，石顿身中数剑，血流如注，最后横尸街头。

现场其他部门的"观战"人员纷纷鼓掌叫好，尽管没体验，仅仅从格斗过程来看，显然是一次非常成功的体验技术革新。

张良示意邱世泽停止游戏，二人从球形仪器中走出来，石顿仍旧没缓过劲儿来，但看得出来，很爽，酣畅淋漓。

27.内　会议室　夜

石顿、邱世泽和林丽娇围坐着讨论。邱世泽激烈地咆哮——

邱世泽：这个游戏的沉浸感还是不够刺激，都是些噱头。

石　顿：可玩家肯定还是会喜欢，屏幕就算再大，包裹感也不如这玩意儿！

邱世泽：我们要不来点新鲜的玩法！敢不敢尝试"濒死体验"。

张　良（OS）：人为制造的"濒死体验"无异于真死。要是玩家的脑垂体区域不小心被游戏程序接管……就死定了……

他们转过身。张良站在门口，头上戴着刚刚使用的VR头盔。

邱世泽：首先分级，其次设立上限阈值——就可以解决你说的问题。

石　顿：每个人的承受范围可能不一样，有的人的会很低，这个怎么测定？上限阈值没法确定。

林丽娇：分级也不好实现，12-18岁的肯定就不能玩了，这损失的钱可不是一个小数目。

邱世泽：好吧，不引入"濒死体验"。但重点是好的游戏设计师会不断创新，让其他同行们想破脑袋——

张　良：（脱下头盔，盯着邱世泽）然后他就能借此扬名立万……我猜你有惊人绝技咯，邱世泽？

邱世泽：那必须。

张　良：在咱们的VR球形仪里能用吗？

邱世泽：不行，我这个技术只需要搭配轻巧的周边设备。

张　良：那你一个人开发全部环节吗？

邱世泽：是的，用不着其他人。

石　顿：你要这么说，我也可以。

邱世泽：你都不知道我用的技术是什么。

石　顿：（喊了出来）给我玩一次，我就能做到。

张良看着邱世泽，深思。

张　良：石顿，既然邱世泽说他发明了独家技术，大概只有他有办法实现。

石　顿：为什么？

张　良：只有他会这么做。（指着邱世泽）我承认，VR球形仪器只是改良了体验方法，邱世泽说得对，并没有根本上创新。还是一堆繁琐沉重的设备需要搭建，你数数有多少个线头要插来插去的。对了，建议你俩去看看视觉魔术秀，听说用了新技术。

石　顿：貌似Oculus推的。

邱世泽：需要票吗？会不会太贵？

张　良：我请你们俩去，就在刚刚，VR球形仪器第一批订单已经有了。谁能看出他们的关键技术，有奖励。

石　顿：什么奖励？

张　良：（狡黠地笑）进入科协项目的终极评审会……

林丽娇：终极评审会？

邱世泽：就是他们批复巨额资金以支持项目开发。

邱世泽看起来兴奋了，伸出手要和张良握手致谢——张良立即抓住他的手腕。

张　良：我看到你在推拉钮上动手脚了！邱世泽！

林丽娇：呃，是我之前跟邱世泽提了一句——

张　良：（忽略林丽娇）你不会不知道吧？要是脑波数据过载，就算林丽娇承受力足够强，头盔也会搞坏她的大脑！

邱世泽：这只能说产品硬件设计出问题了。为了增加体验刺激，增大数据读取量，这很正常吧。

张　良：你见过功能这么强又这么轻的头盔吗？你知不知道芯片的结构设计非常精密，要是数据存储和读取量超过上限，氧化硅就会释出毒气，顺着眼睛进入脑袋……

林丽娇：我可以在操作终端控制一下数据流。

石　顿：（插嘴）他说不行！

林丽娇瞥了石顿一眼。

张　良：（对邱世泽）不允许出任何一点么蛾子。目前系统还算稳定，不要增加任何变数，任何变化都会导致太多的不确定。

邱世泽悻悻地离开。

石　顿：他一定搞不了技术……

张　良：他是天生的冒险家。他在我来研究所的时候就在，不过是从办公室打印员一步一步打拼起来的。之前经历过很多部门。

石　顿：那他底子不厚啊？你不担心他技术不过硬吗？

张　良：（摇头）他的心不定，钻研技术肯定不行，他所谓的创新只是——新技术的整合。

石　顿：你怎么知道？

张　良：（狡猾地笑）因为他曾利用多个部门的关系，偷来很多技术，有一些还真是核心的。

石　顿：（苦笑）那不"挺好"的？！

张　良：所以我说他是天生的冒险家，在他的观念里，技术需要整合，偷师最快。

林丽娇：我觉得他很强，至少能分辨什么技术有前景，要不费劲巴拉地偷来干嘛用？

石顿转向林丽娇。微笑。

石　顿：你觉得任何人都挺强。

林丽娇：尤其是你。

林丽娇亲吻石顿。石顿摸了摸林丽娇微微隆起的肚子。

张良走上高台。

28.内　游戏厅　夜

邱世泽在一旁观察。台上竞技区，玩家与另一个12岁小男孩在同时联机玩实时VR游戏，俩人联手过关，玩家第一人称视角，满屏幕屠杀怪物，血肉横飞，小男孩更是沉溺其中。

邱世泽注意到小男孩旁边坐着一个青年女子（兰婧），大概30岁样子，小男孩沉浸在游戏中，兰婧有点不放心，不住地想监看孩子的游戏界面。

只见玩家痛下杀手，把丧尸斩杀，爆头场面做得非常逼真，脓血溅到了镜头上。小男孩突然开始哭叫哀嚎，觉得不是自己杀掉Boss，吵嚷着不干。

邱世泽看兰婧极力安抚他，点开绝杀回放视频给兰婧看。

邱世泽：看，没事儿。一套游戏，两套画面。

小男孩和玩家联机游戏画面里的血肉效果却变成了砂砾与蒸汽。尽管男孩还在哭嚷，兰婧已然安心了很多。

小男孩看着另一个玩家的血肉画面。

男　孩：我也要打丧尸！打机器人没意思！

兰婧不知所措，她看向邱世泽。

邱世泽：哦，等你长大成为男子汉！我们一起联手打丧尸。（转向年轻女子）放心吧，分级制保证您儿子健康游戏。

兰　婧：（大笑）这是我弟弟。

邱世泽回之一笑。

29.内　工作室　夜

邱世泽敲打着键盘，之后走向一面装有服务器的墙体，从其中一台机器上，拔出一块SSD硬盘，把另一块SSD硬盘插进去。回到电脑桌前，点开两套画面，同步进行着。他检视着两套同步的游戏程序，撸了一下切换键，画面发生了巨大变化，这一边打丧尸，另一边打机械人。

邱世泽盯着画面，若有所思。

30.外　后台入口　夜

邱世泽出门，看到那个青年女子——兰婧，和她的弟弟站在那儿。

兰婧手里提着大纸盒，装着家庭VR游戏机，她弟弟手里捧着一个游戏册子。

邱世泽：（对孩子）够你玩一个月了吧？可不能网上找攻略哦。

男孩点点头。

兰婧笑了。

邱世泽在男孩面前蹲下，严肃地。

邱世泽：攻略是给那些没有冒险精神的人准备的。一旦读了攻略，游戏的乐趣荡然无存。你要记住，结果不重要，游戏过程才重要。

男孩专注地听邱世泽。

兰婧满脸微笑。

邱世泽：你们住哪儿？

兰　婧：他和妈妈一起住。

邱世泽：那你呢？

31.内　楼梯井　夜

兰婧在她公寓前的楼梯上徘徊。显然是邱世泽送她到家。兰婧掏钥匙开了门。

邱世泽看到了玄关，挂着好几幅毛笔书法字。

邱世泽：你爱好书法？

兰　婧：不，我专攻中国古代书法。

邱世泽赞许地点点头，转身走下楼梯。

兰婧看着他，欲言又止。她犹豫着。

32.内　兰婧的公寓　接上

她关上门并上锁，笑着。转身进入客厅，拉上窗帘——邱世泽已经坐在沙发里，微笑。兰婧也笑着走向他……

33.内　会展中心　夜

视觉魔术秀现场。邱世泽和石顿饶有兴趣地观看演示。

表演者在场中站定，什么头盔之类的都没戴，随着音乐响起，天空像下雨般掉落水果，表演者"挥刀"切来切去。台下观众群情激动。

石顿一边笑，一边搓手；邱世泽没说话，仔细思考着这个技术。

34.内　后台　夜

邱世泽和石顿偷偷看着刚刚在台上表演的工程师，僵直地坐在那里，有助手给脱下外套。而里面的紧身衣，工程师则坚持自己一个人脱，于是助手走了出去。

石　顿：你错了。不可能。

邱世泽：错不了。我们看到的是手挥舞，实际上胳膊发送了微电流信号给处理器，把动作捕捉到画面，看起来就像用刀割。

石　顿：但你看看他。什么设备都没穿，动作还如此轻巧，全部过程实时。如果是胳膊传递了电流信号，那用了什么设备，又是怎么供电的？

邱世泽：（指着）袖子很宽松，里面肯定缠着柔性电池板，你看，他挥动手臂，跳来跳去，发热肯定小不了，我猜他的胳膊可不止长了痱子。

表演者缓缓站了起来，身体僵硬程度，不忍直视，显然忍受着巨大的疼痛，而且是常年的。

邱世泽：他为这个表演完全奉献……（看向石顿）要想成功，就要接受技术对你的侵蚀，你能做到吗？

石　顿：你能吗？

邱世泽坚定的眼神望着前方，默不作声。

35.内　起居卧室　夜

林丽娇给石顿手臂缠绕上了升腾着热气的大浴巾，石顿龇牙咧嘴。

石　顿：我很难忍受这个，不行不行。而且最关键的是，我这毛巾很快就降温了，他可是一直持续高温。

林丽娇：（难以置信）那他就没想着用什么办法降温。

石　顿：要么风冷，要么水冷，要么裹冰块。你觉得哪种可行？

石顿以夸张的姿势把浴巾扔一边，坐了下来。

石　顿：我没办法做到——更重要的是，这个思路不能用在我们的产品上，那人搞的是表演，而我们是在卖游戏，没人愿意这样玩游戏。

林丽娇：肉体的折磨肯定痛苦，可是交互游戏的过程难道不是对大脑的折磨吗？

石　顿：嗯，意识不会疼，就像做恶梦，醒来就没事了。

林丽娇：可是依然会难受，痛苦。折磨意识也会让你不断回忆起痛苦。

石　顿：不管那么多了，身体享受了就行。

石顿抱住林丽娇，林丽娇笑了。

36.内　实验室　日

兰婧打开门，碰到了那些堆积在门边架子上的奇怪东西——盒子里放满了细密如麻的短钢针。

兰　婧：世泽？这是什么？

兰婧困惑地看看——她看到邱世泽在里间和另一个人深入交谈。

邱世泽也看到了她——另一个人转过头——是赵来西。

兰　婧：（冷静地）您是？

赵来西没说话，只欠身点点头。邱世泽走过来。

邱世泽：赵来西是我的交互设计师，刚刚聘用的。

兰　婧：（指着钢针）这要干嘛用？

邱世泽：来西从医院找来的，安全卫生。

兰　婧：你回答我！

赵来西走过兰婧身旁，同时向邱世泽点头示意然后出门。

兰婧看着邱世泽，神情紧张。

兰　婧：从医院找这些干嘛用？

邱世泽：（笑着）转行了，我针灸治病去！

兰　婧：好好说！

邱世泽：（微笑着）这些钢针要埋进我的皮肤下面，验证我的创意可不可行。

兰　婧：你！！

邱世泽开始挥舞着手臂，做出各种格斗姿势，暗示可以空手交互。

邱世泽：人体生物能供电！不怕发热！

兰　婧：可是却需要扎到肉里，更疼。

兰婧愣在原地，哭了，伸手拥住邱世泽。兰婧害怕极了。

兰　婧：到底为什么要这么拼！

邱世泽：我要单独申请一个项目，这是公开路演用的表演，别人肯定没有这样的技术，足够震撼！

兰　婧：这就是你伟大的技术？能为你带来名和利？

邱世泽：对，市场里缺少自由度这么高的交互技术，用途非常广泛，医疗、教育，甚至交警都可以用这个……这绝对是个伟大的idea。

邱世泽走到镜子前，开始调整双臂上面的钢针，后把主机打开……

邱世泽：（继续）一点也不疼。

兰　婧：我不会让你这么做的。

邱世泽将界面启动，开始摆出造型，准备开始交互游戏，他拿起另外一只手柄，递给兰婧。

邱世泽：我们玩玩，你用老办法控制敌人，我们开始对打……

兰婧看看邱世泽，又向下看看前面显示器里的游戏角色已经举起长矛，准备进攻。兰婧手一抖，触碰了按钮，长矛唰一声直直地刺向邱世泽，邱世泽随之一抖，微电流控制透过钢针刺激到了邱世泽，这是设计好的游戏反馈。

邱世泽一挥手，角色已然出招，兰婧角色中招，兰婧手柄随之震动不已，这是老式的游戏反馈，兰婧角色又连续出击，邱世泽浑身抖动，但是他强颜欢笑。

兰　婧：不同意你开发这个项目，太伤身体。

邱世泽看着她，摸了摸她的脸蛋，转身开始调整钢丝密度，一边调试系统。

邱世泽：人体有生物电，钢针的作用就在于收集人体生物电流，维持一个微弱的电压，接受信息发送信息相应地激发主机CPU……要不要试试？皮下穿刺，一点都不疼，就像针灸。

邱世泽把盒子里的钢针拿出来几条，给兰婧展示，又将推杆递给她。

兰婧摇头。

邱世泽：（笑着继续）和针灸没差别。

兰　婧：真的没事？

邱世泽：只要控制电流汇聚的走向没问题就行。

兰　婧：什么意思？电流会走向哪里？

邱世泽：电流如果从指头穿出就肯定没事。如果到了其他地方嘛……可能会麻烦些。

兰　婧：比如？

邱世泽：眼睛……电流如果从头发散出，就必然经过眼睛……

兰　婧：别说了！

邱世泽：我会控制参数不让任何意外发生——因为我很爱你。

兰婧抱住邱世泽，捧起他的脸庞，看着他的眼睛，哭了起来。

兰　婧：再说一遍。

邱世泽：我爱你。

兰　婧：今天格外好听！

邱世泽：为什么？

兰　婧：（笑着）因为你过电了！眼神都不一样！

邱世泽点点头，露齿一笑。

37.内　办公室　日

石顿关了邱世泽的邮件文档，看着桌上林丽娇的照片，拿过自己的视频记录仪。

石　顿（OS）：邱世泽觉得只有他了解人机交互的本质……

38.内　办公室　日

邱世泽坐在办公桌前看着石顿的视频日志。

石　顿（OS）：但他没有像我那样真切地感受过牺牲。

邱世泽：你懂个屁。

邱世泽将iPad扔到一边。

39.内　物证室　日

警官弈平和张良打开门。

弈　平：所有东西都放在最里面，包括那个头盔。

张良走近一堆科技装置，包括那个杀人头盔。张良抬头凝重地看着它，轻抚刻着"Sun Rain"纹样的那边。

弈　平：那是什么意思？

张良打开开关，一阵轻微的嘶嘶声后，张良递给警官，警官举起来，端详着。

张　良：石顿的王牌。

弈　平：你设计的吗？

张　良：（摇头）不，我做不了这个，得是天才……（转换镜头）他能让体验者把假的变成真的，真正的点石成金……

警官赶忙放下头盔。

张　良：警官，这些怎么处理？

弈　平：最后可能会销毁。

张　良：太可惜了。

张良转身看向那破碎了的头盔。点点头。张良指向内部的镜头处。他按下盖子上的控制钮——

张　良：他就是通过这枚摄像头看了石顿死亡的全程，现场观众只能看到石顿倒在地上，头盔里面发生了什么都不知道……

——一个小灯突然开始闪烁。

弈　平：难道没有监控？要这个镜头干嘛用的？

张　良：其实，也是在石顿死后，我才发现这个镜头，之前并不知道。

张良抠掉开关，镜头小灯随之熄灭。

弈　平：你不是他的交互设计师吗？你当时怎么想的，你们宣传用语就是"致死"，真是一语成谶。

张　良：我只负责游戏环节的设计，在游戏里致死，让真人体会到那种濒死感，确实是我们产品的卖点，可是哪能真杀人啊！一定是有人利用了游戏机制，杀人于无形，这是"完美谋杀"。

弈　平：世上有什么事是完美的？

警官语气凝重，张良盯着头盔——

插入镜头：石顿窒息，头扭来扭去，却挣扎不掉头盔，最后嘴中吐出白沫。

张　良：凶手肯定是要面对面看着他死去，才会觉得有快意。又不能出现在现场——所以设计了这个隐蔽的镜头。

弈　平：看来，看着对方死的过程，对凶手而言，有重要意义！

40.内　会展大厅　夜

VR头盔体验会现场。林丽娇手举着新款VR头盔，站在舞台上。

石顿对来宾讲话。

张　良（OS）：很可怕的意义……

石　顿：谁有胆量上台挑战这位美女？战胜她，征服她！！

石顿指向cosplay成女仆样子的林丽娇——宅男们沸腾起来。

一位宅男笑呵呵地走上台，戴起眼镜，拿起手柄，一副征服者的架势。

邱世泽在旁边服务器中控台监控着数据流，张良盯着邱世泽。

宅男与林丽娇开始大战，刚刚开始热身，俩人动作并不激烈，宅男很快就熟悉了操作方法和出招表。随后，宅男开始大举进攻。林丽娇渐渐不支。

为了让场面好看点，石顿示意邱世泽调节一下数据，给宅男增加难度。

邱世泽点点头，他开始调节林丽娇的数据流，数据交换开到了最大。林丽娇进攻力瞬间增加，宅男感受到了巨大挑战，却越发勇猛，酣战几个回合后，宅男步步逼近，连发大招，林丽娇节节败退，勉力支撑。突然，林丽娇一声惨叫，身体倒向一侧，从椅子里滑落下来。

石顿赶快跑过去，扯掉林丽娇的头盔，但林丽娇已然失去知觉，众人赶忙送去医院。

41.内　医院病房　夜

石顿将林丽娇置于臂弯，看着她瞪大的眼睛，空洞而无神。他绝望地擦拭林丽娇脸上和额头上的汗水。尽管鼻息尚存，但毫无任何反应。

邱世泽在一旁看着，呆呆地。

邱世泽（OS）：我为那一夜的事感到……我知道石顿要我调整参数，却以为是要我加大林丽娇的数据流，其实是要我提高对方的难度值……

42.内　卧室　日

石顿躺着，眼睛直直地盯着天花板，绝望地。

石　顿：他一定是故意的！

43.内　办公室　日

邱世泽安静地坐着，闭上眼，怀里抱着猫。

这时有人敲门，赵来西走了进来。站在办公桌前。

邱世泽：现在案子进度似乎对我不利……（赵来西点头）警察应该在调查我当时在中控室都干了什么？

邱世泽拿出许董的名片，在手里翻来折去。

邱世泽：告诉她我答应了。算是最后一搏。

44.内　三里屯某餐厅　黄昏

这里熙熙攘攘，年轻人居多，餐厅的装修装饰一水的动漫游戏风。

石顿在餐巾纸上写写画画，贺峰在对面坐了下来。

贺　峰：知道为什么我约你来这里吗？（石顿笑着摇头）这里是宅男圣

地，都是游戏玩家。适合游戏创意开发者来采集灵感。（对服务员）来两杯海贼王。

石顿笑着连连摇头。

贺峰瞥向桌上的笔记本和石顿潦草的笔记。

贺　峰：写得跟药方一样……

石顿诧异，贺峰拿起那页纸。

贺峰看着纸页上乱七八糟的话。

石　顿：你的意思是其他人看不懂?

贺　峰：老中医为了不让自己的方子流出去，往往字迹潦草，只有他自己的抓药师能看懂。我看你这简直就是药方子。

石　顿：字不像字，也只有我能看得懂了。别人还设计密码，符号什么的，我这不用，这些字本身就是密码。

贺　峰：这是个什么字?

石顿笑着拿过纸片看。

石　顿：互相的互。

贺　峰：那我就可以推演下面的了。

石　顿：你试试。

贺　峰：不行，里面涉及参数，不能有差。

石　顿：这个行业现在恶性竞争得厉害，我们做原创的，也是不得已。

贺峰思考着，捏着石顿的纸张。

贺　峰：说句不好听的，如果你突然死了呢? 这些秘密就永远跟你走了。

石顿没有说话，盯着纸。

贺　峰：我们的技术从不用这些密码。

石　顿：所以我才来找你。你们的黑科技——他们都这么叫——正是我所需要的。

贺　峰：极致的游戏体验。

石　顿：对，能甩开他们五年，嗯，五年足够了。

贺　峰：呵呵，50年——如果你不想听到"永远"这个词的话。

石　顿：永远——有什么是永远的呢……

石顿喃喃地说着，若有所思。

贺　峰：我相信你看过会疯掉的。

石　顿：我玩两遍就知道怎么回事了。

贺　峰：（笑着）你是游戏师，但在我们看来，你甚至没有玩过真正的游戏。

45.外　贺峰实验楼　夜

石顿跟随贺峰在实验室楼里走着，透过透明玻璃能看到两侧屋子里的人在干什么。有研究员们调试设备，有的测试游戏内容，但每个人都像梦游一样。

贺　峰：我们称他们为"梦游者"，深度沉浸在游戏中的人。

贺峰按下手里的遥控，两边的窗帘落了下来。随着窗帘，落下来的还有巨大的银幕，环形的。没过一会儿，上面慢慢浮现出一些影像，贺峰拿着手持APP遥控，点了一下，环幕上便呈现出其中一个梦游者沉浸其中的虚拟场景。

石　顿：实时计算？

贺　峰：没错。

画面中，这个人在挑逗一个女孩，中国古代宫廷场景，逼真而鲜活。

石　顿：场景要做多大呢？像GTA那种？

贺　峰：完全不用预设制作，一切都是玩家自己在游戏里即时制造！

石　顿：那你得海量计算啊！

贺　峰：量子CPU……（转身离开）感觉如何？

石　顿：我要试试。

贺峰笑着把两块芯片贴在石顿太阳穴附近……

46.内　医院病房　日

石顿在林丽娇床旁边坐着，手握着她的手，依旧白皙，又太白了，毫无血色。他给林丽娇轻轻地搓手心，眼睛却直直地盯着窗外。

47.内　实验楼楼道　日

石顿边走边把一支笔别在自己的衣服口袋上，他踏步走进了一扇门。

48.外　实验室　日（接上）

简陋的，空旷的实验室大厅。一座小"舞台"建在最里面。

邱世泽站在舞台中间，与同事一道测试自己的新式体感交互。

声　音：二十分钟！生物电够用了，开始吧。

邱世泽：好，来看看效果，第12版。

邱世泽满脸轻松，当他抬手的时候，动作还有点僵硬，毕竟扎了那么多针。

同事们清理好场地，给邱世泽腾开更大的活动空间。邱世泽摆开姿势。石顿默默地站在一圈同事后面，邱世泽看到了石顿。

邱世泽：你怎么知道……我在这儿？

石　顿：（小声的）来学习邱老师的新技术。

石顿说完，双臂叉在胸前。

邱世泽继续演示，他展开双臂，做出欢迎的样子。

邱世泽：你准备好了？

石顿轻蔑地笑了一下。

插入镜头——林丽娇的脸，硕大而无神的眼睛——

石顿待邱世泽系统打开，进入游戏环节，默默地拿出胸前别着的笔，在手里撅下了按钮……

……邱世泽突然惨叫一声，伏在地上，蜷缩着。

赵来西猛地推开石顿，跳到邱世泽身旁。

邱世泽双手捂脸，血液透过指缝流了出来。

人们惊声尖叫，有的赶快拿起电话，邱世泽捂着眼睛部位，身体抽搐着。

而石顿，早已不见人影。

49.内　客厅　日

石顿坐在沙发里，呆若木鸡。他端起红酒杯，想一口喝尽，然后顿住，死死地盯着杯里的红酒。

插入镜头——邱世泽手捂着脸，血液早已满溢出来——

石顿深呼吸一口，放下酒杯，陷在沙发里，突然，咚咚咚敲门声。石顿开门。张良走了进来。

张　良：干嘛一个人喝酒。有人介绍一家新公司给我，对方想开发新游戏。

石　顿：你去吗？

张　良：没你我怎么去？

石　顿：预算多吗？

张良低头看向他的酒杯。

张　良：足够为林丽娇找更好的医生。（抬头看向石顿）所里领导觉得我带项目疏漏太多，终于酿了大祸……

石顿回看张良。

石　顿：不关你的事，我们都知道问题出在哪里。

张　良：我听说他做交互测试时出事了。

石顿看向张良手里摇晃着的酒杯中的红酒。

石　顿：他的那项目本身就有安全漏洞。

张　良：他右眼视网膜被电流击穿……

石　顿：他又不是傻子，我让他调参数他就直接改丽娇的？直接改上限值？

石顿强忍悲痛。

50.内　工作室　日

石顿和张良在查看一间大的工厂生产车间。

张　良：我们不能显示出太大的兴趣……（环顾四周）免得厂主挺着价不降。

石　顿：又不能显得满不在乎，否则他转身就联系别的买家。

张　良：咱们打配合。

石　顿：走，拿下他！

石顿向张良轻笑一声。

51.内　石顿的工作室　日

石顿坐在办公桌边，把腿翘在办公桌上，怀里抱着吉他，弹奏的布鲁斯悠扬悲怆。窗帘紧闭，房间堆满各种模型、手办。办公桌上平放着一件黑色的、特制的坎肩。

里间，张良看着曼琪——优雅与顽皮兼备，二十岁上下——将自己套上一个坎肩，下半身完全是cosplay女仆，目光从张良移向石顿。

曼　琪：这样真的好吗？

张　良：曼琪小姐，要是不能接受"蔻丝"女仆，我估计你就白来了。

张良站在两米开外，看着曼琪的扮相。

曼琪耸耸肩，理了理裙边，然后戴上眼罩。

张良接通电源，走向石顿。

张　良：扮演二次元的美女陪打游戏，是这个行业最新风向。（对石顿）她可是女硕士，不仅有知识，更有文化。关键是看身材还看不出她有文化，宅男们就没压力了……

石顿笑着点点头。戴着眼镜的曼琪轻轻地啊了一声，看来已经沉浸在游戏中。

张　良：（笑着）瞧，进入状态了。

52.内　兰婧的公寓　日

兰婧急切地重新包扎邱世泽受伤的眼。血从绷带中渗出。

她查看黑漆漆的伤口，往下淙淙淌血。

兰　婧：我早说过！不同意你用这个技术！……怎么会搞成这样？

邱世泽：被脉冲笔扰乱了生物电流的走向，就都引到了眼睛里……

兰婧瞪着邱世泽。

兰　婧：我不想听那些，我就问你，你怎么变成了一个赌徒？没有顾忌，没有畏惧，为了名利拿自己生命去赌！为什么？

邱世泽：我只想创造一款完美的沉浸技术。

兰婧看着邱世泽，半解不解地。

兰　婧：世泽，付出的代价够大了，能不能停一下！

邱世泽：（激动地）如果这时停，所有付出的努力和代价，全都……归零。

53.内　石顿的工作室　白天

石顿和张良在工作台边做新设备（背心）的最后检查，他们要给投资人做公开展示。石顿穿着黑色背心，张良手拿着另一件白色背心。

石　顿：球形VR设备正火呢！很多场馆下订单了。

张　良：他们会更喜欢这个的。

石　顿：你这是急流勇退？这么快就放弃球形VR技术了？

张　良：（严肃）固步自封！你有没有想过，"球形VR"怎么可能进到每个家庭，谁愿意放这么大的球在家里。

石　顿：所以……

张　良：所以别再考虑球形VR，看看这件背心！因为它，下面坐满了投资人！它代表了未来！

张　良：能让世界级体验设备厂商的负责人亲自体验，这本身的意义就很重。（给石顿戴起眼罩）要么改进，要么死……

石　顿：……你很像他。

54.内　汇报厅舞台　日

石顿和张良站在舞台中央，头顶上映射着即将开展的游戏冒险内容。

台下观众席中央坐了好几排观众，大多数身着西服，看起来就像是项目投资人。

石　顿：你们知道我身上穿的是什么吗？

起哄者（OS）：一件破衣裳！（观众大笑）

石　顿：（笑着）这可不是破衣裳，这是在座诸位从未体验过的VR背心！今天购买，每件只需899……只需899！

观众又是一阵大笑，在舞台一边，张良笑着，点头认同石顿的作秀技巧。

石　顿：我们的背心有个最大的好处，就是能让传动感直接投射到身体上，实现逼真的环境反射和动作反馈，还原最真实的感官刺激。这能让喜欢玩枪战的你真正感受到腥风血雨；喜欢玩美女养成的你，感受到细腻柔情……

观众一阵躁动，有人喊快点展示。

石　顿：看，按捺不住了吧，现在有请台下一位贵宾，与我和曼琪小姐一道冒险，尊敬的麻生先生，可否请您上台一试？

麻生眼珠一转，站起身。张良快步上前，给麻生把背心套好，把各种连接端接通，台下很多人都翘首以盼。

55.内　石顿的工作室　日

石顿穿着黑色背心，两只手张着，五指分开，在空中像魔术师一样挥舞。张良在旁边盯着监视器观看，一边站着曼琪。

特写：石顿张开的双手指尖套了透明的指套，指纹部位密密麻麻地分布着

细如发丝般的电路。

张　良：注意，动作要再大一点，手部挥舞得大一点，唉，对！

石　顿：中弹了！我后背有感觉！

石顿随之一震！

56.内　汇报厅舞台　日

麻生穿戴完毕，轻轻套上了指尖传感器，按照曼琪摆出的造型也摆了造型。麻生抬头透过眼镜看向石顿。

麻　生：你这个东西还挺像魔术，石顿。

石　顿：它就是魔术！麻生先生。

57.内　石顿的工作室　日

石顿大汗淋漓，在椅子里坐着，张良和曼琪在旁边笑着说话。

石顿不住点头，把指尖的感应器慢慢摘了下来，放在桌上。

曼　琪：有没有觉得有电击的感觉？

张　良：中弹、中刀这样的信号会从指间透过你的身体发送到背心的采集点上，瞬间再触发放电。

石　顿：太牛了！怎么实现的？

张　良：最牛的是……你可以大范围自由移动，跟做体操一样，所有信号采集都是专用局域网，绝不卡顿。

石　顿：看来不创新真不行。对了，供电系统稳定吗？可别起火。

张　良：石墨烯供电系统很安全，低温、柔性，我专程去厂家定制的。

说完，张良把背心里面翻开，咔啪一声掏出了电板给大家看。

58.内　汇报厅舞台　日

麻生也越来越激动，盯着石顿和曼琪，随着他的口号一起振臂。

石　顿：跟着我的节奏，一起进入魔法世界！

石顿和曼琪有节奏地上下摆动手——"一、二、三！"

咔啪一声炸响，麻生应声倒地，他肥胖的腰部升腾起一股浓稠的乳白色烟雾——起火了——观众们惊呼慌乱成一团。

人群中，只有邱世泽一人笑眯眯地看着——用一只眼。

59.外　汇报楼　夜

石顿和张良坐在台阶上。

石　顿：肯定是邱世泽搞的鬼，出事时候我看见他了。

张　良：设备没看护好？还是哪里被黑进去了。

石顿低头看地上放着的盒子，里面塞满了烧毁的设备。

石　顿：不应该，我用了数字指纹加密。

张　良：没道理啊，这种加密没几个小时是解不开的。会不会是别人？

石　顿：没有别人，一定是他搞的。（继续）他到底用什么办法破解的？

60.内　邱世泽卧室　夜

邱世泽平躺在床上，手举着电话，很淡然地说话。

邱世泽：根本用不着破解，只是在他的电池模块上加了一点东西而已。来西，放心，没事，发现不了。明天的科技展我肯定要去，听说有厉害的技术。

邱世泽翻翻身子睡了。

61.外　科技展园区　日

这个园区周围全是人，贴满科技展的广告条幅。

石顿走过一座巨大的展台附近，进入大厅。

62.内　展厅　日

走廊遍布展览品和手办模型，以及游戏周边，很多厂商的展位都做了大的宣传海报，有的还聘用了真人Cosplay，奇装异服非常吸引人眼球。

石顿四处看看，看起来十分无聊，直到他来到一个异常简洁的展位前，一个简洁的黑白色头盔在台子上摆着，映衬着展台后悬挂着的巨幅海报，没有别的任何东西。

工作人员：你想看到未来吗，先生？那个将改变世界的人正在旁边的侧厅演讲。时空的奥秘尽在其中。

海报上是一位高大英俊的男人——头戴白色VR头盔，背后是正在经历的游戏场景。海报上以粗体字印着——"时空魔术"的缔造者——欧阳铭。

63.内　侧厅　接上

大厅虽小，但很敞亮。阵阵异域风情的音乐让人感受到浓郁的雅痞气质。

台上，一个美艳的模特，头戴时尚的白色头盔，薄膜手套兼顾了触觉手感和信息反馈，时尚又科技。

一个人走上舞台，一大束闪光从他精致的晚礼服上反弹出去，观众们倒抽一口气。他就是欧阳铭——但是石顿离舞台太远，看不清他的面容。

欧阳铭：各位，我可以在两年内把整个游戏交互界全拿下。把电影沉浸感彻底改造。

观众爆发出一阵大笑。这是无稽之谈，欧阳铭肯定是个傻子，狂妄至极。

欧阳铭：传统的VR沉浸有个问题，就是你玩游戏的时候，如果闭上眼睛，就中断了游戏体验，也就是说你从游戏世界里跳出来了，你没能和游戏合二为一，你和游戏是两回事……

观　众：（打断他）说人话！听不懂！

石顿转头看去，叫喊的男人正要离开，身后跟着其他人。

石顿僵住，看向过道那边——邱世泽坐在那儿，专注的，整个人盯着台上。

欧阳铭继续他的讲解，石顿一直盯着邱世泽。

64.外景　街上　日

邱世泽沿街而走。石顿跟着他。

邱世泽遇见兰婧。俩人拥抱。兰婧笑。

石顿看着邱世泽搂着妻子一起走。

石　顿（OS）：尽管只剩一只眼，我仍从里面看见了幸福……

65.内　医院病房　夜

石顿在林丽娇旁边坐着，陪护，看着眼前的——植物人。

石　顿（OS）：……而我的幸福呢？……他从不让妻子参与自己的工作，他能把事业追求和家庭幸福分得这么清楚……

石顿瞥向窗外，没有风，一切静止。他低头看着像睡着了的林丽娇，握紧了她的手，轻轻地搓着掌心。

石　顿（OS）：前一刻他沉浸在家庭里，下一刻就沉浸在游戏里，现实的真实和虚拟的满足，他都实现了……

66.内　石顿办公室　日

石顿在工作台旁边捣鼓着什么，旁边放着一把刀。

看到曼琪推进而入，石顿慌忙藏刀，刀从他手中跌落。

石　顿：（尴尬）我以为你走了。

曼　琪：我真的……很喜欢这个工作。

石　顿：你整晚都在公司？

曼　琪：嗯，我生怕回去一觉醒来，再来找不着公司。

曼琪笑了，还是那么阳光灿烂。

石　顿：（笑着）哪个搬家公司接半夜的活儿……

曼　琪：我看好你，我想做这些事。

石　顿：你领悟到了吗——人生如戏……

曼　琪：戏如人生。

曼琪走到石顿身旁，轻轻地抱着石顿。

石顿头埋得很深。

曼　琪：（继续）张良希望往事随风。冤家宜解不宜结——如果这一次邱世泽觉得你们扯平了，那你能不能别再怄气做傻事了。

曼琪说着，转头看没有关上的抽屉，里面的刀清晰可见。

石　顿：扯平？一只眼换林丽娇的一辈子？他现在有妻有子，还要推出自己的游戏。（愤愤不平）邱世泽假装什么都没发生，继续过着日子。看看我，我孤家寡人，现在也没人请我开发项目。

曼　琪：你有张良，还有我……你需要隐忍，不要冲动。

曼琪拿出石顿的刀子，没收。石顿看着刀子。

石　顿：给他最大的打击，并不是杀了他，而是让他引以为傲的技术变成一坨屎。这比杀了他更让他难受。

67.内　邱世泽实验室　夜

石顿走进去，邱世泽他们仍在伏案工作。

大家看到石顿进来，停下了手中的活儿，有的甚至站了起来，怒目而视，剑拔弩张，一触即发。

邱世泽把眼镜摘了下来，放在桌上的液体里，起身看着石顿。

邱世泽：你还敢来？

石顿走近几步，邱世泽并未惊慌，站在原地，并示意周围同事不要轻举妄动。他手边的全息投影，仍然投射出刚刚他在测试的游戏内容和场景。邱世泽拿起桌上的脉冲笔，扔给石顿。

邱世泽：你再试试，我们毫发不伤。

石顿拿着脉冲笔，看着邱世泽。

石　顿：你确定？

石顿按下了发射按键，红色光晕弥漫在四周，但邱世泽丝毫没有受到影响。

邱世泽留着的那只眼瞪着。说完，转身拿起一片隐形眼镜。

邱世泽：你是不是很想知道为什么？见过这个吗？

邱世泽把眼镜递给石顿，隐形眼镜镜片上隐隐浮现着密纹，非常漂亮，异常神秘。

曼　琪（OS）：你看清楚了？

68.内　石顿的工作室　夜

石顿跌坐在扶手椅上，拿起旁边的吉他。他苦笑着，回忆当晚的事。

曼琪，坐在工作台上，等着他继续。

曼　琪：你是不是很想戴起眼镜试一把？

石　顿：他的技术更轻便，是轻量级。

曼　琪：很棒吗？

69.内　实验室　夜

石顿戴上了隐形眼镜，进入到了游戏项目中。

石　顿（OS）：那是我见过最棒的交互体验技术。

石顿走到一个房间门口，打开门。看起来屋子是空的。他走进去，又关上门，这是一个密室，就如同心慌方里的密室。

这次，门自己打开了，林丽娇走了出来，俩人深情对望。

70.内　石顿的工作室　日

石顿和张良讨论着。曼琪看着他们。

石　顿：简直不可思议，就像是为我定制的。

张　良：不能吧，专门为你制作一套内容？

71.内　邱世泽实验室　夜

石顿摘下隐形眼镜，情绪难以平复，他睁大眼睛看着四周，周围的人也瞪着眼睛看着他。

邱世泽面无表情，没有说话，石顿悻悻地扭头离开。

72.内　石顿的工作室　日

石顿面向张良。

曼　琪：照这么说太棒了，设备又很简单。难道是坊间一直传的意识读取技术？

石　顿：也许吧。

张　良：不可能吧！这个技术可是先驱中的先驱——理念至简，但是技术极繁！摆脱了笨重复杂的终端设备！我觉得还是给你定制了一套场景。

石　顿：那他做这些图什么？再说了，场景那么逼真，我看到了林丽娇，和真人一样……就像做梦。

张　良：或许你真是在做梦。

曼　琪：催眠！会不会是催眠！？

俩人一起扭头看着曼琪。

曼　琪：我乱猜的……

石　顿：催眠，不可能这么low吧。会不会是你说的潜意识读取术，他弄出来了。他是技术控。

张　良：他的那套我太了解了，邱世泽擅长于拿别人的技术，攒吧攒吧，变成自己的一套，你要让他独立研发，他没那个耐心。

石　顿：他习惯于偷技术。我要搞清楚他的这个技术。

张　良：我们要找一个催眠师吗？

石　顿：他没有用催眠。

张　良：他擅长取巧，又能把一个简单的东西包装成很复杂的样子。也许他就是用了催眠术呢。

石　顿：我们可以试试催眠这个东西，但光靠催眠肯定还不够……不够吸引人。我们得增加点别的东西。

73.外 街道 早晨

石顿，缓步走在喧闹的街道，转过两个路口，慢慢地走近了一幢幽静的园区，径直走了进去。

74.外 欧阳铭实验室 接上

实验室里光怪陆离的影像透过窗户闪烁着。石顿停下脚步，透过窗户看里面，惊讶的表情。

贺　峰（OS）：没事，只是投影而已。进来吧。

石顿扭头看，随后跟着贺峰开门走了进去，看到实验室大厅中间，一个男人被全息影像环绕着，阵阵异域音乐响着。随着他走向石顿，全息被阻断，围绕在他周身，形成一个轮廓。

欧阳铭：你就是游戏大神石顿?

欧阳铭从电光中走出，穿得像开演唱会的。他掸了掸衣袖，似乎想把残留在身上的全息影像掸掉，另一只手伸向石顿。

石顿和他握手，疑惑地看着欧阳。

欧阳铭：贺峰向我介绍过你设计的经典游戏。虽然我不怎么玩，但也如雷贯耳。你最近不顺!

石　顿：我早就听说欧阳先生研究意识领域的成就，感谢你今天见我，为什么说我不顺?

欧阳铭：（笑着）你都说了，我研究意识。

欧阳指了指桌上的报纸，上面赫然写着，游戏大师石顿遭遇最大事业瓶颈，云云。石顿尴尬地笑着。

欧阳铭：不过，今天我们谈谈音乐。

石顿疑惑地看着欧阳，贺峰这时走了过来，递给石顿一把吉他。

当石顿握住吉他时，实验室大厅中刚刚消失了的全息影像人，又嘶嘶地站了起来。

欧阳示意石顿弹奏，石顿轻扫琴弦，随着音符，全息人幻化为手持吉他的石顿。

石　顿：实时CG! 我的副本。

欧阳铭：不愧是游戏大师，也是吉他好手。里边请，石顿先生?

当石顿把吉他连接断开，放在一边时，全息形象随即消失不见。

75.外　实验室屋顶　日

闹中取静的好地方。石顿、贺峰和欧阳铭围坐在屋顶的桌边，俯瞰街景。

欧阳铭：贺峰说你要一种特别的技术。

石　顿：惊世骇俗的技术。

欧阳铭：（放下茶杯）人们一边喜欢概念，一边又讨厌概念……

石　顿：……尤其是他们不理解一个概念的时候。

欧阳铭：纸上谈兵的那个人取代了我……你知道我在说谁。所以我现在在这儿。（指向实验室）享受"退休时光"。（自嘲地一笑，看向石顿）一切皆有可能，石顿先生。只是很昂贵。

欧阳铭看向远处的熙熙攘攘的人群。欧阳铭拿起黄铜打火机，嗤啦一声，火苗蹿起，点燃了一支烟。

欧阳铭：那你喜欢谈概念吗？

石　顿：人们喜欢刺激，他们只会嫌不够刺激，嫌好玩的东西太少。而投资人大多喜欢概念。

欧阳铭点头，考虑着。

欧阳铭：石顿先生，我想谈谈实际一点的东西——

石　顿：钱不是问题。

欧阳铭：可能吧，但你有想过代价吗？

石　顿：我不懂你的意思。

欧阳铭：我可以为你开发设备，甚至是代码都可以给你。但我也要给你些建议……（指着）我要先劝你，放手吧。忘记这件事。我看的出来你着魔了。靠你过往作品的版权收入也能生活得很好。你可能已经失去了当时入这行的初衷。

石　顿：你的初衷还在吗？

欧阳铭：你我都是技术控。荀子说过，君子役物，小人役于物。

石　顿：既然已被奴役，那我争取做小人中的君子。

欧阳铭（笑）：那就这样吧。

石　顿：你会帮我吗？

欧阳铭：我已经开始了。希望你能享受现在的闲适和自由。等造好了，你的眼睛里就容不下别的东西了。

石顿直视欧阳铭的眼睛。

76.内　医疗室　夜

温暖的催眠室，光线柔和。

曼琪，张良和石顿走了进来，曼琪向着里屋打招呼。

曼　琪：两位，这是催眠师刘世余教授。

刘医生抬头看了过来，起身点头致意。

石顿微笑着致意，刘医生点点头，邀请石顿躺倒在睡椅里。石顿不安地笑着。

刘医生掏出一支笔，扭动了一下，一个奇怪的立体分体艺术图打开在石顿面前，神秘而艳丽。

刘医生：请仔细看中心的那幅图。

石顿盯着，刘医生开始捻动手中的笔，图案随之旋转，带有丝丝缕缕的拖影，石顿渐渐迷糊。

突然石顿惊醒，双手撑起身体，看着周围的三个人，还没缓过劲儿。

曼　琪：感觉怎么样?

张　良：梦到什么了?

石顿有点错愕。

刘大夫：你觉得你睡了多久?

石　顿：感觉至少半小时吧!

刘大夫：三分钟而已。

石顿很是惊讶。

刘大夫：没错，在梦境中，你的逻辑观念、推理能力其实都是大脑模拟后的。你看，你觉得至少有半小时。

石　顿：那怎么把催眠加入到我们的设备里呢，怎么在不知不觉中就让人进到梦境里?

刘大夫：严格说，我这个不是催眠，是盗梦。

77.内　办公室　日

石顿、曼琪和张良开会。

曼　琪：我们能否也用药物催眠？哦，不，盗梦。

张　良：不行，过不了审。

曼　琪：我们把刘大夫那样的图案导入我们的设备里呢？

张　良：那不就等于告诉大家我们要开始催眠了吗？

石　顿：问题是，邱世泽的隐形眼镜没有这个过程，只需要戴上眼镜，打开开关，然后——啪！

曼　琪：就进去了？

石顿抿着嘴，站起身，掸了掸身上的衣服，似乎心中有数。

张良仍然迷惑不解。

石　顿：就像我之前说的，他肯定不是催眠，只是制作了一个虚拟场景，让我进入。肯定是这样……我敢说，我再去玩一次，内容肯定一样！

张　良：他不可能让你再玩一次的，如果是你说的那样。

曼　琪：我还是觉得是催眠，欺骗你的大脑，进而欺骗你的视觉。

三人争论不休，谁也说服不了谁，这时响起了敲门声。

石　顿：请进。

邱世泽开门走了进来，后面跟着赵来西。邱世泽站在门口。

邱世泽：要不要再玩一次？……没必要遮遮掩掩，我的"隐眼技术"并不是单兵作战，这是生物接触式芯片，利用微弱电流让你产生梦境。

三人惊呆了。

邱世泽一边说，一边走进来，赵来西也随后进入，手里端着一个精致的盒子。

石顿满头雾水，有点茫然。张良频频点头。

邱世泽说完，把墨镜摘了下来，另一只"眼"闪烁着一样的光。

石　顿：你的眼睛？

邱世泽：不要多想，怎么说呢，我也感谢你，某种层面讲，正是这只假眼扩展了我的视觉，让我窥到了未来之路。

邱世泽微微笑了一下。说这些的时候，他异常坚定，丝毫没有悲愤或悲伤。说完，赵来西把精致的设备盒子拿了过来。

邱世泽：这是最新的版本，我两年前就投资它了。临时抱佛脚肯定不靠谱。你想知道它怎么工作的吗？给你个样品，但是拆坏了不包修理。

三人愕然。邱世泽微笑着静静地离开，临走，他又环视一周石顿的办公室。

78.内　研发室　稍后

石顿这套设备只有三个部件，隐形眼镜、程序控制器和微型服务器。

曼琪自己戴上了隐形眼镜，石顿打开了开关。

79.内　饭店　夜

毕业晚会，大学生们肆无忌惮地喝酒，疯玩，搂搂抱抱，宣泄着似乎一直被压抑着的性冲动。

曼　琪：（举杯）敬我们最幸福、充实的大学生活。

大家干杯，喝完，一个男生走了过来，拉曼琪到外边，低声说话。

80.外　校园　夜

男　生：曼琪，还记得你大三时候答应我的事吗？

曼琪笑着，点点头。

男　生：那，那我们今晚是不是……我房间已经开好了……

曼　琪：可是，你是真的爱我吗？

男生环抱住曼琪，点点头。

曼　琪：那再等等我，我们结婚以后再……

男　生：（满脸失望）可是，……结婚……那得猴年马月啊！

曼琪甜蜜地笑着，吻了男生脸颊。

男生借着酒劲，趁势搂着曼琪的腰，手往下摸。

曼琪开始挣扎，试图挣脱，男生越来劲儿，使劲抓着曼琪，撕开衣服。曼琪也生气了，使劲推搡，但是越反抗越激起男生的蛮横。

男　生：我一直在等你，你说毕业后就可以了……

曼琪被她男朋友强奸了。

81.内　研发室　夜

曼琪在躺椅上，挣扎着，面容狰狞。

曼　琪：救救我！！不要！！

石顿看着，赶紧终止了程序。走过去扶着曼琪的肩膀，慢慢地曼琪平静了下来。

曼　琪：我刚刚做梦了，（轻声地）就像做梦……很逼真。

石　顿：你梦到什么了吗？

曼琪低头不语。

曼　琪：我被强奸。

石　顿：对不起……

曼　琪：（自嘲地笑）重温旧梦啊，幸亏我当时没杀了他，要不然刚刚我得再杀一遍……

石顿站起来，给曼琪倒了一杯水。

石　顿：你看，根本不是什么定制CG，你会看到你记忆里最深刻的那段。我要知道他到底怎么办到的。

石顿面向她，直视她的眼睛。

石　顿：我要你去当他的助手。

曼　琪：当他的助手？你在开玩笑吗？

石　顿：你得当我的间谍。

曼　琪：（震惊）你就要我走？

石　顿：我想知道他的眼镜到底怎么调出了你的回忆。

石顿双手搭在她的肩上。

曼　琪：（沮丧）他知道我是你的助手。

石　顿：这样他才会用你。他也想打探我的方法。

曼　琪：他凭什么相信我？

石　顿：你告诉他真相。

石顿笑了。

82.内　欧阳铭实验室　日

贺峰带着石顿进来。欧阳铭在读书。

欧阳铭：你一定想知道花大价钱买的是什么吧，石顿先生？

欧阳铭带领石顿走到房间后面，走到一个工作台前，上面摆着一个全封闭的白色头盔。

贺峰已经开始做着开机前的工作。

欧阳铭：正好来体验一把。先平复下心情。

石顿接过贺峰递过来的头盔，谜样的眼神盯着欧阳铭。

欧阳铭：准备好了吗？

石顿没有说话，戴好了头盔，在原地站定。

贺峰开启了程序，一阵白光闪过，石顿摘下了头盔，睁开眼睛。

83.外　欧阳研究楼门口　日

映入眼帘的是欧阳铭在园区的研究楼，石顿站在门口，有点不知所措。

原来，一切回到了5分钟前。

贺峰开了门。

贺　峰：过来了，进来吧。欧阳等着你呢。

84.内　欧阳铭实验室　日

贺峰带着石顿进来。欧阳铭在读书。

欧阳铭：你一定想知道花大价钱买的是什么吧，石顿先生？

欧阳铭站起来，带领石顿走到房间后面。

石顿笑着，走到一个工作台前，上面摆着一个全封闭的白色头盔。

欧阳铭：正好来体验一把。

石顿掩饰不了自己的激动，而贺峰已经开始做着开机前的工作。

欧阳铭：平复下心情。怎么这么激动？

石顿接过贺峰递过来的头盔，谜样的眼神盯着欧阳铭，但是没有戴到头上。

欧阳铭：请戴到头上。石顿先生。

石　顿：你真是大师！你忘了刚才发生的了？

欧阳铭和贺峰停下了手头事，一起直直地盯着石顿，石顿笑着。

欧阳铭：这么说来，你已经……

石顿使劲点头，欧阳和贺峰也笑了。

85.内　邱世泽的工作室　日

满是猫味的工作室，里面摆满了各种猫的东西。

邱世泽坐在办公桌后面，手里抱着一只白猫。

赵来西走进来，曼琪跟在他后面。邱世泽看向她，赶忙戴起墨镜。

曼　琪：（四顾）很有爱的工作室。

邱世泽：它们以前都是流浪猫。

曼　琪：我是曼琪。

邱世泽：我知道。受石顿委托，向我要技术？

曼琪看到娱乐报头条："石顿大师遁走！"

曼　琪：不是。我有你缺少的东西。

邱世泽：我缺少什么？

曼　琪：我。

邱世泽：（笑着，对赵来西）我没说过需要女朋友吧……

赵来西不做声，离开，关上门。

邱世泽不为所动。

曼　琪：我离开了石顿。我需要工作。我知道你不相信我——

邱世泽：谈不上相信不相信。

曼琪暗暗吃惊，改变策略。

曼　琪：邱世泽，我要告诉你真相。

邱世泽：哈，真相？曼琪小姐，问你个问题。"眼见为实"这句老话，你信吗？

曼　琪：至少还能看见……我来这里是石顿让我这么干的。他要我为你工作，然后偷你的技术。

邱世泽：他的游戏算顶尖了。还需要从我这里偷技术？况且，我都送了你们一套。

邱世泽站起来，走近曼琪。

曼琪迎向他的视线。

邱世泽：告诉我，曼琪，是你还是他试用了我的"隐眼"？

曼　琪：不，他快疯了。他知道你的技术是划时代的。游戏体验就得靠新技术，他开发内容是强项，你这方面可不占优。

邱世泽：他的那套可不是谈判的资本。你说呢？

邱世泽盯着曼琪。

曼琪向邱世泽挑衅地笑（耸肩）。

86.内　视频发布会现场　日

石顿办公室里，墙上挂着的电视机播放着一则新闻——以下是视频内容——

新闻发布会现场，邱世泽介绍自己的新游戏产品，旁边站着的曼琪笑魇如花。俩人不时眼神交流，短短几日，竟也默契有加。

石顿看着新闻，眉头紧皱。

87.内　曼琪住所　夜

曼琪开门走进黑暗的客厅，她打开落地灯，昏黄的灯光仅仅照亮了四周一小片。

当坐在沙发里的石顿前倾身子时，曼琪吓得惊声尖叫，石顿带着一顶黑色的圆礼帽，遮着半张脸。

石　顿：没料到是我吧？

曼　琪：你来晚了，明明约的是下午。

石　顿：我们难道不应该是随时都能见吗？

石顿撑起身，把帽子放一边，笑着盯住曼琪。

石　顿：他从我的身边夺走一切。妻子、事业……还有你。

曼　琪：你什么意思？是你派我来的……

石顿冲过去，抓住她的肩膀，粗暴地。

曼琪战战兢兢。

石　顿：我派你来，是要你来偷他的技术……而不是帮他！

曼　琪：我在认真工作。

石　顿：更不是要你爱上他！

曼　琪：是你把我扔给他的！

石顿打了她一巴掌。曼琪摸着脸颊，乱了的头发掩盖不住愤怒的眼神。

曼　琪：我完全照你的话去做了！

石　顿：（质问）是吗？那他到底用的什么手法？

曼　琪：就像我之前说的，催眠。

石顿摇摇头，愤怒地。

石　顿：邱世泽当然这么说……

曼　琪：他什么都没说——他从没说过。我看到了很多研究资料——全是关于梦的。这些都藏在他的工作室里面。

石　顿：（嗤之以鼻）这是误导，他故意把东西放那儿让你这么以为。

曼　琪：也许吧，那他也够谨慎的，从不露马脚。

石　顿：随时随地，他就是这样的人，这就是代价……他一直在装，你还不明白吗？（停顿）你让他上你的床可并没有换来任何等价的东西！

曼琪怒视他，眼泪从眼中滑落。

曼　琪：你以为你什么都知道？你认为等价的东西在我这里也是等价的吗？你真是自以为是。你不知道真正值得珍惜的是什么。

石　顿：管不了那么多了，我要他的实验数据。

曼　琪：（为难）你要我去偷？

石　顿：以你们现在的关系，还用得着偷吗？

石顿故意把"用得着"这三个字说得很重。

曼　琪：就算我拿到了，肯定也是加了密的。

石　顿：我找人破解。

曼琪打开手包，翻出来一个小U盘，扔给了石顿。

石顿自顾自盯着U盘，翻来覆去看。

曼　琪：你要的数据。

石　顿：生物芯片加密，除了他本人谁也解不开。

说着，有点失望的石顿抬头盯着曼琪。

曼　琪：我们两清了。

石　顿：就只当帮我个忙！你肯定能拿到密码。他那么信任你！

曼　琪：要是被他知道是我偷的怎么办？你太过分了吧！

石　顿：最坏的结果不就是你离开这里吗？到时候我已经得到了他的核心技术。

曼　琪：（恳求）我以后怎么办？！

石　顿：你回我这里来！

曼琪茫然地看着石顿，显得很失望。

石　顿：曼琪，我见过更牛逼的技术，但我还是要拿到他的绝活。我要他万劫不复。

曼　琪：（绝望地）你到底是在图什么？！你这么做也不能让你的妻子醒来啊。

石　顿：我——我只要他的秘密！

石顿僵住，意识到他说了什么。他让自己冷静下来。

石　顿：必要时候，我会告诉他……是我逼你这么做的。

石顿双手温柔地搭在她的肩上。

曼琪点点头，哭起来。她还是很害怕。她茫然地看着石顿。

曼　琪：我已经爱上他了。

石顿惊讶地看着她，双眼圆睁，瞬间，又冷漠下来。

石　顿：那我就知道你有多为难了。

曼　琪：不行，石顿，我做不到。

石　顿：你做不到？那好，我直接问他要，就今晚。

说完，石顿掀开衣服一角，露出了匕首的刀把。

曼琪吓得双手捂起嘴巴。

88.外　研究院门口　夜

邱世泽和曼琪走了出来，各自回家。

邱世泽：我今晚走路回家。让他来吧，我不在乎。

曼琪看起来很担心的样子。

邱世泽转身向相反方向走入人潮涌动的大街。

曼琪停在原地，四下张望。随后，曼琪也跟在邱世泽后面，不敢太近不敢太远。

89.外　街上　夜

邱世泽走近一家宠物店。

曼琪停下，慌慌张张地瞅着四周，她看到街对面另一个人停下脚步，是石顿。

邱世泽从宠物店走出来，继续沿街向前走，一缕烟雾飘出。

曼琪等着石顿动身跟上邱世泽，然后再远远地跟着他们。

邱世泽走过十字路口，曼琪加快脚步，想要穿过街，但是被过往的人群阻挡了一会儿。当她走到对街，邱世泽已经不见了，但他看到石顿走进小巷中。

90.外　小巷　接上

曼琪转过街角，停下。巷内空空如也。她跟丢了。最后，她看到巷尾开着的、昏暗的门道。

91.内 走廊 接上

曼琪停在门口，她戴着手套的手用力抓住门框。

石顿站在她身后不远处，冷冷地看着她。

曼琪刚要回头，还没来得及看到后面是谁，就被石顿打晕。

92.内 木箱子里 接上

迷迷糊糊的曼琪，双眼被黑布蒙着，嘴上贴着胶带，手脚被绑死，动弹不得。有人用胶带在封装木箱。曼琪使劲地踹木箱，嘴里哼着，想喊叫，但出不了声。

93.内 地下车库 早晨

邱世泽走在车库里，停车位虽没有停满，但车也不少。他听到一声响，然后转身：石顿在他后面。

邱世泽：我很意外。

石　顿：为什么？

邱世泽：一直以为你是个善良的人，凡事有底线，没想到你竟然也干绑架人的事。你会害死曼琪的！

石　顿：少扯那些没用的，曼琪是死是活，就看你了。

邱世泽：我一直以为你们感情很好。

石　顿：难道你和她也是逢场作戏？

邱世泽：你想怎样？

石　顿：给我密码。

邱世泽：（耸肩）生物芯片密码，得我亲自开啊。

石　顿：备用的数字密码。

邱世泽打量石顿的表情。

石顿抬起手腕，指指手表。

石　顿：1.25m³的封闭木箱，氧气含量只够一个人呼吸15分钟。

石顿从口袋拿出小本和笔，扔给邱世泽。

邱世泽接过纸笔，盯着石顿的眼睛，非常生气。

石　顿：已经过了12分钟了……难道真的是销魂一夜吗？

邱世泽没写一个字，又给石顿扔了回去。

石　顿：（嘲讽的语气）这年头怎么了，都没真爱了啊！

邱世泽：密码很简单，林丽娇出事的日期。

说完，邱世泽盯着石顿，目露凶光。

石顿把本子放进口袋，整了整衣领子，扭头就走。

邱世泽：曼琪在哪儿？你什么意思，曼琪还活着吗？

石　顿：猜猜她喜欢什么颜色的车？还剩两分钟。

石顿快步离开车库，邱世泽焦急地从近处找车后备箱，当石顿离开后，邱世泽却站在一辆车前，原地不动，点燃了一支烟，看了看手表。然后朝着反方向，面无表情地默默离开。

94.内　办公室　晚上

张良坐在墙边的椅子上，他盯着满脸严肃的石顿，在电脑前尝试着输入密码。

张　良：怎么样，密码对吗？

石　顿：曼琪换来的密码，必须对。

张良奇怪地看着石顿。

数据文档开启，石顿看完，泄了气，盯着张良。

张　良：我早知道他是怎么弄的了。他一贯的手法，但是你却不死心。

石顿看着张良，很不自在。

张　良：为了这个差点害死曼琪，值吗？

石顿出神地盯着屏幕，他把显示器转了个方向，朝向了张良——画面停顿在几个字上面——欧阳铭——张良皱眉，十分不解。

张　良：这是什么意思？

石　顿：（激动地）邱世泽知道怎么发展他的技术，他知道他缺少什么……

张　良：听我说，（淡定且坚定）不能再这么堕落下去了，如果不收手，我真不能再帮你了。

石　顿：那我只好一个人去了。

石顿看着张良，十分不解。他想要说些什么，又开不了口。

95.内　高级餐厅　夜

兰婧一个人坐在双人桌边。

邱世泽昂首阔步地走进来。

兰　婧：你脸色不好。

邱世泽：没事，有点饿了。

邱世泽拿起碗筷就开始大嚼大吃。

兰　婧：你到底怎么了。

邱世泽：（对斟酒的服务员）香槟，最好的。我们终于可以摆脱噩梦了！

兰婧不解地看着邱世泽。服务员放下一瓶香槟。邱世泽点点头，看也没看。

邱世泽：（大声地）可惜曼琪走了，她看不到我们美好的未来了。我得重新找一个助手。

服务员拔出瓶塞，发出轻轻的"啵"的一声，为邱世泽的杯中倒入香槟。

兰　婧：（对服务员）给他少倒点。

邱世泽：（对服务员）倒满！

兰　婧：曼琪为什么走？觉得工资太低？

邱世泽：多高的工资她都配！给她多少都值！

说完，邱世泽眼睛有点红，咕咚喝下一杯酒。呼一声把杯子重重地砸在了桌上。尴尬的沉默。邻桌看了过来。

兰　婧：（对着邻桌）他喝多了，不好意思。

邱世泽：我还没喝呢！

邱世泽盯着自己妻子。

邱世泽：她走了，让我更有振作起来的动力，我祝她一路走好，找到好归宿。

兰　婧：当然，一定会。

说完，兰婧低下了头，筷子划拉着自己餐盘里的食物，顿了一下，兰婧冷冷地站起身，默默离开。

96.外　办公室　日

石顿坐在桌边，看邱世泽的文档，里面有段录音文件。

邱世泽（OS）：今天有不寻常的发展……他的女助手来找我……显然是

石顿派她来的，让她承认自己是商业间谍……曼琪，你告诉我，他喜欢沉浸在自己的梦境中吗？

97.内　邱世泽的工作室　日

邱世泽转身看到赵来西带着曼琪进来。

曼　琪：他快疯了。跟着了魔似的，只想知道你的手法。他不关心其他事，很多项目他都推了，对现在的一切都看不上。我受够了。跟他在一起没有未来。他派我来偷你的秘诀，但我来就是告诉你他的秘密。

邱世泽：对我来说他还有什么谈判资本？

她向邱世泽狡猾地笑。

曼　琪：不。这是他让我告诉你的。（停顿一下）其实我很爱他，一直在帮他。但是他把我当跑腿小妹，派我来这里。（看着邱世泽的眼睛）我恨他这样对我。

邱世泽：你能给我什么？

曼琪笑了，走近邱世泽，盯着邱世泽的眼镜。

邱世泽后退了一下，诧异。

曼　琪：你只沉浸在自己的技术中，对大众而言，你的这些算什么？不能巧妙地把技术做成好玩的东西，难怪人们看不出你的厉害……

她温柔地摘下他的眼镜，假眼露了出来，曼琪贴近邱世泽，感受彼此的呼吸。

曼　琪：正是这只假眼给了你灵感，对吧？（看着他的眼睛）但是，灵感归灵感，技术归技术……怎么用起来才是最终要考虑的。

邱世泽：（轻声地）没错。

曼　琪：你现在寻求突破……你需要大家都知道你，你需要红。

邱世泽看着她的眼睛。

邱世泽（OS）：我想她说的是真话。

98.内　卧室　夜

邱世泽和曼琪一起躺在床上。外面在下雨。他看着曼琪下床，走到窗边抽烟。

邱世泽（OS）：不过我还是不能信任她。只是我需要她。她真的懂我……他怎么舍得派你来？他一定是瞎了！聋了！傻了！

他安静地看着她笑。

曼　琪：因为，他对你的嫉妒超过了对我的爱……

邱世泽（OS）：信任不是重点——爱才最重要……可我们又曾真正相信过谁？到底要不要接受这段感情……除非我能确认她对我忠贞不二。

邱世泽思考中，看着站在窗前的曼琪，温柔而单纯地笑着，看着他。

邱世泽（OS）：该怎么确认呢？……除非……她帮我除掉石顿。这是了解她心意的唯一方法。对，没错。

99.内　办公室　日

石顿暂停了邱世泽的录音。脸色苍白。他选择了最后一个录音片段……

邱世泽（OS）：曼琪，还是令人捉摸不透，到底爱不爱我？她对待石顿的那种不果决，他们是不是还没断？！这始终让我无法信任她。……没准哪天就会背叛我！

石顿抬起头，思维混乱。

邱世泽（OS）：没错，石顿。你现在听到的，只是我要你听到的而已。但我没想到的是，你竟然用曼琪的命和我做交易……

石顿瞪大眼睛，眨也不眨，慢慢地，他低下了头，埋在双臂间……

石　顿：曼琪，你原谅我，忘掉这一切重新开始你的生活……

100.外　欧阳铭实验室门口　日

石顿大步走到门前。

石　顿：欧阳！欧阳！！（没有回应）……贺峰，开门！

贺峰走出来，茫然不解。

石顿闯入。

101.内　欧阳铭实验室　日

贺峰打开门。

石　顿：真的很牛逼！怎么做到的？回溯5分钟！

贺峰笑而不语。

石　顿：这个技术我要定了！现在这版有没有改进？

贺　峰：欧阳现在临走叮嘱我，说如果您来了，须先向您交代几点——

石　顿：听着呢。

贺　峰：首先，时间回溯也只是前溯很短时间，如果时间太长，会导致严重的时空错乱，后果不堪设想。（顿了一下）因此，第二条，不能给你底层技术，虽然你花了不少钱……

石　顿：（不屑一顾）第三条呢？

欧阳铭（OS）：第三条，我们希望这种回溯时间的技术能和另一个技术嫁接。

欧阳铭走了出来，贺峰鞠躬后退后。

石　顿：什么技术？

欧阳铭：隐眼。

石顿瞪大眼睛。

欧阳铭：科学只是将不凡变成不朽，科学是双刃剑。我们的技术能改变真正的时空顺序，这也是最大的危机。可是如果我们把一切都让它发生在就像梦境般的幻觉里呢？

石　顿：那多没劲？

欧阳铭：科学不是绝对的，它充满变数。

石　顿：前两条都可以，第三条……我不答应。

欧阳铭递给石顿一个头盔，示意他戴上。

切

石顿瞪大眼睛。

欧阳铭：我们的技术能改变真正的时空顺序，这也是最大的危机。可是如果我们把一切都让它发生在梦境里呢？

石　顿：你……

欧阳铭：（打断石顿）前两条你答应，第三条呢？不答应我可以不断回溯。

说完，欧阳铭对他轻笑。指指石顿自己手里的头盔，显然已经回溯过了。

欧阳铭：你看，现实多无聊……只有把这两种技术合在一起才更好玩，更靠谱。

石　顿：可是我们已经不可能合作了。

欧阳铭：（笑着）我可没说要你们俩合作？我听说，你们俩为了得到对方技术——玩无间道……

石顿面露惊奇，瞬间又转为平静。

石　顿：他的技术我有了，技术整合的事儿，我来做。我要让他彻底翻不了身。让我再试一次。

欧阳铭：石顿先生，请你明天再过来一趟，你会拥有一切！不过……你要确保你手里的隐眼技术没有任何问题。

欧阳盯着石顿，异常严肃。

102.内　邱世泽家　日

邱世泽走到门口，兰婧走过来，并不看他。当他想亲她时，她躲开了。兰婧哭过的眼睛红红的。

邱世泽：我上班去了。

兰　婧：我们各自沉迷在不同的事情里。

邱世泽走到她身边，眼中带着温柔的担忧。

邱世泽：兰婧，不管你怎么想，我能告诉你的，我已经倾我所有告诉你了。我不能说的——如果你懂我——就不要再逼我了。

她看着他的眼睛，失神的眼睛。她转身离开。

邱世泽悲伤地看着她，然后也离开。

103.外　园区　日

石顿进入园区，从小门绕过路上的弯道，实验室进入视线。他停下。石顿走进实验室。

104.内　实验室　日

石顿在空荡荡的实验室里站着，环顾四周。一切都变得凌乱而无序，仿佛被洗劫过。

园区物业经理走了进来。

经　理：很遗憾欧阳先生的团队离开了，他们走得似乎很着急，石先生。他对这个地方贡献良多，他很慷慨。

石顿敷衍地笑笑，一句话没说，然后离开。

经　理：石顿先生？欧阳先生有嘱托给您一个东西。

石　顿：什么东西？

105.内　物业楼道　日

石顿跟着经理走在昏暗的走廊里。

经理停在双开门前，打开门锁。他推开大门，领着石顿走进去。

106.内　物业储藏室　接上

石顿走进这个宽大的房间。储藏室内有一个精致的拉杆箱。石顿面带敬畏。一封给他的信粘在上面。他拆开了信。

欧阳铭（OS）：石顿先生，你会在箱子里找到你想要的。很抱歉离开之前没向你道别……

107.外　欧阳铭实验室　夜　倒叙

在夜幕下，欧阳与贺峰收拾东西。

欧阳铭（OS）：我在你眼里只看到了仇恨和谎言。前卫先锋的理念，一定会受到世人抨击。大概这个技术只有在你的游戏中才能受到肯定，因为它足够刺激。但是，如果你无限制地回溯时空，试图修正以前所犯下的错误时，这个技术就变成彻彻底底的魔鬼。将遗患无穷。石顿先生，谨记要使用隐眼，确保只在幻觉梦境中回溯时间——把魔鬼关在牢笼里。

108.内　废弃的厂房　夜

废弃的房间中间，伫立着开着的箱子，里面空空的。

石顿站在一旁，穿着衬衫，正将头盔戴到头上。

欧阳铭（OS）：贺峰写了详细的使用说明方法。我对你只有一个建议。底层技术我仍将保留，但你放心，不会有第三个人知道……戴上头盔前，先摒弃内心的贪欲……否则，它只会给你带来无穷的不幸。

贺峰打开车门。欧阳铭上车，从开着的车窗回头看他的实验室。眉头紧锁。

轿车在夜色中，绝尘而去。

109.内　废弃的厂房　夜

石顿戴起头盔，在房间里走来走去。

石　顿（OS）：如欧阳铭所担忧的，他的警告我彻底无视。今天，我测试了机器……想看看如何回溯……

他把刀子放在手心里，重重地划了一个口子，忍着疼痛，石顿把旁边的控制器，捏在手里，但迟迟没有按下按键。

石顿检查完毕，闭上眼睛，按下开关，在一阵时空扭曲之中，石顿身体动作像倒带一样……

闪白——

石顿睁开眼，张开手，根本没有伤口，石顿快步走向旁边的监视器，是八分钟前了。

石　顿（OS）：这才是偷天换日。我要超越你了，邱世泽……

110.内　办公室　日

邱世泽难以置信地看着石顿的视频日记。

石　顿（OS）：而邱世泽你，终将因为谋杀我，而烂死在自己的幻梦里。

邱世泽猛地关掉视频，盯着它。对面坐着的文洛，微微笑着。

邱世泽看向别处，不安地。

文　洛：许董很高兴你重新考虑她的提议。

邱世泽：无所谓了。我可以把我的技术转给你们，所有的。

文　洛：包括隐眼？那许董会很高兴的。

邱世泽：不，她现在不会。因为现在给你的还不完整。

文洛有点生气。

文　洛：没有"隐眼"，其他的都一文不值。

邱世泽：我要无罪辩护。这是我的筹码。

111.内　邱世泽的客厅　夜

兰婧有些疯狂，眼睛红红的，头发乱糟糟的。彻底急疯了的邱世泽试图让她冷静下来。

邱世泽：冷静！

兰　婧：你尽可否认——但我知道。

邱世泽：兰婧，听我说。我和曼琪之间没什么。

兰　婧：你知道你说起曼琪的时候，连你的假眼都冒光！

邱世泽：（非常坚决）兰婧，你怎么这么说话！

112.内　邱世泽家的门厅　接上

门厅里一只猫趴着。猫咪张张嘴，打了哈欠，站了起来，三条腿。

兰　婧（OS）：我不想继续再这样了。

邱世泽（OS）：兰婧，你别胡说！

113.内　邱世泽家客厅　接上

兰婧转身面向邱世泽，绝望地。

兰　婧：我不能忍受这样的生活！你眼里全是她，金屋藏娇是吧？她现在在哪里？告诉我！！

邱世泽：（生气的）我不知道！

兰　婧：我要你对我诚实。你到底隐藏了什么？

邱世泽冷静下来，看着她的眼睛，低下头。

兰　婧：（继续）你爱我吗？

邱世泽：我不爱无理取闹的你。

兰婧无神的眼睛盯着邱世泽，僵在原地。邱世泽看着，十分无助。

兰　婧：好，我知道了。谢谢你的坦诚。

邱世泽：我现在已经是身陷囹圄了，你能理解理解我吗？

兰　婧：（低语）很多事是你做选择，别人承担后果。

邱世泽看着她转身离开。

114.内　邱世泽家的门厅　接上

三脚猫离开了休息的地方，悄无声息地走了出去。

115.内　邱世泽的工作室　早晨

近看一张海报：邱世泽，穿着礼服，神色严峻：视觉魔术大师——暗黑力量的掌控者。当镜头拉远，我们听到轻微的嘎吱声。

116.内　邱世泽家客厅　接上

镜头拉远，一双吊起的脚闯入镜头，一只鞋子没了……镜头拉得更远，我们发现那是兰婧，她的脖子吊在房间中央的横梁上，微微地摇晃着。

一只猫轻轻地走过，抬头看着摇晃中的兰婧。

淡出

117.内　餐馆　夜

张良吃晚饭，神情落寞。他正要拿起酒杯喝酒，手机响了，信息显示一个共享的地点。

118.外　废弃的厂房　夜

张良走在废弃的厂区里。他停在一座废弃的屋子前，抬头看看这座建筑，然后进去，经过破旧的锅炉房，走进废弃的车间。

在大厅中间，有一个工作台，上面放着一个白色头盔。

男　声（OS）：是谁？

是一位很老的管理员，看到张良，颤颤巍巍地站了起来。

张　良：我，我来找一位老朋友。

石　顿（OS）：如戏的人生……

张良转身。石顿站在他后面。

石　顿：欢迎张先生来欣赏魔术界新秀的首演？

张　良：你改行了？

石　顿：张良先生别来无恙！

石顿坐在前排的一个座位上，张开双臂，笑着。张良也不走上去，只是打量着石顿，环顾整个屋子。

张　良：不错的排练场，我喜欢——（会心一笑）你的宣传设计一向很潮。

石　顿：我现在直接运营游戏，线下的，我需要你的帮助。

张　良：线下的？实景体验？

石　顿：人说疯魔是年轻人的游戏。我也差不多疯了……（指着工作台）真正的游戏，穷尽我一生所追寻的东西，我找到了。

张　良：这是什么？

石　顿：我叫它实梦屋，这次我不要你在幕后，到台前去。

张良看起来很感兴趣，但很困惑。

石　顿：你还犹豫什么？

张　良：我只是，嗯，不确定要做什么？

石顿递给张良一个头盔，示意戴上，自己也套了一顶。

石　顿：正好，你试试看。

张　良：实梦屋到底是什么？

石　顿：它有助于你开展一场全新的体验。

张　良：我不懂，隐眼不是早就把头盔淘汰了吗？

石　顿：你的意思是隐眼比我这个强？邱世泽的东西比我的好？是这个意思吗？

张　良：你怎么会这么想？我没有这个意思。

石顿突然暴怒。

石　顿：你骗我，我讨厌背叛！

说完，石顿操起旁边的棍子照着张良头部一击，张应声倒地。

石顿手伸到口袋里，动了一下。

突然——

119.外　废弃的厂房　夜

张良走在废弃的厂区里。他停在一座废弃的屋子前，抬头看看这座建筑，然后进去，经过破旧的锅炉房，走进废弃的车间。在大厅中间，有一个工作台，上面放着一个白色头盔。石顿走了出来，张良惊呆了。石顿笑着。

这是五分钟前。

张　良：（睁大眼摇摇头）太不可思议了！

石　顿：我要你约邱世泽来这里。

张良若有所思地盯着石顿。

120.内　餐厅　夜

曼琪和邱世泽面对面坐着，正在吃饭。曼琪看着邱世泽嚼了一块肉。

曼　琪：你怎么不和我聊聊兰婧？

邱世泽：谁？

兰　婧（OS）：别这么无情。老公。

邱世泽迅速扭头，朝向声音的来源。看不到任何人。连曼琪也不见了。

曼　琪（OS）：我们曾是你生命中的一部分，现在都死了。

邱世泽站了起来。四下寻找。接着，他闭上眼，自言自语。

邱世泽：这是幻觉，这不是真的。

邱世泽睁开眼，兰婧就在正对面，脸对脸，面对面。

兰　婧：幻觉？

曼琪凑了过来。

曼　琪：我们之间的爱情，也是虚幻的吗？

兰　婧：可我是你的妻子啊！

邱世泽：一半真实的我爱你，另一半虚拟的我爱你。（对着俩人分别说）我不知道现在的我是哪一半？！你告诉我，你告诉我啊！

曼琪和兰婧面无表情，一句话不说。

邱世泽面容扭曲，看起来很痛苦，突然，他抬起头，大喊。

邱世泽：终止程序！

电脑程序语音（OS）：请说出口令秘钥。

邱世泽：三脚猫！三脚猫！

一切化为乌有。

邱世泽慢慢抬起头，眼前是自己的实验室。邱世泽把隐形眼镜抠了出来，抛进一盆清洁液中。

121.内　邱世泽办公室　日

邱世泽和赵来西面对面坐着。邱世泽满头大汗，赵来西紧张地看着他。邱世泽伸手抓住赵来西的手。

邱世泽：这不是幻觉了吧？

赵来西：你喊了退出密码。现在不是幻觉时空了。刚刚看到什么了？

邱世泽摇摇头，眼神慌乱。

邱世泽：不行，隐眼技术缺陷很严重，幻觉内容不受玩家控制，很容易变成催眠，产品还不能发布。

赵来西：取消发布会倒是好办，可是你说的要控制隐眼内容，可不是一天两天能实现的。

邱世泽：只需要在体验过程里，允许玩家能主动选择故事发展方向就好了，至少给个重来的机会。

赵来西：相当于把日常生活存档，遇到过不去的坎儿重新读档？

邱世泽：嗯！

俩人一阵沉默，赵来西打破了沉默。

赵来西：张良说石顿带着新技术回来了。说咱们肯定需要……我觉得他们在忽悠。

邱世泽盯着赵来西，若有所思。

邱世泽：或许真有用。怕什么，看看他们玩什么花招。

122. 外　废弃的厂区　日

邱世泽和赵来西在厂区里走着，顺着手机地图寻找着。

废弃多年的工厂杂草丛生，墙壁斑驳。

赵来西：石顿怎么选择这么个破地儿？！

邱世泽没回答，抬手指指斜前方的一个高顶大库房，小铁门倒是油亮，看来常有人进出。俩人走向铁门，走了进去。

123. 内　厂房　日

赵来西和邱世泽走了进来，张良和一个年迈的助手在大厅工作台上捣鼓着什么东西。

邱世泽：张良，你又开始帮他做事了？！

张　良：我在给我自己做事。再说了，你不也来了吗？

邱世泽走了过去，看着张良手里的东西。

邱世泽：现在最好的技术可是我的隐眼。

张良摇摇头，笑了。

邱世泽：怎么？

张　良：你太自负了。隐眼已经是历史了。现在要看这个……

张良说着，指向了工作台上的头盔。

邱世泽：没搞错吧，又退回头盔时代了？

张　良：错。头盔的奥义你没领悟。当然，你得先体验。

邱世泽：（摇头）别想往我头上扣什么乱七八糟的东西。

张　良：石顿可不像你这样，用什么生物电流刺激梦境产生，这头盔可是实打实的。它甚至可以……

邱世泽：（打断）难不成它可以改变时间？

石　顿（OS）：没错！

石顿从旁边小门中走进来。

石　顿：它可以改变时间序列，让你回溯历史，你想想这意味着什么？

邱世泽本来已经转身打算离开，听到石顿的话，停下脚步。

邱世泽：难道，你见了欧阳铭？

石　顿：他为我定制的。收官之作。

石顿拿起一个头盔。

石　顿：如果连体验的勇气也没有，那你就该退休了。

邱世泽快步向前，抓起头盔。刚刚放到头上，看到石顿在一旁笑眯眯地，邱世泽有点犹疑，低了低头。

邱世泽：你也应该一起戴。

石顿随即抓起一个头盔，几乎与邱世泽一起套到了头上。

闪白——

邱世泽和赵来西站在原地，邱世泽惊呆了。他低头看看时间，3分钟之前。

石顿从侧门走了出来，邱世泽一反常态，显然被这个情景吸引住了，他看着石顿怒气冲冲地走到身前，还没来得及反应，只见石顿不知从哪里掏出了一把匕首，朝着邱世泽腹部猛捅数刀，赵来西愣在原地，张良也十分惊讶地瞪着眼。

邱世泽顿时血流如注，倒在血泊中，身体不住颤抖，石顿操着匕首，慢慢地蹲了下来，盯着邱世泽。

石　顿：为了林丽娇，为了曼琪，顺便也为了……兰婧。

邱世泽：可是，这是真的吗？

石　顿：你感觉到痛了吗？

邱世泽轻轻地点点头，眼看着就要死去。

石　顿：想活吗？

邱世泽：你想要我死吗？

石顿默不作声，邱世泽慢慢死去。突然，石顿的手表闹钟开始滴滴滴响起。石顿迅速按下了按键。

闪白——

邱世泽站在原地，非常惊奇地看着眼前这一切，又低头看了看时间，石顿从旁边的小门朝着邱世泽走了过来。

邱世泽：你想干嘛！

石　顿：你已经死过一回了。

赵来西四下瞅着，不明就里。张良默默坐了下来，微笑着。

邱世泽：我们扯平了。你叫我来就是为了这么整我吗？

石　顿：杀你一千次都不算多。但是我不打算这么干。我有个提议。

124.内　邱世泽办公室　夜

赵来西和邱世泽双双坐在沙发里，惊魂未定。

赵来西：你相信他吗？

邱世泽：石顿是一只独狼。他想和我合作，明显就是陷阱。他的实梦屋肯定有缺陷，想从我们这里找方案……

赵来西：（点头）我们要和他合作吗？你怎么想的？

邱世泽抱着那只三脚猫，轻轻地抚摸着。

邱世泽：我明白了。你看，隐眼缺乏的正是实梦屋所擅长的。实梦屋缺乏的，正是隐眼所具备的！说完，邱世泽靠在转椅里，看向远方。

石　顿（OS）：实梦屋回溯真实的时间，这样太危险了。你我都明白。如果把实梦屋和你的隐眼结合一下，那么，你想想，在梦境中任意回溯时间，等你醒来，世界仍然井然有序……

邱世泽：如果走不出梦境，可就……

赵来西：玩家可以设置退出密码，只有他自己知道，喊一声就终止梦境了！

邱世泽看着赵来西，点点头，手里的三脚猫伸了伸懒腰。

125.内　废弃的厂房　夜

石顿和张良在收拾工作台。

张　良：石顿，你变了，你以前可是直来直往，现在我都搞不懂你到底要干嘛了。

石　顿：吃亏多了……我的初衷并没有改变。

说完，石顿拿起头盔，查看里面。

石　顿：我们约定好了开一场新产品发布会，双剑合璧。我还需要你帮我准备。

张　良：他的隐眼，你都吃透了？

石　顿：是的，别忘了，他很早就给我样品了。他这次一反常态，没有任何条件地答应我，倒是让我出乎意料，这次我要彻底击溃他，永世翻不得身。

126.内　大剧院发布会舞台　夜

邱世泽和石顿分别给对方戴上隐眼，又戴上头盔，两人像多年好友一样，看起来默契异常。但台下有观众起哄。

观　众：又炒冷饭！石大师！头盔我们谁没有啊？！

观　众：拿出你的绝活儿！别浪费大家时间了！

石　顿：女士们先生们，今晚我们的产品展示表演，其实非常非常危险。（脱掉外套）接下来就是我们"隐眼+实梦屋"的体验，在座的各位只能透过我身后的这个大屏幕同步看我们玩，很不过瘾吧，但这不重要。重要的是，我事先说明，害怕看到死亡画面的观众现在可以离开。但留下的，请记住，这只是虚拟游戏，只不过太过逼真而已。

观　众：别叨叨了，快点儿！

石顿和邱世泽同时开启了程序，隐眼+实梦屋。

127.内　废弃的厂房　日

张良带着头盔，石顿在旁边调整程序参数。

石　顿：你戴着的是我改良过的隐眼，所以接下来要做的事，包括实梦屋给你回溯的时间都是幻觉。你懂了这个奥秘了吗？

张良已经沉浸其中，我们看不到他在经历什么，我们只能看到张良半躺在沙发里。

欧阳铭（OS）：加上隐眼，实梦屋改变的就是玩家脑子里的现实。换句话说，他被囚禁在自己的梦境中。石顿，这就是为什么我一定要你和邱世泽合作的原因，我们不能扰乱现实，否则后果不是你我能承受的了。

128.内　停车场　日

邱世泽和石顿对峙在停车场里，两人第一次谈判的现场。

欧阳铭（OS）：而你要控制的，就是让对方进入到你的梦境中，所以你必须是主场。

两人目露凶光。

石　顿：曼琪在哪里？你找到了吗？

邱世泽：你绑架了曼琪，又把她藏了起来，我怎么知道在哪里。

石　顿：你找了吗？

邱世泽：石顿，如果曼琪死了，你就是凶手！

石顿显得非常慌张，赶忙冲到一边的红色厢车边，查看曼琪被绑的木盒子。可是又遍寻不着曼琪，石顿愣在了原地。

邱世泽显得很轻松，他点燃了一支烟。在车库里悠闲地抽了起来。

邱世泽：是你绑架了曼琪，是你把她关起来。

石　顿：求你了，告诉我箱子在哪里。

邱世泽：你忘了你怎么提醒我的了吗？曼琪喜欢的颜色。

邱世泽慢慢转身面向另一边的一辆红色车。

石顿赶忙奔向红色SUV，砸破玻璃，曼琪所在的大木箱子果然在里面，石顿使劲把木箱子打开，可惜，曼琪已经窒息而亡。石顿惊慌失措，盯着邱世泽。

邱世泽：差一点儿哦。

石顿伸手到口袋里，按下了时间回溯键。

闪白——

邱世泽和石顿对峙在停车场里，俩人第一次谈判的现场。

石　顿：曼琪在哪里？你找到了吗？

邱世泽：你绑架了曼琪，又把她藏了起来，我怎么知道在哪里。

石顿迅速跑向红色SUV，砸破玻璃，曼琪所在的大木箱子果然在里面，石顿使劲把木箱子打开，可惜，曼琪刚刚窒息而亡。石顿惊慌失措，盯着邱世泽。

邱世泽：差一点儿哦。

石顿伸手到口袋里，把时间回溯值设置为……

邱世泽：有用吗？实梦屋改变不了历史。只能改变当下而已。你这么做只能让曼琪一遍一遍地死去。

石　顿：我一定要回溯到能救曼琪为止！你拦不住我。

邱世泽：那你就别指望实梦屋了。难道你天真地以为欧阳铭只给你一人做事？

石顿张着嘴，压根没想过这个问题。

邱世泽：而且，实梦屋是可以破解的，为什么他强调要你找我合作呢。

石顿慌了。

石　顿：邱世泽，这毕竟是梦境，而且你在我的主机里。

邱世泽：是你的主机，没错，可你确定这一切发生在你的梦境里吗？

石顿被问得突然愣在原地。

闪回——

129.内　大剧院发布会舞台　夜

邱世泽和石顿分别给对方戴上隐眼。

邱世泽在给石顿戴隐形眼镜前迟疑了一下。

闪回结束

130.内　停车场　日

石顿突然反应了过来，奔向前摇晃邱世泽的身体。

石　顿：难道你没给我用隐眼吗？我进入的是你的梦境？

邱世泽：石顿，你还是那么的蠢。你难道不知道你的主机搭配我的梦境会出问题吗？如果我现在单方面退出，你就只能在我的梦境副本中玩儿了。哈哈哈。

石　顿：王八蛋，你太阴了！

邱世泽：你派曼琪来不就是想偷窥我的世界吗？现在请随意探索。有结果了记得告诉我！

石　顿：等等，别走，告诉我怎么出去！

邱世泽：如果我不帮你关机，你永远别想出来。

石顿欲阻拦邱世泽，邱世泽转身就走，嘴里念着一个词。

邱世泽：三脚猫！

石　顿：什么猫？

石顿追了上去，猛地抓邱世泽，但是邱世泽瞬间蒸发了，石顿左看右看，似乎这里从来就只是他一个人在。

石　顿：怎么办，我必须出去，一定能出去！一定要出去！

石顿像热锅上的蚂蚁，朝着停车场的门跑去，推开，映入眼帘的却是一间昏暗的餐厅。

131.内　餐厅　夜

石顿远远地看到曼琪、兰婧和邱世泽在吵架。邱世泽的脸都扭曲了。

曼　琪：我们之间的爱情，也是虚幻的吗？

兰　婧：可我是你的妻子啊！

邱世泽：一半真实的我爱你，另一半虚拟的我爱你。（对着俩人分别说）我不知道现在的我是哪一半？！你告诉我，你告诉我啊！

曼琪和兰婧面无表情，一句话不说。

邱世泽面容扭曲，看起来很痛苦，突然，整个场景眨眼间消失了。

石顿杵在原地，还没反应过来，扭头回停车场，又遍寻不着刚才开的那扇门。

132.内　大剧院发布会现场　夜

邱世泽从梦境中出来，顺手摘下了隐形眼镜和头盔，看着旁边躺在睡椅里的石顿，还嵌在自己的梦境副本中。

发布会的现场石顿像深度睡眠的人，又像植物人林丽娇一样昏睡着。

台下现场观众每人都戴着一套VR眼镜，一同旁观俩人的故事内容，大家全都沉浸其中。

邱世泽环顾四周，快速走下舞台边的台阶。

133.内　黑漆漆的空间　夜

石顿立定，低头沉思。

石　顿（OS）：我被困在了他人的梦境中！要想脱离，有一个办法：造梦境的人回来，带我出去。但是要他回来，肯定不可能。

石顿抬起头，向前走，前方根本没有路，但是石顿毫无畏惧，像在暗夜中行走一样。

石　顿（OS）：摆明了想让我死。没那么容易。死也得有个死法……我已经在你的梦境里了，就照你说的，探索一下。死前我倒要问问你，为什么要害林丽娇！

134.内　大剧院舞台　夜

想到这里，石顿忽地一转身，眼前一片开阔舞台——林丽娇出事当晚，一个宅男网友和林丽娇正在台上试玩VR游戏，邱世泽在一旁守着主机，调节参数。

而当时的自己——站在另一边，像舞台剧导演般指挥、讲解着这一切。石顿向舞台走了过去，现场所有人看不到这个走过来的石顿，他像隐形的幽灵般观察着邱世泽的一举一动。

"石顿"示意邱世泽调节一下数据。邱世泽点点头，他举起平板电脑，伸出手指先在宅男界面里刚要点击，但停在了半空中，犹豫了几秒，手指头移向了右侧林丽娇的参数界面，有点发抖但很准确地调节林丽娇的数据流，将数据滑块推到了最大。

石顿把这一切看得清清楚楚。他上前一步，双手掐紧邱世泽的双肩，突然，那个现场一切都像视频按了暂停键般停住了。

外来的石顿由于介入到了当时的事件，算是终止了事件进程，石顿愣了一下，忽然明白这是梦境中的场面，他止不住地向邱世泽大喊。

石　顿：你告诉我，为什么这么做！我们一直以来都算是合作顺畅，彼此不设防，为什么你这么狠心！我叫你调节参数，就凭你聪明的脑瓜子能不知道该怎么选吗？！为什么你犹豫再三，还是选中了调整林丽娇？！你说！

本来像蜡像般钉在现场原地的邱世泽，却眼珠一转，与石顿对话起来，石顿一怔。

邱世泽：没有恶意，没有故意，没有敌意！我就是不想太保守，一切都是安安全全地尝试，没有一点冒险精神，我想试探人体极限。

石　顿：你怎么不在你自己身上做实验？！你非要看着他人冒险，你获益匪浅！（走到林丽娇身边）丽娇被毁了，我们的生活被毁了。一切都毁了！你刚刚左右摇摆不定的时候就没有考虑到这些吗？

邱世泽：没有。我的想法很简单，如果这是科技实验所必要的代价的话，我认为是值得的。我也希望你这么认为。否则，你将一事无成。

邱世泽一边说话，一边走到林丽娇身边。

邱世泽：如果换做是我，会让她已经付出了的——物超所值。

说完，邱世泽死死盯着石顿。石顿一拳打到邱世泽脸上，邱世泽踉跄几步。石顿一步跨过去，拎着还没站起来的邱世泽，往起一提。

石　顿：那曼琪呢？超你所值了吗？！

镜头切

135.内　停车场　夜

曼琪被关在黑箱子里，不住摇头挣扎，氧气快用完了。

镜头拉开，邱世泽打火点烟，面无表情地默默离开停车场。

前景处，石顿还抓着邱的衣领，但两人都扭头看着这一幕。石松开了邱，失神落魄地奔向曼琪所在的车，打开黑箱子，为时已晚，曼琪已经死亡。

邱步步后退，亲眼看到曼琪的死，他也吓坏了，试图逃开。邱跑进地库小侧门，石追了上去。

石　顿：你跑哪儿去！今天我非得让你偿命不可！

136.外　某小区　夜

邱眼睛不好使，在昏暗的小区林地里踉跄地跑着。

石快步赶上，一把抓住邱，放倒在地，双手掐着邱的喉咙，试图杀死对方。

邱挣扎不过魁梧的石顿，双手到处摸索，终于摸到一块尖石，照着石的脑袋便砸了下去……

石顿闷哼一声，死了。

137.内　废弃的厂房　日

邱世泽和赵来西双双躺在简易的单人床上，两人头上戴着头盔，外面还用胶带缠绕几圈。两人手里都握着短的手柄，邱世泽还不住地按下上面的红色按钮。石顿走了过来，低头查看了邱世泽的头盔，抬头看着站在床尾的张良。

张　良：他不是一喊密码就退出程序了吗？

石　顿：三脚猫。

张　良：什么？

石　顿：他的密码是三脚猫。可惜已经没用了，在我的设定里，他只要喊三脚猫不是退出，而是重新开始。

张　良：也就是说他还不知道他的密码反而让他被困在实梦屋里……

石　顿：而且是永远被困……除非我在外面关掉程序。

张　良：我明白了，你设计了这一切，让邱世泽误以为是自己的梦境困住了你，在他梦境里把你杀死，那么他以为的现实里你也死了，所以一劳永逸！

对不对？！

张良说着说着，激动得脸都红了。

石顿微笑着，走到张良身旁，拍了拍张良胳膊，两人一起走出门。

138.外　废弃的园区　日

晴空万里，白云点点。石顿和张良在园区里走着。

张　良：你导演了一出剧，而邱世泽把它演了出来……可是，我还是不明白。我也参与了这件事，我什么时候进入梦境的？

石顿笑而不答，用手指指自己的眼睛。

张良慌了，赶忙把隐形眼镜摘了出来。

石　顿：让人进入一段梦境其实很容易，就像催眠，如果医生不说，谁又能知道什么时候是起点，什么时候是终点呢。

张　良：那邱世泽的终点呢？

石顿盯着张良。

石　顿：丽娇会给他关掉的，如果丽娇还能醒来的话。

荒凉的园区正门口两辆警车呼啸而来，直接驶向了走路的石、张二人。

警官弈平下了车，掏出了逮捕令，举在了石顿的眼前。

弈　平：石顿涉嫌绑架曼琪并致其死亡，证据确凿……你被捕了。

张良手足无措，石顿异常淡定。

弈平把石顿塞进了警车，上车之前，又四处望了望园区，之后开车绝尘而去。

张　良（OS）：真正的VR游戏，一定要包含有三种类型的体验，由浅入深……

警车渐渐地从画面最深处消失，空留慢慢落下的灰尘。

139.内　科学院一间VR实验室　日

影片开头出现的工作室。我们现在知道这是邱世泽的工作室。

张良为小男孩演示VR游戏原理。

张　良（OS）：第一种是"看起来真实"……

张良捏起一个小兵人，轻轻地摆在了另一个举枪的兵人前方。

140.内　警车内　日

石顿斜靠着车窗，双眼盯着窗外嗖嗖而过的风景。

张　良（OS）：……但最难也最迷人的一种……

141.内　废弃的厂房　日

邱世泽仍然躺在那里，时不时腿痉挛似地抖一下。

张　良（OS）：……我们称之为……以虚代实……

142.内　实验室　日

张良从工作台旁边拿起一副隐形眼镜，给小男孩戴上。小男孩张开嘴惊呼着。

张　良（OS）：这是一种更高级的骗术，而你，就想要被骗……

143.内　警车内　日

石顿斜靠着车窗，双眼盯着窗外的风景。

镜头对着石顿无神的双眼缓缓地推过去，隐形眼镜的细节慢慢地浮现给我们，微弱毛细的电路细节越来越清晰明显——突然——石顿眨了一下眼……

一全片完一

第 五 章

爱情——《久久不见》

1.外 海岛—星夜

一个女孩（艾华）仰望星空，旁边一个男生（阿宁）绕着篝火欢歌笑语（但我们听不到歌声，也看不到二人的正脸。）

艾　华（VO）：这首歌里有我的初恋。一切都是注定的……原本相隔遥远，两个世界的我和他，在一段奇妙的歌声里，透明的星辰下，牵起了手。

镜头前景是渐渐清楚的女孩侧颜，景深处男孩载歌载舞的身影慢慢模糊。

2.外 校园 晨

华侨大学研究生艾华（23岁女孩）走在校园里，她去上课。另一边赶上来好朋友夏美（23岁女孩），二人并肩往教室走。

夏　美：毕业论文写得怎么样了？

艾　华：写完了。（笑）

夏　美：写完了？（惊讶）

艾　华：开题报告。

夏美长舒一口气，把怀里抱着的一沓纸在艾华面前趾高气昂地晃。

夏　美：怎么样，这就是谈恋爱的福利！

艾　华：切！这只是论文，作品呢？别忘了，我们音乐系可是把毕业作品看得最重要！

夏　美：统统搞定，我负责指挥，我家Ricky帮我搞定其他。你也要加油哦！

艾　华：当然要加油啦，我现在最重要的事情就是毕业作品……

夏　美：我是说加油找一个boyfriend哦！其他一切事情迎刃而解！

艾华笑着轻轻推了夏美一把，二人进入教室。艾华脸上挂着笑，但仍看出来有几分忧郁。

3.内 教室 日

这时，讲台上走上来老师。

老　师：再给大家重申一遍毕业作品的紧迫性，不仅仅是一篇论文，更是我们音乐创作专业的一次能力和风采的展示，届时，学校要从大家的毕业作品中，评选出一首最佳原创歌曲，报送国家艺术基金……

同学们爆发出阵阵惊讶声。夏美过来嚼耳朵。

夏　美：哎，艾华，机会来了，国家艺术基金哦，谁拿下谁就正式出道！

艾　华：哪那么容易啊，先顺利毕业了再说吧！

老　师：……大家要紧贴生活，从现实中汲取创作的灵感，这样才能保证原创作品有生命力……最后，大家一定要注意抓紧时间，赶早不赶晚，别忘了，咱们学校的录音棚可只有一间，别都挤到一起用，排不开……

夏　美：别怕，Ricky帮我搞定了一切。有个贤内助可真好，（对艾华）你也抓紧，认真点！

艾　华：我去哪碰你家Ricky那样的贤内助啊？（笑）

夏　美：对了，我给你安排一场艳遇！

艾华笑笑点头，但藏着忧郁。

艾　华（VO）：我不相信有什么一见钟情，但我相信一定有完美的邂逅等着我……尽管大家都说，根本不可能有……

切

4.内　酒吧　夜

艾　华（接上）：……完美的邂逅嘛，就比方说……

四个人（艾华、夏美、Ricky和林正楠）围坐小桌，在灯红酒绿的高档酒吧里，他们有说有笑。但很明显，艾华并不是很享受这种社交场合。

艾　华（接）：……我们偶遇在一个安静的小岛上，踩浪花、看星星……我们随手记下来的词，你一句我一句哼唱出来的旋律，伴着海风，飘向远方，所有人都听得到我们的歌……

夏美、Ricky都愣住了，突然爆出夏美的笑声。

夏　美：哎，不文艺你能死啊！

艾　华：（有点难为情）这不就有种命中注定的感觉嘛……（林正楠好似有问题要问，欲言又止的，终于……）

林正楠：（打断）对不起，我打断一下，可是，你有没有分析过这种情况的概率有多高？现实中不可能会有的。

夏　美：（尴尬）呃，正楠他，典型的理工男……

林正楠：艾华，你该不会没交过男朋友吧？

RICKY：（低声对正楠）你这么说也太直接了吧。

林正楠：直接吗？（对艾华）我猜得对不对呀？

艾　华：（尴尬点头）对。

林正楠：对嘛，怎么可能会有这种小概率邂逅嘛！

周围嘈杂的声音，渐渐隐去。艾华盯着杯子里的酒，她用手轻轻摇晃，酒像波浪一样涌动起来。

5.外　华侨大学图书馆　日

大学里也很繁忙，学生们进进出出。每个人都急匆匆的。

6.内　图书馆学习室　日

学生们忙着备考、读书、查资料、写论文。艾华所在的开放式读书间里坐了很多同学，每个人都紧盯着电脑，走来走去的同学也手里捧着pad或厚叠资料。

夏　美：（低声）导师发飙了……说我这歌还没写，论文怎么就先写完了，肯定有问题，吓得我跑，要是被他知道是Ricky帮我写的，肯定完蛋。

艾　华：（低声）夏美！你怎么能犯这种低级错误呢！

夏　美：天天闷在学校里，还写什么歌嘛！

艾　华：要不，我们采风去。

夏　美：采风？那是什么！

艾　华：就是去找灵感。

7.内　艾华家　夜

艾华一家晚饭，她请求父母同意自己外出采风。艾华的父母是定居在海外的华侨知识分子，素养、气质均在常人之上。

艾华父：采风没问题，毕竟是搞音乐创作嘛，你打算去哪里采风？

艾　华：还没想好，爸爸有什么建议吗？

艾华父：还记得我教你背《诗经》吗，诗经里讲过，风指的是地方乐调。

艾　华：……那采风，就是采集这些民间歌谣的意思咯。

艾华父：没错。

艾　华：可是，爸爸，我有个疑问。现在都数字时代了，现在大家都用电脑写歌……还有必要去采风吗？

艾华母：关键是看你去哪里采风。城里也能采风，我估计你找到的都是电子乐，可能会很新鲜，但毕竟还是电子的。

艾华父：（笑笑）民间的也广受世界欢迎嘛。都市里的电子乐也不错，不过生命力最强的，还是得往民间走呀。

艾华掏出一个小本子，她盯着上面写着的几个城市名字。

艾华母：我看看，哪几个城市备选呀？噢哟，纽约、东京、里约、巴黎、上海……可都是世界名城啊。

艾华默默地拿起笔，在这些城市名字上，重重地划上了黑线。

艾　华：我不想循规蹈矩，跟着别人的步子走，我想有我自己的音乐风格，如果在都市里大家都很容易做一样的东西，那我选择去寻找不一样的。

艾华父母颇为赞许地点头。

8.内　艾华卧室　夜

艾华端着一杯热饮，惬意地斜躺在沙发里，一阵大提琴的乐音传来。艾华沉浸其中，艾华母这时进来。

【歌舞1】

艾华母：还记得这首歌吗？（艾华微笑着点头）

艾　华（唱）：回家咯，回家咯，我得回家咯。静悠悠，轻悠悠，我得回家咯。

【歌舞1结束】

艾华母（唱）：……路不远，在眼前，家门仍在开。父亲等着我，母亲等着我，家人团聚，都是我的爱。

艾　华：真好听。好久没唱了。妈妈，为什么给我唱这首歌？

艾华母：我教你唱，你外婆教我唱，我外婆教我妈妈唱……就这么一代一代传唱。你要采风，就应该找这样的歌。

艾　华：去哪里找啊？而且都过了几十年了，现在哪还有会唱这种歌的老人在？外婆也走了好几年了。

艾华妈妈按下遥控，一张碟片滑了出来，艾华妈妈递给艾华。

艾　华：《Sing Me Home》

艾华妈妈摸摸艾华的头，塞给她一本老相册。艾华打开相册，映入眼帘的是她的外婆和外公的合影。

艾妈妈：你的姥姥和姥爷是来新加坡的第一代华侨，他们年纪越大，越思念家乡。

第二张照片一片海天相连的海岛风情，艾华外婆（40多岁）笑容满面，特别显眼的是，肩膀上披着一条色彩斑斓的锦缎。

艾妈妈：喏，你看，你外婆那时候还很年轻。这是她最后一次回家乡。

艾　华：海南？

艾妈妈：对，海南万宁。对他们那辈人来说，万宁是他们生长的地方，是他们的故乡，感情是不一样的。毕竟，我们是华人。Sing Me Home，我们华侨的家乡在哪，你要采的风就在哪。

艾华似懂非懂地点点头。

艾　华：可是，妈妈，后来外婆为什么都不怎么说家乡呢？而且，很多人问起，她都尽量回避。

艾妈妈：你外公和外婆回家探亲，却遭遇到了百年不遇的台风，多亏了本地人，冒着生命危险把你外婆救了下来，可是没能救下你外公，他永远地留在了家乡的那片海里。好啦，不说啦，早点晚安吧！

艾　华：妈妈晚安。

9.外/内　校园/艾华家　日

夏　美（电话）：万宁？！艾华你没搞错吧！为什么为什么！

夏美快步走路，听到万宁的时候，停在了原地。

艾　华（电话）：没搞错呀，理由很简单，万宁是我们老艾家的故乡。我爸妈都很支持我。

夏　美（电话）：根本没听过啊，咱出去采风就不能去一个大城市嘛，那天我给你列了那么多，随便挑一个嘛，南美，去南美找灵感……

艾　华（电话）：……夏美，我已经订机票啦，你走不走，快定。

夏　美（电话）：不去，不去，绝对不去！

10.内　美兰机场　日

艾华和夏美出现在机场到达口。艾华只带了一个小行李箱，夏美却推着两大箱，似乎要把所有家当都带来。二人一前一后走着。

夏　美：连一个帅哥都没有，我跟你来真是后悔死了……

艾　华：你都抱怨一路啦，既来之则安之，我们是来采风的，不是来旅游的！我问你，录音笔带了吗？

夏　美：（蔫了）带了啊……呀，存储卡没带！

艾华气得头也不回地独自离开。

夏　美：惨了，惨了，录音笔没法用了。哎，你帮帮我啊，我带了这么多行李，你怎么这么冷漠啊！

11.内　美兰机场停车楼　日

艾华夏美出机场，转到停车楼，预定好的车已经准备妥当，艾华点开租车app，二人把行李装车，把导航设定为"万宁"，艾华开车，夏美副驾，二人径直上了路。

12.内/外　轿车/高速路　日

炎热的海南，空气中都充满了海水的颗粒，夏美有点烦躁，打开空调，打开音乐，一水的西洋歌曲。手机叮咚响了，艾华瞟一眼是林正楠发来的消息。

夏　美：我帮你看。（读信息）林正楠问，听说你要出差？

艾华愠怒看着夏美，夏美难为情地笑笑。

夏　美：林正楠又问：听说是去海南？

艾　华：你个大嘴巴。

夏美替艾华回了信息——"嗯，是呀。"

夏　美：他秒回呀，林正楠说：也许过两天我也去海南，可以一起玩！哎哟，好甜蜜啊。

艾　华：滚滚滚，你就回：到时候看吧……我要开车了。

13.内　轿车—之后

轿车下了高速。艾华口渴，瓶子里的水已经喝完，她突然看到路边摆的摊，堆满了椰子，她停车、摇窗，却没看到卖水的人，无奈下，她开车继续前行。没走多远，又有一处椰子摊，停车。

夏　美：喂，有人吗？买水喝！

还是没人回应。

夏　美：无人贩卖摊？这么高级？

艾　华：走，下车看看。

14.外 路边摊 日

二人走到椰子堆前，夏美抱起一个，刚要开口，突然从大堆椰子后面伸出来摊主的脑袋，他戴着口罩，手里提着一把砍刀。二人吓了一跳！

摊　主：十块一个。

艾　华：买，买两个。

咔嚓咔嚓，摊主麻利地削开孔，又指了指一桶吸管，示意让她们自取。夏美赶忙抽了两根，抱着椰子回到车里。艾华则赶忙掏出一张20元人民币，不敢给摊主，轻轻放在了桌上，转身快步往车里走。

摊　主：等等！！

艾华顿时愣在原地，不知该怎么办，她完全不知道摊主是什么意思，突然间周围变得特别安静，窒息般安静。

艾　华：还，还有什么事？

摊主走到艾华面前，尽管刀不在手，但艾华还是有点害怕，摊主撸下口罩，一张帅气的脸庞（阿宁）出现在艾华面前，他递给艾华两块钱。

阿　宁：给你！

艾　华：给我……钱？

阿　宁：十块一个，两个十八。童叟无欺。

艾华尴尬地笑笑，接过钱，上了车。阿宁目送二人离开。

15.内 车里 日

艾华坐定，为刚刚的"惊险"笑了出来。

夏　美：别愣着！GO！GO！GO！

油门一踩，二人离开。

16.外 公路 日

艾华的车平稳地行使而过，路上车并不多，她跟着导航，在一个十字路口处转向。

17.内 轿车里—接上

看到了久违的大片山地雨林，听到了大城市里听不到的鸟语，二人悠然自得，非常开心。

18.外　公路—接上

艾华看到路旁的指示牌，"神龟山庄"，方向盘一打，进入到一个单车道小路上，显然，神龟山庄的入口非常原生态。

19.外　万宁神龟山庄　日

一段曲折的林路后，艾华把车停到了神龟楼前。

20.内　神龟楼大堂　日

二人滑着行李箱，进入大堂前台，把护照往台面一放。

艾　华：办理入住。

前　台：（看着护照）二位订的是特色小木屋，我们给您免费升级为山景大木屋，您看行吗？

夏　美：山景……大……木屋？

前　台：对的，价格不变。

艾　华：嗯，很好，谢谢你！

艾华和夏美难掩笑意，拿了房卡，在服务生带领下，一路偷笑地入住山景大木屋。

21.内　木屋—接上

艾华不顾一切地扑到柔软有弹性的床上，艾华从清凉舒爽的屋内望出去，窗户外摇曳晃动的莲雾树，一颗颗还没熟透的莲雾果随风摇摆，一切都那么静谧安宁，偶尔传来几声蝉鸣，更让人无比惬意。

22.内　木屋浴室　日

艾华冲凉，客厅传来阵阵电视节目的声音。之后艾华湿漉漉的头发半垂在肩膀，洁白的棉质睡衣被滴下来的水打湿，更显性感。她坐在书桌前，打开笔记本电脑，敲下了几个字：海南采风日记。

23.内　山庄餐厅　晚　艾华和夏美吃饭。

夏　美：接下来的行程怎么安排？

艾　华：（把服务员喊了过来。）

艾　华：哎，你好，附近有什么歌舞表演吗？

服务员：有呀，离这不远的兴隆农场晚上有歌舞表演。

夏　美：兴隆农场……

艾　华：听起来很接地气哦！

24.外　兴隆农场　傍晚

艾华和夏美穿梭在游人中，循着歌声，找到了表演舞台。舞台上，穿着东南亚风情服饰的男男女女表演者们，在舞台上演奏南亚风情音乐，台下的游人、客人非常开心。夏美把酒塞到艾华手里，也载歌载舞跳了起来。而艾华却始终无法融入歌声中。

之后艾华找到夏美。

艾　华：（凑到耳边大声）咱们回吧！

夏　美：No no no，我正嗨呢，哎，你快采风啊，采啊！

艾　华：（笑笑摇头）你跑海南采马来西亚的风呀？

25.内　木屋卧室　晚

艾华打着哈欠，趿拉着拖鞋，一头倒在大床上，呼呼睡去。

26.内　木屋　夜

天已黑，蚊虫特别多，艾华被扰醒。睡眼惺忪地四处找到驱蚊液，插上电，继续睡。突然一个硕大无比的壁虎从房间墙上蹿过，吓得艾华坐了起来，原来是透进来的月光放大了窗户上爬过的壁虎。这下算是彻底醒了。她接了壶水，烧上，打开电脑，继续写。有声音传来，艾华停止打字，竖起耳朵细听。好像是有人在唱歌，她看了看时间，凌晨两点多。

艾　华：（自言自语）夜半歌声？好奇怪！

她继续敲字，可歌声越来越大，艾华端着水站在窗边向外张望，她想找到歌声到底从哪里来。当她站在窗边时候，却被外面的景象吸引住了。

27.外　橡胶林—接上

夜晚暗沉的橡胶林中透出阵阵光影，一阵明，一阵暗，流光掠影不断浮现，宛若梦境。

28.外　山庄小路/橡胶林—接上

艾华出门，歌声更加清晰，就像是老唱片机里流淌出来的，她循着歌声和光影走进橡胶林，就像被磁石吸引般。周围的橡胶林树干像是披上了一层光的外衣，不再暗沉，也毫不刺眼，光影不断组合变形，突然一阵海浪涌动，突然又白如细沙流淌下来，一片橡胶林，仿佛变成了天际、云空，又仿佛神秘如黑洞，等待探索。只穿一件薄棉睡衣的艾华，慢慢进入橡胶林中，置身于梦幻中。

29.外　橡胶林内—接上

就像爱丽丝梦境般，艾华也来到了一圈橡胶林围起来的空地上，就在对面，两棵高大的橡胶树撑起了一张硕大的银幕，对面一架放映机投射出一张美丽的女孩面孔，正是这张姣美的脸蛋在唱歌，优美的旋律，静谧安宁的表情，把艾华镇住了。

艾　华：（自言自语）我不是在做梦吧？树林里放电影？

橡胶林中悬挂的银幕上，正在播放一部老电影《海外赤子》，主角是年轻的陈冲所扮演的黄思华，正在钢琴边吟唱《我爱你中国》。艾华被光影流转的一幕吸引，在橡胶林里，她远远地站在林子角落里，被电影里真挚的情感抒发所吸引，她看得入神。艾华情不自禁地跟着哼唱了几句。

艾　华：我爱你中国，我外婆给我唱过！

而放映机那边，依靠在树旁的放映员阿宁（我们其实看不到正脸）也沉浸在黄思华的歌声里，他微笑着看电影，他伸手穿过光线，似乎触摸到了片中的那个唱歌的少女。这是他一个人的电影场。阿宁也没注意到远处站着一个姑娘，因为平常也没人这么驻足欣赏电影。

在薄雾轻飘的橡胶林里，艾华在时光流转中，她遇到了生命中的那个他，她喜欢上这个小伙子了。（但她并不知是阿宁）艾华还沉浸在对浪漫爱情的畅想中，突然——橡胶林深处射出几道光芒，像冲天光柱四处挥舞，伴随着窸窸窣窣响动。艾华吓得躲进林子里，她偷偷看着远处。

30.外　橡胶树林中　夜

几道光出现，原来是头顶射灯发出的光柱，射灯下面套着面纱，遮挡着五官的几个女人，动作矫健地从林中走了出来，有说有笑，但每个人都一手提刀，一手挽竹筐。

【割胶舞起】

原来是割胶工进入橡胶林，开始割胶。艾华从没见过这个阵仗，觉得特别新奇。然而刚刚那个放映电影的男生，却没再看到。

31.内　山庄会客室　日

艾华、夏美与山庄主人交谈。

艾　华：大家都叫您庄主，感觉特别复古。（对方笑）就像昨天晚上，我在橡胶林里看了一部老电影，名字我不知道，但很复古哦。

夏　美：（小声嘟哝）什么？你看电影去了，怎么不叫我？

艾　华：（低声）睡得跟死猪一样……

庄　主：哈哈，这可是我们的特色，你昨晚看到的电影是《海外赤子》。这是我们的保留节目，这部电影深深影响了我们这儿的华侨，而且这片农场本就是归国华侨建立起来的，这部电影不断重复播放，为的就是怀念老华侨，大家都很喜欢这部电影。

夏　美：哇哦，可是，大半夜放电影，哪会有人看？

庄　主：的确观众不多，但是放电影的目的还有更实际的用途，你知道么，陪伴那些辛苦的割胶工，大半夜割胶很闷的。

艾　华：哦哦，那除了看电影，还有没有什么好玩的，陪伴这些辛苦的割胶工？

庄　主：嗯……有，那就是唱歌，你知道么，当地人相信，好听的歌声会让橡胶树产更多的胶液，提升产量！哈哈哈。

艾　华：太神奇了，怪不得电影里的歌也很好听。

庄　主：我们阿宁唱的山歌更好听嘞！

艾　华：山歌？

庄　主：你昨晚没听到他唱歌吗？就是放电影的那个小伙子，他在我们神龟山庄，还兼任厨师！哎，叫下阿宁，让他过来一趟。

艾华腾地站了起来，顿时满怀期待，欣喜都写在了脸上。一阵脚步声传来，门推开，进来一个帅气的小伙子阿宁，艾华和他四目相对，登时惊呆了。

艾华/阿宁：是你！

阿宁爽朗地大笑，艾华二人同时有点不好意思。

夏　美：怎么？你们认识啊？

艾华/阿宁：不认识/认识。

庄　主：（大笑）一个说认识，一个说不认识。看来交情不浅啊。

夏　美：什么情况？什么情况！快说！

艾　华：就是昨天卖椰子的那个人嘛！

夏　美：（绕着阿宁）哦，原来是你啊，手里提着把刀，凶巴巴的……

庄　主：不会吧，阿宁脾气很温和的，还拿刀？

阿　宁：哦，我那是给他们削椰子喝呢。

艾　华：不过还是谢谢你给我们打了折。你不是卖椰子嘛，怎么又在这儿工作？

阿宁没有回答，挠头。

庄　主：（笑）是不是又替你阿婆照看椰子摊啦？

阿　宁：嗯。

夏　美：（笑着）哼，有工作不好好做，还跑去卖椰子哦。

阿　宁：也就是临时替她一会儿。

庄　主：你阿婆是不是又去医院了？

阿　宁：嗯。

庄　主：你抽点时间去医院看看你阿婆。

阿　宁：现在阿婆好点了，没大事。

艾华听到这里，打消了原本想让阿宁唱两句的冲动。

庄　主：艾小姐、夏小姐，如果你们多待几天，我可以让阿宁抽时间带你们转转。

艾　华：多不好意思，打扰你们工作。

庄　主：你们二位是华侨，你们的祖辈为这里的开发立下了汗马功劳，带你们转转、看看也算是工作的一部分。而且，这一带工作的本地人，包括黎族人，没一个阿宁不认识的，放心吧，他是最好的导游。（阿宁傻笑着挠头）

艾　华：那，阿宁你也是黎族人吗？

阿　宁：嗯，对。

庄　主：小伙子人很好，善良，勤快，有才华，干活踏实，可就是啊，脑袋瓜子里总想些天马行空、不切实际的事……

艾　华：唔，这样啊……

闪回

昨天夜里，橡胶林里，阿宁用手抚摸空中变幻的光影，好似抚摸银幕上女孩的脸蛋。

闪回结束

庄　主：哎，阿宁，帮我们看看饭菜准备好了没，让二位尝尝我们的特色菜。

夏　美：耶，终于可以吃饭啦！

32.外　神龟山庄　日

阿宁当起了导游，他带着艾华和夏美在神龟山庄园林区散步。三人走入咖啡园，一个穿着白背心、搭着毛巾的老伯猫着腰检查咖啡苗。

阿　宁：咖啡伯，天天看，看出花了吗？

咖啡伯：（头不抬）臭小子，平常你喝的咖啡哪来的？别看这些苗还小，我跟你讲，几个月后保准结出最好的咖啡果！

艾　华：哦，这就是咖啡苗？！哇！我们天天喝咖啡，它们长这个样子呀。

咖啡伯：（听到女声起身）小姑娘，你们打哪儿来？

艾　华：（非常有礼貌）老伯好，我们从新加坡来。

咖啡伯：跟我来。

阿　宁：（苦笑）又来了！

咖啡伯：没你事！

夏　美：要请我们喝咖啡嘛！

咖啡伯极爽朗，他就着水龙头洗洗手，一边擦，一边带着艾华和夏美，走到凉棚里，不知从哪里掏出一个咖啡壶，给她们倒了两杯浓浓的咖啡。

咖啡伯：来！尝尝，跟你们平常喝的咖啡，对比对比……

艾华笑着，抿了一口；夏美闻了闻。

咖啡伯：……怎么样？

二人：（砸吧砸吧嘴）嗯……

咖啡伯：……浓香，不沾杯，刚入口微苦，品一下香味就出来了，对不对？呵呵呵。

夏　美：真的吗？我尝尝。（一大口下肚）哇！好苦！

阿　宁：咖啡伯，是你说得好。

艾　华：（再轻轻啜了一小口）回味甘甜，香味持久，好咖啡！不愧是有名的兴隆咖啡呢！

阿宁/夏美：啊！你怎么知道的？

艾　华：我来万宁前，可是做了功课的哟。没想到，能在咖啡园里品尝兴隆咖啡，可真是享受！

咖啡伯：瞧瞧！聪明伶俐的小华侨！这兴隆咖啡呀，可是咱们华侨自己的咖啡！想当年，第一代归国华侨在这里扎根，是他们引进了第一批咖啡苗，当时我跟你（阿宁）年纪差不多，跟着我师父种咖啡，这一晃几十年过去了……

阿　宁：咖啡伯，等我带她们转一圈回来，您再好好上课哈……

阿宁推着艾华二人离开了话痨咖啡伯的"领地"。

33.外　咖啡园外小路　日　三人一边笑，一边走。

阿　宁：真的假的？回味甘甜……

艾　华：（难为情）哎呀，咖啡伯那么热情，再说了，真挺好喝的。你天天喝，尝不出来嘛？

夏　美：我天天喝，我怎么没尝出来？

阿　宁：我就觉得一个字——苦！来，让你们看看波若波罗蜜！

阿宁摆出一个动作来，指着前方大树上"挂着"的菠萝蜜。艾华惊叫一声，跑过去细看。像枕头一样大的菠萝蜜悬挂在树干上，"浑身"长满了尖尖。艾华轻轻摸了一下。

夏　美：原来那么甜的菠萝蜜长得这么丑啊。

艾　华：自然界很多都这样呀，长得丑，心里美，长得美的却有毒……（阿宁偷笑）

夏　美：哎哟，你什么意思啊，话里有话哦，羡慕嫉妒恨呗。

艾　华：这个熟了没？

阿　宁：早着呢，你看皮都是绿的，得过几天。走，我带你们去个地方。

34.外　神龟山庄　日

顶着烈日，三人快步在雨林里跑着，目标是前方一个隆起的山坡。

35.外　神龟山　日

三人到达山坡顶上，其实并不是特别高的小山顶。

阿　宁：哎，你知道为什么这里叫神龟山庄嘛？（艾华摇头）你脚下正好踩着一只大乌龟的背呢！

艾　华：是吗？

艾华四下张望，看到四周围是包围着的水域，再往外是片片雨林、橡胶林、槟榔林。诗情画意的自然风景，让她忘记了城市烦恼，二人自拍互拍，夏美发信息给男朋友。

阿　宁：神龟山的名字就来源于这只巨大的乌龟，它趴在这个大湖里。

艾　华：水从哪里来呢？

阿　宁：太阳河！然后再从石梅湾流到大海里。所以啊，我们这里是有山有河有湖有海！来过的人，都流连忘返！

夏美正和男友视频，顾不上其他人。

阿　宁：（微笑着）怎么你一个人来玩，男朋友呢？

艾　华：我没有男朋友……

阿　宁：哦……

艾　华：（岔开话题）哎，你看，那片通红的是凤凰花吧，那边，好美啊。

36.外　小路—下午

阿　宁：走，我们过去看看。

夏　美：哎，你们倒是等等我啊！

三人沿着凤凰花的小路，往前走，一路欢乐。看起来艾华非常享受这里。转过小弯，他们来到了一处小湖边，夕阳下，非常有意境。

夏　美：有没有卖水的呢？好渴呀。

艾　华：嗯，我也是，超级渴。

阿　宁：（笑）别忘了咱们怎么认识的！

艾　华：你要干嘛！

阿宁二话不说，瞅准旁边一棵椰子树，施展绝活儿，蹭蹭爬上树，引来艾华和夏美的阵阵惊呼。

阿　宁：（笑着）十块一个！

艾　华：哼！给我来一打！

阿　宁：限量版，一人一个！你们二位大小姐，快挑，我坚持不了太久了……

艾　华：那个，大的，旁边那个……对对……

夏　美：猛男，绝对的猛男！

阿　宁：好，你们让开点！

阿宁摘下四颗大金椰子，通通通通，像小炸弹一样扔在树下。

37.外　湖边—接上

三人坐在湖边，艾华低头看看大家怀里各自抱着的大椰子。夏美翻来覆去找哪里下手。

艾　华：可是，问题来了，喝不到椰汁呀……

阿　宁：哎，我就在想啊，你们大城市来的人，要真是被放到野外，能坚持多久？

艾　华：试试喽……

阿宁他从斜挎的布包里，掏出一个银色小刀，斜着扎进椰子外边那层软壳里，一划一挑，白色的口子拉了出来，然后对准中间部位，用力一戳，一个不大不小的孔露了出来，阿宁递给艾华。这一系列麻利的动作，艾华看在眼里，嘴张老大。

艾　华：（鼓掌）不简单啊！

夏　美：猛男，没想到还是个技术流！

阿　宁：那当然，来尝尝，不过要小心点，对准了……

话还没说完，夏美举起大椰子，往嘴里倒椰汁，可是却洒了一身。众人大笑。艾华看着野生大椰子，犹豫了一下，看到夏美和阿宁喝得痛快，也就大口大口喝了起来。

艾　华：你知道吗，刚刚你说大城市的人在野外怎么活……

阿　宁：……我开玩笑呢。别介意，有谁不向往大城市啊。

艾　华：我常常做森林的梦，我常常梦到，自己一个人，走进一片金黄色阳光洒照的林子里，苍翠的树林染上金黄的光彩。那些被细密的树叶遮挡的光线，细密如沙，树荫一片一片连着，清凉得就像前面这片湖。我穿梭在林子里，一会儿阳光里，一会儿湖水里，眼前的一切都熠熠闪烁。这些虫儿、鸟儿们引吭高歌，就好像专门为眼前的景色歌唱，伴着风声、水声，就像一支支优美动人、清新悦耳的森林交响曲。

　　阿宁看着眼前这个陶醉在大自然里的女孩，宛若仙子，自带光晕，像极了夜半光影流转里的那个女孩，阿宁听得出神，不自觉地唱了起来。

【歌2】

　　艾　华（唱）：在梦与梦之间，一朵木棉花，自天空飘下……

　　阿　宁（唱）：（黎语）直到我望见，熟悉的身影从花朵里出现，她与木棉花一起绽放……

　　夏　美（唱）：哎呀喂！这就是我们要找的民歌耶，艾华呀，你记住了吗？我又忘了带录音笔，这么美妙的歌声是否唱进了你心里？

【歌2结束】

　　艾华露出了浓浓的喜爱之情，她看着阿宁的眼睛泛着光。眼前这个拥有一头乌黑短发的青年小伙子，嘹亮的歌声在林间穿行。而唱完一曲的阿宁，嘿嘿一笑，挠挠头，突然变得青涩起来。艾华眼望阿宁唱歌时举手投足，都释放出勃然英气，她不禁眼瞳发亮，喜出望外，但必须潜藏于心——无疑，这正是艾华心目中的那个王子。

　　夏　美：唔，好听是好听，可我不知道你唱了什么。

　　阿　宁：嘿，以后翻译给你听。

　　艾　华：还卖关子！

　　阿　宁：当然了，等我心情好了再告诉你。

　　夏　美：你的意思是你现在心情不好啊！

　　阿宁边笑边走开，二人追了上去。

　　艾　华：哎，让我看看你那个百宝囊呗！

　　阿　宁：什么百宝囊？

　　艾华指指阿宁那个布口袋，不说话。

　　阿　宁：（哈哈大笑）给你！（摘下）

　　艾　华：（摸了下质地）又软又滑啊，什么做的？

　　阿　宁：黎锦。

　　夏　美：是你们这里的土特产吗？

　　阿　宁：我阿婆亲手给我织的。

　　艾　华：哇！阿婆好手艺。是不是之前说住院了的那个阿婆？（阿宁点点头，突然郁闷起来）

阿　宁：（岔开话题）哎，你们做什么工作的？为什么来我们这儿？

艾　华：我们俩这次来万宁，主要是找……

夏　美：（打断）……这时候应该我来介绍，咳咳，这位才女，艾华，这位美女，夏美。我们是华侨大学音乐系的研究生，嗯。我们来万宁呢，就是体验生活来的……

阿　宁：兜一个大圈子，意思就是来旅游的嘛。

夏　美：呃，也可以这么说吧，不过我们人生地不熟的，不知道帅气的阿宁同学，能不能给我们当两天导游呢？

阿　宁：小事一桩。

艾华推了夏美一把，嫌她不说实话，夏美挤挤眼睛，暗示找到了一个免费导游。

38.内　木屋　夜

艾华奋笔疾书，键盘敲得噼啪响。窗外海风渐起，椰子树叶摇来晃去，像极了曼妙的舞姿。不一会儿，豆大的雨点冲刷木屋玻璃，艾华关紧了窗户。突然，她感觉胃部绞痛，快速奔向卫生间，哇哇直吐。艾华合上笔记本，蜷缩在床上，听着屋顶木板被雨水击打的声音。

之后一接上

艾华醒来，昏昏沉沉的头感觉很重，满脸通红，她发烧了。翻遍行李箱，找不到半片药，她拿起电话拨通了夏美的手机——嘟嘟半天，却没人接。

艾　华：阿宁不好意思这么晚了……

阿　宁：没事，我还没睡。你怎么了？听你声音，好像不太舒服？

艾　华：我，我发烧了，还，还恶心……吐……

阿　宁：你等下我这就过来。

艾　华：嗯……

电话已经挂了。

之后一接上

咚咚咚敲门声，阿宁很快来到。他手里拿着雨披。

阿　宁：来，套上，我带你去医院。

艾　华：我吃点药就好了。

阿　宁：肯定是那颗野椰子害的，不是每个人都适应野椰子。

艾　华：（勉力笑着）应该是我的胃病犯了。

阿宁给艾华披上雨披，出门。

39.外　木屋小路　夜

艾华刚出门便滑了一下，差点摔倒，幸亏阿宁及时扶住。艾华显得很虚弱无力，脸通红，嘴唇发干。阿宁摸了摸艾华的额头。

阿　宁：这么烫！

二话不说，阿宁抱起艾华，快步走到车前，轻轻扶进去，随即驶向医院。在阿宁怀里，艾华迷离了，就像是浮在空中的羽毛，她感觉一双有力又温暖的双手给她以支撑，保护她，即使风雨依旧，她却不再感到寒冷无助。

40.内　车里　夜

车里，艾华睡着了，放心地睡着了。

41.内　病房外走廊　夜

阿宁接了一壶热水，给艾华送去，他站在病房门口，透过玻璃，看到打着点滴的艾华。这时，夏美急匆匆地赶来。二人进屋。

42.内　病房　夜

艾　华：夏美！您潇洒完了？谢谢你啊，阿宁。

夏　美：好死不死就一杯酒的工夫，您就犯病了。阿宁多亏有你啊！

艾　华：谢谢你，阿宁。

阿　宁：不谢不谢，我这里熟！不找我找谁？

夏　美：艾华本来就胃不好，常年服药，这次可能还是水土不服吧。

阿　宁：啊！肯定是椰子惹的祸，都怪我，给你们喝野生的。

夏　美：我去接点热水。（说完离开）

艾　华：很晚了，你也早点休息去吧。

阿　宁：想到你因为我生病，就很内疚。

艾　华：在我很小的时候，爸爸妈妈工作会很忙，没办法照顾我，经常是前一晚做好第二天的两顿饭，放冰箱里，我从学校回来后，自己热热就吃。其实我胃还是很皮实的，不经常这样。

阿　宁：（微笑）你很不简单嘛，很小就学会照顾自己，我以为只有我们乡下的小孩子才早当家呢。

艾　华：都一样啦。

夏　美：（接了水进来）阿宁快去休息吧，晚上我陪她。

阿　宁：好，你们都注意休息，我今晚也在医院。

艾　华：为什么啊？

阿　宁：我照顾阿婆呢，她明天就可以和你一起出院了。

艾　华：好，明天我们一起接阿婆出院。

之后—接上

艾华从病床上下来，不惊动陪夜的夏美，她轻轻地走出病房。

43.内　病房外走廊　夜

艾华走到一间亮着微光的病房门口，向内张望，他看到了阿宁。

44.内　阿婆病房　夜

音乐起

伴随着温暖的姜黄色灯光，阿宁照顾老人。阿婆咳嗽时，阿宁扶起老人，轻轻拍背，再轻轻扶老人躺下，拿起毛巾给老人擦脸。尽管外面依旧瓢泼大雨，屋内气氛温暖。在艾华眼里，阿宁善良，正直，本分，一点不浮夸，他身上独有的质朴气息，让这个来自大城市的女孩倾心。

音乐结束

45.外　神龟山庄餐厅　日

艾华靠在窗边，看着被雨点不断撞击的湖面，激起阵阵涟漪。邻桌传来一男一女的聊天声。

男　人：海南没有爱情。海南是情人的流放地……

女　子：为什么这么讲？

男　子：多少人从他们爱情的沙漠奔向这里，他们心中以为的爱情绿洲。每个人都满怀对爱情的期待，在这个海之角的地方，邂逅那个让自己心动的人，可到头来却发现，即使来了这里，照样充满了隔膜。

艾华听到这里，轻轻侧头，看这一对大谈爱情的男女。男子年纪偏长，女子像是刚刚毕业的学生，二人对话，一人充满了"看透"爱情的洒脱，另一人则像一头闯进爱情瓷器店里的小象。

女　子：爱情不应该这样嘛？至少要心动，来电，让自己心甘情愿……

男　子：花径只为缘客扫，打开蓬门君始来。只有你先打开心扉，爱人自来。心不心动，来不来电，那还叫个事？

女　子：唔，你刚说海南是情人的流放地是怎么回事？

男　子：起初四面环水的海南，就像是被人遗忘的角落，那些受了情伤的男男女女们纷纷逃到了这里，想在这个看起来听起来很简单的地方重新找到自己内心的爱……你难道不也是这么想的么？

女　子：我，我不是。

男　子：你说不是就不是，你这个小美女怎么可能是受伤的那位，是让人受伤的那位……

女子脸红地低下了头，男人不再开她玩笑，转而安慰，言语中充满了暧昧。旁边一直悄悄听二人对话的艾华，一会儿抿嘴笑，一会儿又似乎不同意男子说的话而表现出气愤状，总之，她在听。这时，阿宁进来，找到了艾华，坐在对面。

艾　华：嗯，大厨来了，今天菜单是什么呀？

阿　宁：今天吃海鲜，咋啦？又跟你没关系。

艾　华：切，不是清粥就是鸡汤米粉。我都吃腻啦！

阿　宁：再坚持一天。

阿宁笑着摸摸肚子，暗示前两天的拉肚子。

艾　华：好吧……哎——

阿宁支起脑袋，认真听。

艾　华：没看出来呀，你又会做饭又有才艺。

阿　宁：开始夸人了？你今天奇奇怪怪的……

艾　华：实话告诉你啦，我来采风的。就是想听听民间歌谣。向你们学习！

阿　宁：原来是这样啊，俗话说——听了黎歌不听歌——你算是来对地方了！

艾　华：真的吗？太好了！

艾华高兴地跳了起来。

46.外　古寨　日

阿　宁：不过，要想采风采到最好听的黎歌，需要过几道关哦。我先带你去黎家古寨吧，感受感受。

艾华、夏美跟着阿宁，来到了古寨，她看到了截然不同的风景。古寨其实并没有一个明显的寨门，整个小镇就是古寨，经过这几年的发展，古寨里既盖起了现代小楼，又保留了竹屋、塔房之类的黎族传统房屋。

47.外　阿婆凉亭　日

三人先走进了一家看起来非常传统的黎家小院。一眼望去，便是凉亭中席地而坐的老阿婆，两条腿直直地向前，上面铺着一大片锦缎——正在织黎锦，抬头看到了阿宁三人，手里的针线没停。

阿　宁：阿婆，我们来看你啦。

阿　婆：阿宁，今天没上班？小艾、小夏你们也来啦。

艾　华：阿宁特意带我们来古寨转转，我们想先看看您，这才刚刚出院，您可别累着！

阿　婆：累不着！我这身子骨好着呢！快来坐！

老阿妈招手让艾华夏美过来坐，艾华就坐在一堆漂亮的锦线旁边，看着老阿妈娴熟、轻巧地将线穿来引去，轻柔又有力。夏美扯起一角披在身上，臭美。

艾　华：不打扰您吧？

阿　婆：一点不打扰，而且啊，我还特别想和你们年轻人一起说说话呢。阿宁，你去里面倒两杯米烂茶来嘛！

阿　宁：阿妈呀，她生病刚刚恢复，我怕她不习惯米烂茶，我给您也倒点水吧。

夏　美：阿宁这小子还挺会关心人的。

阿　婆：阿宁把他身边的人都照顾得很妥帖。像我这么个老婆子，就说这次住院，要不是阿宁忙里忙外，我真不知道怎么办，老了拖累人。

艾　华：阿婆您可别这么说，这些都是我们年轻人应该做的。我外婆住院那会儿，我也是特别着急，还不如阿宁条理呢。

阿　婆：（慈祥地笑）阿宁很小的时候就没了爹妈。苦人家的孩子早当家，他自小就很懂事，吃百家饭，做百家事。寨子里哪家有事有情的，他都第一时间帮忙。生活让他少年老成，别看他年龄不大，现在养着三家老人呢，办个什么事，都是跑着去，生怕时间不够用。

艾　华：好辛苦……

夏　美：啊，好可怜……

阿　婆：苦啊，累啊，委屈啊，他都放到心里，嘴上从来不说，跟谁也不说。

艾华动容，她没想到阿宁的童年充满了坎坷。

艾　华：阿婆，阿宁身上那个布袋是不是您给他织的呀？

阿　婆：对！漂亮不？

艾　华：非常漂亮！摸着又舒服！

阿　宁：来来来，阿婆你休息一下。喝水！（另两杯递给了艾华和夏美）

阿　婆：（笑得眯起了眼）来，你们年轻人看看，我手里这条漂不漂亮？

阿婆双手麻利地往空中一展，织了一半的锦缎，哗啦展开，像流水般顺滑。当艾华看到这段黎锦的时候，却惊讶地瞪大了眼睛、合不上嘴巴。

艾　华：（结巴）阿婆，您……我……见过这条锦缎！

阿　婆：你在哪里见过呀？我这才刚刚织了一半。

艾　华：（惊讶）让我想想，呃，对！我外婆有这么一条，一模一样的！

阿　婆：（突然收起笑容）你外婆？

艾　华：对，她祖籍就是咱们万宁的，早年回来过一次，披着和这条一模一样的黎锦，还照了照片。

阿　婆：你外婆叫雅娟，对不？（笑）

艾　华：啊！阿婆您认识我外婆啊！

阿　婆：她那条黎锦，就是我织的。

艾华顿时抱住了阿婆。

艾　华：您快给我说说我外婆的事嘛！（看到阿婆沉思）您还记得吧？

阿　婆：（平淡地笑）我的记性可不如早年，记得不多了，当年你外婆和外公是第一批归国华侨，他们都在垦殖农场的57队，是出了名的劳动标兵。当年还按你外婆的真事改编电影嘞！

众人听得入迷，阿宁也从不知道这些事。

阿　婆：（突然伤感起来）不幸的是，我们这里刮来了百年不遇的特大台风，你外公在的59队，负责水务，他们怕刚栽种的橡胶树苗受涝，顶着暴风雨去开闸放水，可是出了意外，你外婆救下来了，你外公就……

艾　华：原来是这样，我只知道外公在台风里遇难，却不知道具体原因，谢谢阿婆！

说着，艾华眼睛里泛着泪花。

【音乐起】

在一片安宁的回忆气氛中，阿婆静静地唱起了《久久不见久久见》，阿婆充满了故事的嗓音，用更加舒缓、平静的节奏唱起这首歌，所有人都陷入了回忆中。

阿　婆：这是你雅娟外婆最喜欢听的歌，听多久都不会腻。

艾华终于控制不住眼泪。阿婆放下针线活，紧紧握住艾华的手。

阿　婆：你们珍惜现在的好生活。这次能碰到雅娟的外孙女，可真是有缘分。好啦，不说了，都是过去的事了。

艾　华：能看到阿婆年纪这么大了，穿针引线还是这么麻利，我们好高兴的！

阿　婆：织锦这活儿，主要是日日功，以前的女孩，要用一辈子练，到老也就练出来了。现在的娃娃们进城读书，没人学这门手艺了。等我们一没，这些跟着也没了。（低声对艾华）这次在医院里，差点回不来咯。

阿　宁：老手艺失传就太可惜了。

艾华看老阿妈有点失落，赶紧圆场。

艾　华：阿妈，您教教我们，我感受一下！来来，夏美，咱俩一起！

夏　美：我也体会下织女的感觉！

老阿妈又露出了微笑，握着艾华的手，教她简单的走线。

阿　婆：织锦啊，要的就是个耐心，就像对待我们这些老婆子，其他都不需要，耐心点就好。

艾华认真地学，打一个结，走两行线，旁边站着的阿宁就像是棋摊边的旁观者，满嘴跑火车地瞎指挥。阿婆意味深长地看着艾华。

48.外　古寨小路　日

艾华一边走，一边低头摩挲着一个香囊，柔软、漂亮，阿婆送的。艾华爱不释手。

艾　华：真的没有想到，有了这么多的意外收获。喂，听阿婆说你组了乐团，准备演出，怎么这么低调，都不跟我们说。

阿　宁：就是给乡民们助兴而已啦，没有什么表演经验，唱得也不好。

夏　美：艾华，我突然有个创意，就是，你和阿宁合唱一首怎么样？你发挥你作曲系才女的才华，阿宁呢，你发挥你原生态的才华。哇！这叫什么？珠联璧合！

阿　宁：大才女多多指教啦！（作揖状）

艾　华：哎呀，我是来采风、学习的，你瞎说什么！

阿宁突然发现了什么，他拉俩人跑进另一家院子。

49.外　古寨院子　日—接上

院门口堆满了陶器，红的、灰的，有的陶罐子里种了绿植，开着美丽而小巧的花朵。主人家是两口子，男人搅陶泥，女人双手掬着快速转动的陶瓶，塑形。阿宁和艾华找了一个工作位坐下，阿宁跑去给舀了一大勺陶泥来，和艾华一起捏陶碗。

【进歌3】

男主人（唱）：手捧陶泥迎贵客……

女主人（唱）：（笑）不能吃来不能喝，贵客要你陶泥做什么……

男主人（唱）：（边捏边唱）一把捏个小圆蛋，一把捏出小圆肚，贵客莫要太拘谨，端起新碗喝黎酒！

二人把新捏的迎客碗送给了艾华，艾华乐不可支。

音乐依旧，陶碗扁扁的，阿宁笑话艾华，艾华笑话阿宁；夏美起初和男友Ricky视频远程捏陶，后发现自己简直就是个灯泡，于是索性给阿宁和艾华拍照，记录下了一些美妙的场景——阿宁脸上抹了一道红陶泥，艾华笑得前仰后合，阿宁趁不注意给艾华鼻子上涂了一块红泥。男女陶匠毫无责怪之意，和夏美在一边笑着看年轻的两个人，感情迅速升温的两个人。

【歌3结束】

50.外　海滩　夜

在海滩上，艾华一人坐在礁石上，吹着海风，洁白的衬衣角，在风中飘动。

阿　宁：（走过来）回屋吧，是不是有点冷。

艾华回眸一笑。星光璀璨的夜空下，白衣映衬下，轻轻飞舞的长发下，一张笑意盈盈的脸，却成了阿宁再也放不下的情景。

艾　华：走吧，傻站着？

阿　宁：啊，好。

二人情投意合。

51.内　阿宁家　日

艾华和阿宁在客厅。

艾　华：呀，这就是你呆了20多年的家吧？

阿　宁：也是20几年唯一一个女生进来……

艾　华：……哎，毕业相册！

艾华眼尖，一下子看到电视机旁的藤木架上立着的相册，她跑去抽了出来。

阿　宁：等等，那个不行！

艾　华：哎，看看嘛，可以啦……里面有什么秘密见不得人呀……

阿宁和艾华抢毕业相册，一人笑着要看，一人有点紧张地要夺。一来二往，谁都没抢到手，拉扯中，相册掉了。

艾　华：疼……

一扭头，俩人却发现差不多抱在了一起，听到了彼此的心跳声，呼吸也交错在一起。一阵静默。两个人，通红的两张脸。阿宁赶忙起身，后退一步，端起水杯喝水却发现根本是空杯子；艾华整理了下头发，蹲在地上收拾散落在地上的相册和相纸，却看到了相册里照片很少，散落一地的是——乐谱。

52.内　阿宁家外屋—接上

一个彝族姑娘（瑛子）推门而入，她听到了屋里传来的阵阵惊叹声，瑛子诧异。

艾　华（OS）：哇，你自己作曲嘛？都是你自己写的吗？

阿　宁（OS）：大部分是啦，也有参考。

53.内　阿宁家卧室—接上

阿宁微笑着回答，他看着一张张乐谱，像看着自己的宝贝。

艾　华：这么厉害，还会写歌！132172（艾华哼唱）哇，不错哦，有没有想过发表？

阿　宁：（挠挠头）我其实写的也不多，更不到发表的程度嘛。

艾　华：然后滚石华纳给你做发行，开演唱会，环球巡演……哇！

阿　宁：这是你们科班出身的音乐人的理想吧？

艾　华：我想每一个唱歌的人，都渴望歌声被更多的人听到吧。

阿　宁：对了，里面很多是我整理的黎歌曲谱……

突然，门哗地被推开，一个清脆的声音传来——

瑛　子：嘿……阿宁哥！回来也不告诉我！

阿　宁：瑛子！怎么一来就咋咋呼呼的，进来也不敲门。

瑛子看到了二人既亲密又尴尬，既暧昧又刻意保持了距离的微妙情感。

瑛　子：不是一直都这样的嘛？咦，你是谁？

艾　华：哦，我，我……

阿　宁：瑛子，别吓着人家，她是艾华。

瑛　子：（冷脸）哦，呃，我好饿啊，有没有饭吃？

阿　宁：喂，有没有饭吃你问我啊？你都不让我进厨房的，你问我？

瑛　子：今天来客人，身为大厨的你，不下厨嘛？

阿　宁：你今天真是奇奇怪怪的，我到厨房看看去。

阿宁离开了内屋。留下艾华和瑛子，一片死静，说不出的尴尬。瑛子上下打量艾华。艾华低头盯着手里的乐谱。

艾　华：阿宁，他很有才华。

瑛　子：（清嗓子）他，他是我们黎乡的大才子！

瑛子把"我们"两个字说得格外响亮。

艾　华：嗯。

瑛　子：外面那个女孩是你朋友吧？（艾华点头）一会儿来几个我俩的好朋友，介绍你们认识一下。

瑛子说到"我俩"的时候，用手比划了一下，示意"我和阿宁"。

艾　华：嗯，好。

瑛　子：你是华侨吧？

艾　华：嗯，你怎么知道？

瑛　子：（一笑）南洋？

艾　华：新加坡。

瑛　子：毕竟你是大城市的人，只不过来几天，哦，来几天了？

艾　华：刚来不久。

瑛　子：（哼）你肯定也待不了几天，来这就度度假，吃吃喝喝玩玩，开心了，拍拍屁股又回到你的大都市去了。所以，你可能没办法理解……

艾　华：（感受到了侵犯）理解什么！

瑛　子：（打住不语）做饭去咯。

说完，瑛子潇洒地离开，空留一个满眼惆怅、充满被误解的艾华。

54.外　海滩露天小厨　夜

一片露天的海滩餐厅，简单而朴素，明火灶台几米外就是竹木餐桌。阿宁带着艾华走了过来，和他邀请的几个好朋友一道聚餐，夏美早已和大家打成一片。

还有，一会儿要见到的几个好朋友，我们，其实都无法选择自己的未来。

阿　宁：哎，我给大家介绍一下，这是我们今晚的贵宾——艾华、夏美。大家欢迎……

众人鼓掌。瑛子表情复杂。

阿　宁：他们俩是我的好朋友——大西、牙蒙，还有瑛子；晚宴呢，就是他们特地准备的！

牙　蒙：虾是我抓的。

大　西：对，抓瞎的是他。

一阵哄笑。

艾　华：谢谢大家的盛情，好感动！

夏　美：谢谢你们！艾华！终于可以肆无忌惮地大吃一顿啦！

阿　宁：你确定她可以？

阿宁笑着指指艾华的肚子，瑛子一边盛饭一边看到了二人亲昵的举止。

夏　美：大不了你再送她去一趟医院呗。

艾　华：哎呀！管不了那么多了！

热情的大西，递给艾华一只大龙虾。

阿　宁：……牙蒙，是我们的鼓手。大西是……

大　西：（站起来，清清嗓子，打断阿宁）乐队里，最不能少的一种——要才华有才华，要颜值有颜值，满足粉丝多方位需求的——乐队召集人。

牙　蒙：你可真够着急的。

大家都笑了，阿宁抿着嘴。众人欢乐进餐。

艾　华：那你呢？（她看着瑛子问）

瑛　子：（放下筷子，理直气壮地）我什么都做。

大　西：（笑出声）补充一句……是音乐以外的事……

瑛　子：要死啊你，饭谁做，乐器谁保管！啊！别忘了，谁给你们接活？！

大　西：是你是你，都是你……

瑛子打大西。大家又笑了，看得出来，四人关系很铁，经得住这样的玩笑。

夏　美：你们乐团，是闹着玩还是真的有排练？能演出吗？

三人听到，不约而同地愣住，像是按了暂停键，而瑛子则抿嘴而笑，咔嚓咬了一口大虾。

大　西：说什么呢！她说什么呢！

牙　蒙：嗯，她在怀疑你其实是说相声的。

艾华噗嗤笑了。阿宁也是满脸笑意，没有说话，使个眼色，大西和牙蒙心领神会。大西不知从哪里抽出一支竹笛一样的乐器，牙蒙清理桌面，简单收拾出一块小的区域，露出了桌上的竹条，阿宁则抿了一口水，清了清嗓子。

【进歌4】

大西轻轻地吹出了几个音，顿时一个晚餐场景变得空灵起来，四个小节后，牙蒙的竹筷轻轻地、有节奏地敲击竹筒，发出清脆的声音，空灵的场面又灵动起来。坐在艾华旁边的阿宁，开始浅唱。

阿　宁：啊咿呀哟——（黎语）

我默默看着海岸线，一边是透明的泪水，一边是幽蓝的海水。我走在海岸线，看浪花不停打湿海滩，我想伸手把海浪抱走。纵然我不懂什么是爱，但我听到了大海的声波，单纯的哀愁与欢乐，纵然我得不到爱，只愿你一笑回眸，我陨没也欣然……

艾华听得眼睛里满是星光。

【歌4结束】

55.外　海边　夜

众人散去，艾华与阿宁，在海滩听着阵阵海浪。艾华鼓起勇气。

艾　华：阿宁，你，你和瑛子……是不是？

阿　宁：不是啦！

艾华欣慰极了。阿宁眼睛依然看着海洋。艾华扭头看着他，好似在问"为什么？"阿宁也转头，看着艾华，好似在反问"什么为什么？"二人就这么相视无语。终于——

阿　宁：（微微一笑）我现在还不能考虑这个。

艾　华：为什么？

阿　宁：我想先回报养我长大的黎乡。

艾　华：其实不影响嘛……

阿　宁：我想把我们黎乡的歌曲唱给更多人听，让他们喜欢，让他们了解黎乡，让阿婆、阿叔他们这些祖祖辈辈的黎乡人生活得更好。我下定决定要专注在这件事上，因为我知道肯定很不容易实现。

说完，阿宁看着艾华，眼神中充满了内疚之情，他知道艾华的意思。艾华也报以真诚，她看着眼前的阿宁，既喜欢又讨厌。喜欢这个坦诚真实的男孩子，又讨厌这个情商低不知道说点好听话的傻瓜。艾华不无遗憾地低下了头，没有说出那句话来。一阵海风吹来，艾华深呼一口气。她微笑着仰起头，就像平常那样。她说着，眼睛看着阿宁，眼前这个脸庞坚毅的小伙子，似乎在主动承担他这个年龄还不足以承担的重担，艾华的这番话让阿宁颇为感动。

艾　华：当然啦，你，大西和牙蒙，还有瑛子，你们的歌曲很有特点，我相信很快就会被更多的人听到，喜欢！所以，你们要坚持！

阿宁露出了大男孩特有的笑容，阳光但有点无脑，他真的相信艾华就这么一瞬间就释然了。

阿　宁：对了！你说你来采风的，我想我能帮到你！

艾　华：嗯，这几天我听了好几首黎歌。如果方便的话，我能不能带几份乐谱回去研究？

阿　宁：没问题，你随便挑！你，这就要回了？

艾　华：本来计划就是3天……

阿　宁：时间太短了，根本不够用！

阿宁笑了，跑去篝火旁，加入欢歌笑语的众人中，艾华在海风轻拂下，虽然脸上也挂着笑，双眼闪着光，但内心的涩，只有艾华自己——和观众知道。

叠

56.内　阿宁家卧室　晨

艾华还在熟睡，一只手突然使劲摇晃艾华的肩膀，艾华吓醒。

阿　宁：嘘……别吵醒他们，我带你去个地方。

艾　华：（睡眼惺忪）啊？去哪？

阿　宁：（轻声）别说话，跟我走。

57.内　阿宁家小院—接上

二人蹑手蹑脚，离开小院。

58.外　海面小船　晨　利落的剪辑

海鸟纷飞觅食，海浪阵阵涌来；阿宁推船入海，挂帆、摇橹；艾华缩在船尾一角，小船向着朝阳驶去。

【进歌5】

阿　宁：（黎语）风静风起，浪时高时低，眼前是天也是地。踏上一只久久不用的小船，用我的歌做帆，驶离山钦湾，驶向海之蓝……

艾华听着阿宁铿锵又婉转的歌声，看着阿宁有节奏地划船，在摇摇晃晃的船上，微笑着沉沉睡去。

【歌5结束】

59.外　加井岛　晨一之后

突然，船一震，艾华被震醒了，船已靠岸，她用手划开被海水打湿的刘海，看到了一片翠绿的树木，雪白的沙滩以及——不断向她挥手的大男孩。艾华笑着，跑向阿宁，以及阿宁身后那片美丽、静谧的小岛。

阿　宁：快来……现在！整个岛都属于我们！（双手掬起来大喊）我，是，岛，主！

艾　华：啊……

二人狂奔在白沙滩上，踩出两串脚印，清澈明净的海水划过，轻轻抚平脚印，只留下丝丝痕迹，就像二人心中对彼此的爱慕，留痕却还未铭心。

60.外　加井岛　日

二人并肩在沙滩上走，艾华发现前面不远处有几间竹木屋。阿宁带艾华跑去。

61.外　竹木屋门口　日

竹木屋房檐下挂着鱼干，另一边的沙地上矮矮地驾着渔网。阿宁敲门，没人回应。艾华发现了一个形似小柳树的东西，就摆在门边。

艾　华：呀，这是什么？

阿　宁：（看看）海柳！

艾　华：不是吧？

阿　宁：怎么啦？

艾　华：我只在画册里看过，原来这就是海柳。我能摸摸吗？

阿　宁：你试试呗。

艾华轻轻碰了碰海柳，黑铁色的外皮十分坚硬。

艾　华：像铁坨子。

阿　宁：啊哈，对啊，我们都叫它海铁树。

艾　华：放这儿有什么作用吗？

阿　宁：我也不太清楚，听说可以预测天气……

艾　华：真的吗？这么神奇？

艾华电话响起，刚接通，另一头劈头盖脸的训斥袭来。

夏　美（电话）：艾华，你要作死吗？你跑哪里去了？我跟你讲，被人抛尸荒野我可不管，还有，阿宁呢？你俩在一起吗？那行，抛尸荒野的嫌疑人我知道是谁了！你太够意思了你，我早上还给你说弄点早餐，可倒好，您一大早潇洒去了，说到哪里鬼混去了！

电话这头，阿宁非常尴尬，艾华捂着嘴笑。

艾　华（电话）：放心吧，我很好，晚上我就回去啦！

男　声（OS）：喂——！

艾　华（电话）：哎哟，来人了，我不跟你聊了，先挂了啊，你好自为之，哈哈。

艾华不顾夏美的连珠炮，直接挂断电话。随阿宁回头望去，从海边走来一男一女两人，一人一手抬着装满鱼的大竹篓，步伐矫健。

阿　宁：哎，阿叔，阿母！

阿　叔：阿宁哇！

二人亲切地见面，女子微笑看着艾华，推推男子的肩膀，二人非常直接。

阿　叔：阿宁的女朋友哇？

阿　宁：（脸红）啊，不是，我的朋友，她叫艾华。我带她来岛上玩玩。

艾　华：（脸红）阿叔阿母好！

阿　叔：好啊，你们来得真巧，看，大石斑鱼！怎么样，中午咱们一起吃饭！

阿　宁：好的，阿叔！那个……一会儿你有空吗……

阿　叔：还结巴了，是不是想射鱼？

阿宁憨笑着点头。

阿　叔：哈哈哈（拍拍阿宁肩膀）阿叔懂！准备一下，就带你们去。

切

62.内　岛屋　日

艾　华：射鱼？什么是射鱼？

一个卷着的长条布包摊开，一把像小拇指粗细的竹箭哗啦出现，旁边是几套弹弓，只不过比平常的那种手把处更短一点。

艾　华：啊！这是要去打猎嘛？

阿叔一抽绳子，长条布包呼啦便卷起，麻利地捆好，斜挎在肩。

63.外　海滩　日

阿宁和艾华在阿叔一左一右。

艾　华：射鱼其实就是打猎去吗？阿叔？

阿　叔：对，在海里面打猎，就叫海猎。

艾　华：我怕，我怕我不敢……

切

64.外　浅海区　日

清澈见底的海水，满布礁石，石斑鱼、龙虾为了躲日头，藏在了礁石背阴处。"嗖"一声，一支竹箭穿过浅水，扎住一只石斑鱼。阿叔麻利地把鱼从水底捞起，冷静而果断地拔下竹箭头，当然这个过程我们看不到，只见阿叔的鱼篓很快就满了。不远处，阿宁和艾华两个"游客"猫着腰，看起来很认真地在瞄准。嗖一声，一只竹箭射出。

艾　华：啊，你差点扎到我的脚……

阿　宁：别动别动，大鱼还没跑，哎，哎，别动，唉，跑了吧！

艾　华：我要是不动，早就被你扎成筛子了！

而他们所在的那片浅海海底，受了惊吓的鱼虾早已四处游逃殆尽。

阿　宁（OS）：喂，你别对着我啊……要出事的……求你了，快放下吧……

只见阿宁狼狈地跑过，后面则是张牙舞爪高举小弹弓的艾华，箭在皮筋上，说不定什么时间射出。阿叔则坐在一块大石头上，吧嗒吧嗒抽烟锅，眉眼笑得挤在一起了。

65.外　浅海区一之后

噗通两声，两个年轻人倒在沙滩树荫下，一无所获，却累得够呛。

艾　华：阿宁，你知道吗，海猎可是你们黎族人最古老的捕鱼方法……

阿　宁：哟，你比我还知道的多。

艾　华：当然，功课可不白做，可惜啊……

阿　宁：可惜什么？

艾　华：失传喽……

阿宁沉默不语，气氛凝固。

阿　宁（唱）：莫笑我住深山窝，山窝乐器多又多。月下歌韵叫人醉，黎寨无处不飞歌。

如果说海猎失传让人觉得可惜的话，我们的歌韵如果失传了，那就是我们这一代人的罪过。

艾　华：嗯，我觉得吧，你的压力太大了，把责任都扛到自己肩上……

阿　宁：……如果没人扛起来，就是现在这个样子！

阿宁说着激动起来，调门提高八度，脸涨得通红。本是好意开导阿宁，却碰了钉子，艾华显得有点沮丧。

66.内　岛屋　日

阿　叔：喔喂，来吃饭！

四人分两边坐，阿叔和阿母乐呵呵地招待两个沉默的年轻人。阿宁也觉得刚刚有点失礼，艾华，凝眉思考着什么。

阿　叔：这条，就是刚刚小艾抓的鱼，来尝尝味道怎么样？

艾　华：嗯，又鲜又嫩！谢谢阿母，烹制一流。您绝对是大厨级别。

阿　母：这都是家常做法啦！多吃点。

阿宁偷瞟对面坐着的艾华，不想却被艾华看到，阿宁马上露出抱歉的神色，但艾华却故意不看，低头吃鱼。二人一来一往的小情绪，都被阿母看在眼里。阿母起身离开餐桌。不一会儿，阿母又入座。

阿　母：小艾，阿母送你个东西。

艾　华：（赶忙放下筷子）您送我东西？

阿母打开手掌，一条细细的银白色链子淌在艾华面前。阿母轻轻套在艾华的头上，银头链轻轻垂下，正好挂在了额头上，一条优美的弧度，衬托艾华姣美的脸庞，显得典雅、美丽。阿宁在对面已然看傻了，他似乎又遇到了银幕中的那个女孩，梦幻又真实。艾华对着镜子，心里喜欢得不得了，她看到了一个与以往不同的自己。

艾　华：阿母，我很喜欢，可是真的太贵重，阿母，我不能收。

阿　母：（微微笑）小艾啊，我和你阿叔，我们是渔民用最老的办法织网，我们靠太阳晒网，出门打渔前轮流着祈祷，祈祷有所收获；我俩用最老的办法捕鱼，我们拿鱼换别的东西，你看到的屋里的所有东西都是这么换来的；虽然生活在这个时代，我们也知道你兜里那个黑色的板板是手机，可是我们从来不用，也用不着；我们平常不用钱，也就没有存款，万一有个头疼脑热的，你叔带着我去镇上换几片药，万幸我们没有得过大病；我们在这个小岛上生活，也算是与世隔绝，那阿母问你个问题，对我们来说，什么东西算"贵重"的？

艾华一下子回答不了这个问题，她看着阿母的眼睛，充满了真诚，而阿叔仍在细嚼慢咽，轻轻地把鱼骨吐在桌上，动作缓慢。而阿宁，背靠竹椅，露出了满眼的憧憬。

阿　母：你看，你戴上这个头链，多漂亮，多配。小艾，银器识人啊。它和你已经成一体了，这时候，你说，什么才是最贵重的？

艾华眼睛里晶晶亮，她重重地点头。

艾　华：谢谢阿母，那我收下了。是您让我认识到了生活还有另一种更美好的样子，你们活得像在小说里一样。我打心里羡慕您和阿叔的相濡以沫。

阿　叔：（开怀大笑）哈哈，外面倒还真是有不少我俩的传说。

阿　母：（赶忙摆摆手）哪有什么传说。

阿　叔：怎么没有，上次有几个年轻人上岛，不就是专门找咱们的嘛，还做了采访，说我俩这是什么生活慢来着？

艾　华："慢生活"？

阿　叔：啊对！慢生活。

艾华咯咯笑起来。

艾　华：是呀，阿叔，城市里生活节奏太快了，很多人向往你和阿母这样的慢生活。

阿　叔：主要是想快快不起来嘛。我们就是那种老话里的——三天打鱼，两天晒网。真是这样，你说，这怎么快？

阿　母：好啦，一说起打渔你就停不了嘴，让阿宁带小艾去转转。

阿　叔：唔，对！你们哪都别去，就去花角岩。对着大海喊出你们的愿望，就一定能实现！很灵验！

艾　华：真的？走！

67.外　花角岩　日

这是一处像悬崖一样的岩石，但只有十米左右高，远看像花瓣一样，站在岩石上，脚下便是汪洋大海。二人一前一后跑上最高处。二人吹着海风，对着大海高喊。

阿　宁：（大喊）我要把黎歌唱给全世界听——！

艾　华：（扬起微笑）我要他的愿望成真——！

二人大笑！

阿　宁：（激动）只要跳下去，愿望就能实现。

艾　华：（惊吓）啊？胡说的吧……

阿　宁：敢不敢？

艾　华：不敢……

说完，阿宁后退几步，助跑，冲刺，毫不犹豫地跳了下去，他在跃起的一瞬间，回头看了艾华一眼，这一眼，坚毅、深情又充满了理想主义，像定格镜头一样，让艾华终身难忘。扑通一声，艾华探头往下看，阿宁在一阵浪花翻涌后，冒了出来，向艾华挥着双手！

阿　宁：（喊）真的太刺激啦，要是害怕就别勉强！

艾　华：（低语）真的是作死的啊！（高声对阿宁）真的被你害惨了！（回身，助跑，边跑边念叨）我可得换个愿望（跃起的一瞬间，提高音量）我要你答应我——

节奏掌握得不太好，艾华话还没喊完，人已跳了下去……

68.水下　日

艾华扎到水下，浪花翻涌。

69.外　花角岩下　日

艾华浮了起来，阿宁一惊，他没想到艾华如此勇敢。

艾　华：我做到啦！

阿　宁：没想到，你这么勇敢！

艾　华：你没想到的还有很多呢！

二人笑着玩水。

70.外　帆船　黄昏

迎着夕阳，阿宁和艾华离开了加井岛，阿叔和阿母为他们送别。在海上，艾华出神地盯着夕阳，时而在手本里写着什么。

71.外　酒店门外/摩托　夜

阿宁骑摩托送艾华到酒店入住。

阿　宁：早点休息吧，可不能被夏美看到，否则得骂死我。

艾　华：谢谢你，阿宁。

阿　宁：应该是我说谢谢，你来采风，研究黎歌，我好开心的。

艾　华：我还得谢谢你的乐谱，能帮到我呢。这样就谢个没完没了啦。

阿　宁：（没话找话）呃，时间过得太快……

艾　华：嗯……

阿　宁：我们，还是，呃，还是可以联络的……我，我的意思我们可以探讨，而且，我，我有很多问题要请教你，哦，是关于演唱的，别误会……

　　艾　华：误会？嗯？误会什么？（故意反问）

　　阿　宁：乐队准备了一个聚会，想给你饯行。

　　艾　华：好呀，明天我跟大家告别。

　　阿　宁：好……

阿宁慢慢转身。

　　艾　华：你会为我唱首歌吗？

　　阿　宁：嗯，会。其实，我这几天为你写了首歌……

　　艾　华：好想听……（鼓起勇气）阿宁！我马上要回了，有件事我想告诉你……我，我喜欢你……

阿宁有点吃惊艾华竟然说出口，他难为情，一下子说不出什么话。

　　艾　华：嗯，那你，你喜欢我吗？

阿宁依旧沉默，但是有所动容，他好像想说什么，但是没开口。艾华显得非常沮丧。

　　艾　华：那好，你回吧。

　　阿　宁：艾华，喜欢或者不喜欢，现在有什么用呢？你马上要回去了，现在说这个还有什么意义吗？

　　艾　华：可是，我的确很喜欢你……

　　阿　宁：（赶快打断）你，你还是早点休息吧，明天见，地点是古寨海滩。

没等艾华说话，阿宁开摩托离开。艾华看着阿宁的背影，百感交集。

72.内　酒店　晨

艾华被手机吵醒，朋友夏美来的视频请求。

　　艾　华（视频）：干嘛，一大早的。

　　夏　美（视频）：你闭嘴，把镜头给我扫两圈，昨晚谁跟你同屋？快点！

　　艾　华（视频）：哎哟，你好无聊啊，没有人跟我同屋。

　　夏　美（视频）：我不信，快点！

　　艾　华（视频）：你直接来我屋吧，真烦。

艾华说完，挂断了电话。

之后

夏美冲进房间，窗帘后、卫生间到处找人。

艾　华：你是不是想说阿宁和我在一起？

夏　美：这可是你说的！阿宁，你出来吧！别躲了！

艾　华：（扶额）人家都拒绝我了好嘛！

夏美突然扑到艾华身边，满脸八卦。

夏　美：什么情况？快告诉姐！

艾　华：没什么，就是，哎呀，反正就是拒绝我了嘛。好丢人，熬过今天早点回吧。

夏　美：想得美，机票我给你取消了。不回了。

艾　华：为什么？

夏美露出贱兮兮的笑。

73.内　酒店大堂　日

穿着睡衣的艾华惊讶地看着眼前的三个人——夏美、夏男友和林正楠。

艾　华：你们搞什么啊，来也不跟我说一声！

夏　美：excuse me？昨天是哪位招呼都不打，独自去潇洒？扔下我，可怜兮兮的，举目无亲，要不是Ricky，我真的要哭死了……

艾　华：喂，真的很假呀！！

夏美拉着男朋友的手，男朋友拉着箱子，径直走向房间。只剩下林正楠和艾华。

林正楠：你刚刚来海南那天我就跟你说过了，还记得不？（艾华没回话）艾华，我，我还是第一次看你没化妆的样子呢……

艾　华：啊！

艾华扭头就跑。

林正楠：哎，我的意思是，你不化妆也，很，漂，亮耶……唉……

林正楠怏怏地拖着箱子离开大堂。

74.外　沙滩　夜

沙滩上摆了一条长长的桌子，摆满了食物、水果、海鲜等。再后面，是篝火，篝火旁，则摆了几件乐器。

艾　华（OS）：阿宁！

阿　宁：哎！快来！

车停，艾华兴高采烈地走向沙滩聚会地。阿宁开心地打招呼，突然，他看到艾华身后还跟着三个人。

艾　华：准备得这么丰盛啊！

大　西：对啊，没想到你这么快就要走了！

艾华不接话，抿嘴笑。后面走上来的夏美、男友和林正楠站成一排。

艾　华：给你们介绍一下，夏美她男朋友。这位是我同学，林正楠。

阿宁、大西、牙蒙和瑛子分别和大家打招呼，但满脸诧异。

艾　华：说来巧了，本来是要明天走的，现在同学来了，再呆两天，惊喜不！

阿　宁：专门来看你的吧。

艾　华：（点点头）嗯……

大　西：别站着说话了，来吧，正好吃饭！欢送会秒变欢迎会！

大家开心地入席，林正楠热情、主动地招呼艾华，入座，拿筷子、摆盘子、问她喜欢吃什么。而阿宁，则不断偷瞄林正楠。他的内心发生了微妙而又剧烈的变化。大家欢乐地吃饭，聊天。

林正楠：这里可真棒！

艾　华：对吧，我可没瞎说。

林正楠：论文顺利不？

艾　华：喏，黎族音乐家阿宁，应该叫阿宁老师。给了我很大帮助。

林正楠：太好了，我也正好要请教下阿宁老师！

林正楠有点愠怒地看着阿宁。而不远处，阿宁也在偷偷关注林正楠。二人像压抑怒气的公牛。

75.外　沙滩　夜一之后

大家还在聊天，而阿宁，一个人坐在一边，摆弄他的乐器。艾华突然冒了出来。

艾　华：有新灵感了？

阿　宁：（冷冷的）没有。高学历的人气质就是不一样啊。

艾　华：什么？

阿　宁：你那个研究生同学……还真是主动，一点也不见外。

镜头一转，不远处，林正楠和夏美、大西、牙蒙、瑛子聊得不亦乐乎，大家笑得前仰后合。

艾　华：阿宁，你怎么了？怪怪的。

阿　宁：我怎么了。我好得很啊。

镜头一转，在饭桌上，林正楠还是注意到了艾华与阿宁促膝谈话的场景，林正楠显得非常不爽。

艾　华：（撒娇式生气）要这么说，我看你们乡寨里的某些人很是狭隘，不诚实。

阿　宁：啊？你说谁？

林正楠（OS）：（打断二人说话）艾华——

艾　华：哎？

林正楠：要不要去海边走走？

艾　华：好啊！

林正楠从容地走了过来，和艾华一起，往海边走，路过篝火的时候，艾华啊呀一声，林正楠赶忙扶了一把艾华，二人躲开火苗。

艾　华：哎呀，差点烧到我的头发。

林正楠：哈哈，你躲火苗的动作，真像那首《火焰之舞》里的动作，好优美！

艾　华：谢谢啦！

阿宁看在眼里，气鼓鼓地。

76.外　海边—接上

艾华和林正楠在海边散步。

林正楠：看得出来，你和阿宁的感情挺好。

艾　华：不会吧？有吗？

林正楠：他是不是你最期望的那种一见钟情？

艾　华：啊！一见钟情？啊，不是不是，不是啦。怎么会是他……（尴尬地笑）

林正楠：艾华，你还真是一切都写在脸上啊。你们，你们怎么认识的？

艾　华：（一抹微笑划过脸庞）没什么特别的。我住在神龟山庄的时候，他在那里打工，后来就带我和夏美去黎寨，去加井岛……然后，呃，就这样啊，没有什么然后……

林正楠：一见钟情就只有这样？

艾　华：啊？

林正楠：如果就带你出去玩，只要这样就可以的话，我也可以带你去海岛玩，我们去玛雅山寨，我们去大溪地岛，我们还可以……

艾　华：（尴尬）呃，呵……

一边是椰林摇曳，一边是海浪冲刷，林正楠突然站定，面对艾华。

林正楠：艾华！和我交往吧。

艾　华：（非常意外）啊？（结巴无语）不好吧？

瑛　子（OS）：（高喊）大家注意！大家注意啦！

77. 外　海滩　夜

大西已经坐在演出圈内，身后坐着鼓手牙蒙，而二人前方、中间，阿宁默默地静坐。艾华和林正楠也加入观众行列。

瑛　子：原本的艾华欢送会，剧情急转直下，艾华突然不走了，哈哈，反正准备好的节目不能浪费，现在，我宣布——《艾华和她的朋友欢迎会》——现在开始！

【进歌6】

大西演奏的黎族竹笛响起，声声悠扬入耳。牙蒙的竹鼓轻轻加入，整个音乐氛围让人心神安宁。

阿　宁（唱）：每当看到这一幕，我凝望很久，光影里升腾起缥缈的白雾，那是你微笑的脸；我想触摸一切都在转瞬间幻灭，化为云烟；我架起孤独的藩篱，掩饰压抑，失去了真实的自己。你要的只是一场邂逅，一个纯真的笑容就已足够；你让我冒险，又给我化险为夷，从光影幻想中，回眸最美的你。

艾华听得动情，这分明就是在讲述他们两人之间的故事。众人鼓掌。

【歌6结束】

夏　美：（耳语林正楠）嗯，好听，这就是音乐的力量，来自民间，原生态的。

林正楠：也太土了点吧。说民谣不民谣，说流行不流行的。你想想，我们音乐专业的，分分钟碾压他们。

林正楠看到的、听到的其实是来自情敌的声音，在他看来，阿宁放了大招。林正楠不管不顾，扑上去，从阿宁手里抢过话筒。

林正楠：大家好，我叫林正楠，身为音乐专业的我，音乐灵感就像这海浪，随时拍打着我，就在刚刚，在篝火的映衬下，美丽的艾华同学，给了我惊涛骇浪般的灵感，下面给大家即兴演奏一首，就叫它，呃，《火焰之舞》吧，献给艾华，献给大家！

台下众人欢呼，大西递过去一把吉他，林正楠摆开架势，演奏。阿宁故作无所谓地，找了杯酒喝。艾华走到他身旁。

艾　华：唱得好好听！

阿　宁：谢谢。

艾　华：写给我的吗？

阿　宁：（努努嘴）嗯。他唱得也不错嘛。

艾　华：啊？哦……

夏　美（OS）：哎！艾华——

艾华转身要走，阿宁赶忙拉住艾华的手。

阿　宁：你……你不是说喜欢我吗？

艾　华：（愣了一下，挤出一点微笑）明明是你不喜欢我。

艾华说完，手足无措地跑开，找夏美去了。留下百爪挠心的阿宁。

阿　宁：唉，我到底在搞什么！（吞了一大口酒）

78.内　酒店房间　夜

艾华在书桌前写东西，非常专注。夏美凑了过来。

夏　美：喂，我还以为你这么刻苦，出来玩都不忘写论文。

艾　华：我就是在写论文。

夏　美：鬼嘞！

夏美一把抢过艾华的手本，朗诵腔开始阅读艾华写的文字——

夏　美："女子欢欣不已，宛若小孩子般兴奋地在林间跑来跳去，刺眼的阳光，打从树荫间穿过，光辉洒进她的头发，那些绑起阳光的头发，一根根变得金黄。她眯起眼，面向阳光，面颊变得透亮。"

艾　华：哎，不要读啦，很难为情的！

夏　美：写得很唯美嘛，要做歌词吗？

艾　华：乱写的，唯美吗？调子马上要转了。

夏　美：怎么转？

艾　华："顷刻，阳光突然消失不见，树荫蔽日遮天，黑色的影子围绕她，飞舞翩翩。"

夏　美：呃！变得好暗黑。她发生了什么事？

艾　华：她以为找到了爱她的那个人——

夏　美：说真的，好期待你给它谱上曲。（翻了翻本子的前面页）是不是来了这里几天，把你的灵感激活了？（表情一转）哎哎，亲爱的，哪首歌是给我用的呀？

艾　华：要不都给你吧！

夏　美：切，没诚意，半成品，不要。熬夜毁皮肤！我是不陪你了。

艾　华：谁要你陪，你快睡吧，我一会儿就睡！

艾华望着摇曳的椰树影子，思绪飞舞。

79.外　海滩　夜

阿宁坐在礁石上，听着海浪有规律地来来去去，就像他的心绪，一阵平静一阵激动。他轻轻地拨弄几根琴弦。

80.内　国家绿道　日

艾华、夏美、夏美男友Ricky和林正楠四人慢跑。穿过一个小湖，一片小林子，四人先后来到了一处驿站休息。

夏　美：艾华，我家大宝贝刚才还问我呢，说阿宁他们乐队是兼职还是专职？

艾　华：现在还是兼职。

RICKY：哦，他们唱得不错，很有潜力，不过现在的作品还需要好好打磨，精准定位听众！

艾　华：哎！对哦，你有没有认识经纪公司的人？帮帮他们哦。

林正楠：经纪公司不难找，你忘了？每年的毕业汇演，台下那可是星探云集啊。只不过，阿宁他们不唱流行歌，很难签约。

艾　华：可是他们的歌曲足够有特色，黎歌的特点都是小调，歌曲结构大多不是我们常听的那种，流行歌都听腻啦。而且啊，他们的配乐用的都是黎族乐器！那音色你肯定没听过嘛！

林正楠：有时候特色会是门槛，大家没听过的东西，很可能不容易接受。如果唱不出让人共鸣的歌，最终还不是埋没在大堆大堆的歌手里。说到这里，艾华，你的毕业歌曲，做到什么程度啦？

艾　华：写了几句我觉得不错的旋律，可是再往下发展，就觉得总是不对劲，算是瓶颈中吧。

林正楠：我帮你嘛！

艾　华：谢啦，我还是自己再想想吧！不过手头最要紧的是，我想帮帮阿宁他们，让他们的歌曲更，呃，更像样点……可是也挺吃力的。真的不能自负地认为我们是科班出身，就能碾压啊，指导他们，我觉得我们应该认真学习他们的音乐。

夏　美：喂，你们！好不容易出来玩，学术个没完没了。

林正楠：呃……如果需要，我，我也可以帮他们。

艾　华：哎？你怎么帮？

林正楠左手捂到耳朵上，右手抬在半空，五指弹起了空气键。夏美一拍脑袋。

夏　美：DJ Lin嘛！

林正楠：仅仅是爱好啦，会用而已。

艾　华：真的啊？！

林正楠：For Fun，For You！

略有犹豫，但艾华还是特别开心地答应了。

81.内　阿宁家　日

阿　宁：啊？demo？

牙　蒙：什么是demo？

艾　华：就像演出似的，你们唱一遍，录下来就行。

大　西：那很简单啊。

艾　华：可别想得太简单，毕竟demo算是敲门砖，大唱片公司还是很严格的。

阿　宁：我们做的那些，你说能行吗？

艾　华：当然行，我觉得非常好听！你不是很想让全世界的人都听到黎乡的歌曲吗？这是个很好的机会，加油！

艾　华：阿林会帮你们做编曲，他很厉害的！

阿　宁：他……给我们，做编曲？

艾　华：你放心吧，肯定能做好！接下来的几天，我们专心做几首歌。

阿宁感激地重重点头。

82.外　椰寨路　日

阿宁骑着摩托车，载着艾华疾驰而过，路过一家杂货小店。瑛子看到了，赶忙从店里跑出来，却只看到了二人快乐而过的背影，瑛子心情复杂。

83.内　湖边空地　日

安静到只有小鸟的吟唱，静谧的湖水平如镜面，偶有小虫飞过，一切都似乎为乐队排练做好了准备。阿宁、大西、牙蒙早早准备妥当，艾华也搭把手，林正楠则从车后备箱里拿出一台鼓机，这是做电子乐最常用的设备。

艾　华：咦？从哪里拿的鼓机？

林正楠：（边连接线）昨晚我去三亚租的。

艾　华：（感激）谢谢你。

林正楠：喂，该说谢谢的可不应该是你哟。

不远处，听到、看到二人说话的阿宁，碍于情面，点头致谢。

84.接上—之后

阿　宁：1，2，3，4，1，2，3……

牙蒙打出了第一个节拍，大西乐器旋律进入，众人开始排练，有点赌气的阿宁为了给林正楠展示自己，唱出第一句的时候就用黎歌的发音上了high c，林正楠喊了停。

林正楠：不对，不对，阿宁，你这么唱太老气，像二十年前的民歌。不能一来就直接上高音，喊山似的。

阿　宁：那你觉得要怎么唱？甜蜜蜜那种？

林正楠：喂！我好心好意帮你做歌曲，你这阴阳怪气的！

阿　宁：（低声）黄鼠狼给鸡拜年——

林正楠：你说什么？

艾　华：阿宁！（双手下压，意思是冷静）

林正楠：再来一遍，阿宁你进歌的时候正常一点。

排练重新开始。每个人配合得都很好，阿宁唱了三句后，渐入佳境。这时，林正楠手指一点，鼓机释放出一连串的低音，阿宁顿时愣住了，终止了排练，只留下鼓机里发出的电子乐的鼓声。

阿　宁：这是什么意思？

林正楠：加点beats。

阿　宁：加点什么？

林正楠：节奏。

阿　宁：我们有节奏，我们有自己的鼓，牙蒙干的就是这个。

林正楠：最时尚的beats，你们需要这个。

阿　宁：我们需要什么我难道不知道吗？我要的是最纯粹的黎乡民歌。

林正楠把节奏关掉，双手一摊，而阿宁则生气地离开排练现场。

85.外　湖边　日

阿宁生闷气，扯树枝打水。艾华默默坐到他身旁。

艾　华：我和阿林，都是好意，想帮你们。

阿　宁：谁知道真的假的。

艾　华：（生气）你怎么能这么说！

阿宁自觉失言，态度缓和下来。

艾　华：我拜托朋友给你们找经纪公司，阿林也想增加些现在好听的东西到你的歌曲里，我们都是在帮你。

阿　宁：你现在都叫他阿林了？

艾　华：（气得站起来）我叫他什么，跟你练歌，把你的理想实现，有关系吗？！你不是想让黎家的歌曲唱给更多的人听吗？你要是不想我们帮忙，我们就回去了。

阿　宁：我看他偷偷拍我的乐谱，他打电话的时候还说，要在他写的歌曲里加进民族的元素。我看他就是居心叵测！

艾　华：阿宁，你，你怎么能偷偷监视大家。我告诉你，阿林给你们做编曲，拍下乐谱很正常，他打电话是给谁打，你知道吗？是给经纪公司，他辗转问了好几个朋友！为了你的作品，他自己的歌都没写呢！你怎么能这么冤枉别人！

艾华气得离开，忽又转身回来，塞给阿宁一个ipod，然后离开，临走——

艾　华：你这是闭门造车！最后一句，你要是想让别人帮你，就虚心接受大家的意见，你要是不想，那你，你就别回来彩排了！

看到ipod里艾华给他下载了很多歌曲，赌气的阿宁，连耳机线都没拆，就放在一边，继续抽打湖水。

86.接上一之后

艾华气鼓鼓地回到排练场，远远地听到传来阵阵音乐声。林正楠DJ范儿十足，在他编织的节奏下，大西和牙蒙都各司其职，搭配巧妙，林正楠时不时还唱几句，当然还是——甜蜜蜜的那种腔调。大西看到艾华，伸出大拇指，意思是感觉阿林不错。艾华左顾右盼地张望阿宁，可是，连影子都没看到。

87.内　湖边空地　日

大西、牙蒙和阿林气馁地坐在一堆乐器后，艾华发觉不对劲。

艾　华：怎么了？

大　西：主唱不在，没法排练。

阿林摊手耸肩。

艾　华：我找他去，没完了！

88.内/外　车里/古寨　日

艾华生气地开车，到达古寨门后，她生气地一路跑向阿宁家。她推开院门，房门紧锁。

89.内　瑛子小店　日

艾华推开瑛子店门。

艾　华：瑛子，知道阿宁在哪吗？

瑛　子：（半疑惑）他不是和你们排练么？

艾　华：要死啊！

艾华扭头离开。

90.外　古寨街口　日

艾华站在路中间，她思考阿宁能去哪里。突然，她快步跑走。

切

91.外　码头　日

艾华塞了几张钞票给渔民，用手指着前方依稀可见的一座岛。

切

92.内　汽艇渔船　日

在马达声中，艾华显得平静了很多。海风吹得她头发纷乱。

切

93.外　花角岩　日

艾华爬上了岩峰，在前几日刚刚跳水的那个地方，她找到了阿宁。

艾　华：喂！

阿宁没有回应，仍然背对她坐在原地不动。艾华跑过去，使劲拍了阿宁的肩膀。

阿　宁：啊！吓死我了！！

阿　宁：（脸吓得都青了，他摘下耳机。）

阿　宁：真的能吓死人啊你！！

艾　华：你躲这儿干嘛！知不知道我找了你一天！

阿　宁：我，我听你给我的歌啊。

艾　华：听……什么时间听不行，大家都等你排练，你躲这儿！气死我了你！

艾华使劲捶打阿宁。阿宁抓住了艾华的胳膊。

阿　宁：艾华，我先向你道歉，昨天我态度不好。

艾　华：你真该道歉！道一万个歉！给我做一万顿饭！洗一万次碗！

阿　宁：做牛做马一万辈子呗！

艾　华：那都便宜你了。

阿　宁：艾华，对不起。（顿了一下）对于黎歌的事，我想真诚地给你道歉。还有林正楠，虽然他现在不在，但我也想道歉。是我太小心眼了。

艾　华：而且，你特别的……冥顽不化！

阿　宁：大西和牙蒙也经常说我，大家都觉得我太执拗，顽固。（顿了一下）我和你说过我十几岁的时候去南洋演出的事吗？（艾华摇头）我和寨子里的哥哥姐姐们作为黎歌合唱团去南洋为当地华侨们演唱黎歌。虽然那时候我还小，但是有个场面我至今难忘。

艾　华：什么场面？

阿　宁：在吉隆坡演出的时候，那是我在台上第一次发晕，呵呵，台下坐满了观众，我从没见过那么多的观众来听我们唱歌。我当时就背着这个锦包，领唱了一首歌，用你们的话说，就是特别的原生态那种，台下的观众们有的都听哭了，那一幕我记忆深刻。从那时候，我就立志要好好唱歌，让更多的人听到我们黎歌，原汁原味的黎歌。

艾　华：嗯，那后来呢？

阿　宁：就没有后来了嘛。呵呵，合唱团回来后没过多久就解散了，大家各忙各的，有的出去打工，有的在家开起了小店，你看瑛子家的那个店就是那时候开起来的，有的，像我这样，在山庄这样的旅游景点上班。

艾　华：所以你总是放不下黎家乐团这件事。

阿　宁：嗯。后来大家基本都不怎么唱了，偶尔聚会的时候唱一下。但是，我一直觉得，我们不应该只为了生活而放弃这些美好的东西。

艾　华：我同意你这么说。我也特别理解，你想把乐团再建起来的愿望，你其实可以做到的，而且会做得比原来更好！你很有才华，你们的歌曲非常好听！

阿　宁：但现实是，要乐队唱歌的都是酒吧啊、海滨浴场啊，他们不要听黎歌，要听舞曲或者网络歌曲，用他们的话说，就是，呃，你们把场子给我炒热就好了，其他不用管……要么就是，呃，你们照着歌单唱，我一看歌单，都是……唉，所以我们没地方唱了。

艾　华：我明白了，所以你特别排斥阿林给你们做的编曲，对不对？（阿宁点头）原来你的心结在这儿啊！

阿　宁：做乐队最大的打击就是根本没人愿意给我们舞台唱。我很不自信。

阿宁低下了头。艾华轻轻靠在阿宁身边。

阿　宁：我听了一整夜你给我的歌曲，我在思考，为什么人家做得那么好听？

艾　华：想到为什么了吗？

阿　宁：没有。（顿了一下）我肯定做不到那么好听的歌曲，我们也没那么厉害。我做不来，我一唱就觉得不对，太土气！我看到那些乐器也觉得是不是太老了，毕竟传了几十年；以前我把歌词投稿，杳无音信，我怀疑我写的词肯定不招人喜欢……我，我觉得我是时候放弃了。

艾　华：（大声）你不能这么想！你的歌曲真的很好听，作品很厉害的。你的嗓音特别吸引我，你记不记得那天，你带我出海时候唱的歌……

闪回

阿宁摇橹唱歌，艾华斜倚在船角，小船迎着朝阳。

闪回结束

艾　华（继续）：……真的让我一听钟情了……

阿　宁：我没有你说的这么厉害。不如大西豁达，不如牙蒙专注，不如阿林……嗯，不如他自信……跟你们专业的人一比，才知道，自己到底有没有才能，我现在，现在不敢再抱着让黎歌唱到全世界的理想了，完全是一场梦，我连第一步都走不好。

艾华看到丧到家的阿宁，有点气愤。

艾　华：因为害怕而裹足不前，这样太可惜了。如果你用了真心，尽了全力，把歌曲一首一首做好，把它们交给专业的经纪公司去争取演出的机会，要是真的不顺利，再回来当厨子，卖椰子不就好了么？又不丢人！

阿　宁：哪那么简单……

艾　华：（打断）还没努力，就先想好退路，很逊啊！哪有什么一帆风顺的人生？！每个人总有自己的梦想，梦想前面全都是困难和障碍，难道因为怕困难、怕失败就还没开始就放弃吗？！

阿宁愣了，没想到看起来柔弱的艾华，竟然有一颗倔强的灵魂，艾华周身似乎充满了光芒。艾华一口气连珠炮似的说完，也发现面前的阿宁，满脸写满了惊讶。

艾　华：对，对不起，我……

阿　宁：艾华，你真的好强大（笑意）呃，明天你有空吗？

艾　华：啊？

阿　宁：（离很近）我带你去看场电影吧！

艾　华：电影？最近上映什么电影？

阿宁突然意识到离艾华太近了，似乎不太礼貌，赶紧后退一步。

阿　宁：噢，就是，总之很好看啦。

艾　华：哦，几点？

阿　宁：你等我电话就好。

艾　华：唔。

94.内　木屋酒店卧室　夜

夏美睡得香甜，艾华思绪不宁，翻来覆去睡不着。艾华翻手机相册，看到前几天拍的照片，时不时失声笑，皱眉头。突然——手机震动，吓得艾华赶紧静音，一看，是阿宁的电话。艾华蒙头到被子里，压低声音接听。

阿　宁（电话）：快出来呀！

艾　华（电话）：大半夜的干什么？

阿　宁（电话）：带你去看电影嘛！

艾　华（电话）：啊！现在嘛！有没有搞错！

阿　宁（电话）：快点啦，我就在你门口！

艾华掀开窗帘，果然看到了阿宁站在不远处。艾华自言自语神经病啊，穿衣出门。

95.外　山庄路/橡胶林　夜

艾　华：这么晚看电影？！

阿　宁：跟我来！

阿宁拉起艾华的手，便向橡胶林跑去。穿梭在橡胶林中，期初片片漆黑，前方渐渐出现光影闪动。艾华停步。

艾　华：难道，你要带我看那个……

阿宁没回话，只是回以微笑，拉着艾华，继续奔跑。

96.外　橡胶林影院　夜

果然，不远处，一台放映机早已架好，画面停格在一片雨林上，艾华静静坐在银幕对面，阿宁走到放映机旁，轻轻一按，画面像流水一样播出。

电影画面——黄思华稚嫩的脸再次出现，像极了艾华。黄思华引吭高歌。

阿宁慢慢走到银幕近前，伸手，穿梭在投影中，然后他回身，向着艾华走去。就像第一次艾华误入橡胶林影院，艾华完全沉浸在那晚的情境中。不知哪来的雾气升腾，放映机的光柱像根根银线，穿梭在雾气中，落在银幕上。阿宁没有说话，他站在橡胶林中间，一半身子隐在雾中，一半被放映机光线照亮，就像从梦境中走出来的王子。

【进歌7】

阿　宁（唱）：（黎语）久久不见久久见，久久相见才有味，阿妹哎……

　　　　　　　（汉语）好久不见真想见，阿妹哎，见到阿妹心欢喜……

艾　华（唱）：久久不见久久见，久久见过还想见……

简单的几句，深情、真诚而隽永。艾华泪目，这是她向往已久的爱情；这是她被人嘲笑为不可能实现的爱情；这是她从梦里到现实，苦苦追寻已久的爱情；这是她久久早已注定的爱情。阿宁面对着这个意想不到就闯入生活中的女孩，尽管极为克制，但无法抑制内心的冲动，他用最真挚的歌声，对艾华表达了内心的爱。二人终于相拥在一起。十指紧扣，紧接着，四面八方出现的灯柱就像为他们点亮，割胶工们微笑的脸庞似乎都在祝福二人。

【歌7结束】

97.内/外　木屋　晨

"咚咚"敲门声，正在写作的艾华听到敲门声，放下笔，麻利地扎好头发，开门，却惊讶地看到瑛子站在门口。

瑛　子：艾华，早安。

艾　华：早啊。

瑛　子：想跟你说几句话，有时间吗？

艾　华：好。

瑛　子：其实，呃，这两天我看着阿宁，好像特别兴奋，我问他，他只说他要好好做乐团，认真写歌。我也知道，他倔得像头牛，想做的事会全力以赴争取。他辞掉了山庄的工作，家也不怎么回；连阿婆他也不能天天看望、照顾……当然，现在你和你的朋友在帮助他，他说这是最好的机会，我替阿宁高兴，可是，又替他担心。

艾　华：担心什么？

瑛　子：他想走到外面，唱黎家歌，让人们都听得到！可是，我们都觉得这太不现实了。我们都知道，期望越大，失望也越大。这不是一件容易的事。如果这次阿宁失败了，我怕他真的一蹶不振。他照顾的阿婆、阿叔们真的离不开他……

艾　华：（顿了一下）对你来说也是吧？

瑛子没有说话，她惊讶艾华的洞察力，盯着艾华看。

艾　华：阿宁追求他的梦想，但是他不会离开你们的，我知道。

瑛　子：我其实都知道，你们喜欢对方。就算你们在一起了，能在几天？你不久就要回新加坡的，你继续你的生活，我们继续我们的生活。与其恋爱三天，还不如什么都没发生。阿宁和你相隔太远，就算他使尽全力，也没法和你在同一个城市里相伴，不是么？你没觉得你和阿宁其实是在两个世界吗？

艾　华：两个世界？我真的没想过。

瑛　子：对不起了，我说了这么多不该说的话，总之，谢谢你，我告辞了。

艾华看着瑛子离开，心情很糟。

98.内　排练场　日

艾华等来了阿宁。

阿　宁：哎？就你一人吗？他们怎么还没到？

艾华笑而不答。

阿　宁：我打电话催催，太不像话了。

艾　华：不用催，我没通知他们。

阿　宁：为什么？

艾　华：我就是想和你商量下怎么改改旋律。就咱俩的话方便边唱边改。

阿　宁：没问题。

艾　华：我这两天研究乐谱，有了些想法，改了一下，你听听。

【进歌8】

艾华唱了起来，非常深情，在她心里，瑛子的一番话道出了问题所在，到目前为止，自己还没能力解决这个问题，更糟糕的是，艾华不想让这个问题困扰正在备战的阿宁。

艾　华：在孤寂的夜晚，只有你与我相伴，内心的孤独，只有你能够排除；内心的凄楚，只有你能倾诉；内心的纠结，只有你能了解；只有你，与我如此相似，只有你会对我的脆弱，展现最深沉的温柔！

阿　宁：这份祈愿超越了永无止境的距离，两条世界线就此交错，与你邂逅的那一刻——我看见了自己的影子，我看见了苦涩的微笑，我看见了压抑已久的委屈，我看见了渴求已久的温柔！愿你与我相伴，听我倾诉，不再孤独，不再凄苦，互相守护。

【歌8结束】

二人双手紧握，含情脉脉地看着对方。这一刻就是永恒。

艾　华：我是这么想的，如果可以的话，我的毕业歌曲就写黎歌，怎么样？我们重新编曲，给人耳目一新的感觉，又保留黎歌里最原汁原味的部分，到时候，你以合作嘉宾的身份和我一起在毕业汇演舞台上表演，我相信一定能获得成功！你的理想就实现了！怎么样！怎么样？

阿宁激动地跳了起来。

阿　宁：太好了，从现在开始我们就抓紧时间练歌，天天排练，我叫他们马上来！

艾　华：唉，我还有话要说。

艾华突然变得忧郁起来。

阿　宁：艾华，你怎么了？

艾　华：嗯，我……我。

阿　宁：是不是，你要走？

艾　华：我还没毕业呢。

阿　宁：终究是要回去的……

闪回

瑛子对艾华说了同样的话。艾华钉在了原地。

闪回结束

艾　华：哦，没事。（强撑笑脸）虽然分开，可是我们每天可以打电话，视频，现在通讯这么发达，我保证你每天都能看到我。你能保证，每天都让我看到你嘛？嗯？

阿　宁：我想和你天天在一起。

艾　华：（握紧了手）我也想。分开后，我们各自的"任务"还是很重的呢。你要排练歌曲，我也完成毕业歌曲，顺利毕业后我们才能再见面。而且，我也想看看有没有机会，咱们一定抓住这次表演的机会，让经纪公司看看你们的精彩表演！

阿　宁：可是不在一起怎么排练？

艾　华：隔屏练歌。

阿　宁：真的能像刚才那样吗？

艾　华：现在都是全球优秀的艺术家远程合作。

阿　宁：好吧。

艾　华：（顿了一下）阿宁，只要我们把作品做好，一切都有可能……

阿宁掏出一个U盘，递给艾华。

艾　华：什么啊？

阿　宁：我录了首歌，录音条件不是很好，但试试吧。你听听，我觉得挺适合一起演唱。

艾　华：（捶了阿宁肩膀）你竟敢瞒着我！录歌时候怎么不叫我？

阿　宁：（有点难为情）可惜我不太会弄阿林的那个鼓机。现在的这个版本，用你们的话，原生态的。

艾　华：一定会成功的！（顿了一下）我也有东西要给你。

阿　宁：唔？

艾　华：这是我这几天写的，我送给你。有的可能有点煽情哦，你不能偷笑。（递给阿宁一个精致的笔记本）

阿　宁：噗。现在就笑了。

艾　华：喂，还没看，你笑什么？

阿　宁：我以为你写论文呢。原来是给我写情书呢。

艾　华：噢，你不给我写情书，倒盼着收情书呀。

阿　宁：我为你唱了情歌。

艾华顿时脸颊绯红。

阿　宁：你知道吗，我灵感最多的时候，是我看着你认真写作的时候，我很喜欢那种感觉。（抚摸笔记本）我会好好保存的。

艾　华：你敢不好好保存。哼。

99.外　机场　日

阿宁摘下摩托头盔，他看着艾华坐的飞机起飞、消失在天空。音乐起——
连续蒙太奇镜头

100.外　公路　日

阿宁疾驰在公路上。

101.外　山庄厨房　日

阿宁洗菜，做饭，普通的忙碌生活。

102.内　阿宁卧室　夜

阿宁抱着乐器，通话的视频搁在一旁，屏幕里艾华正在钢琴边修改阿宁的乐谱。二人甜蜜排练，互相打气。

103.外　排练场　日

乐团排练中，另一边的艾华也加入，她和阿宁练习对唱。但信号有延迟，总是慢一句，二人并不介意，开怀大笑。

104.内　艾华家　夜

视频里阿宁躺在床上，拨弄琴弦，甜蜜微笑脸。艾华则在书桌前继续工作。

阿　宁：咱们进度不错，你早点休息，别熬夜。

艾　华：知道啦，我一会儿就睡，把这段我再改改，明天要提交小样啦，阿林又给了一些建议，我觉得挺好。

阿　宁：哦，阿林啊……

艾　华：快去睡，别乱想，阿林给了很棒的编曲建议呢。

阿　宁：知道啦，晚安！

艾　华：晚安。

视频关掉，艾华继续在钢琴上修改着编曲，改动了几个音符，她显得很满意，打着哈欠睡觉去了。

105.内　校务办公室　日

艾华略显紧张地坐在会议桌一边，对面的一排老师分别带着耳机听艾华的小样。屋子里死一般的寂静。突然，众人纷纷摘下耳机，均盯着艾华，有的教授还摘下了眼镜看艾华。艾华非常紧张，两手使劲搓着。

音乐教授：这首歌你写的?

艾　华：嗯……民谣部分是采风的成果。

音乐教授2：那是谁唱的？

艾　华：一个叫阿宁的黎族歌手。

音乐教授：能不能参加毕业汇演，大家投票吧。（一排教授专家们，全部举起了同意的手。）

音乐教授：好好排练，我们很期待演出，而且，你这首歌曲是今年的种子歌曲，极有可能签约。

艾华笑了，鞠躬。

艾　华：我，我有问题想问。这首歌曲是我采风得来的，我想为歌曲里合唱的黎族歌手阿宁请愿，一起参加演出。不知道，行不行？

音乐教授：本校没有先例。

艾　华：求求你们了。这个机会对阿宁来说也特别重要，他是黎乡之光，他们的整个村子都希望他能有这么个机会展示黎族音乐，他们的本土文化。

专家们纷纷耳语沟通，眼神交流，最后坐在C位的教授发言。

音乐教授：艾华同学，本校没有先例，而且这会对其他参加汇演的同学不公平，原则上我们是不同意有外援参加的……

艾华感觉非常失望、失落。

音乐教授：……但是，鉴于这首歌曲的精彩程度，而且非常契合采风精神，不仅是为了有新的创作，更有意义的是挖掘了我们曾经忽略、忘却了的民间艺术，这是我们制定采风原则时的初心，我们不能忘记初心。为此，委员会决定，邀请阿宁以嘉宾身份与你同台，艾华同学，全力准备去吧……

艾华高兴地跳了起来！

106.外/内　校园/厨房　日

艾华第一时间给阿宁打电话报喜。

阿　宁：我就说嘛！太棒了，我们成了！

阿宁捶了大西一拳，众人欢呼！

阿　宁（继续）：谢谢你艾华。

艾　华：是我要谢谢你，阿宁。加油，我们要完成一场完美的演出！快来找我吧！

阿　宁：我们终于可以见面啦！我要告诉黎乡的每一个人！！

107.外/内　阿婆家　日

阿宁在院子、屋里没找到阿婆，只看到阿婆做手工的针线盒摊开着。

108.外/内　陶器院　日—接上

阿宁找阿叔问阿婆，但是连阿叔都没见到，也只看到阿叔调好的陶泥还没来得及拾掇。

　　阿　宁：都跑哪里去了？好奇怪。

109.外　瑛子店门口　日—接上

阿宁敲门没人应，朝店里张望，空无一人。满脸疑惑的阿宁刚转身准备离开，骑着电车的瑛子回来了，风尘仆仆的样子。

　　阿　宁：哎！瑛子，干啥去了？

　　瑛　子：（吞吞吐吐）没，没什么，你怎么没排练吗？跑我这干嘛？

瑛子开了小店门，有点心不在焉。阿宁发现不对劲，盯着问。

　　阿　宁：（微笑）找阿婆、阿叔和婶都不在，找你也不在，快说你们干啥去了？奇奇怪怪的。

瑛子躲避着阿宁质问的眼神。阿宁抓住瑛子的肩膀，质问。

　　瑛　子：阿婆……住院了。

　　阿　宁：哪天住院的？为什么瞒着我？

　　瑛　子：昨天。阿婆说不想影响你排练，所以我们……

110.外　马路　日

阿宁风驰电掣赶往医院，一路眉头紧皱。

111.内　医院楼道/阿婆病房　日

阿宁找到阿婆所在的病房，透过窗户看到阿叔阿婶在照顾老人。他推门进入，直奔病床。

　　阿　宁：阿婆！你怎么了？

　　阿　婆：（虚弱）阿宁来了。

　　阿　叔：昨天我给阿婆送饭，发现阿婆倒在地上，就赶紧送医院了。

　　阿　宁：（声音颤抖）阿婆，都怪我，这几天一直弄乐团的事，没能好好照顾阿婆。

阿　婆：（摆手）千万别这么想。

阿婆抬手，阿叔拿过来一叠锦缎，阿婆把锦缎塞到阿宁手里。

阿　婆：这是给你演出用的，你打开看看。

阿宁深受感动，他轻轻展开黎锦，像流水般淌在手里，五光十色，华美异常。

阿　宁：阿婆，都是给我织锦，害得你病倒了，这段时间我也疏忽了照顾阿婆。

阿　婆：这个不重要，你来，阿婆想跟你说件事……

阿婆握着阿宁的手，语气缓慢地。

阿　婆：阿婆想跟你聊聊艾华。

阿　宁：艾华？她怎么了？

阿　婆：艾华，是个好姑娘。阿婆今天想告诉你的是，你爹妈的那次事故，可能与艾华有关。

阿宁下巴都掉了。

112.内　艾华家　日

艾华给阿宁打电话，却总是关机。艾华开始着急，她编了信息发过去。

艾　华（信息）：阿宁，机票买好了嘛？你和大西、牙蒙要早点来，我们彩排时间太少了，我还改了编曲，我们得好好练一下，看到回我。

发送完，艾华继续研究弹奏歌曲，以做好表演的准备。

113.内　阿婆病房　日

阿　婆：故事要从艾华的外婆说起。艾华来看我的那天，我才知道艾华的外婆也有一条黎锦，和你手里的这条一模一样，这是你阿婆的独门手艺，当年就织过一条，送给了支援咱们村的华侨——那天艾华无意中说起的时候，我才发现，的确，艾华的一颦一笑和她外婆年轻时候还真是像。

阿　宁：阿婆，那和我爹妈的事故有什么关系吗？

阿　婆：当年艾华外公、外婆归国帮助咱们黎乡建农场，可是很不走运……

闪回

114.外 农场 夜（1958）

华侨农场一片漆黑，飓风暴雨袭来，农场面临涝灾。

艾华外公披着雨衣，冲在第一线，他身后跟着两个年轻人向着决堤的太阳河河道冒雨行进，到了河堤旁，众人重新修整塌陷的河堤。艾华外公不顾风雨，身体力行搬运沙袋，突然脚下一滑，身体滑落在河堤上，被汹涌的河水冲刷着，一个年轻人手疾眼快一把拉住艾华外公，一手使劲抱着椰树，二人大喊，但在咆哮的风雨里，声音微乎其微，无人听到。在年轻人也精疲力尽的时候，二人终被冲到滚滚的河水中，一道殉难。

闪回结束

阿　婆：而你的妈妈，刚刚生了你，经受不住这样的打击，一病不起，也跟着你爸爸走了。本想终身陪伴丈夫亡魂的艾华外婆，在政府的强烈要求下，因为还有子女需要照顾，于是离开了海南，直到去世，都没再回来过。只是可怜了你，一出生就成孤儿。

阿宁已经听得泪流不止。给阿婆倒了水。

阿　婆：这样的生离死别，这样的悲剧，对你来讲，是无法选择的事情，而你长大成人，一路走来非常辛苦，我们都看在眼里，疼在心里。可千里姻缘一线牵，偏偏当年有万分瓜葛的小艾华又来到了这里，还和你碰上了。

阿　宁：谢谢阿婆告诉了我真相。

阿　婆：呵呵，再不说就没机会说了。

阿　宁：阿婆，赶快休息吧，养好身体，我还要天天给阿婆做好吃的饭呢，还要看阿婆给我织黎锦。

阿婆微笑着，沉沉睡去。阿宁起身，面对窗户，看外面风中的椰树摇曳不止。

115.内 舞台后台—下午

艾华忙得焦头烂额，和舞美师、音响师沟通细节。她间隙不断查看手机，却没有任何来自阿宁的信息或电话。

116.内 医生办公室—下午

医生一脸严肃地对阿宁讲阿婆的病情。

医　生：恐怕老人家熬不了多久了，家属要有心理准备。

阿宁捂起了脸。

117.外 医院楼道 傍晚

阿宁看到了信息，他一字一字写道：

艾华，乐团已经出发，但我决定还是留在家乡。对不起，这次是我爽约，不能和你一起登台演出。我相信你会找到比阿宁更好的搭档完成这次演出，而阿婆只有一个阿宁可以陪她度过最后一段时光。

深吸一口气，阿宁点击发送。

镜头拉

118.内 舞台后台 傍晚—接上

艾华不敢相信自己看到的文字。她马上回拨电话，却听到已关机的回应。

119.内 医院病房 夜

阿宁握着阿婆的手，阿婆醒来。

阿　婆：阿宁，阿婆听听，这段时间你练的歌。

【进歌9】

阿　宁：（站起身）啊咿呀喂……

声　音（OS）：……咿呀喂

门口站着大西、牙蒙和瑛子，三人加入了合唱。阿婆脸上露出了久违的笑容。

120.内 舞台 夜

台下座无虚席，艾华的爸爸妈妈也在其中，身着礼服来参加艾华的毕业汇演。艾华身边站着的男声，则是林正楠，而伴奏响起的时候，身后也并非乐团演奏，而是录音。站在台上的艾华面色惨白，丝毫不在唱歌的状态。

艾　华：哎咿呀喂……

林正楠：咿呀喂……

121.内 医院病房 夜

阿　宁（VO）：久久不见还想见……

闪回——蒙太奇段落

122.外　山路　日

阿婆被压弯的背，尽管步履艰难，但仍一步一步坚强地走着，一个小男孩（小阿宁）跑了过来，用稚嫩的胳膊使劲托举着阿婆背上的重物，祖孙二人相依为命。阿婆卸下重物，拿出一双新纳的布鞋，给小男孩换上，小男孩为阿婆擦拭额头上的汗水。

123.外　学校操场　日

老师看到阿宁（少年）划伤的手，拿出创可贴，阿宁却拒绝了。

124.外　阿婆院子　日

少年阿宁一溜小跑进阿婆在的凉亭，他摊开正在织黎锦的阿婆的手，手指布满伤痕，新伤旧伤交织着，阿宁从包里掏出创可贴，细心地给阿婆贴上。而且，细心的阿宁，竟没让阿婆发现自己受伤的手，看到笑了的阿婆，阿宁也笑了。

闪回结束

125.内　医院病房　夜

阿　宁：久久不见还想见……

阿婆微笑着，离开了。阿宁唱着阿婆最爱的歌，泪如雨下。

126.内　舞台　夜

艾　华：久久见过还想见。

听众听着发出热烈的掌声，艾华唱着留下了滚烫的泪水。

【歌9结束】

127.外　海滩　夜

艾华只身来到了万宁黎乡，她和阿宁慢走在海滩上，刚刚入夜，一切都安宁，只有海浪的声音一波一波，永无止境。

艾　华：昨晚的演出很成功，评委和现场观众都很喜欢，得了年度最佳毕业歌曲。

阿　宁：太棒了，祝贺你，艾华。

艾　华：没有你的创作，就不可能成功，阿宁。

阿　宁：没有我的参与，一样获得成功，说明了其实是你改编得好，唱得好。

　　艾　华：可惜阿婆离开了，没能亲眼看到你表演。

　　阿　宁：其实阿婆看到了。

　　艾　华：阿宁，我想跟你说件事。

　　阿　宁：艾华，我也想和你说件事。

　　艾华/阿宁：你先说吧。

　　艾　华：（淡淡一笑）那我先说（顿了一下）经纪公司主动说想要签约。

　　阿　宁：好事！

　　艾　华：可是……经纪公司……他们说……

阿宁听到艾华支支吾吾，感觉不妙。

　　阿　宁：是不是经纪公司不想和我们乐团签约？

　　艾　华：昨晚他们也在表演现场，说没看到乐团表现，还不能签约，所以阿宁，你和乐团能不能尽快来补一场表演？以你们的实力，我相信可以顺利签约！

　　阿　宁：（有点沮丧）艾华，我想我还是不去了。

　　艾　华：为什么？！

　　阿　宁：（平静地）我陪阿婆的最后几天，让我明白了一个道理——不能只埋头追逐自己的梦想，却忽略了亲人、家人。

　　艾　华：那也不能这样就放弃了自己的未来啊！

　　阿　宁：我想我必须做出取舍。就算我顺利签约经纪公司了，后面照常是排练、巡演、参加各种节目……可在家乡，需要我照顾的阿叔阿婶，我的乡民，他们只能重新回到孤独。阿婆的离去，让我懂了一个道理，家人最重要的就是陪伴。我想我不能继续做乐团这件事了。对不起，艾华。

　　艾　华：（哭了起来）你忍心你写的歌就此埋没吗？你忍心黎歌就此偃旗息鼓吗？是的，你的家人需要照顾、陪伴，可我呢，我也需要你陪伴……

　　阿　宁：艾华，我想，我们的生活轨迹是截然不同的。你的未来，就从现在的签约开始，将来肯定是登上更大的舞台，演唱属于自己的歌曲，获得更多的掌声。我打心里祝福你。而我，我的轨迹还不知道到底是什么样的，但可以肯定的是，我不能抛弃黎乡，只身在外面闯荡，我不能离开这里。

　　艾　华：不公平。真的不公平。阿宁，你不能这么做，你这样做，真的很自私！

阿　宁：对不起，艾华。

艾华生阿宁的气，不再搭理他。

阿　宁：我也想和你说件事。

阿宁慢慢拿出布包，掏出叠好的黎锦。

阿　宁（继续）：这是阿婆临终前送给我的锦缎，她希望我能登台演出时候穿着。现在我送给你，你演出时带着它，我就能感受到现场。

艾华站在一起一伏的海浪前，虽然手里捧着礼物，却觉得自己丢失了什么。她慢慢蹲下，痛哭不止。阿宁杵在海边，像孤独的灯塔经受海浪的冲刷。

叠

128.外　繁华的都市　日

艾华站在人流如海的街头，四通八达的道路在这里纵横交错，但艾华觉得自己的感情在这里迷失了方向，连走路都是木木的。

129.外　橡胶林　黄昏

在斜阳下，阿宁百无聊赖地走在沙滩边，走进橡胶林，残阳如血，他的心也好似在滴血。他走在林间，以往再熟悉不过的橡胶林，在心乱如麻的阿宁看来，像极了迷宫，自己找不到情感的出路在哪，更走不出去，他在这里迷失了方向。他靠着橡胶树，慢慢蹲下……

幻觉

突然，一阵流光闪过，橡胶林投射出黄思华的形象，阿宁抬头定睛一看，却是艾华，她静静陪在阿宁身边，两手相牵。

艾　华：就算只能牵手一日，我也要对你表白。就算我们再无机会相见，我也要对你表白。阿宁，我们在一起吧……

130.内　闹市街头　夜

艾华走在霓虹灯璀璨的街头，失魂落魄，摩肩接踵的人，来来往往，而在艾华眼里，这些人就如同海南雨林里的树木，突然阿宁的声音传来——

阿　宁（VO）：……如果你的表白是前世注定的表白，是跨越时空的表白，是隽永如繁星的表白，那么，我只有一个回答——我们在一起吧。

泪眼婆娑的艾华下意识地四下寻找，当她意识到这不是海南时，顿时泪崩。

艾　华（OS）：（呼应开篇，平静地）我的初恋就这么结束了，我们有缘但缘浅……我仍然忘不了和阿宁在一起的短暂时光，那是我最开心、放松的时光，但我是一个游客，大海的声音和摇曳的椰子树，终将成为相片塑封在相册里，我回到了我应该在的地方，像一滴水一样散落在熙熙攘攘的人海里。远方的阿宁，注定要为他的家乡而奋斗。我们的确不是一个世界的人。

131.内　古寨广场　日

阿宁召集乐团的大家一起开会，阿宁明显憔悴很多。

大　西：这么着急叫我们来，是不是经纪公司有消息啦？

阿　宁：我，我要退出了。

大　西：你说什么？你给我想好了再说。

牙　蒙：你退出，也就意味着整个团就散了。

阿　宁：大西，牙蒙，你们得接受这个现实，就是我们做乐团这个事没有出路。我们都深爱着我们黎族歌曲，可现实是，我们都没有机会给别人好好唱，我们的歌曲是走不出去的。

阿宁说完，极为沮丧。

阿　宁：小叶刚来，谢谢你辞掉DJ的工作来加入我们，我让你失望了。瑛子，大西，牙蒙，咱们这么多年，我都没说过一句感谢的话，我真的谢谢你们的陪伴。是我没把乐团做好，大家安心工作去，我们以后不做音乐了，但我们还是铁哥们！瑛子，你以后不用那么累地给我们做饭啦。

阿宁一边说，一边笑着哭。瑛子不住地抹眼泪，牙蒙揪着自己的衣角，几乎扯烂。大西别过头，根本不看阿宁。而小叶，却还紧紧地抱着怀里的鼓机，他原本以为继续排练的。一阵窒息的安静。阿宁起身给大家鞠了一躬，眼泪滴下，瞬间打湿了干燥的沙子。

132.内　艾华家　日

艾华生病了，在家休养。艾妈妈端了水和药片给卧床不起的女儿。面容憔悴的艾华吃完药又昏昏睡去。艾妈妈心疼。

133.内　加井岛阿叔家　日

阿宁在门口呆呆看着远方的海洋，阿叔在另一边抽烟。阿宁摸了摸身旁的海柳，发现湿乎乎的，他不解。

阿　叔：要下雨了。

阿　宁：听说海柳能预测天气。

阿叔微笑，用烟锅指指阿宁身后的天空，一大团乌云翻滚。

阿　叔：天底下的事，哪些是可以预测的，哪些又是不可预测的？天要下雨，海柳变得潮湿，这本是因果，但久而久之，人们看到海柳变湿，就预测说要下雨，把因果给反过来了，你说，到底什么是因什么是果？

阿宁说不出话，二人一阵沉默，看着远方沙滩，三三两两的人登陆，玩耍，有的人跑过来点个头，表达敬意。

阿　宁：来加井岛玩的人越来越多了，阿叔你还能继续这么隐居下去吗？

阿叔没回答，他看着屋子旁收纳渔网的妻子出神。阿母直起身，给了阿叔一个温暖的笑。

阿　叔：隐不隐居的，只要每天能有一个笑容，就足够。这个岛再过几年就成旅游景点了，我们最后还是会回到镇里，从那以后我们隐居的地方，就是这几年的回忆……这就够了。来，说说你和小艾？

阿　宁：我们没什么，她回新加坡了。也没怎么联系。

阿　叔：艾华是个好姑娘，我和你阿母都能感觉到。你为什么要放弃？难道……是因为她外公和你父母当年的事？

阿　宁：（惊呆了）阿叔，你也知道这件事？

阿　叔：我和你阿母都是当年那次灾难的亲历者。但是不能迁怒于小艾。

阿　宁：我没有。

阿　叔：你的父亲因为正义而做出勇敢的决定却失去了生命，我相信，就算再来一次，他仍旧会做同样的决定。而活着的人，才是最痛苦的人，我相信艾华的外婆日子也不好过。

阿宁陷入了沉思。阿叔起身去帮阿母收渔网。这时，天边一声滚雷，豆大的雨点随即而至。

134.内　艾华家卧室　夜

艾妈妈坐在床边，陪女儿说话。

艾妈妈：是不是还在想阿宁？

艾　华：没有啦……

艾妈妈露出笑意，抚摸着女儿的长发。

艾妈妈：知女莫如母，你哪能这么快就忘掉。给妈妈说说，这么短短几天，到底是哪件事，让你喜欢上那个家伙的。

艾　华：（想想）嗯，他人很善良、正直、而且很有才华……

一边听，艾妈妈一边抚摸女儿披散在枕头上的长发。

闪回

午后，黎寨，艾华在藤椅上躺着，头发垂在半空，海风吹过，轻舞飞扬。阿宁舀起一瓢水，轻轻地浇在头发上，然后他从椰壳里倒出一些白色的汁，抹在头发上，轻轻搓洗。透过椰叶的阳光，打在闭着眼、微微笑的艾华脸上……

闪回结束

闭着眼，微笑的艾华慢慢睁开眼，眼前是妈妈。艾华拿出黎锦。艾华妈妈脸突然变白。

艾妈妈：你拿外婆的黎锦干嘛？

艾　华：哈？妈妈你也觉得像是吧，这条是阿宁送我的！

艾妈妈：你等下。

艾妈妈出去，不多会儿，她回来，手里多了一条黎锦，竟然和艾华手里的一模一样。

艾　华：（惊叹）咦，外婆那条？还保存着呢？

二人分别打开两条黎锦，竟然一模一样，连纹饰都丝毫不差。

艾妈妈：你知道为什么外婆后来都闭口不提海南那段时光吗？（艾华摇头）

艾妈妈：因为，那里是她的伤心地。外婆她失去了你外公。

艾　华：妈妈，到底怎么回事？

艾妈妈打开一本厚厚的相簿。

艾妈妈：外婆生前的所有照片都在这里，直到她去世，她才托我保管，要永远保留着。

艾妈妈翻开其中一页，里面有张外婆、外公和另外一对黎族青年男女的合影。再往后翻，是大片大片的剪报贴——《黎族男青年阿海为救华侨而献出生命》之类的新闻报道。艾华仔细阅读，直到看到其中一句"阿海的儿子阿宁刚满一周岁，从此就再也看不到父亲……"

艾　华：妈妈，你看！

艾华拿被子蒙住了自己的头。

135.外　花角岩　夜

皓月当空，海风轻拂，大海泛起微微波澜。

音乐起

阿宁带上耳机听艾华留下的ipod，他从黎锦包里拿出一个精美的笔记本，那也是艾华送的。阿宁翻开扉页，艾华的声音响起。

艾　华（VO）：我曾经对歌唱丧失希望，而且很彻底。音乐科班出身的我，乐思和灵感却日渐枯竭，写出的歌曲不忍卒听。我有种预感我与歌唱渐行渐远了……直到我来到了海南，直到我遇见了你。

第二页，贴了一张阿宁的拍立得照片，照片里的阿宁闭着眼深情歌唱。第三页，艾华如是写道：

艾　华（VO）：咦？听起来蛮不错的嘛，怎么会不好？就算是以音乐专业的标准，他都很出色，真的很精彩……乐器处理得很细致，一点也不马虎，看不出来他还真有好好琢磨过呢……基本功扎实，除了节奏偶尔会不稳外，都没什么大问题……

当页，配了一张阿宁和乐团为艾华演唱的照片。阿宁放下本子，然而艾华的声音依旧。

艾　华（VO）：你该多相信自己一点，真的，去用心感受到自己音乐的魅力。这当然不是告诉你要一味自我陶醉，而是在知道自己还有什么不足之处的同时，也要知道自己的长处，并且发挥得淋漓尽致。有什么不足的地方，一点一点改进就行了。关键是坚持……

闪回——蒙太奇

艾华"教训"阿宁、他们闹别扭、他们在加井岛玩耍打闹……我们听到的声音是艾华在日记中所写内容的旁白。

艾　华（VO）：……想想就好笑，当时把他训得哑口无言，乖乖地听我指挥……哈！既然我成了他的精神导师，那么，我来带带他吧！我可以开发他的潜力！这时候，他应该说什么呢？——"你愿意再给我一次机会吗？求你带我吧！女神！"——那时，我就对他展眉微笑，一个既温暖又美丽的笑。其实，这一切对我而言，才是最重要的。

艾　华（VO）：……于是，我成了他的粉丝，成了我们爱情的信徒。

画面定格在艾华纵身跳下花角岩的那一瞬间。

艾　华（VO）：那是对爱的付出。

闪回结束

阿宁哭了，他合上日记本，摘下耳机，对着漆黑的远方大喊——"艾华"！

136.外　新加坡街道　日

彼岸，艾华在灯红酒绿的城市里，她不知所措，亦如行尸走肉般，耳边车水马龙的声音，仿佛慢慢变成了海浪此起彼伏撞击礁石的声音，她看着路对面"XX经纪公司"的企业LOGO，却怎么也迈不开腿往里走。

137.内　办公室　日

艾华拿着笔，却很犹豫，要不要在经纪合同上签字。她看着办公室里的未来同事，为了这份签约，都准备好了香槟，就等她签字后庆祝，她却在欢声中迷茫了。

闪回

艾妈妈：身在异乡，心系家乡。身为华侨，为国骄傲——这是你外婆最常说的话。

艾　华：妈妈，你觉得我应该怎么做？

艾妈妈：四十多年前，外婆外公抱着回报祖国的初心回到了家乡，外公、阿宁的父亲都是为了建设家乡献出了生命，阿宁的母亲跟着受难，你外婆后半辈子痛苦至极。可是这些打击、这些不幸都不应该成为我们回避初心的借口。对于我们来自海南的华侨，灵魂的归属地不还是那片海吗？即使阿宁带着乐团唱到了全世界，最让他安宁的，不还是家乡的那片椰林吗？女儿，你的决定要你来做，妈妈只是提醒一句，你的初心是什么？

艾华重重地点头。

闪回结束

艾华郑重地放下笔，离开了办公室，留下所有人惊诧的表情——合同签字区——空空如也。

138.内　民族特色饭店　日

阿宁走进，立即有黎族服饰打扮的服务员过来招呼，阿宁摇摇头示意不吃饭，只找人。他走到透明厨窗前，看到里面认真洗菜的大西。他拍拍玻璃，大西抬头。

大　西：想通了？

阿　宁：（点头）黎歌，也是我的家人，都要用心对待。我要做的不能是放弃哪个家人，而是照顾好每个家人，对得起黎歌的每一个音符。对不？

二人都露出了会心的笑。

139.外　公路　日

阿宁和大西各骑一辆摩托车，靠在一个槟榔摊旁停下，二人也不下车，等着摊主出来招呼，果不其然，一个满头大汗的胖子，怀里抱着金椰，趿拉着竹拖鞋，颇有节奏地走了出来，当他看到时阿宁和大西时，扭头又回到里屋。

阿宁/大西：哎！牙蒙，别走！

阿宁和大西话音未落，迎面飞来像子弹般的槟榔果……

切

阿宁、大西和牙蒙，三辆摩托车上了路。

140.内　酒吧　夜

阿宁三人在陌生的酒吧环境里，紧盯着乐池里的DJ小叶，小叶斜肩膀挂着耳机，却用余光看到了三个乡下人，小叶高举手臂……

切

141.外　海滩排练场　日

桌上ipod的音乐播完了最后一个音。

阿　宁：像这种的，咱能做吗？

四人大眼瞪小眼，面面相觑。大西用力搓脸，而牙蒙垂下了头。小叶突然使劲拍桌子！

小　叶：能！

三人不约而同、慢悠悠地伸出大拇指。

142.外　新加坡街头　黄昏

漫步在熙熙攘攘的街头，艾华内心坦然很多，她眼睛越发明亮。街道上霓虹灯闪烁，转角处，艾华买了小吃，对面大厦的LED屏里正在播放一个MV视频：一个名为"来自海岛的歌声"。主人公是阿宁。广告词：

尽管他们不能来现场，但他们仍旧默默地为世界带来了新声音，让我们的耳朵回到了最初的感动。

艾华定睛一看，不是阿宁。艾华却突然醍醐灌顶。

143.外　海滩排练场　夜

艾华走在沙滩上，她去找阿宁，远远看到正在排练的阿宁和众人，挥汗如雨在练习。

艾　华（VO）：人们常说，为了找到爱，即使走到天涯海角也在所不惜。而阿宁这个家伙，他原本就在天涯海角。

艾华拿起一支MIC。

艾　华：……原本就在天涯海角的我们，是不是还能够继续最初那个共同的梦想？

众人听到声音，突然回头。一袭白裙，亭亭玉立的艾华就在眼前。

音乐起——《久久不见久久见》

众人将二人拥上舞台。

阿　宁（唱）：阿妹哎，久久不见久久见；

阿妹哎，好久不见真想见；

阿妹哎，说好一起回海边……

艾　华（唱）：阿哥哎，阿妹找你来唱歌；

阿哥哎，阿妹不想再分离；

阿哥哎，久久不见久久见……

艾华泪目，阿宁牵手艾华。

阿宁/艾华（合唱）：阿妹哎，久久不见久久见；

阿哥哎，好久不见真想见……

叠—音乐继续—呼应第一场

艾华和阿宁一同仰望星空。

艾　华（VO）：每当这首歌唱起，我就会想起我的初恋。一切都是注定的……原本相隔遥远，两个世界的我和他，在一段奇妙的歌声里，相爱了。

阿宁转头，面对艾华，轻轻一吻——就此时空凝固成了永恒……

——全片完——

后　记

　　为何作为一个从事学术的研究人员，我却同时选择了编剧这个行当，然后感到痛苦不堪呢？没有根本的解决之道吗？

　　当我急于把剧本转化为电影而奔忙于找资方时，我发现痛苦随之而来，原先创作故事时带来的欣喜和激动荡然无存。资方考虑市场，考虑成本，考虑排片档期，考虑卡司阵容，考虑宣传发行，但唯独不考虑故事本身了。这意味着对我创作故事能力的肯定而对剧本很放心吗？还是说一部电影的成败其实剧本只占据六分之一的重要性？越想弄清楚这个问题越痛苦。最后，我找到了答案——剧本是剧本，电影是电影。尽管喊了一百多年的"剧本乃一剧之本"的口号，仍然掩盖不了一个事实——电影和剧本是两回事。

　　借用那句更古老的谚语，我要说：剧本的归剧本，电影的归电影。就算剧本和电影关系紧密到不能更紧密，也不能将两者划上等号。想通了这一点，我不再痛苦。我写剧本当然是为了拍摄，但最终能不能变成影院里大家为之嬉笑怒骂的那一百多分钟，我不再纠结。我的注意力转向了故事，剧本是电影故事的承载方式之一，是电影故事成为流动的光影之前所寄居的地方，同样是我们寄情于此间的那种美好载体。

　　这本集子里的五个故事，是我2017年到2019年三年里创作的，有的获得了电影剧本国家奖，有的获得了业内行业奖，有的获得了拍摄的机会踏上了新"征程"。而这次集结成册，最大的愿望是电影剧本本身变成一个大众可读的文本载体，也尝试着告诉读者，电影剧本的文字也仿如电影画面般可以流动，更如小说故事般可以回味。

　　创作着实不易，我深感自己很幸运还能提笔。我要感恩我的父母，在我最艰难的时候他们给予我信心；深深地感谢我的妻子，生活的担子也压在了她的肩膀上，她默默付出、毫无怨言；最令我感动的还有我的女儿暖暖，是她明净无瑕的眼睛给了我无穷的动力。

薛 亮

2019年10月23日于北京良乡